Louise von François

Stufenjahre eines Glücklichen

Louise von François

Stufenjahre eines Glücklichen

ISBN/EAN: 9783743648364

Hergestellt in Europa, USA, Kanada, Australien, Japan

Cover: Foto ©Andreas Hilbeck / pixelio.de

Weitere Bücher finden Sie auf **www.hansebooks.com**

Stufenjahre eines Glücklichen

von

Louise von François.

————◦————

Zweiter Theil.

Zweite Auflage.

———————

Leipzig,

Druck und Verlag von Breitkopf und Härtel.

1877.

Die ersten Prüfungen.

Die akademische Zeit ist dem Zeitraum nach kein
Stufenjahr. Es giebt aber wohl manchen studirten
Mann, der mit dieser ersten Sprosse auf der Freiheits-
leiter auch die oberste erklommen hat und keinen einzigen
wird es geben, dem, wenn er schon lange Jahre den
Berg des Lebens abwärts steigt, nicht ein Rosenflor
der Jugend die welken Wangen überflöge, so oft Ge-
danke oder Rede rückwärts schweifen auf die kurze
Spanne, wo er das Gaudeamus sang und Unsinn
Weisheit nannte.

Und da will uns denn bedünken, als ob das Werth-
zeichen des Zustandes, welchen wir einen glücklichen
nennen, weit weniger der Genuß sei, welchen er gewährt, als die Erinnerung, welche er hinterläßt. Denn,
ach, wie bleiern drückte oftmals die Gegenwart, die im
Gedächtniß so goldig leuchtet! Wie viele freie Musensöhne gab es, — und giebt es vielleicht heute noch, —
denen, wenn sie Abends im engen Dachstübchen matt und
müde sich auf ihr schmales Federbett niederwarfen, der

Kopf geraucht hat, nicht nur von den unlösbaren Pro=
blemen der Weisheitsschulen, sondern weit mehr noch
von den Pauklektionen, in welchen sie den Tag über
noch manch dickhäutigeres Haupt als das eigene rauchen
machten; die, nur halbsatt vom Freitisch im Konvikt
und vom barmherzigen Wandertisch, nach dem Bier=
seidel und der Knasterpfeife, den mundstopfenden Mäch=
ten des knurrenden Magens, vergeblich schmachteten;
wie viele, denen, wenn sie sich Morgens die bedenklich
ausplatzenden Stiefel wichsten und am fadenscheinigen
Rock die abgesprungenen Knöpfe festnähten, wenn sie
die Kragen und Manschetten, welche das einzige Wochen=
hemd schamhaft verhüllen sollten, auf die umgekehrte
Seite wendeten, denen dann wiederum der Kopf geraucht
hat über das Problem der fälligen Wäschgroschen und
Schusterthaler! Ach, wie viele freie Musensöhne, die
— Ade Humor! — sehnsüchtig des goldenen Hand=
werksbodens daheim gedachten, mit Seufzen die Bissen
berechneten, die Vater und Mutter für dieses Martyrium
der Gelehrsamkeit dem eigenen Munde absparten, und
die dann, „grollend schon in Blüthentagen," ausriefen:
„O du Galeere, du Sklavenmarkt von Welt!"

Ja, groß war auch in des Hirtensohnes von Werben
Zeit und Zone die Zahl dieser Märtyrer der Wissen=
schaft, welche die beste Jugendkraft verbrauchten, die
Dornen und Steine aus ihrem Wege zu räumen, um
dann, vom Bücken gekrümmt, ihre Straße sachte bergan
zu schlendern und erst beim Rückblick aus weiter Ferne
das Haupt wieder zu heben und zu rufen: „Es war

doch schön!" Aber der glückliche Hirtensohn und Stipendiat von Werben gehörte nicht unter diese Zahl.

Auch er kehrte Abends in ein Dachstübchen zurück; aber es hatte, wie seine heimische Kammer, einen freien Horizont; und schon im zweiten Semester ragte es über die Baumkronen des schönen Gartens, der die Sternwarte umgab, hinweg, und er hatte seinem Hausherrn, dem jetzt urgreisen Chaldäer, statt des Zinses nicht mehr als diesen und jenen Handlangerdienst in seiner Wissenschaft zu entrichten. Auch er hatte sich mit dem Ueberschwang des Bejahens und Verneinens in den antagonistischen Theologen= und Philosophenschulen abzufinden; aber er zermarterte sich nicht Herz und Hirn über den festen Punkt, an den er sich in diesem Wirrsal zu klammern habe, denn er wußte eine Ausflucht, wo ihm der ewige Gottesgedanke in ursprünglicher Reine entgegenleuchtete und war er dann und wann übersatt von unverdaulicher Buchstabenspeise, so ward der Durst nach jenem Born, aus welchem wohl Probleme, aber keine Kontraste rieseln, doch niemals gestillt; sei es, daß er sich Morgens unter dem mathematischen Katheder ernüchterte, sei es, daß er Nachts durch mächtige Refractoren eine neue Welt im Himmelsocean auftauchen sah.

Auch er gab in freien Stunden Lektionen und Repetitorien, aber in dem Gebiete, das ihm das geläufigste war, und nur an so weit Vorgeschrittene, bei denen er, indem er lehrte, noch zu lernen vermochte. Auch er setzte dann und wann die Füße unter den Tisch einer freundlichen Studentenmutter; aber nur als geladener, gerngesehener Gast. Er brauchte nicht mit Manschetten und Hembskragen zu knaüsern, denn das Waschhaus in der Werbener Pfarre war ein flottes Institut und wenn er auch seine Stiefel eigenhändig wichste und seine Kleider eigenhändig bürstete, Knöpfe und Bänderchen brauchte Einer, der sich Frau Hannah Blümels Sohn nanute, sich nicht eigenhändig anzunähen.

Er war ein kerngesundes Blut, das mit sechs Stunden festen Schlafes übergenug und darum von vierundzwanzigen achtzehn freie Zeit hatte für die Verrichtungen, zu denen der Mensch wache Sinne braucht. Er hatte sich keiner der neuzeitlichen gottesgelehrten Verbindungen eingereiht, war auch weder Burschenschafter noch Korpsbruder irgendwelcher Couleur; demnach ein Kameel, aber doch ein kreuzbraver Kamerad und nach wie vor Peter Kurzens, des standfesten Teutonen, specialster Special, sein zweiter Freund; denn der erste war, „natur- und vernunftgemäß," Peter Kurze selbst. — Er hat sich wenig in Fechthut und Paukhandschuhen auf der Mensur geübt, aber die Flinte lernte er während seiner freiwilligen Dienstzeit gleich im ersten Jahre handlich regieren. Er hatte eine durstige Studentenleber, für alle Tage indessen doch nur auf klaren Born, und durfte er sich auch nicht der Charakterstärke rühmen, die das Uebel und Weh der ersten Knasterpfeife mit stoischem Gleichmuth überwindet, um es in der Fertigkeit des Giftverdampfens so weit als möglich zu bringen, ein Spaßverderber war er darum nicht. Er konnte sonder Widerwillen Tabaksqualm riechen und mit Lust einen Salamander reiben helfen, konnte singen, allenfalls auch springen und ließ den Spitznamen des „stillvergnügten Hünen" sich gefallen, als ob es ein Ehrentitel gewesen wäre, würde auch schwerlich Blut darum vergossen haben, wenn ein witzboldiger Kumpan den Hünen in einen Philister umgetauft hätte. Alles in allem: er gehörte auch in dem akademischen Stufenjahre zu den Glücklichen, die schon in der Gegenwart rufen: „Es ist doch schön!"

Ach, die köstlichen Sonntagsstunden, wenn er nach einer Sternennacht und dem Morgengottesdienst den allerneckischsten Röschensbrief erbrach; in Gedanken die vergangene Woche Hand in Hand mit dem lieben Kinde nachlebte und am Abend den Gegengruß, berechnet für das Ohr der gesammten Familie, im allerehrbarsten Decemsstil niederschrieb! Und dann jene allerköstlichste Zeit, — zusammenaddirt ein volles Viertel des Jahres, — die er als alter Pfarrdecem in der Heimath verlebte! Fand er die herrlichen Eltern nicht jedesmal wohlauf und frohmüthig wie zuvor? Schienen sie nicht von ihrem Seelenfrieden geschirmt wie von einer Glocke, die sie absperrte gegen den zerstörenden Altershauch? Und fand er nach jeder Pause sein Röschen nicht immer lockender zur Rose erblüht? Klopfte das Herz ihm nicht immer bänglicher wenn er schied? Wußte er aber nicht auch, daß die Liebeshütte, an der er geschäftig baute, kein leeres Luftschloß war?

Ging er dann freilich aus der Pfarre hinunter in das Schloß, da durchschauerte ihn, je länger je mehr,

ein frostiger Odem, als ob er aus einem blühenden
Garten in einen sonnenlosen Kreuzgang träte und das
Bild, das er von der ersten Idealgestalt seines Lebens
in sein Studentenstübchen zurücktrug, beunruhigte ihn
wie ein Räthsel, dessen Lösung dem Klarheit suchenden
Sinne nicht gelingt.

Lydia war kaum minder schön als während der
kurzen Wochen, da der Schmelz der Liebe ihre Wangen
überhauchte; ja vielleicht schöner; klassischer würde ein
Künstler gesagt haben; das Auge erweitert, die Haltung
majestätischer, die Konturen gefesteter, marmorbleich
und marmorgleich. Aber er sah in ihr nicht mehr
einen Verheißung blinkenden Stern und unwillkürlich er=
neuerte sich nach jeder Begegnung in des Jünglings
Seele der Eindruck jener Vollmondsnacht, die als leb=
haftestes Ereigniß aus seinen Knabenjahren ragte.
Die Blicke haften an der stillleuchtenden Scheibe wie
an einem friedreichen Menschenangesicht; da jählings
breitet der Erdschatten sich über dieselbe und als sie
vor dem hundertfältig geschärften Auge wieder auf=
taucht, starrt er auf ein versteinertes Landschaftsbild
mit weißen Graten und dunklen Abgründen zwischen
denselben, aber ohne belebenden Strahl und Strom:
eine erstorbene Welt, oder eine werdende? Das ist
das Räthsel.

Was fehlte Lydia? Der Vater, vor dem sie sich
lebenslang gebeugt? Der Geliebte, der sie ein Paar
Frühlingswochen hindurch umfangen hatte? Giebt es
für solches Entbehren keine ausgleichende Macht, nicht

einmal die der Zeit? Schritt sie nicht unwandelbar auf einer ihrer Natur gemäßen Bahn? Hatte sie nicht das Bewußtsein unerschütterlicher Treue, das ja Genügen geben soll? Hatte sie nicht einen tiefgewurzelten Glauben, der ja beseligen soll? Ihr Haus glich einem Kloster. Aber spricht man nicht von kindlich stillen, glücklichen Nonnenaugen? Auch Lydias Augen waren still, aber glückliche Kinderaugen waren es nicht.

Was fehlte Lydia? fragten mit dem Jüngling auch die Freunde in der Pfarre, für welche das herrliche Menschenbild, ebenso wie für ihn, fast unnahbar geworden war.

„Freude fehlt ihr," schalt Röschen, „nichts als Freude. Wozu ist Einer auf der Welt, als seines Lebens froh zu sein und Andere sich seiner froh zu machen?"

„Wo das Herz traurig ist, hilft keine Freude," sprach Vater Blümel dem weisen Salomo nach.

„Die liebe Eitelkeit fehlt ihr, nichts als die liebe Eitelkeit," brummte Peter Kurze.

„Und das soll ein Mangel sein?" entgegnete lächelnd Pastor Blümel.

„Wenn es der pure, blanke Hochmuth ist, der dieses lebenspendende Fluidum, — universal verbreitet wie der Sauerstoff der Luft! — aufsaugt, mehr als ein Mangel, Papachen, ein Frevel gegen die menschliche Gesellschaft, und eine spontane Verkümmerung des eigenen höchst werthen Ich," eiferte Peter Kurze; und setzte erläuternd, mit einem galanten Kratzfuß gegen

Schönröschen hinzu: „Wenn die Rose selbst sich schmückt, schmückt sie auch den Garten," hat der, — na, der unsterbliche Wieland gesagt."

„Beschäftigung fehlt ihr, ausfüllende Thätigkeit," meinte Mutter Hannah und ihr Konstantin dagegen: „Ja, was soll sie denn thun?"

Ja, was sollte sie thun? Sie that was sie vermochte, oder was ihr zu thun gestattet schien. Der Hausstand war nach wie vor in der Mutter Hand verblieben, aber sie sorgte für ihre Familie wie ein Vater und da es seit dem Vermächtniß Fräulein Thusneldens in der Gemeinde wenig Nothleidende mehr gab, ein wohlthätiges Eindringen in das Einzelnleben daher unstatthaft geworden war, förderte sie in den Nachbarstädten die Vereine, welche unter dem Namen der inneren Mission allmählich, wenn auch nur schwächlich in Aufnahme kamen. Mit besonderem Eifer, weil durch eine Persönlichkeit angeregt, widmete sie sich aber den Interessen der äußeren Mission.

Einer der getreuesten Freunde ihres Vaters, der Bruder des Professor Hildebrand, hatte, nachdem er seiner Pfarrstelle verlustig geworden, gefolgt von Weib und Kind, sich der englischen Missionsstation in Palästina angeschlossen und daselbst in religiösem, wie in ethnographischem Betracht einen ausgiebigen Wirkungskreis gefunden. Sein „Palmenthal" war der jungen Freundin vertraut wie eine Heimath geworden, aus seiner Seele zog in die ihre das Verlangen, dem protestantischen Deutschland eine bis dahin schlummernde

Theilnahme für die Heilsbestrebungen der englischen und amerikanischen Stammes- und Glaubensgenossen an dieser hehrsten Stätte anzuregen. Sie las, correspondirte, spendete, sammelte für diesen Zweck, sie schrieb zu seiner Förderung sogar in Zeitschriften, die demselben zu dienen geeignet waren, und da ein verwandtes Streben gleichzeitig in höchstgestellten Kreisen wach geworden war, wurde der Name Lydias von Hartenstein zu einem weithin genannten, während doch ihre Person in fast unnahbarer Zurückgezogenheit verharrte. Eine fürstliche Frau bot ihr einen Wirkungskreis in ihrer unmittelbaren Nähe, mit vom Hofleben befreienden Befugnissen an. Lydia lehnte ihn ab. Die Pflicht, der sie ihr Glück und ihren Herzensfrieden zum Opfer gebracht hatte, war noch nicht erfüllt; sobald sie es sein würde, hegte sie den Plan, in dem neuerrichteten evangelischen Krankenhause der Hauptstadt, abschließend einen Beruf zu suchen. Auch bewog sie ihre Schwester Priscilla in der Zwischenzeit für sie einzutreten.

„Nicht," wie sie dem abmahnenden Pastor Blümel sagte, „nicht, daß das lebensfrohe Kind in diesem schweren Dienst eine dauernde Aufgabe finde, nur eine Schule, wie jedes Mädchen sie durchmachen sollte, um der ernstesten und wichtigsten weiblichen Aufgabe gerecht zu werden."

Und bevor ein Jahr ablief, hatte das schöne, lebensfrohe Kind aus dieser ernsten Schule einen allerseits befriedigenden Ausschlupf gefunden. Ein Kranker, den sie gepflegt, ein nicht mehr ganz junger Beamter, mäßig mit Glücksgütern gesegnet, aber von guter Familie und strenggläubiger Richtung, daher voller Aussicht zu einer gedeihlichen Laufbahn, bot ihr seine Hand. Sie wurde von Herzen angenommen und Phöbe, eben herangewachsen, trat an der Schwester Stelle, um nach kaum Jahr und Tag denselben natürlichen Ausweg zu finden. Ja, vielleicht könnte es sich heute noch zutragen, daß einem jungen Fräulein, zumal wenn es sanft und schön wie die Hartenstein'schen ist, leichter im Krankensaal als im Ballsaal die Myrthe blüht.

Als Decimus Freys Studienzeit zu Ende lief, lebte Lydia mit der Mutter auf dem Schlosse allein; sie lebten würdig, friedlich und einig neben einander, wenn auch nicht mit einander, oder in einander. Frau von Hartensteins Tage waren nach Bedürfen ausgefüllt. Sie schrieb viel mütterliche und empfing viel kindliche Briefe; sie hatte Aussteuern herzustellen, Hochzeiten auszurichten, endlich ein erstes Enkelkind zu wiegen. Was braucht eine Ottilie mehr? Lydia aber, glich ihr Leben denn nicht dem „der hohen freien Geister," für welches ihr Vater sie zu bilden gehofft hatte, erhaben über die gemeine Noth? Und dennoch sagte Konstantin Blümel in jener Zeit von ihr zu seinem Sohn: „Sie siecht an ihrem Ideal!"

Vor keinem Menschen hatte Lydia jemals den Namen ihres einstigen Verlobten wieder genannt; auch Sidonie würde für sie eine Verschwundene gewesen sein, wenn Pastor Blümel, dem die Aussöhnung der Familie eine

Herzenssache war, sie ihrem geistigen Gesichtsfelde nicht beharrlich genähert hätte. Die erste Anknüpfung bot der folgende Brief, welchen Decimus an seinem nächsten Geburtstage erhielt.

„Da die vorjährigen guten Wünsche uns in der Kehle stecken geblieben sind, erhalten Sie, werthgeschätztes Johanniskind, die Dosis heuer verdoppelt. Ich sehe im Geiste Sie umsichtig sich erlaben an den Tafeln der Leviten und Chaldäer und rufe ehrlichen Glaubens: Wohl bekomm's! Ein braver Hirtenmagen verträgt sauer und süß."

„Nächstdem sollen Sie gebeten sein, so oft Sie etwas zu schreiben wissen, mir einen Brief zu schreiben, frisch von der Leber weg, sonder drapirende Gazewolken, die in unserem biderben Deutsch die Welt allemal gleichsam mit Brettern verschlagen und für geschmackvolle Leute, wie Sie und ich, vollständig aus der Mode gekommen sind. Auch sollen Sie gleiche Gunst von Ihrer Rose erbitten; unter dem lockigen Strudelköpfchen blüht manche Blume auf, deren Duft mich erquicken würde."

„Ich grüße die gemüthliche Pfarrfreundschaft in corpore; die heilige Schloßfreundschaft n i c h t einbegriffen; denn ich grüße nur solche, mit denen ich es gut meine und gut meine ich es mit meiner sublimen Sippe noch immer keineswegs. Aber nicht mehr wegen der Johannisoffenbarung vom vorigen Jahr und ihren Konsequenzen. Aus reiner Idiosynkrasie. Der Lilien-

duft ist für meine Nerven zu stark. Im übrigen
verweise ich, konform dem Gesetz der reinen Vernunft,
auf Mama Brigittens Deklaration und rechne darauf,
daß der Reverend Primrose Nummero Zwei mich mit
seinem Nothpfennig aus dem Werben'schen Opferkasten
fortan in Frieden lasse. Sela."

„Ein Stücklein von Held Martin muß ich indeß
doch noch zum Besten geben, bevor ich hinter die feind=
liche Basenschaft ein Punktum mache; ein Roman=
streich, unverkennbar seiner specifischen Phantasie ent=
sprungen und doch korrekt ein pröpstlich Hartenstein'sches
Bravourstück. Vernehmen Sie also, daß er mir in
optima forma seine tapfere Hand angetragen hat.
Mir sage ich, und bin heilig davon durchdrungen,
daß er mit diesem Mir nicht Papa Mehlborns ge=
legentliche Erbin, sondern die von seiner Familie ge=
kränkte Unschuld im Sinne gehabt hat, wie ich gleicher=
weise davon durchdrungen bin, daß er unter dem Druck
des erhaltenen Korbes nicht an Herzbrechen sterben
wird. Und so möge sein ritterlicher Wille ihm mit
einer Lorbeerkrone vergolten werden."

„In Parenthese und zu Ihrem Nutz und Frommen,
hoffnungsvoller Kandidatus theologiae und matrimo-
niae: es giebt keine zärtlichere Paarung, als wo das
Fräulein klug und mit einem kleinen Verdruß irgend
welcher Art behaftet, das Männlein statt dessen mäßig
gewitzigt, aber schön und womöglich ein Jahrzehent
jünger ist. Umgekehrt, will sagen: das weibliche An=
wesen jung und einfältig und der Gespons ältlich und

hell, da mag der Engel mit dem feurigen Schwert immerhin schon ein wenig auf der Lauer stehen. Wo aber der göttliche Intellekt halbirt ist und Adam dem Evchen, Evchen dem Adam mit gleich scharfen Augen auf die Finger passen, die nach der verbotenen Apfelfrucht langen, da ist der Weg vom Paradies zum Infernium ein Katzensprung; wennschon es auch von dieser Erfahrungsregel gesegnete Ausnahmen giebt, wie ich selbiges an dem philosophischen Konsortium, zu dem ich neuerdings in Kindschaft getreten bin, Tag für Tag erfreulich wahrzunehmen habe."

„Nun aber endlich zu den Fragen, mit welchen ich die hochwürdige Blümelei im Chorus mich bestürmen höre: „Wie treibt's die kleine Sidi? Wie geht es, wie gefällt es ihr in der arktischen Zone, nach welcher sie urplötzlich aus Arkadien verschlagen wurde? Ei nun, leiblicher und lustiger, Freunde, als Ihr es Euch träumen lassen mögt; wennschon es ein eigen Ding bleibt, sich die Kindlichkeit anzugewöhnen in einem Stadium, das sich die Würden einer Respektsperson gefallen lassen könnte. Meine Mutter ist keine von den Musen und Grazien, die ich als Nonplusultra der Weiblichkeit zu verehren gewöhnt worden bin; aber eine gescheite, grundredliche, grundtüchtige Frau. Ich merke mit Staunen wie viel von ihrem Blute in meinen Adern rinnt. Ja, hätte ich mich ihrer physischen Naturkraft zu erfreuen, wer weiß, ob ich nicht im allereigentlichsten Sinne ihre Tochter geworden wäre. Aber diese Natur! Freund Peter Kurze möge hören und staunen! Nie im Leben hat ihr ein Finger weh gethan; ich bin überzeugt, daß sie uns Kinder vom Baume geschüttelt hat; nie im Leben hat sie einen Nerv zucken gespürt; härter noch als ihr Wille ist ihre Haut. Stellen Sie sich vor, daß sie bis tief in den Herbst hinein in unserem See badet, während mir mitten im Sommer die Hand abstirbt, wenn ich sie eine halbe Minute aus dem Boot in das eisige Wasser tauche. Reines Nixenblut!"

„Der Professor, — er prätendirt nicht, daß ich Papa zu ihm sage, sondern begnügt sich mit dem guten Freund, — ist ein Ehrenmann. Gentlemen würde in gewissem Sinne viel zu wenig und in einem an= deren ein wenig zu viel für ihn sein. Kurzum wir vertragen uns, sonder anstrengende Toleranz. Das Land sagt mir zu; wenn nicht in Italien wüßte ich nicht, wo ich lieber leben möchte. Für meinesgleichen kommt gleich nach der hohen Kunst die hohe Natur und die hohe Gesellschaft erst ein weites Spacium hinterdrein. Indessen ist es auch mit der letzteren nicht ganz so eidgenössisch nüchtern, wie ich gefürchtet hatte, bestellt. Wir verkehren fast nur, — wennschon nicht absolut aus freier Wahl, — mit Ausländern, will sagen zumeist Deutschen: Flüchtlingen, Mißvergnügten, Phantasten, Narren, aber auch etwelchen tüchtigen und vielen gebildeten Köpfen dermang. Frau Brigitte Zacharias spielt unter diesen Römern in spe die Rolle einer inspirirenden Egeria; ihr Fräulein Tochter die einer preußischen Volumnia oder dergleichen. Will sagen, die kleine Sidi spielt die Patriotin im Ernst. Die schwarzweiße Kokarde ist ja ihr einziges Hartenstein'sches Erbe. Leider, daß sie es nicht mit ihrem Bruder theilen kann. Sie wissen ja aber wohl, wie man dem armen Jungen im Vaterlande mitgespielt hat."

„Doch ich bin noch nicht mit der kleinen Sidi zu Ende, da ich ja kein Wort von ihrem wesentlichsten Ingredienz, der edlen Musika, erwähnt habe. Und da hat das Blatt sich denn so kurios gewendet, daß sie, in Ermangelung von fertigen Meistern mit sehr unfertigen Schülern fürlieb nimmt und — hört, hört! — und, — na dreist heraus! — Klavierstunden giebt; Tag für Tag vier bis sechs Stück à vier bis sechs Frank, wobei sie sich das Jahr netto auf tausend Thaler steht. Wie die alte Harfenmuhme vor Lachen sich schütteln wird, wenn sie aus hohem Himmelsfenster dieses Treiben einer Werben'schen Geschlechtsnachfolgerin erspäht! Denn bis zur reifenden Traurigkeit, Papa Blümel, wird sie es binnen Jahr und Tag dort oben wohl schwerlich gebracht haben. That sie sich doch noch in ihrer letzten Stunde etwas darauf zu gut, in diesem irdischen Jammerthale eine Achtzigerin geworden zu sein, ohne, es sei denn im Wickelbunde, eine Thräne vergossen zu haben."

„Item, es ist ein gutes Geschäft bis auf die rebellischen Nerven. Ihrethalben bin ich indessen schon wiederholentlich auf den Einfall gekommen, in meine sogenannte Heimath zurückzukehren und mich allda redlich, aber etwas gesundheitlicher zu nähren, indem ich mit dem Material Papa Mehlborn'scher Kuhställe eine Molkerei im Großen begründete. In der Schweiz lernt sich so etwas und fertig brächte ich allenfalls auch das. Die klügste aller Pfarrmütter hatte, irre ich nicht, schon vorig Jahr, etwas derart mit mir im Sinn. In jenem sturmfluthigen Zustand war es zu früh dazu, und heute wahrscheinlich auch noch. Wenn Mama Blümel mir indessen im Milchkeller des Thalgutes jährlich tausend Thaler verbürgen könnte, — denn auf das liebe Geld bin ich ein Vogel, der es Vater Mehlborn wett macht, — wer weiß, ob ich nicht die patriotische Paukmamsell in der Diaspora aufgäbe und Euch das idyllische Rührstück vorführte: Sidonia in der Käserei!"

„Und nun zu guterletzt noch einen Blick auf den, dessen Stern, ist er gleich aus der Region Ihrer regierenden Jungfrau gestürzt, Ihnen, getreuer Hirtensohn, denke ich, doch immer noch anziehender leuchten wird als der, welcher über dem Haupt der Melkerin der Zukunft kulminirt. Nun, auch mein Märchen läßt es sich gefallen, so wie er es treibt, treibt er es auch just nicht so, wie Sie und andere Leute es für ihn in Aussicht genommen hatten. Der Mensch zieht ja nun einmal einen Mißstand seiner Wahl dem Wohlstande vor, den sein bester Freund für ihn ausgeklügelt hat und nennt seine Freiheit das, was er im Grunde seine Unfreiheit nennen sollte. Kurz und gut: das Märchen ist auf dem Wege nach Rom in Paris hängen geblieben, — dem rechten Platze, häßliche Erfahrungen zwar nicht zu verwinden, aber zu vergessen, — und schwingt er allda tapfer nicht blos die Adlerfeder des Poeten, sondern, wie tutti quanti, auch die Hahnenfeder des Publizisten. (Falls sein jüngster Ruhm noch nicht bis in Ihre Pflegstätte deutscher Wissenschaft gedrungen sein sollte, erlasse ich Ihnen, denselben auszuposaunen.)

Mag er! „Singt er sich auch nicht in eine Fürstengruft," wird der Huf seines Pegasus auch keine Republik der Gleichheit und Brüderlichkeit aus unserem biderben vaterländischen Boden stampfen, so lange er bei diesem, oder irgend welchem anderen unschuldigen Zeitvertreib sich frei fühlt und froh, wird frei und froh sich fühlen auch der kleine Trabant, der nur mit bewaffnetem Auge erkennbar, sich um diesen bis jetzt noch sehr veränderlichen Stern bewegt. Woher kommt denn alles Glück, freilich auch alles Unglück in der Welt, als daß wir, coûte que coûte, uns an ein Individuum hängen müssen, oder sei es meinetwegen an ein Ding? Bleiben Sie darum den hohen Himmelsaugen treu, Hirtensohn. Sie riskiren mit ihnen weniger von Ihrem Johannissegen als mit allen, die Ihnen hinieden blitzen und blinken würden. Solches wünschend verbleibe ich meines standfesten Freundes Polarius gleicherweise standfeste Freundin Sidi."

Die Freunde in der Pfarre spürten zwischen den scherzhaften Worten manchen unterdrückten Seufzer und manche unterdrückte Thräne heraus; und wenn es eine gute Art des Mitleids ist, Anderen Mitleid ersparen zu wollen, so wurde die Absicht hier nicht erreicht.

Der Eindruck wiederholte sich bei jedem der späteren Briefe, die regelmäßig am Johannistage eintrafen und in Text wie Ton nicht wesentlich anders lauteten. Sie wurden gleich dem ersten von der gesammten Familie, in vertheilten Gebieten, ausführlich beantwortet, so daß die Entfernte in ihrer sogenannten Heimath wohl orientirt bleiben durfte. Decimus, als Auswärtiger, begnügte sich mit dem Referat über seine eigene bescheidene Person und die Zustände seiner Akademie. Vater Blümel, der Versöhner, behandelte den Artikel: Lydia.

Das liebe Röschen hatte sich Held Martin als Gegenstand auserkoren und freute sich, schon im nächstjährigen Briefe durch folgende Eröffnung auf einen interessanten Effect rechnen zu können.

„Den alleruntertänigsten Gratulationsknix zu der Krone, welche meines lieben Fräuleins Sidi verehrlicher Herr Vetter und Freier sich schon in jungen Tagen erworben hat; wenn es vor der Hand auch nur eine Myrthenkrone ist. Binnen weniger Wochen feiert er im Werben'schen Ahnensaale Hochzeit mit einem verwaisten Fräulein, das sich zweiunddreißig reiner Ahnen und des erforderlichen „Kommißvermögens", — seine, des Helden Bezeichnung, nicht meine! — zu erfreuen hat. Ein hochnäsiges, blasses Spürrippchen, nach unserem ländlichen Dafürhalten! Der bravste der Braven gab einem gewissen schwarzlockigen Strudelköpfchen nicht undeutlich zu verstehen, daß er kein weibliches Wesen seinem Ideal so gänzlich entsprechend gefunden haben würde, als eben besagtes Strudelköpfchen; daß er aber, auch abgesehen von dem Kommißvermögen, als ein Hartenstein Rücksichten zu nehmen habe, welche gewöhnliche Leute Vorurtheile nennen. Ei nun, Spürrippchen oder Strubelköpfchen, einmal unter dem Pantoffel, ist er der Held, der mit diesem oder jenem in ein Himmelreich kommt. Mein Decem gehört, wenn auch aus einigermaßen abweichenden Gründen, zu der nämlichen Couleur, mit der wir Mädchen uns eigentlich gar nicht einlassen sollten. Denn wenn ein Mann durch uns nicht unglücklich werden kann, wie soll er denn durch uns glücklich werden, oder wir durch ihn? Versucht wird es mit dem Decem aber doch wohl werden müssen."

Jedem dieser Briefe wurde allerseits eine herzliche Einladung in das Pfarrhaus beigefügt. Am dringlichsten von Mutter Hannah; wenn sie es auch ablehnen mußte, die Bürgschaft für eine auf dem Thalgute zu errichtende Schweizerei so weit zu übernehmen, daß durch ihre Erträge einem Freiheitsdichter in der Metropole des Genusses die Adlerfeder mit feinem Golde überzogen werde. Ueber Papa Mehlborn, ihre briefliche Specialität, konnte Mutter Hannah von Termin zu Termin lediglich berichten, daß er rüstig weiter wirthschafte und nur sein Augenlicht immer bedrohlicher im Abnehmen sei. Er stände ja aber auch hoch in seinem achten Jahrzehent.

Philipp von Hartenstein's Vormund war ein gewissenhafter Herr. Wenn er unter den Hörern seines Kollegs einen gefunden hätte, dessen mathematische

Beflissenheit der exegetischen nur annähernd ebenbürtig gewesen wäre, würde er, ohne auf heimische Beziehungen Rücksicht zu nehmen, den Zögling des toleranten Pfarrers von Werben eben so fern von seinem Zögling gehalten haben, als jener sich schon seit dem zweiten Semester fern von des keineswegs toleranten Herrn Professors Privatissimum hielt. Da außer dem Studiosus Frey solch ein närrischer Kauz, der die Mathesis puras als genußreiches Nebenstudium der Exegese betrieb, nun aber einmal nicht aufzutreiben war, und da der Schematist von Staat nun einmal einen gewissen Grad der **Mathesis puras** für einen zukünftigen Jünger Doctor Martin Luthers unerläßlich fand, da endlich auf diesem neutralen Gebiet confessionelle Widersprüche nicht zu befürchten waren, machte er aus der Noth eine Tugend und wendete dem armen Hutmannssohne von Werben für wöchentlich vier Pauklectionen wöchentlich acht gute Groschen zu. Denn sothane Lectionen aus landsmannschaftlicher Gefälligkeit gratis anzunehmen, dieses hoffärtige Ansinnen konnte dem armen Hutmannssohne selbstrebend nicht zugestanden werden.

Nun, wenn auch dafür abgelohnt, machte es Decimus Freude, seines weißen Fräuleins erziehende Aufgabe, die in Bezug auf den Knaben eine schwere war, um ein Bruchtheil zu erleichtern und nahm er es geduldig in den Kauf, daß, bevor das Buch aufgeklappt wurde, regelmäßig ein Sturm leidenschaftlicher Klagen und ein Strom von Thränen, Thränen der Wuth, beschwichtigt werden mußten.

Philipp hatte sich während des Siechthums seiner leidenschaftlich geliebten Mutter darein ergeben, dem vom Vater erwählten Tutor zu folgen, und war es im Grunde ja auch nur eine häuslich strenge Regel, welche er mit der anderen vertauschte. Aber es ist ein Unterschied, ob das Haus, in welchem solche Regel waltet, in lachender Landschaft gelegen ist, oder in einer halbdunklen, rauchigen Stadtgasse; ob Andachten und Choräle in hohen Sälen erklingen, oder in einer engen Gelehrtenstube, ob Benedicte und Gratias an einer völlig besetzten Familientafel gesprochen werden, oder vor und nach dem bescheidenen Mahle eines Professors mit dreihundert Thalern Gehalt und den Collegiengeldern eines Privatissimums, das die Zahl der Musen selten erreichte; ob man in den Freistunden sich auf blühender Gartenterrasse, — wenn auch nur in Gesellschaft von ein Paar Schwesterchen, — austummelt, oder sterbensseelenallein in einem mauerumragten Hinterhof; vor allem aber, ob eine zärtliche Mutter wie Frau Ottilie das weibliche Element der Familie vertritt, oder eine ältliche, emsige, kinderlose Schaffnerin wie die Hausfrau des Professors Hildebrand.

Hatte schon daheim Magister Klein seine liebe Noth mit dem Stillsitzen des lebhaften, nicht unbegabten, aber widerwillig lernenden Knaben gehabt, so war demselben jetzt nun alles und jedes zuwider, sträubte gegen alles und jedes sich sein Hartenstein'sches Blut. Unter den Augen seines Zwingherrn saß er mucksmäuschenstill, mit verbissenem Grimm; in der Klasse verstopfte er sich gleichsam die Ohren, um wegen Ungelehrigkeit und Trotz je eher je lieber von der Schule gejagt zu werden. Vor seinem „lieben guten Decimus" aber tobte er sich aus wie ein unbändiges Füllen. Er wollte fort aus dem Pfaffenhause, in das Kadettenkorps, in die weite Welt, gleichviel wohin, nur fort, fort! Er wollte kein Schwarzrock, er wollte Soldat werden wie alle Hartenstein, sogar sein Vater als er noch jung gewesen. Warum hatte Martin werden dürfen was ihm gefiel? Wer gab einer Schwester das Recht, ihren Bruder zu zwingen in ein Verhältniß, das ihm widerstand?

Bei jedem Ferienbesuche brachte er die nämlichen Klagen und Beschwerden auch den Seinigen zu Gehör, wenn auch in abgedämpften Tönen. Denn der Mutter erweckten sie nur unstillbare Seufzer und Thränen und vor Lydia scheute er sich, da in ihrer Hand ganz allein, — das einzusehen war er klug genug, — sein Schicksal lag. Wenn er aber niemals eine andere Antwort erhielt als: „Es ist deines seligen Vaters Wille gewesen, harre aus!" dann stürmte er verzweifelnd in die Pfarre, wo er in Röschen eine offene, in Mutter Hannah eine heimliche Verbündete gegen den Gewaltact, der an ihm verübt ward, fand und was Pastor Blümel zur Begütigung dagegen redete, redete er in den Wind. Nicht in den Wind, sondern wie gegen einen ehernen Wall redete Pastor Blümel aber auch zu dem Herzen der väterlich geliebten Lydia, so oft er sich ihr gegenüber zum Anwalt ihres Bruders aufwarf. Sie fragte ihn, ob er in seinem Pflegesohn die Neigung zu einem demselben angemessen dünkenden Beruf nicht gleichfalls niedergehalten habe?

„Nur die Entscheidung dafür bis zu der Zeit seiner Reife," antwortete Pastor Blümel.

„Mehr fordere auch ich nicht," versetzte Lydia. „Sollte für einen halbwüchsigen Knaben die Zeit der Reife aber schon gekommen sein? Und was geht Philipp ab? Würde er in einem Alumnat, wie Sie es vorschlagen, größere Freiheit haben?"

„Keineswegs und würde dieselbe auch keineswegs zu wünschen sein. Aber eine jugendlich gesellige Sphäre, in welcher er sich nicht in das Extreme getrieben fühlte. Bei jedem zu bildenden Menschen muß mit seinem Temperament gerechnet werden."

„Er ist als jüngstes Kind durch übergroße Liebe verwöhnt; strenge Zucht thut ihm noth. Das Leben ist kein bequemes Schaukelbett. Er steht unter Obhut der gewissenhaftesten Pfleger, der treuesten Freunde seines Vaters. Er wird eines Tages arm sein. Je einfacher seine Lebensweise geregelt ist, um so leichter wird er künftige Beschränkungen ertragen. Jedes Kind soll erzogen werden gemäß der Lage, welche sein von Gott berufener Hüter für ihn voraus zu berechnen vermag. Mein seliger Vater hat bitterlich gelitten, weil, wie er glaubte, diese Erkenntniß ihm zu spät gekommen ist."

Was sollte Pastor Blümel diesen logischen Folgerungen entgegenhalten? Er seufzte. Aber der Seufzerhauch machte nicht wie der Dichter es will, „ihm der Seele Spiegel klar." Eine deutliche Stimme warnte ihn, daß dieses seltene Mädchen an seiner wichtigsten Aufgabe scheitern werde, indem es dieselbe überspanne, und daß ihr eigener Frieden schwerer als der des anvertrauten, leichtblütigen Knaben bedroht sei. Lydia krankte an ihrem Ideal und dieses Ideal war der Glaube an vollkommenen Menschenwerth. Sie hatte ihre Liebe zu Max als eine Irrung erkannt, aber als eine Irrung, von der sie nicht zu genesen vermochte und eben darum war sie hart mehr noch gegen sich selbst als gegen den Bruder, in welchem sie einen Bluts- und Geistesverwandten des Geliebten mit nur weit schwächerer Begabung sah. Selbst ihr Vater stand vielleicht nicht mehr ganz so hoch wie einst auf dem Piedestal in ihrer Brust.

Indem Pastor Blümel diese sorglichen Erwägungen in des Sohnes Seele ergoß und dessen Bitten um eine angemessenere Behandlung seines jungen Freundes mit denselben abfertigte, fühlte sich nun aber der Jüngling weit mehr als der Greis der ersten Idealgestalt seines Lebens innerlich entfremdet. Die kindliche Vertraulichkeit hatte mit Maxens Dazwischentreten ja aufgehört; Decimus sah Lydia seit Jahren nur noch gleichsam aus der Ferne; Erinnerung und Phantasie jedoch arbeiteten an dem weißen Fräulein geschäftig weiter, bis allmälig und immer dichter zum Herzen hinan ein kalter Nebelbrodem sich zwischen sie und ihren jugendlichen Bewunderer drängte.

Je schattenhafter nun aber das Bild des weißen Fräuleins in seiner Seele verblaßte, um so wesenhafter gestaltete sich die Neigung zu der süßen Rose, deren Duft er nach jeder Trennungspause begehrlicher in sich sog. Er dachte gar nicht mehr daran, nach Ablauf seines Trienniums sich noch einmal zu abstracten Messungen auf die Schülerbank zu setzen; er dachte nur so rasch als möglich ein fertiger Mann, ja durch Aneignung des besten Theiles seines Selbst erst recht zum Mann zu werden. Decimus, Decimus, hüte dich! Du bist bisher sonder Hast noch Rast, wie es einem Glücklichen eignet, deine Bahn gewandelt. Hüte dich vor den Dämonen, Jüngling! Laß es mit deinen Sternen nicht deinen Stern dich kosten!

Peter Kurze war es, der jezeitige Doctorand, welcher, etwas weniger euphemistisch ausgedrückt, diesen Warnungsruf vernehmen ließ. „Stillvergnügter,“ sagte er, „das Kandidatenfieber ist bei dir ausgebrochen!“

Aber Decimus lächelte nur ob dieser Prognose. Die Sache lag nicht entfernt so bedenklich, wie der Medikus in spe erachtete. Keine Spur von Fieber. Peter Kurze war selber verliebt, daher nicht klarsichtig; in das liebe Röschen verliebt, daher eifersüchtig; viel stärker verliebt als Decimus, weil ein Paar Jahr älter und obendrein Mediciner, will sagen ein Praktikus des Natürlichen und keine Spur von Idealist. Wächst solch ein Kandidatenparoxismus zwanzig Jahre lang aus der Wiege heraus? Trägt Decimus an seinem Finger ein Ringlein, das zu einer künftigen Kette den Anfang bilbet? Hat er dem schwarzen Strubelköpschen eine einzige Locke geraubt? Sammelt er Vergißmeinnicht, oder Busenschleifen? Begnügt er sich nicht mit dem Lichtbild i n seinem Herzen, statt a u f demselben eines zu tragen, wie der fortschreitende Erfindungsgeist seit kurzem sie an Stelle der mühsam mit dem Storch= schnabel entworfenen Schattenbilder unserer Väter, im Umsehen von der Zauberin Sonne zeichnen läßt. Von all diesen Liebhabermerkmalen kein einziges! Nicht ein Wort ist zwischen dem Studenten und seinem Röschen gefallen, das der Kandidat und seine Rose hätten ein= lösen müssen. Endlich aber die Hauptsache: was hätte es denn verschlagen, wenn das Kandidatenfieber aus= gebrochen wäre; nur in der Ordnung würde es ge= wesen sein.

Hieß er denn nicht schon seit Monden Herr Kan= bibat? Hätte er nicht Predigten halten können, so viel ihm und seinen etwaigen Zuhörern beliebte, ohne daß ein gewogener Professor sein Approbatum darunter setzte? Und ist dieser Abschnitt nicht lediglich darum unerwähnt geblieben, weil er im Grunde ein Abschnitt nicht war und das Aufhören des Trienniums und Stipendiums in seinem Tageslauf so gar wenig geändert hatte! Statt gottesgelahrte Kollegia zu hören giebt er etliche Unter= richtsstunden in einer höheren Lehranstalt, sitzt aber nach wie vor zu Füßen seines herrlichen Chaldäers und ar= beitet in der Zwischenzeit mit Feuereifer an der Vor= bereitung zu dem Examen pro ministerio, nach welchem der Ordination nichts mehr im Wege steht. Bei dem bevorstehenden österlichen Ferienbesuche wird er seinem Vater erklären, daß im Gestritt der Schulen, das, was noth thue, ihm unverkümmert geblieben und daß er freudig gewillt sei, dem Vater zur Seite zu treten, sobald derselbe ihm sagen wird: „Ich bin müde geworden, mein Sohn. Stehe mir bei, die Seelen unter meinen Augen ein wenig höher gen Himmel zu richten." Warum soll der Kandidat daher nicht so gut wie jeder andere an Hüttenbauen denken?

Ja, er lachte den Doctoranden recht stillvergnügt ob seiner Diagnose aus. Bei alledem aber lachte er noch viel stillvergnügter, als besagter Doctorand und Rival ihm erklärte, daß er der verflixten Promotion halber, sich heuer den Appetit auf Mutter Blümels Osterfladen verkneifen müsse, um ohne Gefühlspause über der Pathologie einer Fettleber, seiner schriftlichen Probearbeit, zu büffeln. Es rann in Freund Decems Adern kein Othelloblut; absolut ohne Dämonen geht es aber auch in der stillvergnügtesten Brust nicht ab. Die Osterwanderung ohne seinen besten Freund kam ihm noch einmal so vergnüglich vor.

Aber noch ein zweites, leider wenig frohstimmendes Anliegen sollte während derselben erledigt werden. Sämmtliche Repetitorien, bis auf das seines jungen Landsmannes, waren aufgegeben worden. Jetzt mußte auch dieses wenigstens beschränkt werden. Die Examenansprüche drängten und ein erster schriftstellerischer Versuch, ein astronomischer Leitfaden, den er unter der Aegide seines getreuen Himmelsführers unternommen

hatte, sollte womöglich noch vor jenem Abschluß vollendet werden. Es galt daher, die Zeit gründlich aus-
zukaufen. Und Philipp hätte doch mehr denn je nicht
blos einer fördernden Nachhülfe, sondern auch eines
hingebenden Umgangs bedurft.

Er war zum zweiten Male nicht nach Prima versetzt
worden und bäumte sich mit äußerstem Trotz gegen den
aufgedrungenen Schülerberuf. Da ihm, als Strafe für
seine Lässigkeit, die österliche Ferienreise untersagt worden war, hatte Decimus sich vorgesetzt, sein Fürsprecher
bei Lydia zu werden, um ihre Zustimmung zu der ersehnten Soldatenlaufbahn zu erwirken. Der brave
Hirtensohn! Eine Aber Don Quixotes spukte doch
wahrlich in seinem mathematischen Kopf. Sich zu unter-
fangen, woran Konstantin Blümel, der Versöhner, gescheitert war!

Am Nachmittag vor der Reise saß er bei dem Artikel „Sternschnuppen", einem Leibartikel, über seinem
Leitfaden, als Philipp in das Stübchen stürmte und
sich lautjubelnd ihm in die Arme warf. Die Decke in
seines Professors Rauchneste war zusammengestürzt, es
mußte ein Umbau und eine Neuordnung der Bibliothek
vorgenommen werden; der unbequeme Hausgenosse wurde
daher bis nach den Festtagen zu seiner Mutter entlassen.
Decimus hatte die Eisenbahn, die zwischen der Uni-
versitäts- und Werben'schen Kreisstadt schon seit Jahren
fertig gestellt war, noch niemals benutzt; er schritt mit
Lust von Zeit zu Zeit einmal tüchtig aus. Dem jungen
Faulpelz war nun als Strafe diktirt worden, die Reise

statt wie bisher per Dampf diesmal per pedes mitzu-
machen. Was doch dieser gelehrte Professor für ein
Menschenkenner war! Die erste Fußreise, eine Wan-
derung mit seinem lieben guten Decimus — eine
Strafe! Ach, wenn er doch die ganze Welt mit ihm
hätte durchwandern können! Das große Kind hatte
sich bereits probeweise Ränzchen und Botanisirtrommel
umgehängt, auch einen gewaltigen Knotenstock zugelegt.
Er glich dem Vogel, dem die Käsigthür geöffnet worden
ist, er sang und pfiff vor heller Lust, krähte wie ein
Hahn und wieherte wie ein Roß. Es war ja ganz
unmöglich, daß er je wieder in das grauliche Nest zurückkehrte. Wenn nur sein lieber guter Decimus ihm
tapfer beistände, mußte Schwester Lydias steinhartes
Herz ja endlich erweicht werden. Der mütterlichen Zustimmung war er längst gewiß. Zum Winter trug er
den bunten Rock.

Während dieses wohligen Flügelschlagens erdröhnten
die Treppe herauf wuchtige Tritte, die Thür wurde aufgerissen und in ihrem Rahmen erschien eine Gestalt,
die sich bücken mußte, um nicht anzustoßen; halben
Kopfs höher als der Hüne unter den Musensöhnen und
mindestens noch einmal so breit, wennschon besagter
Hüne sich auch keiner Wespentaille zu rühmen hatte.
Ein Prachtstück von Mann mit seinem röthlich gelockten
Haar und Bart, dem wetterbraunen Gesicht und den
weitgeöffneten meerdunklen Augen. Er kam Decimus
bekannt vor, obgleich er doch wußte, daß er ihn niemals gesehen hatte; so wie ihn hatte er sich seinen

Vater vorgestellt, seinen armen Vater, ehe er bis zur Hutmannshütte herabgesunken war.

„Na, wer von Euch Jungen ist's denn?" rief der Fremde mit hauserschütterndem Baß, als aber die „beiden Jungen" verwundert schwiegen, brach er in ein schallendes Gelächter aus und sagte, indem er sich mit der Faust vor die Stirn schlug: „Dummrian! der winzige Piepmatz kann's doch nicht sein!" Dabei kriegte er den Großen beim Kopf, schmatzte ihn auf beide Backen, preßte ihm die Hände, daß ihm, der sonst bei einer Kraftäußerung just nicht zimperlich war, ein „Au!" entfuhr und erst nach dieser thatsächlichen Begrüßung stellte er sich vor mit den Worten: „Ich bin Bruder Klaus!"

Da gab es denn viel lautes und stilles Vergnügen, dann aber gewaltige Neugier und gewaltigen Durst. Den letzteren von Seiten des Steuermanns, die erstere nur von Seiten der beiden Jungen. Denn Bruder Klaus wußte ja aus zwei langen Schreibebriefen, wie es dem Zehnten des Hutmannshauses gegangen war, und hätte er es noch nicht gewußt, würde er es ihm an den Augen angesehen haben: nämlich gut, und weiter brauchte Bruder Klaus nichts zu wissen; denn Jahr aus Jahr ein zwischen Wind und Wellen, gewöhnt Einer sich das Fragen ab. Dahingegen liebte er es, wenn er einmal auf dem Trockenen saß, seinen Lungen durch Erzählen Motion zu machen; und so that er denn seinen Mund auf und nicht eher wieder zu, bis die Punschterrine, welche die Haushälterin des alten Sternenprofessors gefällig besorgt hatte, bis auf den letzten

Tropfen geleert und das was das Herz anfüllte, für heute wenigstens genügend ausgeschüttet war.

Der erste große Schreibebrief, dessen Eintreffen der Inselpastor mit der Bemerkung, daß der Steuermann Frey auf einer Indienfahrt begriffen sei, angezeigt hatte, war Jahr und Tag vor des Adressaten Heimkehr angelangt; die erbetene Antwort aber aus guten Gründen unterblieben. Mit dem Buchstabenmalen hatte Bruder Klaus es schon unter Kantor Beyfußens Fuchtel nicht gar zu weit gebracht und während der zwanzig Jahre, daß er kreuz und quer die Wasserwelt durchsteuerte, war es ihm „rattenkahl" abhanden gekommen. Auch seine Frau, Stina hieß sie, verstand sich auf diese Fingerkunst nur schwach; contrare der Inselpastor, der sich sogar bis zum Bücherschreiben auf dieselbe verstand, würde die Sache doch nicht so ausgedrückt haben, wie es der Klaus mit leibhaftigen Worten gethan. „Besser," hatte er zu seiner Stina gesagt, „besser, ich mache bei gelegener Zeit einmal hinein."

„Denn, nicht wahr," so fragte er lachend, „bei Euch zu Lande wird immer noch wie sonst allerwegens gemacht, wo bei uns Strandleuten hingesegelt wird?"

Weil Bruder Klaus nun aber erst noch verschiedentliche große und kleine Touren abzusteuern hatte, war er erst gestern dazu gekommen, zum Dank auch noch für den zweiten Schreibebrief, den der neubackene Kandidat in sein Inselhaus geschickt, sich in Hamburg zum ersten Male im Leben auf eine Eisenbahn zu setzen; mußte auch binnen fünf Tagen schon wieder in seinem

Hafen sein, um eine Kaffeelabung aus Brasilien zu holen. Dann aber hatte er sich eine Landpause vorgenommen und gedachte, wenn er es nämlich so lange aushielt, den Winter über bei Frau Stinen und dem kleinen pausbäckigen Matrosen zu bleiben, der während jener vom Pastor gemeldeten Indienfahrt in dem Inselhause eingesprungen war. Neckischer Weise dieser erste Bube an einem Tage mit dem erwähnten Bruderbrief, dem ersten Schreibebrief in Mutter Stina's Ehestande. Der Inselpastor hatte ihn ihr im Wochenbette vorgelesen, dann hatte sie ihn selber durchstudirt und zwar so oft, bis sie ihn auswendig konnte von A bis Z. Der Inselpastor aber hatte beim Kirchgange der Wöchnerin eine Predigt über den Bruderbrief gehalten und das Gleichniß vom Säemann, das just an der Reihe war, so erbaulich ausgelegt wie noch kein Mal zuvor. Denn das Korn, das der Säemann ausstreute, hatte er für gewöhnlich Gottes Wort genannt, heute aber nannte er es Menschenkind. Und von zehn Körnern, die aus einer Mutterähre gefallen, wären sieben auf die sandige Düne und die dürre Geest geweht und von den Vögeln gepickt worden und nur zwei, die, als der Schnitter mit der Sense kam, bereits weit ab zwischen Dornen und Steinbrocken Wurzel geschlagen hatten, wären schlecht und recht fortgekommen. Das zehnte Korn aber sei auf guten Marschenboden gefallen, sei darin angewachsen und werde, so Gott wolle, Frucht tragen für die verlorenen sieben mit. Denn die Ordnung der Natur sei es wohl, daß eine Kreatur die anbere verbränge, um sich das eigene Leben zu fristen; die Ordnung des Geistes aber und unseres ewigen Heilands Gebot sei es, daß ein Menschenbruder für den anderen einstehe und einbringe, was der andere ledig gelassen habe. Und diese Ordnung im Gottesreiche nenne man die Liebe.

Um dieser erbaulichen Auslegung willen hatte die Steuermannsfrau den unbekannten Schwager im Binnenlande als Pathen ihres Erstgeborenen in das Kirchenbuch eintragen lassen und darauf bestanden, daß der Bube auf den Namen Decimus getauft werde; sie rechnete aber stark auf die nachfolgenden Neune, von denen jeder einen so schönen Schreibebrief zu Stande bringen lernen sollte, daß sein Pastor eine Predigt darüber halten konnte, wie die von dem zehnten Korn. Und was die Steuermannsfrau sich einmal in den Kopf gesetzt, das setzte sie auch durch. Bis jetzt waren es der Buben drei. Der allerinständigste Wunsch, den der Buben Mutter seit der Zeit aber im Herzen hegte, war der, daß der schöne Briefsteller, Schwager und Gevatter sie einmal in ihrem Hause, das das allersauberste der Insel war, besuche und darum hatte sie ihrem Steuermann keine Ruhe gelassen, bis derselbe sich auf die Eisenbahn gesetzt, die Einladung anzubringen.

Decimus schlug in die mächtige Bruderhand mit dem Versprechen, gestattete es Gott, nach zurückgelegter Prüfung seinen ersten weiteren Ausflug in das saubere Haus seiner Inselschwägerin zu nehmen und gestattete es deren Herr Pastor, seine erste Predigt in der Kirche zu halten, wo der Erstling aus dem zweiten Geschlecht, das dem armen Hutmannshause entstammte, auf den Namen und in der Hoffnung des zehnten Kornes getauft worden war.

Weniger froh stimmend als das Inselidyll lautete der Bericht, welchen Bruder Klaus zu geben hatte über das zweite Korn, das just oberflächlich Wurzel geschlagen, als der Schnitter die Mutterähre mähete. Bruder Friede hatte sich von amerikanischen Agenten zur Auswanderung anwerben und das, was man Zufall nennt, ihn später mit seinem Aeltesten in einem brasilianischen Hafen zusammenstoßen lassen. Aber Bruder Friede trug ein Lumpenkleid.

„Er hätte im Heimlande bleiben und auf den Unterofficier dienen sollen," meinte der Steuermann. „Er war von jeher von einer Gemüthsartigkeit, die man bei Euch zu Lande bemide, oder feige nennt. Der blöde Friede hat er schon auf Kantor Beyfußens Schulbank geheißen. Unter den Soldaten aber heißt es pariren, was zu der Feigigkeit paßt, drüben in Amerika contrare heißt es sich rühren und riskiren, was zu der Demidigkeit ganz und gar nicht paßt. Von wegen des Parirens hätte er nun allenfalls auch zum Matrosen getaugt; aber da war nun wiederum der Umstand mit der Seekrankheit, die dem armen Kerl ganz heidenmäßig mitgespielt und vor der er einen Respekt ärger als vor dem gelben Fieber hatte."

Einmal wird der blöde Friede es aber doch noch mit dem spaßigen Würgengel auf der Salzfluth riskiren

müssen. Bruder Klaus weiß ihn zu finden, wenn er nämlich noch am Leben ist, und wird ihn auf der Retour von
seiner nächsten Spritzfahrt nolens volens in das Schlepp-
tau nehmen, ihn in sein Inselhaus transportiren, und
während seines faulen Winters sich nach einem Schlenderposten für den armen Burschen umthun. Also hat
Mutter Stina, in Erinnerung an das zehnte Korn es dekretirt. Und mit Mutter Stina ist nicht zu spaßen; denn
ein Ehemann, der durchschnittlich von zwölf Monaten
elf das Schiffssteuer führt, hat natürlicherweise das
häusliche Steuer auch im zwölften Monat seiner Ehe-
frau zu überlassen.

Im Haupte des Bruders Kandidaten war dieser
Schlenderposten bereits entdeckt. Das Hutmannshaus,
jetzt keine elende Herberge mehr, stand wieder einmal
ohne Anwärter, da für eingeborene Aermlinge in der
Grabesstraße überflüssig gesorgt war und eine Gemeinde,
die wie die Werbener auf sich hält, sich wohl hüten
wird, auswärtige Aermlinge an ihren Beneficien theil-
nehmen zu lassen. Bruder Friede mag in dem Hause
sich nach Belieben die Zeit vertreiben, bis über kurz
oder lang, — Schäfer Kunz hat seine Siebenzig auf dem
Rücken, — der Hutmannsposten erledigt wird. Wie
aber wird die gute Mutter Hanne sich freuen, wenn
sie eines Tages aus hohem Himmelsfenster hernieder-
schauend, den einen ihrer Zehne die Weideheerde und
den anderen die Seelenheerde in ihrem Dorfe führen
sieht!

Nichts hätte dem Steuermann willkommener sein

können als der Wanderplan der beiden Jungen. Natürlich trabte er mit in das alte Nest. Bevor der Hahn
gekräht hatte, waren sie seelenvergnügt auf dem Wege
und ließ der Kandidat sich auch die Laune nicht verderben, als wider die Abrede vor dem Thore sein
guter Freund und Nebenbuhler aus dem dreiblätterigen
Klee ein Vierblatt machte. Das geistliche Blut hatte
sich zu guterletzt in dem Doctoranden geregt und das
Gewissen ihm geschlagen, die heilige Osterzeit durch die
Vertiefung in eine Fettleber zu entweihen. Da überdies ein mäßiger Grad persönlicher Kurzathmigkeit und
ein hoher Grad kaum stillbaren Durstes von jener am
unrechten Orte abgelagerten rechtmäßigen Substanz her-
geleitet werden durften, mußte es dem Doctoranden
nicht nur gesundheitlich, sondern auch ärztlich von Wichtigkeit sein, wenn er den abmindernden Einfluß einer
energischen Muskelbewegung auf sothane Substanz an
seiner persönlichen Leber ausprobirte. Beide Motive
leuchteten ein.

Munter ging es nunmehr die pappelgesäumte Straße
entlang, welche vor vierzehn Jahren der Held des
Glücks als Abenteurer auf dem Bocke und dann zu
Füßen der weiland Harfenkönigin mit einem Vierge-
spann dahin gerollt war. Bruder Steuermann führte
das Wort; der Doctorand wurde übertönt und ver-
senkte sich in die stille Erwägung, ob sein Weizen ihm
nicht etwa als Schiffsarzt blühen könne, oder etwa die
Pathologie des gelben Fiebers in dessen endemischer
Zone zu studiren sei?

Philipp hatte sich an des Matrosen nervigen Arm gehenkelt und seine Hartenstein'schen frohen Augen hafteten leuchtend an dem wetterbraunen Mannsgesicht. Die Kinderstube auf dem Schlosse von Werben war eine von den wohl seltenen, in welcher Campes Robinson nicht gelesen worden; nun war dem Achtzehnjährigen zu Muthe wie einem Achtjährigen, wenn ihm dieser unersetzliche Liebling der Kinderwelt zum ersten Male unter die Augen geräth. Alles war der jungen Landratte neu: Seeleben und Strandleben, Schiffe und Fische, Wogen und Winde, die gesammte weite, freie Gotteswelt, die jenseit seines grauen, buchgefüllten Kerkers lag. Seine Brust schwellte sich von wollüstigem Sehnen.

Aber auch Decimus erntete sein Theil von Robinsonfreude und auch seine Brust schwellte sich von wollüstigem Sehnen. Denn die unstete Woge zu seinen Füßen beherrschen, ist es ja nicht allein, was der Segler auf hohem Meere lernt; auch der Ocean zu seinen Häupten muß ihm ein Vertrauter werden; er muß das Steuer nach den ewigen Gestirnen lenken lernen. Und wie der Freund dieser ewigen Gestirne nun zum ersten Male aus eines Zeugen Munde den Eindruck schildern hörte, den der Weltumschiffer empfängt, wenn er in der Nacht, wo er die Zone überschritten hat, plötzlich eine andere Himmelswelt im Strahlenfeuer der Tropen leuchten sieht und er sich nun vorkommt wie auf einer anderen Erdenwelt, da überrieselten Schauer des Jünglings Leib und tief aus dem Herzen lockte eine Stimme: Erst einen Blick auf das südliche Kreuz und dann Hütten bauen unter dem Richtstern des Nordens!

Mit kräftigerem Baß war noch kein Osterlied in der Kirche von Werben gesungen worden als von dem Steuermann Klaus Frey; so voll Wunder und Stolz Haus bei Haus in der Gemeinde noch kein Heimaths= kind willkommen geheißen als der Weltumsegler Klaus Frey. Selber die bleichen Wangen in der klösterlichen Schloßkemnate überflog wieder einmal ein Anemonen= hauch. Die Angelegenheit des blöden Friede erledigte sich sonder Bedenken, denn wo es ein Werk der Barm= herzigkeit galt, waren Lydia und Konstantin Blümel jederzeit eines Sinnes. Als nach ein Paar frohen Tagen Bruder Steuermann aus seinem alten Neste schied, erneuerte Bruder Kandidat das Versprechen, im Verlauf des faulen Winters in dem sauberen Insel= hause einzukehren und den Bruder Amerikaner heim in das elterliche Hirtenhaus zu führen.

Nun erst kam die Reihe an Philipps freiheitliches Anliegen. Der arme Philipp! Er hatte das heitere Zusammenleben von der ersten Stunde bis zur letzten hoffnungssicher getheilt; nun traf ihn seiner Schwester Schiedsspruch wie ein Donnerschlag. Es war seit nahe= zu vier Jahren zum ersten Male, daß Decimus für länger als eine Begrüßung unter Lydias Augen trat, um als Fürsprecher ihres Bruders, demselben den er= sehnten Eintritt in den Militairdienst zu erwirken. Lydias strenges Urtheil über den Knaben und ihre

Weigerung, seiner Lust zu willfahren, waren unüberwinblich.

„Auch zum Soldatwerden," sagte sie, „gehört tüchtiges Lernen, das heißt lernen wollen; denn Sie selber geben zu, daß Philipp es vermag. Zunächst aber Gehorsam lernen. Mein Vater hat in seinem nächsten Zusammenhange erlebt, bis zu welchem Aeußersten ein ungezügeltes Temperament vornehmlich in diesem Stande führt und er hat an sich selbst erlebt, wie erneuernd Gottes Wort und eine strenge Zucht auf ein Gemüth voll ungestümer Begierden wirken. Eines Vaters Weisheit hat für den Sohn gewählt, er muß unter straffem Zügel ausharren, bis er zur Selbstführung fähig geworden ist."

Lydia geleitete ihren Bruder persönlich in das Haus zurück, das er seinen Kerker nannte. Da er die unumstößliche Weisung erhalten hatte, nicht früher als nach bestandenem Primanerexamen in die Heimath zurückzukehren, mußte auch während der großen, sommerlichen Erholungsvakanz in unzerstreuter Arbeit still gesessen werden. Der Knabe, dessen Phantasie eben erst die Fühlhörner in ein Reich der Freiheit ausgestreckt hatte, folgte dem eisernen Willen starr und stumm, in verbissenem Grimm.

Decimus verhehlte sich nicht, daß Lydia dem Wesen nach das Richtige gesagt hatte und es that; aber die Weise, in der sie es sagte und that beklemmte ihm das Herz. Hätte der Vater an seinen Sohn die gleiche Heischung gestellt, würde selbst Konstantin Blümel sie gebilligt haben. Es rumorte ja ein gefährlich unstetes Blut in diesem Geschlecht. Das Beispiel Hilmars von Hartenstein und in anderer Richtung auch das seines Sohnes warnten laut. Nun aber, da es ein Weib war, ein junges Mädchen, das die Heischung stellte, eine Schwester, die sich Vaterrecht anmaßte, nahm die gemüthliche Familie im Pfarrhause sammt und sonders gegen sie Partei. Vater Blümel sah mit tiefem Seufzen das Bruderherz sich gegen das Schwesterherz empören und den allzustraff gespannten Bogen brechen; seine Hannah beklagte die arme Mutter, deren Thränen so für gar nichts geachtet wurden; Röschen schüttelte unwirsch die schwarzen Locken und schalt wie ein kleiner Rohrsperling auf die tyrannische Nonnenseele im Schloß. Sie würde in Peter Kurzen, natur- und vernunftgemäß, einen Sekundanten gefunden haben, auch wenn er nicht zufällig ihr zärtlicher Anbeter gewesen wäre. Nun aber, da er es war, verdoppelte sich im Schwelgen von Rosendüften die Idiosynkrasie, welche der nervenstarke Mediciner mit der nervenschwachen Klaviermeisterin gegen das Arom der weißen Lilie theilte. Er nannte sie schlechtweg nur „die Belladonna," und docirte mit naturwissenschaftlicher Unfehlbarkeit:

„Ein Gramm Blutshoffarth, zwei Gramm Heiligenhoffarth von der Mutterbrust an stündlich eine Prise voll eingeschnupft und mit dem Kukuk müßte es zugehen, wenn aus einem weiblichen Wickelkinde in mannbaren Jahren nicht ein Individuum reif für die Zwangsjacke werden sollte."

Diese allseitige Schilderhebung hatte plötzlich des Kandidaten eigene feindselige Position verändert; er lief spornstreichs in das andere Lager hinüber und brach für sein weißes Fräulein die allerritterlichsten Lanzen. „Es gewährt die Liebe gar oft ein schädlich Gut, wenn sie den Willen des Fordernden mehr als sein Glück bedenkt," citirte er und fand in der Bewunderung von Lydias aufopferndem Streben wenigstens in dem Vater einen standfesten Verbündeten. Des Doctoranden giftige Analyse der hehren Lilie reizte ihn aber Wort um Wort zu weit gewaltigerem Zorn als die Qualen der Eifersucht auf die liebliche Rose ihn fertig gebracht haben würden und so muß es als ein Segen gepriesen werden, daß die Pathologie einer Fettleber wieder so mächtig in Peter Kurzen wurde, um ihn schon am zweiten Osterabend in seine Doctorandenklause zurückzutreiben. Wer weiß, ob die Jünglingsstufe eines Glücklichen sonst nicht mit einem blutigen Konflikt abgeschlossen hätte.

Gottlob! der Störefried war fort! Und nunmehr allein im trauten Familienkreise, kam des Kandidaten eigenstes Anliegen an die Reihe der Aussprache. Er eröffnete dem Vater seinen freien und festen Entschluß und hoffte im Stillen stark, daß der Vater ihm entgegnen würde: „Salve, mein Sohn! der Greis wird allgemach müde, spute dich!"

Der Greis lächelte aber nur und sagte: „Bene vixit, qui bene latuit! Indessen, mein Sohn, die Stunde der Entscheidung hat noch nicht einmal ausgehoben."

Für den Kandidaten aber hatte sie vernehmlich ausgeschlagen und für sein liebes Röschen, so schien es, auch. Sie umgaukelte ihren Mus wie der allerzierlichste Schmetterling; hing sich im Garten an seinen Arm und flatterte vor ihm her, als er, den Platz zu einem Tempelbau für das Rohr der Zukunft auszuwählen, die Treppe zum Boden hinanstieg. Natürlich wollte Röschen es nicht dulden, daß um des dummen Rohres willen ihre lieben Täubchen aus dem Schlage vertrieben würden, und wenn ihr alter Decem ihr handgreiflich demonstrirte, daß die lieben Täubchen über dem warmen Kuhstall ja weit behaglicher logiren würden, da erklärte sie ihrem alten Decem, daß Kuhdunst sie übel mache, und daß sie doch wahrhaftig um der langweiligen Sterne willen nicht auf den Besuch ihrer Lieblinge verzichten könne. Und so stritten sie sich hin und her über Taubenschlag und Observatorium, wohl auch über noch mehr dergleichen wichtige Objekte; lachten aber dabei, gingen Hand in Hand und blickten sich wie die allereinträchtigsten Menschenkinder in die Augen.

So schied denn Decimus, wie er hoffte, zum letzten Male als Feriengast, aus dem Elternhause. Sein Gewissen war leicht, voll sein Herz, auch der Nerv, welcher bisher beunruhigend auf sein Hirn gedrückt hatte, in das Gleichgewicht gesetzt, seitdem er sich seinem frühesten Zusammenhange wieder eingefügt sah. Frohgemuther als er ist schwerlich ein Kandidat seiner Amtsprüfung entgegengeschritten.

Wer aber überdächte den Lauf auch des glücklichsten Menschenlebens, ob es sein eigenes, oder das eines Vertrauten sei, ohne daß in jedem Stufenjahr, ja auf jeder Jahresstufe, Einer, an welchem sein Blick mit Antheil gehangen, oder der, wenn auch nur mittelbar auf ihn eingewirkt hatte, seinem Gesichtsfelde entrückt worden wäre in das Schattenreich? Klagen und Fragen werden laut; wir fühlen eine Lücke; rasch aber weht die Zeit; Klagen und Fragen verstummen; binnen Wochen, oder auch nur Tagen ist die Lücke ausgefüllt, junges Licht verdrängt die Schatten; bald ist es, als hätten wir das, was war, nur geträumt. Das stärkste Menschenherz hat nur für wenige Schmerzen die Kraft, sie treu bis in das Grab zu tragen.

Auch in des Hirtensohnes von Werben engumschriebenen Jugendkreise bewegte sich, wie wir sahen, Stufe um Stufe, ein Leichenzug, als dessen Zeuge er klagen und fragen hatte hören, wohl auch bescheidentlich mitgeklagt und mitgefragt, bis, wie ein Windeswechsel, ein Hochzeits- oder Kindtaufszug ihn verdrängte. Und so sollte er auch seine Studienstufe nicht vollenden ohne solchen ebbenden und fluthenden Strom.

Noch im Frühling traf ihn die Todeskunde von seines Freundes Martin junger Frau. Sie war im ersten Kindbett erlegen; Decimus hatte sie nicht gekannt; ihre kleine Waise mußte er an Frau Ottiliens Herzen mütterlich geborgen; so dauerte ihn denn wohl der arme Wittwer, er schrieb ihm auch einen herzlichen Beileidsbrief, und dann war Lisbeth von Hartenstein zu den Schatten geweht, — vielleicht nicht blos für ihn.

Tiefer griff für Viele und auch für Decimus selbst, ebenso unerwartet, ein anderes Scheiden während der sommerlichen Zeit.

Sidoniens kürzlicher Johannisbrief hatte des Persönlichen wiederum wenig Neues gebracht. Sie sprach mit wachsender Anerkennung von ihrer Mutter und deren Gatten, obgleich sie den letzteren noch immer nicht Vater nannte. Ihre früheren Heimathspläne hatte sie niemals wieder erwähnt; sie mochten wohl mehr Scherz als eine Fühlung gewesen sein.

Eingänglich und mit geistvollem Humor behandelte sie dagegen das politische Gestritt, das durch den langer Hand vorbereiteten Sonderbundskrieg in nächster Nähe gesteigert, ihr an Harmonien gewöhntes Ohr als krauses Charivari umschwirrte. Da gab es rings um die kleine Musikmeisterin, als der einzigen standfesten Borussin, religiöse Freigeister, staatlich konservativ, staatliche Radikale, schwärmend für eine neue Religion; Liberale aller Grade; begeisterte Polen, umstürzende Russen, italienische Verschwörer, Groß- und Klein-, Alt- und Neuteutonen, Republikaner, Socialisten und Kommunisten im widerspruchsvollsten Miteinander und Gegeneinander. Aus der Ferne trug dann noch der französirte Bruder Poet eine Klangfarbe hinein, die zwischen Tricolore und blutigem Purpur schwankte, allemal aber ein wenig in das Hartenstein'sche Wappengold schillerte.

„In meinem Märchen ist der Junker vom Werbe-tag wieder aufgewacht," schrieb die Schwester.

Decimus bewunderte an seiner jungen Freundin den hellen Sinn, der inmitten eines betäubenden Phrasenschwalls, redliche Thorheit so haarscharf von gemachter Verwogenheit unterschied, ohne sich durch irgendwas, oder irgendwen in der eigenen Meinung, der Billigkeit gegen Alle und der Liebe gegen einen Einzigen beirren zu lassen. Kritik und Neigung, die feindlichen Schwestern, gingen in ihrer Natur einträchtig Hand in Hand. Sie verstand den Menschen, hielt sich an sein Ursprüngliches und nicht an die verkehrten Aeußerungen, durch welche er, in eine schiefe Stellung gedrängt, überschüssige Säfte ausgährte, leider aber auch oftmals seine wesentlichste Essenz verflüchtigte. Bei keinem Menschen aber mehr als bei ihrem Max. Ueber denselben sagte sie indessen auch heuer weiter nichts, als leider verständlich genug:

„Paris verdirbt ihn; das heißt die Pariserinnen, für welche ein schöner Mann ein Genie ist, auch wenn er es nicht wie in seiner Art mein Märchen wäre. Wer fragt beim Belvederischen Apoll nach seiner Leier? Bei aller Abgötterei, die der deutsche Lord Byron mit sich treiben läßt, glaube ich aber dennoch, daß er wahr-haft geliebt nur die Einzige hat, für die er kein Genie gewesen ist und daß er eben darum sie vielleicht heute noch liebt. Das Schwanenlied mit seinem Schmachten nach heilig kühlem Frieden ist das rührendste, was er gedichtet hat; und wahrscheinlich das einzige, das sich in den Herzen dauernd einbürgern wird. Ich habe beim ersten Lesen eine Melodie dazu gefunden, die in Paris entzücken soll; notabene, wenn der Dichter sie selbst vorträgt. Als Ehemann würde er freilich rauhe Seide mit seinem Schwan gesponnen haben. Nun, was eine Frau zur Verzweiflung brächte, eine Schwester hält es aus ohne Herzensbankrott."

Sidoniens Brief versetzte, wie immer, Decimus in eine prüfende Stimmung, heute aber vornehmlich nach einer Seite hin, die er bisher so gut wie gar nicht in Betracht gezogen hatte. Seine Grundanlage war die der stillen Forschung und seine heimische Zone für politische Strömungen ein schwach lodernder Herd. Auch auf der Hochschule, welcher er angehörte, hatte das vorwaltend theologische Element Action wie Reaction wesentlich vom staatlichen Gebiet in das geistliche gedrängt. Ein außerhalb stark bewegendes Zeitorgan mit radikalen Tendenzen hatte innerhalb nur schwachen Wiederhall gefunden und war kaum vermißt worden, als es polizeilich des Landes verwiesen wurde.

Nun jedoch trafen die erregenden Schweizer Nachrichten zusammen mit denen von dem blutigen Aufstande in Polen, zusammen aber auch mit dem ersten größeren parlamentarischen Versuch in unserem Vaterlande, der von den Einen hoffnungsvoll begrüßt, von den Anderen vielfältig bemängelt, schließlich keinem Einzigen zu genügen schien und an jeden ernsthaften Mann trat die Frage heran, wie er sich inmitten der immer dichter zudrängenden staatlichen Probleme zu stellen, unter welchem Banner er die Aufgabe zu erfüllen habe, die auch dem Bescheidensten als Bürger und Patriot gestellt ist.

Decimus legte sich diese Frage zum erstenmale vor und eben darum konnte er zu einem zufriedenstellenden Abschluß, wie er ihn zwischen den theologischen Parteien gefunden zu haben glaubte, nicht gelangen. Es fehlte ihm der Ausschlag gebende Drang des Moments: der Affekt. Vielleicht hat es unter den Hunderten seiner jungen Kommilitonen keinen zweiten gegeben, dessen Natur, die innerliche und die äußerliche, so durchaus eine deutsche war wie die des Hirtensohnes von Werben. In deutscher Weise glauben, denken, wollen, handeln war ihm so eingeboren und unveräußerlich wie Athemholen, oder der Mutterlaut; in der fremdartigsten Umgebung würde ein fremdartiger Ueberguß an ihm abgeglitten sein. Auch schwärmen in deutscher Jugendweise eignete ihm wohl, das heißt schwärmen nicht blos für ein individuelles, sondern auch für ein zuständliches Ideal; aber das schwarzrothgoldene Banner, für welches die Jünglinge der ihm vorangehenden Generation geschwärmt und gelitten hatten, war für ihn kein solches Ideal. Der Faden, der in ein deutsches Reich der Vergangenheit zurückleitete, war in der Pfarre von Werben schwarzweiß übersponnen worden, und ihn grauste vor den blutigen Strömen, unter welchen allein er in ein deutsches Reich der Zukunft hinübergeleitet werden konnte; die parlamentarischen Forderungen aber, welche jene nämlichen Jünglinge jetzt als Männer stellten, schlugen chaotisch unverständlich an sein junges Ohr. In Summa: der Kulturgipfel seiner Rasse, ja vielleicht aller Rassen, ragte für ihn in einem anderen Kreise als dem staatlichen; in einem engeren für den Einzelnen, in einem weiteren für die Gesammtheit. Hätte er wie Max von Hartenstein, als geborener Aristokrat und Millionair in spe, inmitten einer Metropole zeit= entzündender Ideen gestanden, wohl möglich, daß die der Gleichheit und Brüderlichkeit einen lebhaften An= klang in seinem Herzen gefunden hätte. Als Sohn der misera plebs, auf einem Dorfe, durch die Wohl= thaten höhergestellter, edler Menschen herangebildet, wendete sein Gemüth sich ab von dem demokratischen Schiboleth als einer Undankbarkeit und Ueberhebung. Wohl dünkte die Zeit ihm herrlich und er hoffte auf ihre Erfüllung, wo kein verzweifelnder Vater sein Kind statt eines Huhnes oder Lammes als Fröhnerzins in das Haus barmherziger Menschen zu tragen brauchte; wo kein Richter, wie Ehren=Hecht, die Uebertretungen von Hoch und Gering, von Arm und Reich mit un= gleichem Maaße büßen ließe; wo der Glaube eines Joachim von Hartenstein und der Zweifel eines Thomas Zacharias sonder Acht und Bann laut werden durften; für solchen würdigeren Zustand aber mitzuwirken, an= ders als im persönlichen Dienst seines bescheidenen Heimathskreises, trug er kein herzschwellendes Verlangen. Der Zögling Konstantin Blümels, des freiwilligen Jägers von 1813, hatte gelernt, daß es süß sei, kämpfend für das Vaterland zu sterben; daß es auch süß sei, kämpfend für einen konstitutionellen Staat zu leben, — ei nun, Held Decimus ist ja jung, vielleicht lernt er es noch.

Der Inhalt von Sidoniens Brief klang noch in ihm nach, als Decimus aus dem Pfarrhause die Kunde erhielt, daß die lebensvolle Frau, deren noch eben mit würdigender Anerkennung gedacht worden war, nicht mehr unter den Lebenden weile. Kerngesund hatte Brigitte Zacharias sich in die ihr so vertraute Seefluth gestürzt; als Leiche war sie an das Ufer gespült worden; der Glücklichen eine, die mit Bewußtsein in ihrem Elemente leben und unbewußt auch in ihrem Elemente sterben.

Und da wurde denn wieder einmal viel bängliches Fragen und Klagen vernommen; denn ein bedeutender Platz war unausfüllbar ledig geworden. Man fühlte die Vereinsamung des Gatten, der mit dieser Frau in der seltensten Einigung verbunden gewesen war; man fühlte die Schutzlosigkeit der verwaisten Tochter; vor allem aber fühlte man die Qual des Greises, der das letzte, ja das einzige menschliche Wesen, das er geliebt hatte, vor sich hinscheiden sah, ohne es so glücklich gemacht zu haben, wie es in seiner Macht gestanden.

Er hatte sich, nachdem die Schreckenskunde ihm von seiner Wirthschafterin vorbuchstabirt worden war, in seiner Kammer eingeriegelt und ließ keinen, der ihm Trost zuzusprechen kam, vor sich, weder den alten treuen Blümel, noch die neuen Prediger seiner beiden anderen Güter, noch selbst den Emeritus Beyfuß, den einzigen, welchem er, als einem Zeitgenossen, sich dann und wann vertraulich näherte, und auch der einzige, gegen welchen er späterhin einmal seines Verlustes erwähnte. „Was hilft mir nun meine Gruft, wenn meine Brigitte nicht drinnen schläft?" hatte er gesagt. Ihm graute seit der Zeit vor dem Sterben, nach welchem er in den Tagen seines Grimmes sich manchmal gesehnt hatte. Vielleicht schwante ihm, daß seine Brigitte sich in jener Welt vor dem allerhöchsten Throne wiederum eine Stufe höher stellen werde als er, und daß er sich in Ewigkeit ohne dankbare Tochter behelfen müsse und in dieser Welt hatte er doch wenigstens seine dankbare Scholle.

Auch schritt er schon am dritten Tage die Raine seiner Aecker kreuz und quer wie vor der Hiobspost. Er schritt rüstig wenn auch am Stock, und vor den Augen einen grünen Schirm. Es war ihm nur ein schwacher Lichtschimmer geblieben. Wehe aber dem, der sein Gebrechen ihm anzumerken schien und darauf hin wohl gar sich eine Ruhepause vergönnt hätte! Er kannte blindlings jeden Platz, der einem Arbeiter angewiesen war und wähnte für einen Sehenden gehalten zu werden, wenn er seine Stimme so laut erhob, daß seine Befehle weit in die Aue hinein gehört wurden.

„Der Bär brummt!" hieß es dann in der Gegend und die Fröhner lachten sich in die Faust, weil der alte Spürhund das faule Wesen doch nicht schnüffeln konnte. Er wußte auch recht gut, daß er auf Schritt und Tritt betrogen werde; er witterte einen Dieb hinter jedem Zaun und legte aus Furcht vor Einbrechern sich nicht zu Bett. Das Reichwerden hatte dem Mann keine schlaflosen Nächte gekostet, aber das Reichsein kostete dem Greise die Ruhe Tag und Nacht. Er verfiel sichtlich.

Mutter Blümel fügte daher ihrem Trauerbriefe an Sidonie die unumwundene Mahnung bei, ihren natürlichen Platz in der Nähe des Großvaters so bald als möglich einzunehmen. Nicht nur aus Kindespflicht gegen den blinden Greis, sondern auch zur Wacht über ihr künftiges Erbe. Dringender denn je wurde die Einladung in das Pfarrhaus wiederholt und Tag für Tag auf einen zusagenden Bescheid gehofft. Tag für Tag jedoch vergebens.

Auch Decimus schickte sich an, Sidonien ein theilnehmendes Wort, ihrem tapferen Sinne gemäß, zu sagen; unwillkürlich jedoch tönte es aus in einen weicheren Klang als er sich vorgesetzt hatte; denn während des Schreibens überkam ihn zum ersten Male die Vorstellung, daß und — wie bald vielleicht! — er selbst einen gleichen Schmerz zu tragen haben werde, ja dem Gesetze der Natur nach ihn unvermeidlich tragen müsse, da seine Mutter ein Geschlecht vor der geschiedenen vorauszählte. Gottlob! daß ein junger Mensch solche Vorgesichte des Natürlichen nicht lange auszuhalten vermag! Aber mit einem Gefühl der Beschämung ermaß Decimus den Unterschied des Glücks im Empfangen und Empfinden der Mutterliebe zwischen sich, der Waise und dem leiblichen Kind; und dieses Ermessen hauchte über seine Worte eine Thränenspur.

Auch wollte ihm Tagelang nicht gelingen, eine ahnungs=
volle Wehmuth zu bannen. Endlich aber griff er mit
wackerem Entschluß nach seiner Examenpräparation und
der Korrektur der ersten Druckbogen seines Leitfadens
und über Präpariren und Korrigiren verwehte das
bängliche Ahnen mit Mutter Brigitten zu den Schatten.

Ein nachhaltigerer, weil allzulebendiger, Störenfried
blieb der arme Philipp, wennschon der Kandidat ihn
nur noch selten zu Gesicht bekam. Die Uebungsstunden
hatten aufgehört, auch darum, weil der Knabe im mathe=
matischen Gebiet weniger einer Nachhülfe bedurfte als
in dem der verhaßten alten Sprachen und diese letztere
jetzt von dem Professor selbst in verdoppeltem Maaße
geleistet wurde. Während der großen Ferien jedoch
war den beiden Heimathsgenossen dann und wann ein
gemeinschaftlicher Spaziergang, — selbstverständlich ohne
Schenkenziel, — gestattet worden; eine Vergünstigung,
die Lydias Fürwort zu danken sein mochte und die der
ältere ihr auch aufrichtig dankte, wenngleich er mit dem
jüngeren mehr denn jemals seine liebe Noth hatte.

Nach Hause sehnte sich derselbe zwar keineswegs;
denn die Mama saß fern in des verwittweten Martin
Kinderstube und die ausschließliche Gesellschaft seiner
hartherzigen Schwester muthete ihn noch graulicher an
als die des Horaz und des Professor Hildebrand.
Ueberhaupt genügte ihm die stille Heimstätte von Werben
jetzt nicht mehr; ja, es gab kaum einen erreichbaren
Platz, der seinem Knabentrotz genügt haben würde. Es
war kein Zweifel, daß er auch bei der nächsten Ver=

setzung nicht nach Prima aufrücken werde, und er wollte
auch gar nicht hinaufrücken; er wollte nichts was er sollte;
was er aber an Stelle des Gesollten wollte, das wußte
er wohl selber nicht und Decimus wußte es noch viel
weniger. Denn wenn der Junge nach Tollkopfsart
sagte: „Noch einen Winter in dem Loche halte ich nicht
aus! Lassen sie mich nicht gutwillig los, dann weiß
ich was ich thue!" da dachte Decimus: „Ja, was
kann er denn thun? Desperate Burschen laufen heut-
zutage nicht wie zu Vater Klausens Zeiten unter die
Soldaten, sondern allenfalls von den Soldaten fort."
Der arme Philipp war des Kandidaten einziges Küm-
merniß in diesen frohgeschäftigen Sommertagen.

Das Hauptexamen war glücklich bestanden, die
wichtigste Stufe zum Altar der Heimathskirche erklommen. Auch der Leitfaden lag zur Ueberraschung für
Vater Blümel bereit, zierlich gebunden, mit kleinen
Himmelskärtchen durchschossen und, was die Hauptsache
war, gekrönt mit einem Vorwort von des greisen Ster-
nenmeisters eigener Hand. Dieser theure Gönner
hatte von Haus aus, als Einführung in die Gelehrten-
zunft, zu einem Versuch aus des Günstlings eigener
Gedankenwelt gerathen; der Günstling aber sich mit
dieser Zusammenstellung für Schülerkreise begnügt. Einmal aus geziemender Bescheidenheit; zumeist jedoch aus
dem Verlangen, seinen Vater auf leichtfaßliche Weise
in eine Bahn zu locken, welcher der dereinstige Ver-
weser der väterlichen nebenbei keineswegs zu entsagen

gedachte. Eine zunftgemäße Abhandlung über die Meteorenschwärme, so luminöse Hypothesen er darin aufstellen mochte, würde Konstantin Blümel, den Greis, noch weniger als in jungen Jahren angemuthet haben, während das vorliegende Zeugniß eines der Schule nutzbringenden Thätigkeit recht eigentlich nach seinem Sinne war.

Decimus nahm nach der Rückkehr aus der Provinzialhauptstadt, vor deren Konsistorium das Examen geleistet worden war, sich nicht die Zeit, sich Lehrern und Freunden zu empfehlen. Binnen Kurzem mußte er ja doch wiederkommen, um je nach des Vaters Entscheidung, Abschied zu nehmen für immer, oder seine Lehrerthätigkeit zu erweitern. Der Tag sollte aber nicht zur Rüste gehen, ohne daß die frohe Botschaft den theuersten Menschen von Angesicht zu Angesicht verkündet wurde, und darum gedachte der Kandidat, nunmehr ja ein gemachter Mann, sich zum erstenmale den Luxus einer Heimfahrt per Eisenbahn zu gestatten.

Auch das Lebewohl von Philipp wollte er sich und dem armen Jungen sparen. Der morgende Tag brachte ihm wiederum ein kaum vermeidliches Scheitern; es sollte nicht geschärft werden durch den Eindruck des eigenen Gelingens; durch den Sprung in die Heimath die eigene Gefangenschaft nicht noch empfindlicher gemacht. Als er jedoch aus dem Hause trat, um nach dem Bahnhofe zu gehen, kam Philipp ihm entgegen. Er hatte des Freundes Rückkehr erfahren und ihm Glück wünschen wollen. Nun gab er ihm das Geleit.

Er war wortkarg, ja verbissen, wie sonst immer nur in Gegenwart seines „Kerkermeisters"; er hielt die Lider gesenkt, schlug er sie aber einmal in die Höhe, dann glimmte ein seltsam unheimliches Feuer in den schönen, blauen Hartenstein'schen Augen. Auch fand der Freund ihn blaß und abgemagert; er mochte harte Strafreden hören, harte Klausur haben aushalten müssen. Decimus fragte nicht danach. Zu helfen war hier nicht und das Mitleid eines Glücklichen ist ein so schwacher Trost.

Im Vorübergehen trat er bei einem Uhrmacher ein, dem er am Morgen sein stolzes Erbkleinodium zu einer leichten Reparatur übergeben hatte, und ist der Biograph verdienten Tadels gewärtig, weil er dieses einzigen Werthstückes seines Helden erst bei so später Gelegenheit Erwähnung thut. Denn der Werben'sche „Erbsackseiger" war ein vielbemerkter Gegenstand unter der Studentenschaft gewesen, hier der Bewunderung, dort des Witzes; am häufigsten wohl des Neides, da, wenn auch nicht ein Stutzer, so doch jeglicher Alterthümler ein erkleckliches Sümmchen dafür geboten haben würde.

Umschlossen von einem standfesten Goldgehäuse, näherte das Kunstwerk sich der Kugelform und bildete demnach in des Trägers Westentasche eine Aufbauchung, welche einem Uneingeweihten das Leidwesen von Peter Kurzens Doctorandenvorwurf befürchten lassen durfte; dem Eingeweihten erhöhte selbstverständlich das Gehäuse des Pretiosums Werth; wurde nun aber gar auf der Rückseite ein freiherrliches Wappen augenfällig, mit einer Krone darüber, in deren Perlen sieben kleine Diamanten eingelassen waren, so konnte der Hirtensohn, wenn er sich etwa späterhin auf Reisen begeben sollte, sich dreist für einen Baron ausgeben, ja für einen Krösus gehalten werden, falls er auch noch die kurze Kette mit dem faustdicken Berloquenbündel daranhängte, die er, ein Feind alles Uebermuths, bis jetzt in seiner Schieblade verborgen hielt. Auch schätzte Decimus sein nutzbringendes Pretiosum hoch, vergaß beim Aufziehen, — jeden Morgen seine erste That, — niemals, der großmüthigen Testatorin in Dankbarkeit zu gedenken; und wenn er, ausnahmsweise, in der Nacht einmal aufwachte, ließ er die Uhr repetiren, lediglich aus dem Grunde, um sich durch den kräftigen Schlag, dessen kein heutiges Werk sich rühmen dürfte, an die energischen Accente der alten Harfenkönigin erinnern zu lassen. Die Kluge hatte den rechten Mann für ihr Erbstück gewählt.

Die unbedeutende Herstellung war von dem Meister versäumt worden; binnen einer Stunde hätte sie erfolgt sein können; aber der Kandidat durfte keine Minute zögern, wenn er den letzten Zug noch erreichen wollte. Er mußte sich bis zur Rückkehr von seinem Regulator trennen; für einen an Pünktlichkeit gewöhnten Sternenschüler und Musterjüngling ein verdrießliches Ding. Aber halt! hatte — leider Gottes! — Doctor Peter Kurze ihm nicht erklärt, daß er nicht ermangeln werde, sich morgen zum Ministeriumsschmause in der Pfarre einzustellen?

„Holen Sie, lieber Philipp, bitte, die Uhr vor Abend ab und tragen sie zu Doctor Kurzen, der sie mir morgen nach Werben mitbringen wird," sagte der Kandidat und erhielt ein williges Versprechen.

Hastig ging es nun vorwärts; denn zufällig war auch Philipp heute ohne Uhr und ein eiliger Mensch ist ohne Uhr doppelt eilig. Während Decimus sein Billet löste, bemerkte er, daß sein junger Freund an den Beamten eines anderen Schalters eine Erkundigung richtete, deren Bescheid ihn auffällig verstörte. Was hatte der Junge vor? Decimus durfte sich mit Fragen nicht aufhalten: da die Glocke zur Abfahrt läutete. Im Begriff in das Coupé zu steigen, fragte ihn Philipp mit niedergeschlagenen Augen:

„Hätten Sie wohl zehn Thaler übrig, um sie mir vorzuschießen?" Und als er nicht augenblicklich eine Antwort erhielt, setzte er dunkelerröthend und stammelnd hinzu: „Ich — ich bin — ich habe — eine Schuld — —"

„Ich habe so viel nicht bei mir," versetzte Decimus; „aber in ein Paar Tagen bin ich zurück und dann wollen wir die Sache in Ordnung bringen."

Der Schaffner drängte zum Einsteigen. Philipp warf sich mit Ungestüm in des Freundes Arme.

„Behalten Sie mich lieb, guter Decimus," schluchzte er und wendete sich dann rasch ab, seine hervorstürzenden

Thränen zu bergen. Er lief den Perron entlang, als werde er gejagt.

Decimus war tief betreten. Wäre der Zug nicht bereits im Rollen gewesen, er würde dem Knaben nachgeeilt sein, ihn ausgeforscht, ermuthigt haben; er wäre morgen dann mit viel leichterem Herzen heimgereist. Ohne Zweifel trug der Arme sich mit dem Plan, nach verfehltem Examen zu seiner Mutter und Martin zu flüchten. Und auch Schulden hatte der Unglücksmensch! Freilich kein Wunder, denn der Vormund hielt ihn knapp und er war nicht knapp gewöhnt; auch mochte die Mutter heuer nicht, wie sonst in der Ferienzeit, sein Beutelchen heimlich gefüllt haben. Decimus nahm sich vor, des Knaben Lage noch einmal recht ernstlich mit Vater Blümel und sogar mit Fräulein Lydia zu besprechen. Seine vorgeschrittene geistliche Würde machte ihn schier verwegen.

Das ist wohl etwas Großes, wenn ein Kandidat, reif zum Amt und obendrein als gedruckter und honorirter Schriftsteller, zum ersten Male einkehrt in ein pfarrliches Elternhaus, in welchem ihm eine sorgenlose Zukunft und köstlicher Segen gesichert ist. Da giebt es Lachen und Weinen und Beten und Singen und Händedrücken und zärtliches Umfangen; da giebt es eine schlummerlose Nacht unter Luftschlösserbauen und buntem Erinnern. Aber die glücklichste von allen ist doch die Mutter! Wie gestern erlebt steht vor Hannah Blümels Seele die Stunde, wo sie das arme nackte Decemkind von ihres Konstantin Schooße nahm und es in ihres

Töchterchens Wiege legte mit dem Gelöbniß, ihm eine Mutter zu werden. Dazumal glänzte ihr Haar noch wie eitel Gold; heute ist es ein Silberscheitel und blühen die Wangen auch noch rosenroth, glatt und gleich sind sie nicht mehr, sondern in hundert krause Greisenfältchen zusammengezogen. Aber ihr Ziel ist ja auch erreicht und so froh erreicht. Wie oft begegnet Ihr denn einer Mutter, die im siebenten Jahrzehent, von acht Kindern nicht um ein einziges Herzeleid, oder gar ein Trauerkleid getragen hätte? Die sechs Töchter glücklich in das Leben gestellt hat und nun die siebente am allerglücklichsten gestellt weiß, Herz an Herz mit dem einzigen Sohn! So inbrünstigen Dankes voll wie in dieser Nacht hat Hannah Blümel wohl noch nie an ihren Gott gedacht.

Und die Herzenslust währte noch den ganzen anderen Tag; und wie wurde sie laut in Sang und Schwank, als gegen Mittag Peter Kurze zum Ministeriumsschmause einsprang! Ein redlicher Freund war er, Peter Kurze, das mußte der Feind ihm lassen, wenn er einen hätte. Sonder Falsch noch Neid! Beim eigenen Doctorschmause war er nicht fideler gewesen. Freund Kandidat konnte vor lauter Jocus es nicht ein einziges Mal zu einer eifersüchtigen Wallung bringen.

Wo hatte Peter Kurze denn aber die Uhr? Den Erbsackseiger? — Peter Kurze wußte von ihm nichts.

Ach, nur zu natürlich, daß Philipp in seiner Noth das Abholen vergessen hatte. Der arme Junge! Zwischen Mitleid und lustiger Thorheit fehlte dem Kandidaten

das gewohnte Picken auf seiner Leberseite aber doch.
Ein Mittelmaaß von Gewöhnsamkeit, — geniale Leute
schimpfen sie Pedanterie, — gehört, so scheint es, zu
der Substanz eines Glücklichen.

Just um dieser Substanz willen mußte nun aber
nach dem Jubeltag der Werkeltag der Pflicht wieder
in seine Rechte treten. Und da war es denn zunächst
Peter Kurze, der ein ernsthaftes Dilemma zu allseitigem
Gehör brachte.

Peter Kurze nannte sich Herr Doctor, laborirte
aber, wie die Mehrzahl junger Anfänger seines Zei-
chens, kläglich am Patientenfieber und gering war zur
Zeit die Aussicht auf ein stillendes Labsal in seiner
heimathlichen Provinz, der er den Segen seiner Kunst
doch vorzugsweise gegönnt haben würde. In einer anderen Provinz dahingegen hatten Mißwachs, Hunger und
Noth eine böse Seuche gezeugt, von welcher die Zeitblätter ein grauenvolles Gesammtbild entwarfen. Noch
grauenvollere Einzelnschilderungen waren in die Pfarre
gedrungen durch Lydia, die ein Kind dieser Gegend war
und mit ihr noch in manchem Zusammenhange stand.
Von verschiedenen Universitäten, und auch von der
unseren, waren junge Mediciner zu freiwilligem Helfer-
dienst aufgerufen worden. Sollte Peter Kurze nun
diesem Rufe folgen?

Sein väterlicher Freund Blümel sagte mit Entschiedenheit: „Ja," und sein brüderlicher Freund Decimus wenigstens nicht mit Entschiedenheit: „Nein." Das
liebe Röschen sagte gar nichts, denn das liebe Röschen

war gleich bei dem Worte „Typhus" aus der Raths-
stube gelaufen. Mutter Blümel aber sagte achselzuckend:
„Ja, mein Junge, wenn du nur ein Tischchendeckerich
in deinen Arzneikasten packen könntest!"

Und da saß eben der Haken! Peter Kurze war
Arzt mit Leib und Seele, und Arzt sein heißt das
Gegentheil von einem Hasenfuß. Er dachte nicht an
Ansteckungsgefahr und er schmachtete nach einem ernsthaften Duell mit dem Würgeengel Tod. Aber wo blieb
die Ehre der Wissenschaft? wo der Erfolg? und wo der
Lohn, dessen ein braver Arbeiter doch allemal werth ist,
insofern er mit dem Pflasterkasten nicht zugleich einen
Brodschrank aufzuschließen hatte? „Erst wenn die Hungerleider satt gemacht sind, kann der Vielfraß ausgehungert
werden," sagte er und zog schließlich ab mit der Entscheidung, die Sache erst noch ein Paar Wochen mit
anzusehen, ehe er in den sauren Apfel beiße. Privatim
versprach er Freund Decimus noch, den armen Philipp
in's Gebet zu nehmen und umgehend über den Ausfall
des Examens Bericht zu erstatten; sich auch gelegentlich
nach der Uhr umzuthun.

Nun aber saßen im geistlichen Gemach Vater und
Sohn allein sich gegenüber zum Rathschluß über die
beiden Wege, die vor dem letzteren geöffnet lagen. Auf
jeden von ihnen zog ein Magnet, und jeder von ihnen
bedingte einen schweren Verzicht. Entweder Altersruhe
für den Vater und Rosenwonne für den Sohn; dann
aber blieb die Chaldäerforschung ein Fragment. Oder
die Chaldäerforschung fortgesetzt bis zu einem zünftigen

Grab und statt der Rosenwonne Hangen und Bangen. Und wie entschied der väterliche Berather?

„Ich fühle mich noch nicht fertig, und du bist es noch nicht, mein Sohn. Lehre und lerne weiter wie bisher. Wenn es Noth thut, werde ich dich rufen."

Was aber war das Hauptmoment bei dem Entscheid, das Moment, aus welchem der Greis auch keineswegs ein Hehl machte? Nun eben die ersehnte Rosenwonne.

„Keine Jünglingständelei, mein Sohn, aber auch keine Jünglingsehe. Mannesreife — —"

Bei diesem Worte stockte er; denn die Thür wurde hastig aufgerissen, und wie in des Sohnes erster Lebensstunde stürzte ein verzweifelter Mensch in das geistliche Gemach. Lydia, die stille, unbewegliche Lydia! Bleich wie ein Geist, schauernd und bebend über den ganzen schönen Leib, sank sie in den Stuhl, von welchem Decimus entsetzt in die Höhe gefahren war und reichte ihm, keines Wortes mächtig, ein Blatt, das sie zusammengeknittert, zwischen ihren fliegenden Händen hielt. Ein Brief, an Decimus adressirt, aber erbrochen. Philipp's knabenhafte Züge.

„Ich fliehe, Decimus. Wohin? sage ich Ihnen nicht, weil Sie es nicht verschweigen würden, wenn Lydia Sie fragt. Ich will mich nicht langsam zu Tode quälen lassen. Ich will leben, oder meinetwegen auch sterben; aber ordentlich sterben; wie ein Hartenstein, nicht wie ein Sklave. Ich schreibe in Ihrer Stube Wenn Sie den Brief finden, bin ich lange dort, wohin ich will. Decimus, guter Decimus, ich habe Sie beraubt. Ich hätte es keinem Anderen gethan; aber ich weiß: Sie schimpfen mich keinen Dieb. Ich konnte nicht anders. Den ganzen Sommer habe ich gespart, bei Mama und den Schwestern gebettelt, nur bei Lydia nicht, weil die mir doch nichts gegeben hätte. Aber ich weiß gar nicht, es wurde immer wieder alle und ich mußte immer wieder von vorn anfangen. Nun habe ich alle meine Sachen und Bücher heimlich verkauft, aber es reichte doch noch nicht. Und Sie kommen nicht d'rum, lieber Decimus. Lydia giebt es Ihnen wieder; der Schande wegen. Aus Liebe für mich hätte sie es nicht gethan. Und wenn wir uns einmal wiedersehen, lohne ich es Ihnen tausendfach; denn dann kann ich es. Lange wird's freilich dauern. Und vielleicht sehen wir uns auch gar nicht wieder. Aber dann glauben Sie mir, Decimus, daß ich in meiner letzten Stunde an Sie gedacht habe als an den, der außer meiner Mama es auf der Welt ganz allein mit mir gut gemeint hat. Ach, meine liebe, liebe Mama! Aber sie hat ja nun die kleine Tili und sie wußte ja, wie schrecklich unglücklich ich gewesen bin. Sobald ich angekommen, schreibe ich ihr und Ihnen auch.

Philipp.

P. S. Die Uhr hat Aaron Kalb. Sie ist nur versetzt; für zehn Thaler kriegen Sie sie wieder. Meine eigene habe ich verkauft um ein Lumpengeld, weil sie nur von Silber war. Und ich könnte sie auf der Reise so gut brauchen. Ach! Wäre ich nur erst fort!"

Was war für eine Lydia der Bruch mit dem Geliebten, was selbst der Tod des Vaters gegen dieses

Erleben! Angeklagt der härtesten Lieblosigkeit, gehaßt von dem Bruder, den Gott als Kind an ihr Herz gelegt hatte; verzweifelnd in einen Abgrund, vielleicht in den Tod durch sie getrieben dieses Kind, das einzig auf ihren Schutz gestellt gewesen war!

„Mörderin!" stand es geschrieben in ihren wahnsinnstarren Augen.

„Wo — wo soll ich ihn suchen?" rang es sich aus ihrer Brust.

„Nicht Sie; überlassen Sie es mir," sagte Decimus, selbst erschüttert bis auf den Grund; und sie darauf wie belebt:

„Ja, ja, gehen Sie mit mir. Ich bin so fremd in der Welt."

Pastor Blümel aber und auch der Vormund, welcher während der letzten Worte eingetreten war, — das erste Mal, daß er diese geistliche Schwelle überschritt, — widersprachen ihrem Vorhaben. Sie sei körperlich zu angegriffen, um einem rastlos Eilenden zu folgen; die Rücksicht auf eine Frau könne ihn nur aufhalten und hindern.

Sie senkte das Haupt bis auf die Brust. „Den, welchen er geliebt hat, läßt Gott ihn vielleicht finden, — mich nicht!" Laut gesprochen hat sie diese Worte wohl kaum; aber Decimus las sie in ihrer gemarterten Seele.

Er vernahm nur Bruchstücke der Erläuterungen, welche der Vormund nunmehr über das Entweichen seines Pfleglings gab. Hier war so wenig zu sagen, wie zu hören, nur Eile that Noth, fliegende Eile! Der alte Herr hatte die Schilderung seiner Aengste, seines Harrens, Forschens und Suchens, der vergeblichen Anfragen nach allen Seiten, auch seiner Fehlgriffe und falschen Schritte, die laut machten, was geheim gehalten werden mußte, bis zur endlichen Erspürung des Briefes und dem Aufbruch nach Werben, noch nicht vollendet, als Decimus reisegerüstet in das Zimmer zurückkehrte. Nicht einmal den Abschied von seinem irgendwo umherschweifenden Röschen hatte er sich gegönnt; der nächste Zug durfte nicht verfehlt werden. Die günstige Fügung, daß die Mutter die Sparsumme des königlichen Pathengeschenkes, deren er zum Zweck etlicher Anschaffungen bedürftig geworden war, kürzlich erhoben hatte, befreite ihn auch hinsichtlich des wesentlichsten Reisebedürfnisses von zeitraubenden Weitläufigkeiten.

„Was darf ich Ihrem Bruder von Ihnen sagen, wenn es mir gelingen sollte, ihn aufzufinden?" fragte er, indem er zum Abschied Lydia die Hand reichte.

„Was das Herz Sie heißt!" hauchte Lydia und bedeckte in Angst und Qual dann wieder das Gesicht mit ihren bebenden Händen. Ihr Bruder, ihr Kind, ein Landstreicher, ein Dieb! seine Spur erforscht von einem Fremden, den er geliebt hatte und sie — sie gehaßt!

Um die Mittagsstunde erreichte Decimus die Universitätsstadt. Er hatte während der Fahrt mit so kaltem Blute als er das seine abzudämpfen im Stande war, den spürenden Blick auf das Ziel gerichtet, das

dem Flüchtigen vorgeschwebt haben konnte und was ist
solch ein anstrengendes Erstreben anderes als ein Gebet
um Erleuchtung von oben? Bei seiner Mutter, oder
einem der Geschwister war der Knabe nicht und den
heimischen Militairdienst, — so viel mußte ihm klar sein,
— verscherzte er durch sein heimliches Entweichen. Was
kannte er aber und was gab es außer diesem Dienst
Lockendes für ihn in der Welt? Der Weg nach Rußland, wohin sein Vetter Hilmar geflüchtet, war lang-
wierig und schwierig; die Grenze unentdeckt kaum zu
erreichen; ohne Empfehlung, ja ohne Legitimation,
die bescheidenste Stellung nicht zu erwarten. Amerika?
Aber da galt es zu arbeiten mit Axt und Pflug; die
Freiheit, die dort zu finden, war nicht die, welche ein
junger Brausekopf suchte. Die Fremdenlegion in Algier?
Nein doch, nein! Der Franzosenhaß lag allen Hartenstein seit Generationen im Blute und Freund Philipp
geberdete sich gern wie ein kleiner Marschall Vorwärts.
Aber halt doch, halt! Ein Werbeplatz für die holländischen Kolonien!

Das war so eine von den luminösen Hypothesen
wie die beim jüngsten Meteorenschwarm, und: „jegliche
Entdeckung ist einmal Hypothese gewesen," hatte sein
weiser Sternenvater gesagt.

Wie Schuppen fiel es dem Freunde plötzlich von
den Augen. Er sah des Knaben glühende Blicke bei
Bruder Steuermanns Wundermären von der Pracht
des indischen Himmels, der Ueppigkeit der Natur, dem
wollüstigen Schlürfen der eingewanderten Nabobs.

Möglich, daß auch noch aus weniger redlichem Munde ihm ein Brillantfeuer vorgespiegelt worden war, oder daß er irgendwo gelesen hatte von den zahlreichen deutschen Landsleuten unter den geworbenen Truppen, von ihrem glänzenden Sold, dem raschen Aufsteigen, den reichen Pensionen, den Schätzen, die um den Preis des Lebens im Kampfe mit wilden Bestien und Völkerstämmen aufzuraffen sein sollten. Die Jugend nimmt manches Katzengold für ächt und was fragt ein freiheitsdurstiges Herz nach dem Freiheitspreis? Das indische Pfefferland war jener Zeit immer noch das gelobte für abenteuernde Naturen und verlorene Söhne. Die goldenen Berge, welche der arme Junge so hoffnungssicher in Aussicht stellte, bestärkten die Eingebung, daß es auch sein Kanaan gewesen sei.

Je mehr dem Freunde nun aber diese jähe Vorstellung zur Gewißheit ward, um so bänglicher schlug sein Herz. Auch er, der Aeltere, war im weiten Weltwesen ja noch ein Kind. Der Zufall aber hatte gewollt, daß er von einem leichtsinnig verlockten Studenten, der als Deserteur sich wieder in das Vaterland durchgeschlagen, die Wahrheit erfahren hatte über den entwürdigenden Zustand des holländischen Fremdenkorps nicht blos fern in den Kolonien sondern selbst auf den heimischen Drill- und Einschiffungsplätzen und so hätte er sich Flügel anheften mögen, um den Verblendeten zu überholen und Lydias Bruder einem Elend zu entreißen, dem von zehnen neun physisch oder moralisch unterliegen.

Sein Erstes war, von dem Beamten jenes zweiten Schalters die Erkundigung zu erfahren, welche Philipp neulich an ihn gerichtet hatte. Der Jüngling war eine auffällige Erscheinung, schön wie alle Hartenstein, mit Ausnahme Martins, und dieser Auffälligkeit es zu danken, daß der Beamte sich der Erkundigung noch erinnerte: Der schöne junge Mensch hatte nach dem Preise eines Fahrbillets bis zur niederländischen Grenzstation gefragt; zuerst nach dem der zweiten Klasse, dann bescheidentlich nach dem der dritten, und die unerwartet hohe Summe auch dieser dritten ihn sichtbar niedergeschlagen. Der Arglose ahnete nicht, daß diese Fragen zu einem Fingerzeig für einen praktischeren Verfolger als sein gelehrter Vormund werden konnten. Für Decimus wurden sie zum Beweis, wennschon weder dieser Beamte, noch irgend ein anderer sich erinnerte, den auffälligen jungen Mann bei der späteren Abreise wiedergesehen zu haben. Da er an jenem Nachmittag nicht nach Hause zurückgekehrt war, vermuthete Decimus, daß er zu Fuße bis zur nächsten, nur eine Meile entfernten Station gegangen sei, und von da aus den Nachtzug benutzt habe.

Decimus selbst blieben bis zum Abgang des westlichen Zuges zwei lange bange Stunden. Um sie nicht völlig nutzlos hinzubringen, begab er sich zu dem Pfandleiher und — und Kandidat, Kandidat! Du fühlst dich zum Priester reif und sündigst wider Gottes heiliges Gebot? du lügst, lügst ohne Erröthen, lügst wie gedruckt, daß du in augenblicklicher Geldverlegenheit, im Begriff eine kleine Reise anzutreten, deinen jungen Freund beauftragt habest ein Darlehn auf deine Uhr aufzunehmen und daß du jetzt kämest dieselbe auszulösen?

Da der Hüne der Studentenschaft eine wohlbekannte Persönlichkeit war und sein junger Freund ausdrücklich auf diese Persönlichkeit, behufs der Auslösung, hingewiesen hatte, erlitt dieselbe keinen Anstand und war dem bösen Leumund, so weit in der Eile, oder leider überhaupt noch möglich, Einhalt gethan. Einigermaßen erleichtert trabte Decimus, sein Pretiosum auf dem Herzen, nach dem Bahnhofe zurück und nun, du Glücklicher, leite dich dein Johannisstern!

In der Nachmittagsstunde, in welcher er mit seinem Röschen einen Superintendentenbesuch in der Stadt verabredet hatte, dampfte er in die Welt hinein auf der Suche nach dem verlorenen Sohn. Er sah im Geiste das liebe Kind daheim unruhig hin und wieder trippeln, wohl auch ein bischen schmollen und schmälen und dann sah er eine Andere sich die Hände wund ringen im bittersten Seelenjammer; von der weiten Gotteswelt aber, die sich zum ersten Male vor ihm aufthat, sah er leider wenig, was — versteht sich in anderer Stimmung, — sein Neulingsauge erquickt haben würde. Er hätte sich, wie bei seinem ersten Abenteuer eine Universität, so heute beim zweiten eine Reise anders denken können. Endlose Stoppel= oder Rübenfelder, wirres Bahnhofsdrängen und Treiben, langweilige Gesichter, Gesellen ohne Reiselust wie er selbst, und bald sah er nichts mehr, denn es kam die Nacht und mit der Nacht kam endlich auch der Genius, der selbst den Unruhigsten ruhig macht. Als des Schaffners Ruf: „Station Deutz!" den Genius verscheuchte, rang sich das erste Morgengrauen durch den Nebel, der über dem Rheinstrom brütete.

Der nordwärts führende Zug ließ ihm so viel Zeit, um über die Schiffbrücke zu gehen und einen Blick auf den Torso des Domes zu werfen, dessen Herstellung seit etlichen Jahren mit so viel Eifer betrieben wurde. Das Königswort, das dieses „Werde" rief, hatte in der Pfarre von Werben einen mächtigen Wiederhall gefunden. Es deutete gleich einem Meisterspruch auf einen weit größeren und noch weit unfertigeren Bau, für welchen Hammer und Kelle zu rühren waren. Die Erinnerungen seiner glorreichen Zeit und die Entsagungen, die ihnen folgten, wurden in dem Greise jung; zum ersten Male empfing der Sohn aus dem Munde des alten Christen die Lehre des alten Heiden, daß es süß sei, für das Vaterland zu sterben.

Und dieses Lehrwort wachte an diesem Morgen in seiner Seele auf, als er in dem Irren nach einem sein Vaterland fliehenden Bethörten Kinde den Strom überschritt, der von sich hebenden Dunstschleiern umflattert, glanzlos und doch majestätisch, breit und ruhig zu seinen Füßen wallte. Auch dieser Fluß galt ja als Symbol. In gährenden Zeiten wirkt alles Bedeutende als ein Deutniß und die Zeit, in welcher Decimus Frey ein Jüngling hieß, kennzeichnete ja durchweg ein gleichsam

dichterisches Ringen aus der Vorstellung in die Darstellung.

Jählings haftete sein Blick, starrte sein Schritt.
Herr der Welt! Wer ist die jugendlich schmächtige
Gestalt, die bleich wie ein Schatten, mit weiten, über-
nächtigen Augen, bebend und schwankend sich über das
Gitter beugt, so als ob die nebelumwogten grauen
Fluthen sie zugleich lockten und schreckten? Der Hut
ist vom Kopfe in den Strom gesunken; der feuchte
Morgenwind weht durch die wirren, gelben Locken.
„Philipp!" schreit Decimus auf und — der verlorene Sohn
taumelt halb ohnmächtig in seine ausgespannten Arme.

Er zog ihn in das nächste Wirthshaus am Köl-
nischen Ufer: Ein warmer Trunk belebte ihn, die
beklommene Brust erleichterte ein Thränenstrom. Ach,
dieses ungestählte Muttersöhnchen, wie bald würde es
den Heischungen der Macht, die es Freiheit nannte,
erlegen sein an jedem Orte, wo es sie wirklich gefunden
hätte, nicht blos sie zu finden gewähnt!

In der Verfolgungsangst und doch wieder der
Seligkeit eines der Galeere Entsprungenen, hatte er
sich keine Raststunde gegönnt, nur immer vorwärts
gedrängt von einem Haltepunkt zum anderen, bis er
den Werbeplatz am Zuydersee erreichte. Was er dort
zu finden hoffte? Eine deutliche Vorstellung wird er
nicht gehabt haben. Aber einen bunten Schauplatz,
einen lustigen Tummelplatz, vielleicht so etwas von
einem preußischen Paradeplatz, auf dem man sang:
„Ein freies Leben führen wir!" Und statt dessen sah

er das rohe Treiben und Drillen der fremden Söld-
linge; der Masse nach Deserteure, Vagabonden, Aus-
gestoßene aus dem Walle der Familie, der Heimath,
der Gesellschaft; mancher mit einem Kainszeichen auf
der Stirn, - wurde er Zeuge einer körperlichen Züch-
tigung, die ihm das Blut erstarren machte.

Ein wohlmeinender Bürger, mit dem er in einem
Wirthshaus zusammentraf, und den der Anblick des
schönen, bethörten Jünglingsknaben rührte, belehrte
ihn, daß nach den neueren Bestimmungen kein Aus-
länder es im Kolonialdienst weiter als bis zum Unter-
officiersposten bringen könne, — und der Knabe hatte
von Generalsepauletten, von Orden und Lorbeerkronen
geträumt! Der wohlmeinende Warner belehrte ihn
fernerhin, daß unbärtige Bürschchen wie er fast aus-
nahmslos schon den Einflüssen des Klimas und seiner
lockenden Bodenfrüchte erliegen, daß aber selbst abge-
härtete, entsagungsstarke Männer sich nur in einem
Bruchtheil gegen die Strapatzen des Dienstes behaupten,
— und das Bürschchen hatte von lustigen Elephanten-
ritten, von Tigerjagden in Palmenwäldern und einer
Nabobsheimkehr geträumt!

Aus allen Himmeln gestürzt, entsetzt, verzweifelnd,
kehrte der freiheitslüsterne Junge, wiederum ohne
Athem zu schöpfen, die Straße, die er gekommen war,
zurück. Die Luft war kühl und seine Kleidung noch
sommerlich; sein Sparpfennig aufgezehrt. Hungernd,
übernächtig, schauernd vor Frost, schaudernd vor Angst
und Scham stand er nun auf der Rheinbrücke von Köln

zwischen der Wahl — der Heimkehr, als Bettler und Vagabond? nein, der Heimkehr nicht; aber vor der, als Bettler und Vagabond sich bis über die Grenze zu einem Werbebüreau für die französische Fremden= legion durchzuschlagen, oder durch einen Sprung in die Tiefe seinem Elend rasch ein Ende zu machen. So stand er, kaum mehr fähig zu einem Entschluß und sehr möglich, daß die Erschöpfung den Taumelnden jedes Entschlusses überhoben haben würde, wenn der Stern der Glücklichen ihm nicht einen Wegweiser mit stämmigen Armen entgegengeführt hätte.

Decimus erfuhr diese klägliche Robinsonade von vier Tagen erst nach und nach in weit späterer Stunde. In der gegenwärtigen begnügte er sich zu dem Aus= gehungerten zu sagen: „Iß!" und nachdem er sich satt= gegessen, zu dem Uebermüdeten: „Nun schlaf!" Und was hätte auch ein weiserer Mentor als der Kandidat von Werben sich zu sein vermaß, diesem willenlosen Gottesgeschöpf zur Stunde Weiseres heißen können als iß und schlaf?

Nachdem das Gottesgeschöpf aber ausgeschlafen hatte, lange und fest wie ein Murmelthier, ließ es sich sonder Skrupel noch Unterhandlungen nach dem Bahn= hofe von Deutz zurückführen; alle seine Sorge warf es, zwar nicht auf den Herrn, aber auf seinen lieben guten Decimus, der würde es wohl machen. Der liebe, gute Decimus wollte und konnte zwar nichts versprechen als die Vergebung Schwester Lydias nach vorausgegangener reumüthiger Buße; dennoch währte

es nicht lange und das leichte Bösebubenblut wallte
so frohgemuth auf wie je. Was auch über ihn ver-
hängt werden mochte, alles war besser, als die Fuchtel
von Harberwyl und der Hunger auf der Rheinbrücke
von Köln.

Es war spät am Abend, als sie die heimische Pfarre
erreichten, unangemeldet, da Telegramme des Privat-
verkehrs es auf dieser Strecke zu jener Zeit noch nicht
gab. Die Bewohner hielten sich schonend zurück; nach
flüchtiger, freudiger Begrüßung des Sohnes, überließen
sie es diesem Glücklichen, seinen Findling in die eigene
Bodenkammer zu geleiten und in sein eigenes Bett zu
verweisen, allwo er sich denn wiederum in Bälde des
Schlummers des Gerechten, oder des Murmelthiers
erfreute. Decimus dagegen begab sich, so spät es war,
nach dem Schloß.

Dort hatten sich in Folge der Schreckenspost die
gesammte Familie und deren nächste Freunde zusam-
mengefunden: die Mutter mit ihrem kleinen Pflegling,
Martin, seine Schwestern und ihre Gatten, der Vormund und selber der alte, treue Magister Klein waren
herbeigeeilt, um gemeinsam mit dem anerkannten Haupte
der Familie, mit Lydia, zu beten, zu rathschlagen, je
nachdem zu handeln, oder auch nur zu weinen und
verzweifelnd die Hände zu ringen. In allen Zimmern
des Schlosses brannte noch Licht; ein Jeder saß angst-
voll wach in seinem Kämmerlein.

Doch sah Decimus nur Lydia. Als sie seine frohe
Botschaft vernommen hatte, faßte sie seine beiden Hände,

neigte ihre Stirn zu ihnen herab und heiße Thränen, die ersten, welche den Krampf des Herzens lösten, rannen auf sie nieder. · Ein vernehmliches Wort sprachen die zitternden Lippen nicht. Als sie das schöne Haupt aber wieder erhob, da stand in ihren Augen geschrieben: „Du hast mir mehr als das Leben gerettet, Freund."

Keiner wußte besser als Decimus selbst, wie so gar gering sein Verdienst bei dieser Rettung war, wie alles nur das Wirken jener heimlichen Macht, welche die Einen Zufall nennen, die Anderen Stern, und die Glücklichsten Gottes Rath. Was er im Leben aber noch von Menschenkreuz und Leid zu tragen haben mag, der Dankesblick, der in dieser Nacht aus seines weißen Fräuleins Augen strahlte, wird ihn bis in seine Sterbestunde beseligen.

Eine schriftliche Weisung des Vormunds entbot am anderen Morgen den verlorenen Sohn und „seinen edlen Erretter," — „hört, hört!" spottete das lustige Röschen — nach dem Schlosse. Ein schwerer Gang für den edlen Erretter, denn er ahnte mit Fug, kein festliches Gewand werde dem verlorenen Sohne entgegengetragen und kein gemästetes Kalb zu seinem Willkomm geschlachtet werden, dagegen ein strenger Areopag den Spruch über ihn fällen und das Loos über seine Zukunft werfen. Selbst wenn Lydia nach den Erschütterungen der letzten Tage mit solch einer Manifestation des Familienrechtes nicht einverstanden gewesen wäre, wenn sie im stillen Kämmerlein, wo ein Erlöster betet, zu ihrem Bruder hätte sagen mögen: „Ich vergebe dir," würde sie über Nacht inmitten eines bluts- und wahlverwandten Kreises, den hohen, feierlichen Grundton, auf welchen, bei aller Abgeschlossenheit, ihr Vaterhaus gestimmt worden war, haben herabstimmen können?

Auch Philipp muthmaßte eine widerwärtige Scene und seine Stimmung war halb trotzig, halb verzagt. „An Ihnen, Decimus, habe ich mich vergangen, das ist richtig," sagte er. „Sie aber haben mir vergeben, haben meinen dummen Streich sogar vertuscht. Und was habe ich den Anderen gethan?"

„Die Ungehörigkeit gegen meine Person war bei weitem die leichtere," entgegnete Decimus, „wenngleich sie, nach dem Maaße der Welt gemessen, schwer genug in das Gewicht fallen mag. Das bittere Herzeleid aber, das Sie Ihrer Mutter und Schwester angethan haben, kann Ihnen kein Mensch vergeben, bis Sie es durch freudigen Gehorsam gesühnt."

„O, meine Mama, die ist blos froh, daß ich wieder da bin," versetzte der Leichtfuß mit obligater Thorenzuversicht. „Und Lydia, was für ein Recht hat denn Lydia über mich? Und was kann sie mir am Ende denn auch thun? Legt sie mich noch zehnmal an die Kette, reiße ich mich noch zehnmal wieder los. Sie wird sich aber wohl hüten; denn mit dem Pastorwerden habe ich es — Gott sei Dank! — doch ein für allemal verschüttet."

„Mit dem Soldatwerden aber auch," entgegnete Decimus.

Der Leichtfuß seufzte und ließ ein Weilchen den Kopf hängen. „Sie sollen mich wie Vetter Hilmar nach Rußland schicken, —" meinte er darauf. „Ich wäre von selber hingegangen, wenn es nur nicht gar zu weit gewesen wäre. Und dann wollte ich doch für mein Leben gern einmal eine große Seereise machen."

Das Wort verhallte in diesem Augenblick eindruckslos an des Freundes Ohr; in dem Augenblick der Entscheidung aber wachte es plötzlich lebendig in dem Herzen auf, wie ein Samenkorn, das ein Insekt in einen Blüthenkelch getragen hat.

Sie hatten den wenig bemerkten Eingang über die Terrassen genommen. Im Schlosse herrschte, ungeachtet der zahlreichen Insassen, Todtenstille. Es galt ein heimliches Gericht; die weibliche Dienerschaft war durch verschiedentliche Aufträge für die Morgenstunden entfernt worden; nur der alte Wagner, ein Getreuer und Vertrauter aus der einstigen Heimath, zurückgeblieben, und sein auch wohl das Verdienst jene unzuverlässigen Zeuginnen beseitigt zu haben. Schweigend mit zerwühlten Mienen öffnete er die Thür des Ahnensaales.

Decimus hatte ihn seit der Leichenfeier für den Propst nicht wieder betreten. Dessen Bild hing wie dazumal über dem kleinen Betaltar; da wo der Sarg gestanden hatte, stand heute eine dunkelverhangene Tafel, an welcher der Familienrath gehalten werden sollte. Die männlichen Mitglieder waren bereits versammelt;

die beiden Geistlichen im Ornat, der Obertribunalsrath und der Kammerherr, die Gatten von Priscilla und Phöbe, das weiße Johanniterkreuz auf den schwarzen Leibrock geheftet; Martin im Dienstanzug, den Helm unter dem Arm. Alle standen mit den Gesichtern dem Bilde des Vaters zugekehrt und schienen den Eintritt seines ungerathenen Sohnes nicht zu bemerken.

Menschen aus einem Gusse — Martin etwa ausgenommen, — waren sie über die zu treffende Entscheidung eines Sinnes und der Zweck der demonstrativen Versammlung, neben dem persönlichen Genügen, wohl kaum ein anderer als der, der unglücklichen Mutter in imponirender Weise eine harte Nothwendigkeit erklärlich zu machen. Denn ein so schwacher Menschenkenner, daß er erwartet hätte, durch solch feierlichen Actus einen Philipp zur Zerknirschung und zur Umkehr zu bewegen, ein so schwacher Menschenkenner war doch wohl nur der alte, ehrliche Professor Hildebrand.

Philipp hatte beim Ueberschreiten der Schwelle die Lippen trotzig übereinandergebissen. Gluth und Blässe wechselten auf seinem Gesicht. Er hielt des Freundes Hand fest umklammert; die seinige war eiskalt. Aber nur die Frauen waren es, vor deren Wiedersehen ihm bangte, die geliebte Mutter und die Richterin Lydia. Als er daher gewahr wurde, daß er es nur mit den Männern der Familie zu thun haben sollte, und er diese Männer ihm so geflissentlich den Rücken kehren sah, hatte er Mühe ein Lachen zu unterdrücken und drehte er in Gedanken dem hohen Gerichtshof eine ächte, rechte Bösebubennase.

Decimus zog ihn in eine Fensternische, welche der Eingangsthür zunächst und der Versammlung zufernst lag; und da konnte der brave Martin es denn nicht länger über das Herz bringen: er ging auf Decimus zu, drückte ihm die Hand, zuckte die Achseln, schüttelte den Kopf, schlug mit einem Seufzer vor seinem Nichtsnutz von Bruder die Augen nieder und kehrte dann schweigend zu dem schweigenden Chor zurück.

Noch dauerte es eine gute Weile, in welcher Decimus nichts als das Ticktack des Corpus delicti in seiner Westentasche vernahm. Endlich aber öffnete der alte Wagner die Thür und in den Saal wankte, von Lydia gestützt, von ihren beiden jüngeren Töchtern gefolgt, die unglückliche Mutter, Martins Töchterchen auf dem Arm. Sie sank wie gebrochen auf den ersten erreichbaren Sessel.

Beim Erblicken dieses gramdurchwühlten, gütigen Mutterangesichts, der weiten, leeren Augen, welche in den jüngsten Tagen ihren Thränenborn erschöpft zu haben schienen, riß sich Philipp von des Freundes Hand und stürzte mit einem schrillen Aufschrei zu der Matrone Füßen. So, den Kopf in ihren Schooß vergraben, blieb er liegen während der ganzen Verhandlung. Die Mutter hatte den einen Arm um seinen Nacken geschlungen, als ob sie ihn festhalten wollte gegen den Bannspruch der Gerechtigkeit; im anderen Arme lag die schlummernde Enkelin, ein spärliches Würmchen, das

während der jachen Reise unpaß geworden war und
daß die treue Pflegerin in all ihrer Angst und Noth
nicht für eine Stunde aus den Augen gelassen haben
würde. Sie weinte auch jetzt nicht; nur dann und
wann vernahm man ein leises Wimmern, ohne daß
man unterschied, kam es aus des Kindes, oder der
Matrone Brust.

Die schweigende Gruppe unter dem Bilde hatte sich
den Eintretenden zugewendet; der Vormund schritt auf
dieselbe zu; die drei Schwestern neigten sich bis zur
Erde vor dem greisen Seelsorger und Vertreter des
Vaters; sie küßten seine Hand, so wie sie beim Mor-
gengruß die des Vaters zu küssen gewohnt gewesen
waren. Die sonst so freundliche Mutter grüßte nicht
einmal mit den Augen. Sie hatte nicht daran gedacht,
ihren Morgenanzug mit einem der Feierlichkeit ent-
sprechenden zu vertauschen. Lydia trug, wie noch immer
seit ihres Vaters Tode ein Trauerkleid und die beiden
Schwestern hatten es ihr heute nachgethan. Es handelte
sich ja wieder um einen düsteren Act im Ahnensaale.

Der Professor bot Frau von Hartenstein den Arm,
sie an den Ehrenplatz der Gerichtstafel zu führen. Sie
schüttelte schweigend das Haupt und rührte sich nicht
aus ihrer mütterlichen Umstrickung. Priscilla und Phöbe
hätten sich wohl gern in ihrer Nähe gehalten, doch
folgten sie gehorsam ihren Gatten an deren Seite.

Der Ehrenplatz blieb unbesetzt, da auch Lydia denselben ablehnte. Sie trat zur Seite in einen zweiten
Fensterbogen, von welchem aus sie die Schmerzens-

gruppe der Mutter mit dem Sohn im Auge halten konnte. Dort stand sie aufrecht mit gefalteten Händen, ohne sich zu regen; das, was um sie her laut ward, schien an ihrem Ohr abzugleiten, ein innerlichster Vorgang sich zur Klarheit durchzuringen, aber einer, unter welchem das gebeugte Haupt sich hob. Daß der uneingeweihte Kandidat dem Wink des ordnenden Vormunds an das untere Ende der Tafel nicht Folge leistete, sondern in seinem dunkelumhüllten Fensterwinkel verharrte, wird die Versammlung der Eingeweihten ihm als geziemende Bescheidenheit angerechnet haben.

Magister Klein setzte sich an die Orgel; das alte Lutherlied: „Aus tiefer Noth schrei' ich zu dir," wurde angehoben; Lydia sang nicht mit: auch die am tiefsten von der Noth bedrängten, Mutter und Sohn, waren nicht gestimmt zu einem Gebet mit Sangesklang. Dann trat der Professor vor den Altar und hielt eine Ansprache über das Heilandsgebot: „So dein Bruder an dir sündigt, so strafe ihn, und so er sich bessert, vergieb ihm." Gewißlich das rechte Gebot in dieser Stunde und mit bewegter Seele auch ausgedeutet, wie es dem Priester gebührt: den Folgesatz an der Spitze.

Aber die schwere Aufgabe dieser Stunde war zur Erleichterung jedes Einzelnen unter die Berufenen vertheilt worden und der Folgesatz hatte einen Vordersatz, dessen Klarlegung dem Rath vom obersten Gerichtshof, als Vertreter der weltlichen Gerechtigkeit, sach= und fachgemäß zustand. Daß derselbe seine Aufgabe lösen

werbe sonder Anfehn der Perfon, daß er streng nach
dem Gefetzeslaut deduciren und urteln werde, durfte von
einem preußifchen Richter, felbst in einem Familienrath
vorausgefetzt werden.

Er verlas aus dem Landrecht die Paragraphen,
gegen welche der Angeklagte gefrevelt hatte: durch die
Aneignung fremden Eigenthums, durch feine heimliche
Auswanderung vor erfüllter militairifcher Dienstpflicht,
durch feine Flucht aus der vormundfchaftlichen Gewalt.
Er verlas auch das Strafmaaß, das auf diefe Vergehen
gefetzt war, und das Maaß war kein geringes.

Dies vorausgefchickt, glaubte das rechtsbeflifsene
Mitglied der Familie fich bei allebem — vielleicht nicht
ohne gelinde Beugung feines staatlichen Gewiffens, —
zu dem Antrage befugt: in Betracht der Jugend des
Uebelthäters, in fernerweitigem Betracht, daß durch den
rechtzeitigen Eingriff eines Dritten, die sträfliche Hand-
lung hinfichtlich der beiden letzten Anklagepunkte beim
Verfuche geblieben fei: die dem Staate zustehende
Pflicht der Strafe in diefem ausnahmsweifen Falle auf
die Familie zu übertragen; unter der felbstverständlichen
Vorausfetzung, daß eine fo gläubig in fich gefestete
Familie wie diefe, das Maaß der Buße dem des Ver-
gehens adäquat bemeffen und die bürgerliche Gefell-
fchaft vor fernerer Schädigung durch den jungen Uebel-
thäter fchützen werde.

Diefer kriminaliftifchen Klarlegung, vorgetragen im
allerernsthaftesten Ernst, angehört dagegen mit allfeitig
zerstreuten, oder gleichgültigen Mienen, folgte eine

Pause athemloser Spannung für die Mutter, ihren Sohn und dessen Freund. Wem von ihnen wäre auch nur einen Augenblick der Gedanke an die materielle Statthaftigkeit eines Rechtsschutzes und Strafactes von Seiten des Fiskus in den Sinn gekommen? Dahingegen die Frage, in welcher Weise die so gläubig in sich gefestete Familie solchen Rechtsschutz und Bußact fordern werde, schwer die Herzen jener Drei belastete. Die übrigen Familienglieder waren über diese Frage schlüssig geworden in einer schlummerlosen Nacht; auch die jungen Schwestern hatten der Entscheidung zugestimmt, wennschon mit zerrütteten Herzen; auch Lydia und sie sogar mit gehobenem Herzen. Es handelte sich nur noch, dem verlorenen Sohn, und vornehmlich seiner Mutter, den Beweis zu führen, daß um seiner eigenen Existenz, wie um der Ehre und Ruhe seiner Angehörigen willen, keine andere Wahl als die getroffene zu treffen war. Und diese Darlegung hatte der Kammerherr von Behrmann, Phöbes Gatte, übernommen. Nach dem Priester und Richter war die Reihe an dem Kavalier.

„Welch eine Zukunft," so fragte er, „bleibt einem jungen Edelmann, der wohlbegabt und wohlgebildet, in zurechnungsfähigem Alter, von der Scheu vor geistiger Anstrengung und christlicher Zucht sich so weit treiben ließ, die natürlichsten und heiligsten Bande schnöde zu zerreißen und als Abenteurer in die Welt zu gehen? Der um seiner eigenen Ruchlosigkeit zu fröhnen, unter trügerischen Vorwänden sich die erforderlichen Mittel erschwindelt, seine Habseligkeiten, — gespendete Wohlthat seiner schwesterlichen Versorgerin, — heimlich verschleudert, ja, sich sogar an dem Eigenthum eines Fremden vergreift, eines dürftig von anstrengender Arbeit lebenden Heimathsgenossen, des Schützlings seiner edlen mütterlichen Ahnen? Selbst für den Fall, daß in Folge vorbeugender Maßnahmen, welche die Dankbarkeit diesem braven jungen Manne eingegeben hat, der schmähliche Handel als Geheimniß in einem kleinen Kreise gewahrt bleiben sollte, — was im höchsten Maaße zu bezweifeln ist, — selbst für den Fall, daß verborgen vor den Augen der Welt, sich eine Umkehr wirkende Buße hätte ersinnen lassen, — was keinem seiner nächsten Angehörigen gelungen ist, — selber in diesen günstigsten Fällen: welche Laufbahn könnte in unserem Staate Einer betreten, oder in welcher könnte er sich behaupten, der in seinen eigenen Augen und in denen, sei es auch nur eines Dutzend Menschen, ein Betrüger ist, ja ein Dieb? Der Jüngling hat sich auf den im Blute der Hartenstein ererbten Soldatenberuf gesteift: Lieutenant von Hartenstein, kann Einer dem Verbande eines Officierkorps angehören, den, sei es auch nur ein Dutzend Menschen, als Betrüger kennen, ja als Dieb?"

Der Lieutenant von Hartenstein antwortete kleinlaut: „Nein," und daß er dabei rasselnd an seinen Säbel schlug, geschah wohl weniger, um das Nein zu verstärken, als es den Ohren des brüderlichen Betrügers und Diebes unhörbar zu machen. Der Kammerherr von Behrmann aber hatte das Nein gehört und durfte sich darauf berufen.

„Sein edler Vater," so fuhr er fort, „hatte für den Sohn den geistlichen Beruf erwählt. Des Sohnes störriges Widerstreben trieb ihn in die Sünde. Gesetzt den Fall, die Strafe der Sünde wirke Reue, die Reue Besserung: kann Einer als Gottes Priester die Gebote, die auf den Gesetzestafeln geschrieben stehen verkünden, der weiß und von dem auch nur ein Dutzend Menschen weiß, wie schwer er selber gegen mehr als eines dieser Gebote gesündigt hat?"

Die beiden Priester der Versammlung schüttelten schweigend die grauen Häupter. Da sie redliche Priester und sich wohl bewußt waren, daß schon aus manchem freiheitslüsternen Adamssohne mit der Zeit ein um so eifermüthigerer Apostel geworden ist, galt ihre schweigende Verneinung gewißlich nicht der Frage im Allgemeinen, sondern dem Zweifel an einer geistlichen Umkehr in diesem besonderen Fall. Und in diesem besonderen Fall stimmte ihnen der werbende Priester im Fenster-winkel aufrichtig, wenn auch nur in der Stille des Herzens bei.

„Kann Einer Richter sein," fuhr der Fragsteller fort, „Hüter des gesellschaftlichen Rechts in irgend welchem Amt, Verwalter der Autorität, oder des Eigen-thums seines Staates, der nur vor eines Dutzend Menschen Augen und seinen eigenen mit dem schimpf-lichsten Makel behaftet ist?"

„Nein, dreimal nein!" rief der Rath vom obersten Gericht mit der Energie eines Mannes, der für die Sicherheit von König und Vaterland einzustehen hat.

Die Reihe der Erwägungen war mit diesem dreifachen Nein erschöpft; von irgend einem theoretischen Berufe konnte bei des Jünglings unstetem Temperament nicht die Rede sein, und irgend ein industrielles Gewerbe nicht in Betracht kommen in einem Kreise, der von allen attischen Anschauungen keine so gründlich wie die der schändenden Handarbeit in sich aufgenommen, der schändenden Handarbeit selbst für Einen, den die Natur nun einmal absolut zum Geistarbeiter verdorben hat. Das Korrektiv würde schmählicher als das Uebel, welches es herstellen sollte, erschienen sein. Der ritterlichen Hand geziemte das Schwert, die Feder und allenfalls noch — der Pflug.

Freund Decimus, der während der hochnothpeinlichen Argumentation wie auf Kohlen gestanden und vielleicht mehr als Inculpat selbst Blut und Essig geschwitzt, hatte die sichere Hoffnung gehegt, daß der kammerherrliche Schwager, der in einer abgelegenen Provinz ein ihm eignendes Rittergut von mäßigem Umfang persönlich bewirthschaftete, abschließend seine Bereitwilligkeit erklären werde, den Bruder seiner Gattin als landwirthschaftlichen Eleven in seine Zucht zu nehmen, und wenn die unglückliche Mutter überhaupt eines Rettungsplanes fähig gewesen wäre, würde auch sie keinen anderen als diesen in das Auge gefaßt haben. Ihr Eidam, der diese mütterliche Hoffnung muthmaßen mochte, war daher befliſſen ihr dieſelbe mit ausführlichen Gründen zu benehmen. Nicht nur daß der zeitweiſe Dienſt bei Allerhöchſten Perſonen, neben anderweitigen ritterſchaftlichen Obliegenheiten ihn außer Stand ſetzten, eine ſo ſchwere Verantwortung wie die Korrektur und Rehabilitirung eines derartig verirrten Familiengliedes auf ſich zu laden, nicht nur, daß die Zwitterſtellung eines Blutsverwandten und Untergebenen faſt immer eine unhaltbare iſt, daß ſie bei einem ſo zügelloſen Temperament zu einem gefährlichen Beiſpiel für die nächſte Familie, wie für Untergebene werden kann: welche Ausſicht bot, ſelbſt bei ſoliderer Anlage, die ökonomiſche Laufbahn einem jungen Edelmann, der gänzlich ohne Vermögen war? Wohl geziemte der Pflug einer ritterlichen Hand; aber der eigene Pflug mußte es ſein. Konnte ein Hartenſtein wie Hinz und Kunz lebenslang Verwalter, oder allenfalls Pächter eines Fremden ſein? konnte er der von einem Privatmann beſoldete Jäger, oder allenfalls Unterförſter ſein? Eine erneuernde Arbeit in Wald und Flur blieb demnach gleichfalls von der Wahl ausgeſchloſſen.

Und ſo lautete denn, — wie leider ſchon oftmals nach einem jugendlichen Tollkopfsſtreich! — der Schiedsſpruch, der in der Stille der Nacht einmüthig gefaßt, nunmehr im Ahnenſaale von Werben verkündet und einmüthig beſtätigt wurde: „das Exil!" Nur fern von ſeiner Familie, ſeiner Heimath, ſeinem Staat und Erdtheil, von allem, an dem er bisher gehangen, nur als Frembling in einer fremben Zone, unter einer unfertigen Gesittung, konnte Einer, der in seiner Ehre also beschädigt, in seiner Sitte also gesunken war, den Raum finden, auf dem er sich zu einem neuen Menschen umbildete. Fort in eine neue Welt! fort!

Philipp hatte bei der letzten Ausführung den Kopf von der Mutter Schooße emporgerichtet, seine Augen funkelten vor Lust und Ungeduld. Was wollten denn diese. thörichten Schwätzer als sein eigenes glühendes Verlangen? War die Strafe, die sie diktirten, denn etwas anderes als das Vergehen, dessen sie ihn beschuldigten? „Juchhei in eine neue Welt! Fort! fort!" rief er gleichzeitig mit dem Antragsteller.

Der Brust der Mutter aber entrang sich bei diesem bannenden und jauchzenden „Fort!" ein so mark-erschütternder Schrei, daß der Redner in seinem Vortrag inne hielt und der Sohn den Kopf wieder in ihren Schooß sinken ließ. Alle Blicke richteten sich nach der unglücklichen Frau; Priscilla und Phöbe näherten sich ihr mit überströmenden Augen. Der Knabe war auch ihr Liebling gewesen; beide waren junge Mütter; sie hatten den Streich vorgefühlt und sie fühlten ihn jetzt nach, der mit dem grausamen „Fort!" das zärtlichste Herz wie ein Todesstreich durch-zuckte. ohne daß sie, ach! ihn abzuwehren vermochten.

Nur Lydia war auf ihrem Platze verharrt; mit weitgeöffnetem Blick starrte sie auf die bewegte Gruppe; ihre Glieder bebten unter dem faltigen Trauerkleide, selber ihre Lippen waren weiß. Sie hatte den Schmerz der Trennung, die ihr Rettung hieß, nicht in dieser

Muttertiefe geahnt; sie hatte das Opfer, das sie selbst befreien sollte, mehr als das bedacht, welches sie auferlegte. „Das ist dein Werk!" klagte der unerbittliche Genius in ihrer Brust sie an. Das Wort der Erläuterung, der Beschwichtigung, das Wort, welches die Strafe als eine Gnade darstellen sollte, war ihr zugetheilt gewesen; da sie es nicht auszusprechen vermochte, that es der väterliche Freund an ihrer Statt.

Er ging auf Frau von Hartenstein zu, ergriff ihre Hand und redete ihr zu Gemüth mit bewegtem, ja fast mit zürnendem Klang. Durfte sie ihm zutrauen, daß er ein Kind, an dem er Vaterstelle vertrat, einen Sohn Joachim von Hartensteins, einen Knaben mit noch unentwickelten, selbst körperlichen Kräften, in die Fremde hinausstoßen werde, in die Irre einer ungebändigten äußeren Natur, in das Wirrsal der wüsten Gesellschaft, die jenseit des Oceans den Boden für neue Kulturen düngt? Nimmer, nimmermehr! Der Port, in welchem ihr verirrtes Kind landen sollte, war ein Friedensport, die Hütte, die ihn bergen sollte, war eine Hütte der Liebe, die Arme, die ihn umfangen und leiten sollten, waren Vaterarme. Kannte die Mutter ihn denn nicht, hieß sie ihn denn nicht ihren Freund, den treuen Mann, der in der Zeit der Drangsal Amt und Heimath verließ, um als Sendbote seines ewigen Herrn das Licht des Heils in das Bereich nachtumschatteter Seelen zu tragen? Wirkten nicht Weib und Kind, lehrend und pflegend, frohbeglückt an seiner Seite? Hatte er nicht manchen Jünger aus seiner deutschen Heimath, zu gleichem Wirken sich nachgezogen? Nannten Kirche, wie Gelehrtenwelt seinen Namen nicht mit Stolz? Waren es nicht Festtage in der Familie Joachim von Hartensteins, wenn aus dem Palmenthale neue Kunde anlangte von dem Gnadenwunder, das die Gebete und die Opfer heimischer Bekenner in immer weiteren Kreisen falschgerichteter Seelen zeugten?

„Unser Vaterland, die Wiege des Protestantismus, hat sich in einer der erhabensten Aufgaben von seinen Tochtervölkern schmachwürdig überholen lassen. Noch wirken an der Stätte, auf welcher das Heil gezeugt, von welcher es in die Welt hinausgetragen worden ist, die deutschen Sendboten, die es in jene verdunkelte Stätte zurücketragen, unter fremder Aegide. Schon jedoch sind die höchsten und hehrsten Herzen dafür erweckt, die Säumniß einzuholen. Bald wird das Friedenskreuz auf preußischem Banner wehen und unter diesem zweifach heiligen Zeichen der dem Vaterlande verlorene Sohn demselben wiedergewonnen werden. Seine Strafe heißt Liebe dulden und seine Buße Liebe üben lernen; sein Exil ist der Boden, der jedes Christen theuerste Erdenheimath ist."

Es war eine eingängliche Schilderung, welche nach diesen warmen Worten Professor Hildebrand von dem äußeren und inneren Gedeihen der englischen Missions-station in Palästina entwarf; wohl nur darum so eingänglich, um der aufgeregten Mutter eine Pause der Sammlung zu gewähren. Denn weder ihr, noch irgend einem seiner Hörer wurde etwas Unbekanntes mitgetheilt.

Leider auch dem nicht, auf welchen jenes Gedeihen eine Heilswirkung üben sollte. Wenn früherhin der Vormund über seines Zöglings Stumpfsinn, ja seinen Abscheu vor vertiefenden Lehrworten geklagt hatte, so war es zweifelhaft, was dem Kindskopfe gründlicher widerstand, ob die Schulexpositionen der alten Heidendichter, oder die Berichte der neuen Heidenbekehrer, die ein Hauptthema der Unterhaltung in seinem „Kerker" bildeten. Was fragte der Sausewind Philipp nach den Operationen der Gnade in einer Berbernseele? was nach den Rudimenten von Sprache und Sage semitischer Völkerbrocken? Die „Friedenshütte des Palmenthales" war ihm nur wiederum ein Gefängniß, in welchem gesungen und gebetet wurde, abgeschieden von allem, was auf Erden lacht und lockt, noch weit einödiger als der Ahnensaal von Werben, oder die Bücherklause der Gelehrtenstadt.

Während des Professors Vortrag wachte der alte Unband denn auch merkbar in ihm auf; er warf den Kopf in die Höhe, wollte aufspringen, murrte halb unterdrückte Laute. Da die Mutter aber ihren Arm immer dichter um seinen Hals schlang, ihm die Locken streichelte und in sein Ohr flüsterte: „Still, still, mein Kind, ich verlasse dich nicht," wurde ein Ausbruch nothdürftig gehindert, bis der Redner geendet hatte. Zustimmungssicher überblickte er den Kreis seiner Hörer; Einer nach dem anderen neigte schweigend das Haupt; nur Lydia stand in sich versunken und die Matrone erhob sich zu einer Gegenrede von ihrem Platz.

Eine Purpurwoge überflog ihr blasses, kindliches Gesicht; sie zitterte so heftig, daß sie die schlummernde kleine Enkelin, um sie nicht fallen zu lassen, auf ihren Sessel niederlegte und mit beiden Armen den Sohn umklammerte. Sie rang nach einem Wort, war aber so gewohnt, sich schweigend zu fügen, daß sie den Sinn nicht allsobald fand und den Laut drängte alles, was Angst und Qual heißt, in die Brust zurück. Nach einer erwartungsvollen Pause fragte der alte Freund daher, ob sie gegen das Rettungswerk, welches er nach bestem Wissen und Gewissen, im Einverständniß mit allen den Ihrigen zum Vorschlag gebracht, einen Einwand zu erheben habe!

Sie schüttelte das Haupt. „Nein, nein," preßte sie hervor. „Aber — aber, ich verlasse meinen Sohn nicht, — ich gehe mit, wohin er geht."

Die sanfte Frau sah danach aus, als ob sie zu dieser mütterlichen Heldenthat unwiderruflich entschlossen sei. Keiner hatte diesen Zug von Energie je an ihr wahrgenommen. Eine lange Pause entstand. Die richtenden Männer blickten betroffen erst die Matrone, dann sich unter einander an. Wo blieb die Strafe und wo die Buße des verlorenen Sohnes unter diesem Geleit? Die jungen Töchter warfen sich an der Mutter Herz, entsetzt von der Vorstellung der Entbehrungen und Gefahren, welche das zarte, theuere Leben bedrohten. Auch Martin's Augen waren feucht. Er näherte sich der Gruppe, hob sein Töchterchen von dem Sessel in die Höhe und legte es in der Mutter Arm,

während er mit dem seinen ihren bebenden Leib um=
spannte.

„Und was soll aus diesem armen Würmchen werden,
wenn auch du von ihm gehst, Mama?" fragte er mit
schluchzender Stimme.

Die unglückliche Frau taumelte auf ihren Platz zu=
rück. Zum ersten Male entstürzte ein Thränenstrom
ihren Augen. Im Arm das schwache mutterlose Kind,
an der Hand den geächteten Sohn, schweiften ihre Blicke
von jenem zu diesem und von diesem zu jenem. Wel=
ches von beiden liebte sie mehr? das schuldige Kind,
oder das unschuldige, welches von beiden bedurfte der
Liebe einer Mutter mehr? Ach, bewahre doch Gott in
Gnaden ein armes Frauenherz vor solcher Liebeswahl!
Kein Athemzug wehte durch die Schwüle des Ahnen=
saals.

Da nahte sich Lydia mit festen Schritten; das
schöne Haupt hoch aufgerichtet, ein hehres Feuer in
den Augen und auf den Wangen eine Purpurblüthe.
„Nicht du, meine Mutter," sagte sie, indem sie die
Hand der Wittwe an ihr Herz drückte. „Dein Platz
ist bei diesem Kind. Mit deinem Sohne gehe ich, und
ich gelobe dir, fortan mit deinen Augen über ihn zu
wachen."

Die Mutter lehnte ihr Haupt an der Tochter Brust.

„Lydia!" stammelte sie. „Lydia, du mit ihm! du!
— o, mein Joachim, hast du es gehört?"

In diesem unter sich so vertrauten Kreise ahnete
keiner, daß der Entschluß, welchen Lydia mit solcher

Ruhe äußerte, nicht erst die Eingebung des Augenblicks sei, sondern eine vorbedachte Selbstbefreiung von schwerem Druck, — keiner als Decimus, der einzige dem Kreise nicht Vertraute. Alle anderen sahen nur das Opfer; die Mehrzahl neben dem moralischen Opfer auch das materielle, da es ja den Verzicht auf das Werben'sche Erbe in sich schloß; und gewiß berechnete mancher die Einbuße, die auch ihn mittelbar bedrohte. Aber so natürlich erschien alles, was dieses Mädchen Besonderes that, so besonders alles, was ihm natürlich war, und so unbedingt war die Schätzung ihrer abligen Natur, daß auch nicht der leiseste Einwand gegen ihr Vorhaben erhoben wurde. Der schwere Familienkonflikt würde heute wiederum wie beim Tode des Vaters durch das Opfer der Schwester erledigt worden sein, wenn — ja, wenn nicht der gewesen wäre, welchem es dazumal einschließlich und heute ausschließlich gebracht wurde.

Der aber, der thörichte Knabe, geberdete sich plötzlich, als ob der böse Geist in ihn gefahren sei. In dem Geleit der Mutter, so aufrichtig es gemeint war, hatte er eine gütige Täuschung gesehen, einen Einfall, der ihm das Wasser in die Augen trieb, aber doch nicht viel mehr als eine Seifenblase. Wenn es auf ihn selber angekommen wäre, ei freilich, was hätte er sich denn besseres wünschen können, als mit seinem Mütterchen eine Bußfahrt um die halbe Welt zu machen, an irgend einem hübschen Platze es zum Aussteigen zu bereden und allda seines jungen Lebens froh zu werden!

Aber die Anderen! Was sollte diese liebe, gute, englische Mama unter Juden, Heiden und Türken? Weit eher als daß man sie fort ließ, ließ man ihn ja los. Die ganze Geschichte war dummes Zeug.

Nun jedoch, da Lydia an der Mutter Stelle trat, wurde die Geschichte bitterer Ernst, und die lange verbissene Wuth brach jählings in dem Unband aus. Er riß sich von der Mutter Hand, ballte die Fäuste und stampfte mit den Füßen. Die Augen sprühten wie wilde Katzenaugen.

„Und ich gehe nicht mit!" kreischte er mit überschnappender Fistelstimme. „Ich kann keine Heiden bekehren und ich mag keine bekehren. Ich bin selber ein Heide. Ja, ein Heide bin ich. Ein Heide! Ich will nicht beten und singen, zu Hause nicht und im gelobten Lande noch viel weniger. Schleppt mich nur hin; ich laufe unter die Türken und werde Soldat. Sperrt mich nur in die Kajüte, bindet mich fest, beim Landen müßt Ihr mich doch losmachen und ich springe in's Meer und schwimme mich frei, lebendig oder todt!"

Welcher Umschlag in den Gemüthern! Lydia stand starr und fahl wie ein Gespenst; alles Mitleid der jungen Schwestern war verstummt, selbst die Mutter blickte verzagt. Die Männer zitterten oder knirschten vor Empörung.

„In die Zwangsjacke mit dem Besessenen!" murmelten die geistlichen Freunde.

„In das Zuchthaus mit dem Bösewicht!" riefen die weltlichen Schwäger.

Dann eine Pause stummer Rathlosigkeit. Philipp wischte sich den Schweiß von der Stirn und den weißen Schaum von den Lippen. Die Tarantel hatte ausgebraust. Wallt doch selbst in grauen Siedeköpfen die wilde Wuth einen Athems auf und ab, und hat sie abgewallt ist das Gehäus bis auf Weiteres entleert. Gegenwärtigen kindischen Siedekopf aber gar, hätte man fünf Minuten, nachdem er sich als Heide proklamirt, ihn an Bord eines christlichen Missionsschiffes geführt, er würde gefolgt sein wie ein Lamm. Ja, er blickte schon wieder ganz wohlgemuth dem Freunde zu, dessen Gegenwart er seit einer Stunde vergessen hatte und den er jetzt aus seinem Fensterwinkel auf die rath- und sprachlose Versammlung zuschreiten sah. Sein lieber, guter Decimus, er würde ihn schon noch einmal aus seiner argen Klemme ziehen!

Die Blicke der weisen Richter waren denen des jungen Thoren nicht ohne Befremdung gefolgt. Was wollte Saul unter den Propheten?

Wenn für ein Problem, das Tag wie Nacht hindurch Hirn und Herz zerwühlt hat, im Sturme des Affekts, jach wie ein Blitz, die Lösung uns durchzuckt, dann, nicht wahr? dann nennen wir es Eingebung? Und wenn, wiederum im Sturme des Affekts, die Eingebung einen zündenden Ausdruck findet, dann nennen wir denselben Beredtsamkeit? Wirkung und Wirksamkeit solcher Art war dem glücklichen Kandidaten in dieser Stunde beschieden. Er hatte einen Einfall zu rechter Zeit, was allemal ein Treffer ist in der Lebenslotterie;

einen recht einfachen Einfall, ebenso einfach wie der des Kolumbus, nicht da er Amerika entdeckte, sondern da er das bewußte Ei zum Stehen brachte.

In Parenthese: Nach Frau Hannah Blümels Dafürhalten ein weit verwunderlicheres Kunststück als die Entdeckung Amerikas, insofern das Ei weder ausgelaufen, noch ein hartgesottenes gewesen sein sollte.

Diesen einfachen Einfall brachte der Kandidat nun aus eigener Machtvollkommenheit der bestürmten und bestürzten Versammlung zu Gehör, aus warmem Herzen mit warmem Wort, denn er sprach als Freund. Daß er dabei nicht ohne gewisse diplomatische Rücksichtsnahmen verfuhr, wird man hoffentlich seinem reblichen Hirtensinn weder als Ironie, noch als Achselträgerei auslegen. Selber von der Kanzel herab muß ein Redestück ja wohl dem Auditorium ohrgerecht zubereitet werden, wie viel mehr in einem Ahnensaal.

Unabsichtlich kunstgemäß nahm er seinen Ausgang von dem geringfügigsten Punkt, will sagen von seiner eigenen Person. Er erzählte denen, die es noch nicht wußten, und just denen galt ja seine Ueberredung, von seinem Bruder, einem erprobten Seemann, der den kommenden Winter in einem bescheidenen Heimwesen auf einer der friesischen Inseln auszuruhen gedenke, und daß er, der Kandidat, im Begriffe stehe, einer geschwisterlichen Einladung in dieses Heimwesen zu folgen. Unumwunden richtete er darauf an die, welchen die Entscheidung über seines jungen Freundes Schicksal zustehe, die Bitte, ihm denselben als Begleiter auf dieser

Reise anzuvertrauen und falls die Verhältnisse seinen Erwartungen entsprechend gefunden werden sollten, ihn alldort für eine Probezeit der Obhut braver, einfacher Menschen und der geistigen Führung des Predigers der Insel, dessen Name ja als der eines treuen Christen und bewährten Pädagogen weit über den Kreis seiner nächsten Wirksamkeit hinaus bekannt sei, zu überlassen.

(Erstes Zeichen rednerischen Erfolgs: die beiden frommen Seelsorger neigten bei diesem Passus vom Inselpastor zustimmend die Häupter.)

„Insofern nämlich der Jüngling gewillt sei, sich dieser Probezeit ohne Sträuben zu unterwerfen und — —"

„Ja, ja, ich will!" unterbrach ihn Philipp freudenroth, indem er Anstalt machte, sich seinem Erretter in die Arme zu stürzen.

Der aber wehrte ihn ab. „Nicht an Ihnen ist zunächst die Entscheidung, und es ist kein Freudenleben, das Sie erwartet, thörichtes Kind," sagte er mit Mentorwürde, für welche Zurechtweisung er ein zustimmendes Neigen auch der beiden schwägerlichen Häupter erntete.

„Ein unruhig neugieriges Verlangen," so fuhr er fort. „prickelnd in den Adern dieses Jünglings, den ich, über seine Jahre hinaus, noch einen Knaben nennen möchte, hat ihn in eine schwere Verirrung getrieben, und es ist im Kreise dieser Berufenen entschieden worden, daß unsere gesellschaftlichen Einrichtungen einem derartig Verirrten seines Standes, selbst wenn er ein Anderer geworden wäre, nicht den Raum gewähren, auf welchem er sich zu einem nützlichen und glücklichen

Menschen heranbilden dürfte. Mir, in meiner Stellung, gebricht, wie das Urtheil, so die Befugniß, solchem Entscheid zu widersprechen."

(In Mienen und Geberden allseitige Zustimmung des Männerkreises bei diesem Zeugniß bescheidener Selbstschätzung.)

„Sollte aber nicht vielleicht für eine derartig angelegte Natur der Beruf des Seemanns in Betracht zu ziehen sein? sollte — —"

„Ja, ja, Seemann will ich werden!" unterbrach ihn Philipp zum zweiten Male, um zum zweiten Male zur Ruhe verwiesen zu werden.

„Der maritime Verkehr unseres Vaterlandes," so hob sein Fürsprecher von Neuem an, jemehr und mehr auch von einem sachlichen Eifer beherrscht, „beschränkt sich bis jetzt auf den Handel von Privaten. Die Sehnsucht des Volkes aber drängt zu Schutz, Förderung und Forschung nach einer staatlichen Ausdehnung dieses Verkehrs."

(Seitens des Kammerherrn Zeichen der Mißbilligung, von dem Redner leider unbemerkt.)

„Und wenn diese Ausdehnung eines Tages errungen werden sollte, würde dann für einen bereits seemännisch Geschulten nicht auf eine angemessene Stellung im vaterländischen Dienst zu rechnen sein?"

(Die Nichtübereinstimmung mit dieser zweifachen Erwartung einer preußischen Flotte und eines auf ihr bediensteten Schwagers wurde jetzt auch an dem hohen

Rath so augenfällig, daß der Kandidat sich beeilte, eine sympathischere Saite anzuschlagen.)

„Aber auch abgesehen von dieser zweifelhaften Zukunftsfrage, wie häufig ist es ausgesprochen worden, und wem leuchtete es nicht ein, daß das wagnißvolle Ringen zwischen Ocean und Himmel wie kein anderer Beruf geeignet sei, einen schwanken Menschen fest, einen schwachen stark zu machen; warum nicht auch diesen Jüngling, dem ein unbestimmter Drang in das Weite den Segen der Nähe verkennen läßt? Warum mit der Zeit ihn nicht auch reif für das erhabene Amt, das seine Freunde für ihn erwählten, wenn er auch heute noch nicht fähig ist, seine heiligende Bedeutung zu fassen? Schon manchen unserer wirkungsvollsten Missionare hat der Drang der Forschung, ja der Abenteuer unter die Heidenwelt getrieben, bevor das Erbarmen mit deren geistiger Armuth den Eifer des Apostels in ihm zum Durchbruch brachte.“

„Wenn aber auch dieser höchste Segen eine Frage der Zukunft bleiben muß, so würde der Gewinn für die Gegenwart wohl in keiner Weise eine Frage sein. Ein winterlicher Aufenthalt auf dem einsamen Eiland, unter den Eindrücken elementarer Allgewalt, im ausschließlichen Umgang mit Menschen, die vertraut sind den herben Entsagungen und Drohnissen des seemännischen Berufs, würde die Entscheidung für oder gegen diesen Beruf in dem Jüngling zur Klarheit bringen, würde den Seinen, wie ihm selbst, zur Wahl eines anderen die Frist gewähren; der zarte Körper würde sich

kräftigen, äußere Kenntnisse und innere Erkenntniß
würden gefördert; knabenhafte Einbildungen verscheucht
werden, der Uebermuth Grad um Grad sich zu beson-
nenem Mannesmuth abdampfen."

Als der Kandidat mit diesen Worten seine Jungfern-
rede schloß, erntete er einen großen Triumph. Der verlorene Sohn hing an seinem Halse, nannte ihn seinen
Retter, seinen einzigen Freund; Bruder Martin nannte
ihn gar ein famoses Genie und die beiden Schwestern
umschmeichelten ihn unter Lachen und Weinen, ohne
daß ihre Herren Ehegemahle darob eifersüchtig wurden.
Die unglückliche Mutter aber dankte ihm wie eine zum
Tode Verurtheilte für die erwirkte Gnadenfrist.

„Ja, er soll mit Ihnen gehen," schluchzte sie.
„Handeln Sie für ihn, als ob er Ihr Bruder wäre."

Und endlich die weisen Richter, was blieb ihnen übrig,
als aus der Noth eine Tugend zu machen und ihren
Herrgott im Stillen zu preisen, weil ihnen einen Winter
lang vor dem bösen Buben Ruhe verschafft worden war?
Keiner aber inniger als der alte Familienfreund, der
vier Jahre hindurch bei seinen Vormundspflichten weit
Unleidlicheres auszustehen gehabt hatte als der junge
Leichtfuß bei seinen Mündelpflichten. Die Seemanns-
probe unter der geistigen Obhut des wohlberufenen
Inselpfarrers war eine Erlösung für den gottesgelehrten
alten Herrn. Er stellte daher, einer etwaigen weich-
müthigen Sinnesänderung vorzubeugen, auch lediglich
die Bedingung, daß die Reise sobald als möglich angetreten werde; und als Decimus sich jede Stunde zu

derselben bereit erklärte, gleichviel ob Bruder Steuermann bereits in sein Winterquartier gerückt sei oder
nicht, — Herr im Hause war ja doch die Steuerfrau,
— wurde gleich der heutige Abend zum Antritt der
Bußfahrt bestimmt. Dieselbe würde unter persönlicher
Führung des treuen Vormunds von Statten gegangen
sein, wenn nicht Fräulein Lydia sich zu seiner Stellvertretung erboten hätte; ein Tausch, gegen welchen von
keiner Seite Einwand erhoben wurde und von Seite
des Kandidaten Frey am wenigsten.

Die unglückliche Lydia! Sie allein theilte die allgemeine Befriedigung nicht. Wohl drückte auch sie Decimus die Hand, wie man sie einem nothhelfenden
Freunde zu drücken pflegt; aber die Purpurblüthe war
auf ihren Wangen erloschen und auf ihre Seele die
Last zurückgewälzt, von welcher sie sich durch ein edles
Opfer zu erlösen gehofft hatte. Keiner im Kreise ihrer
Gleichgesinnten ahnete diese Last. Der einzige Fremde
in diesem Kreise aber verstand und empfand sie wie
einen eigensten Schmerz.

Im Pfarrhause feierte der Kandidat, der eine bängliche Schicksalsfrage so befriedigend gelöst hatte, einen
zweiten außerordentlichen Triumph; wenn auch nicht
gerade als inspirirtes Genie, so doch als ein Held des
Glücks. Vater Blümel, der Versöhner, würdigte diese
Lösung zwar als den ersten thatsächlichen Beweis, daß
der Sohn über den Angelegenheiten im hohen Himmel
und an demselben nicht zum Simplex und Tolpatsch in
den Nöthen des Menschenlebens geworden sei; Mutter

Hannah aber, die eines solchen Beweises längst nicht mehr bedurfte, sah in dem bösen Buben bereits den Admiral einer in Zukunft möglichen deutschen Flotte, oder doch zum allerwenigsten einen wackeren Schiffskapitain; das jedoch keineswegs um seiner maritimen Begabung willen, sondern lediglich aus dem Grunde, daß die Hand ihres gesegneten Johanniskinds sich in seine Unthaten gemischt hatte; und Röschen, — ja freilich, das liebe Röschen schmollte und schmälte recht strubelköpfisch, bei Lichte besehen war aber auch dieses Schmollen und Schmälen ein Triumph und ein recht süßer Triumph.

Dieser alte Decem! Kaum in das Haus, wollte er schon wieder fort, und Röschen hatte sich doch den ganzen langweiligen Sommer hindurch auf die Kandidatenvakanz, und zum ersten Male seit vier Jahren auf eine lustige Weinlese gefreut! Und wenn er noch ganz allein auf seine wüste Insel gegangen wäre! Aber in Gesellschaft eines wunderschönen Fräuleins — denn der dumme Junge zu Dritt, der zählte für Null, — bei Nacht und Nebel in die weite Welt hinein zu dampfen, schickte sich das? Schickte sich das ganz besonders für einen Kandidaten pro ministerio? Nein, es schickte sich nicht. Und darum wollte Röschen mit. Röschen wollte endlich auch einmal eine Reise machen, das Meer sehen, eine große Stadt und was es etwa sonst noch Hübsches bei Wege zu genießen gab.

Ja, das liebe Röschen wollte mit, absolut mit; und ihren alten Decem, ei nun, den hatte sie bald genug herum. Für's Leben gern hätte er sie mitgenommen.

So als zehntes Korn, von Rosen und Lilien eingefaßt, oder als Decemshuhn von Lerche und Schwan begleitet, was hätte das für einen Einzug in Mutter Stinens Inselhause gegeben!

Der Plan scheiterte aber leider an dem Nein des sonst so nachgiebigen Papa Blümel, der seinen Liebling eine kleine Thörin schalt; und als nun auch Lieutenant Martin sich die Vorstellung erlaubte, daß eine so schöne Dame wie Fräulein Rose doch eine gar zu gefährliche Eskorte für einen jungen Sträfling wie Bruder Philipp sein würde, und weheleidig hinzusetzte, daß er und seine beiden Schwestern sich so herzlich auf ein zerstreuendes Zusammensein mit ihrer liebenswürdigen Freundin gefreut hätten, was blieb dem lieben Röschen da übrig, als zu lachen und ihrem alten Decem zu erklären: während er mit dem schönen Fräulein Bußpsalmen singe, werde sie, um sich seiner angemessen zu beschäftigen, es sich angelegen sein lassen, einem betrübten Wittwer gründlich Trost zu spenden.

Zu welchem lobenswerthen Vorsatz der alte Decem seinen Segen gab.

———

Ach, es war durchaus keine Lustreise in des lieben Röschens Sinn, zu welcher die drei jungen Menschen mitten in der Nacht aufbrachen. Eine hastige, stillernste Fahrt durch Gegenden, in welchen, auch wenn die Sonne scheint, die schlummernde Seele nicht erwacht und die bedrückte sich nicht erhebt. In keiner der bedeutenderen Städte wurde geweilt; umgehend lösten Dampf- und

Postverbindung sich ab. Mit schwerem Herzen durch Dunkel und Nebel nur immer voran!

Aber nicht Lydia allein, auch Decimus fühlte sich beklommen. Von seinem Heldenstolze war eine klägliche Neige übrig geblieben. Wie ein Experimentator, ja, wie ein Abenteurer kam er sich vor, wie ein waghalsiger Spieler mit fremdem Glück. Graue Dunstschleier umhüllten das Inselhaus, das er als einen Hafen geschildert hatte; und wenn das steuerlose Boot, das er in diesem Hafen bergen wollte, nun als Wrack an die heimische Küste zurückgespült wurde, wie sollte er vor dem Chor der strengen Richter bestehen, wie vor Lydia's ernster Seele?

Nur der, welcher diese Zweifel um das Gerathewohl einflößte, empfand von ihnen keine Regung. Nachdem er sich den Abschied von seinem Mütterchen aus dem Sinne geschlagen, schaute er so wohlgemuth drein wie seit seinen Kinderjahren nicht mehr; bald genug aber drückte er, da es des Unterhaltenden weder zu sehen, noch zu hören gab, seine Guckaugen zu und ließ sich in den Schlummer rütteln, der Glückliche seines Schlags auf hartem oder weichem Polster, bei gutem oder bösem Gewissen nicht lange auf sich warten läßt.

So ohne Zeugen, in stiller Nacht dem jungen Manne gegenüber, dem sie so Bedeutendes zu danken glaubte, bezwang Lydia endlich den in sich gekehrten, mittheilungsscheuen Sinn. Decimus war ihr seit Jahren ein Fremder geworden und schwerlich mochte sie ihn jemals in irgend einem Sinne als ihres Gleichen

geachtet haben. Nun jedoch, da er in einer entscheidenden Weise in ihr eigenstes Leben eingegriffen hatte,
erkannte sie sein Anrecht, ihren Nächsten zugezählt zu
werden. Denn nur Vertrauen kann eine Gutthat
lohnen; und wie es einen Spürsinn giebt für die wahrhaftige Theilnahme, welcher der vernehmbare Ausdruck
nicht genügt, oder nicht gelingt, so löste sich im Sagen
und Verstandenfühlen das Band, das ihre Brust zu-
sammenschnürte und sie redete, wie sie es seit ihrer
großen Schicksalswendung nicht mehr gethan hatte, in
vollen, freien Herzenstönen. So gestand sie denn
auch, was Decimus von vornherein geahnt hatte, daß
der Entschluß ihren Bruder zu begleiten und sich dauernd
aus allen heimischen Verhältnissen zu lösen, nicht blos
als Gewissensact einen lockenden Zauber auf sie geübt
und daß seine Vereitelung ihr einen tiefen Niederschlag
bewirkt habe.

„Wie oft," sagte sie, „ist es doch die nackte Selbst-
sucht, welche die Aureole eines Opfers umschimmert!
Ohne es mir deutlich einzugestehen, sehnte ich mich
nach einer veränderten Sphäre, nach einem Anfang
gänzlich neuen Lebens. Die Aufgabe, welche ich meiner
Familie gegenüber zu erfüllen hatte, wäre überdies mit
diesem Neuanfang erfüllt gewesen. Meine Schwestern
sind versorgt, die Mutter hat in Martins Hause den
ihr gemäßesten Wirkungskreis. Den durch meine Schuld
verirrten Bruder glaubte ich in meines Vaters Sinne
und thörichter Weise auch in des Knaben eigenem be-
weglichem Sinne, auf einen guten Weg zu führen: ich

durfte einen Platz räumen, auf dem ich mich allezeit als Eindringling gefühlt habe."

Decimus erlaubte sich, diese letzte Auffassung als eine unrichtige zu bezeichnen. Sie ließ aber seinen Widerspruch nicht gelten.

„Ich mußte," sagte sie, „in jener äußersten Bedrängniß es als eine göttliche Fügung nehmen, die mir diese Ausflucht bot. Sie kostete mich mein Selbstgefühl; aber ich hatte keine Wahl. Nach ihrer Mutter Tode steht Sidonie heute hülfloser da als ich, und es ist mir nicht etwa Pflicht, nein, Wohlthat, sie an meine Stelle treten zu lassen und das, was sie aus meiner Hand ablehnen zu müssen glaubte, dankbar aus der ihren anzunehmen. Das heißt die Mittel, welche Philipps von neuem zweifelhaft gewordene Existenz erfordert, während ich meinen eignen Weg einschlage."

Decimus kannte die kleine Sidi gut genug, um voraus zu wissen, daß sie auch diese in eine zu erweisende Wohlthat umkleidete erwiesene Wohlthat noch ablehnen werde. Muß Einer denn aber wahrlich nicht ein Johanniskind sein, der auf diesem „am Golde hängenden, nach Golde drängenden" Erbenrund das seltene Schauspiel genießt, zwei gleich bedürftige und keineswegs durch Sympathie verbundene menschliche Wesen sich gegenseitig einen Goldhaufen zuschieben und gegenseitig zurückschieben zu sehen? Eine Chimäre ist das Gold leider Gottes nicht, aber hier wurde es schlechthin zur Chikane.

Während er lächelnd diese Betrachtung anstellte,

war Lydia unvermerkt auf die jammervollen Einzeln-
heiten übergegangen, welche ihr alter Lehrer über die
Heimsuchung in seiner Provinz den Freunden hinterbracht hatte. Hier wäre nun der geeignetste Platz für
Eine, die eine Lebensaufgabe sucht, gewesen; unge-
schult, wie sie in der Krankenpflege großen Stils indessen noch war, würde sie für die gegenwärtige Noth
zu spät gekommen sein. Sobald sie aber zu einem
einigermaßen befriedigenden Ueberblick über ihres Bruders
neue Lage gekommen sein werde, erklärte sie sich fest
entschlossen, sich zur Diakonissin auszubilden und dauernd
ihren Beruf in diesem Amt zu finden. Was hätte
denn auch einer Lydia angemessener sein können als
solcher Entschluß?

Dennoch war Decimus auf diese Konsequenz ihres
Planes, das Vorrecht an Werben ihrer Cousine abzu-
treten, nicht gefaßt gewesen, und ein Krampf schnürte
plötzlich seine Brust zusammen. Er fand keinen stich-
haltigen Einwand, und er hätte keinen finden können.
Aber Lydia fühlte ihm an, daß er nach solchem Einwand ringe und kam ihm mit einem ehrlichen Bekenntniß zuvor:

„Meine natürliche Aufgabe war, einigen Wenigen
viel zu sein. In eigensinniger Verblendung habe ich
diese Aufgabe verfehlt und ich nehme es als Buße hin,
fortan allen Einfluß auf des mir anvertrauten Kindes
Schicksal seinen besseren Freunden zu überlassen. Was
könnte in solcher Lage nun aber gebotener sein als das
Streben, vielen etwas zu werden, und gäbe es für

eine Frau, die der Familienpflicht enthoben ist, wohl einen erfüllenderen Beruf als den, welchen wir, ziemlich hochtrabend, Samariterdienst nennen?"

Decimus hätte wohl einen erfüllenderen Beruf gewußt; aber durfte ein dreiundzwanzigjähriger Kandidat der Gottesgelahrtheit dem allerschönsten Fräulein, das es für ihn gab, unter vier Augen rathen: „Ja, einem Einzigen alles werden!" Obendrein, da dieses allerschönste Fräulein schon einmal an diesem Alles werden gescheitert war? — So sagte er denn nur kleinlaut, mit niedergeschlagenen Augen, indem er das Blut in seine Wangen schießen fühlte: „Keinen für Eine, der das Ungemeine das Naturgemäße ist."

„Warum," rief Lydia mit einem Eifer, ja mit einem Feuer, wie sie vielleicht niemals geredet hatte, „warum soll dem Weibe nicht naturgemäß sein, was es dem Manne doch ist? Oder nennen Sie den Beruf des Arztes auch einen ungemeinen? Es müssen mehr solche allgemeine Aufgaben uns erschlossen werden. Die Erfüllung, die Sie zu meinen scheinen, liegt nicht in unserer Gewalt; wofür wir aber die zulängliche Kraft des Organs in uns erkennen, müssen wir auch das Recht haben uns auszubilden und das Ausgebildete zu verwerthen. Ich bin von meinem Vater für ernste Lebenszwecke erzogen worden. Soll ich die letzten Jahre der Jugendkraft rathlos und thatlos in einer Sinekure verträumen? Darf ich es? Und wenn ich dürfte, ich vermöchte es nicht. Nicht mehr. Seit der Stunde, wo mein harter Wille einen schwachen Knaben an den Rand des Abgrunds trieb; seit ich erkannt habe, daß das, was ich für meine Reife hielt, meine Unreife war, drängt eine unwiderstehliche Gewalt mich aus meiner beengenden Stille heraus. Mir ist, als senke sich ein dichter Schleier, der mir seit Jahren das wahrhaftige Leben verhüllte, und ich sehe keine Hülfe für mich als die Hülfe einer That."

Die Sonne war während dieser Rede aufgestiegen, eine goldig klare Oktobersonne. Philipp erwachte von dem Schein, der ihm plötzlich in die Augen fiel und Lydia versank wieder in stilles Sinnen. Decimus wechselte mit dem Jünglinge gleichgültige Bemerkungen über äußere Eindrücke; sein Herz aber war froh bewegt; auch ihm hatte sich der Schleier gesenkt, der ihm sein weißes Fräulein seit Jahren verhüllt hatte.

Nach einer ruhigen Ueberfahrt langten sie auf der Insel an. Die Brüder waren vor ein Paar Tagen heimgekehrt; der timide Amerikaner, um, — so hatte es die regierende Steuerfrau dekretirt, — bevor er in das binnenländische Hirtenhaus übersiedelte, in kräftigender Strandluft und Beköstigung sich von der läppischen Seekrankheit gründlich auszuheilen.

Die Freude des brüderlichen Wiedersehens und sich Kennenlernens äußerte sich, je nach der Art, in starken, schwachen, oder auch in gar keinen Lauten; aufrichtig aber war das Willkommen, das die unbekannten Begleiter empfing. Diese seefahrenden Insulaner sind Leute, die mit allerlei Volk umzugehen lernen und das saubere Haus am Strande war auf Gastlichkeit

eingerichtet. Während der Badezeit hatte es Herrschaften, die ebenso fein waren wie die gegenwärtigen,
wohl schon des öfteren beherbergt. Im Winter jedoch
und aus barer Freundschaft noch nie; auch erklärte
Mutter Stina, so wunderschöne Menschenbilder wie
diese Hartenstein'schen noch nie mit Augen gesehen zu
haben, nicht einmal gemalt. Der blöde Bruder Friede
aber, der, wenn auch etwas abgezehrt, an Leibeslänge
seinem Aeltesten kaum etwas nachgab, verwendete kaum
die Augen von dem lieben prächtigen Junkerchen und
folgte ihm auf Schritt und Tritt, wie eine neufund-
länder Dogge einem freundlichen Kinde folgt.

Die Bedingungen zu Philipp's Beherbergung erledigten sich daher zu allseitiger Zufriedenheit und daß
es der kernhaften Steuerfrau, sammt Steuermann, kein
Hexenstück däuchte, neben ihren bis jetzt blos drei persönlichen Buben, einen freiherrlichen Wildfang zum Schiffs-
jungen zu dressiren, verdient schwerlich der Erwähnung.

Tiefer eingeweiht in des Wildfangs Vorgeschichte
wurde der Inselpastor, ein Mann so recht von Grund
aus wie er Lydia in ihrer gegenwärtigen Stimmung
noth that und für ihr dringendstes Anliegen wie geschaffen. Als Sohn eines Schiffskapitains mit nauti-
scher Kenntniß vertraut, war es ihm leicht, den Jüngling auf den erwählten Beruf hin zu prüfen; als vor-
maliger festländischer Gymnasiallehrer und als unver-
heiratheter Mann, war es ihm ein wohlthuender Wechsel,
sich ein Paar Tagesstunden dem klassischen Unterricht zu
widmen und seine Augen wachsam auf eine junge Seele

gerichtet zu halten. Philipp versprach seinem Freunde Decimus in die Hand, gehorsam und fleißig in seiner Verbannung auszuhalten.

„Und da ich Ihnen die Hand darauf gegeben," so lautete seine Logik, „halte ich es auch. Lydia hatte ich nie etwas gelobt, warum hätte ich ihr pariren sollen?"

Es verschwand demnach von vornherein das klein= müthige Verzagen. Alles und jedes ließ sich an so, wie der Held des Glücks im entscheidenden Moment es geschaut und geschildert hatte. Er hat sich weder auf seinen Scharfsinn, noch auf seine Rhetorik etwas zu Gute gethan, die Wochen aber, welche er an der Seite seines weißen Fräuleins des frohen Gelingens Zeuge ward, hat er nicht aufgehört, zu den köstlichsten seines Lebens zu zählen, denn es waren ewige Offenbarungen, welche beider Seelen auf der stillen Insel eingegeben wurden.

Sie, wie er, feierte den ersten weiten Ausblick in die Welt; sie, wie er, fühlte zum ersten Male den starken Pulsschlag der Natur: denn sie standen am Meer. Wohl waren es nicht die hesperischen Gestade, zwischen welchen Lydia nach dem Palmenthale zu segeln gehofft, nicht das Kreuz des Südens, das Decimus sehnend sich im tropischen Ocean spiegeln sah. Es war ein kahler Strand, ein nebelgrauer Himmel, eine nor= dische See. Aber doch die See! Und von allen Natur= eindrücken wirkt keiner so überwältigend wie der des Meeres, weil es nicht nur den höchsten Sinn, sondern jeglichen Sinn des Leibes und des Geistes gefangen nimmt.

Wir sehen sein Lächeln und sein Zürnen wie die einer beseelten Kreatur, wir hören den Rhythmus seiner Sprache, athmen seinen seltsam würzigen Brodem, fühlen die wogende Kühle, mit der es uns umspült. Und wie lockt es die Phantasie in seine Tiefen, wie lockt es den forschenden Gedanken in alle erreichbare Fernen, während es gleich dem unerreichbaren Firmament, das es widerstrahlt, das Ahnen und Mahnen des Unendlichen im heimlichsten Seelengrunde aufstört.

Endlich aber: es ist unser eigen! Welches Gemüth erschütterte nicht das Ringen, unter welchem die schwache Eintagsfliege, Mensch, zum Herrn über den Leviathan sich setzt? sei es, daß sein Kiel die Brandung durchfurcht, sei es, daß er mit Ameisenfleiß seine Scholle zum Schutz gegen Sturm und Woge umwallt. Wie zeugt und hebt es jede Mannestugend und Kraft! Wer darf sagen, daß er das Geheimniß der Heimathsliebe spüre so wie der spärliche Menschenrest auf diesen Inselbrocken, die einstmals blühender, fester Boden waren? Hunderttausende, die er genährt, hat die einbrechende Fluth verschlungen und die Wenigen, die sie verschonte, hat sie jede Stunde zu verschlingen die Macht. Und doch klammern sie sich an ihn, schützen, bebauen ihn und aus paradiesischer Ueppigkeit lockt es den Seefahrer an seine rauhe, umbrandete Küste wie in einen weichumfangenden Mutterarm und der sturmgepeitschte Wogenschlag hallt ihm wie ein Wiegenlied.

Und all diese Schauer einer hehren, herben Größe empfanden Lydia und Decimus zu Zweien so, als wären sie allein. O, was waren das für Stunden am Strand, im Boot, in dämmernder „heiliger Frühe“, bei gluth=durchströmtem Tagessinken, unter dem nächtlich strahlen=den Firmament! Wie weitete sich seine Brust, wie färbten sich ihre lange bleichen Wangen! Diese reine Menschenblüthe, die unter rauhem Frühlingssturme ihren Kelch zusammengezogen hatte, sie öffnete ihn zu düfte=reichen Strömen und die ernste Freundschaft, die sich in diesen Stunden des Erwachens schloß, die wird wohl Stand halten wie am mitternächtigen Horizonte der Stern, der dem Piloten auf hoher See die Richtung giebt.

Freund Kandidat saß wieder im Giebelstübchen des Chalbäcrhauses. Da der Seelenvater sich wie zuvor schon der Sternenvater für Zurücklegung auch des Ober=lehrerexamens entschieden hatte, war wider Hoffen und halb und halb auch wider Verstehen die Rosenwonne in die Ferne gerückt. Indessen ließ Nachts die Beobachtung gewisser Lieblingsphänomene, die am novemberlichen Him=mel zu schwärmen pflegen und ließ am Tage die Rückschau auf phänomenale Meeresoffenbarungen es zu beängstigen=den Schauern des Kandidatenfiebers nicht gelangen. Unter sprühenden Weltenfunken und goldenen Erinne=rungen, unter Träumen von eitel Frieden und Freude flogen Tage und Wochen dem Glücklichen hin, als jach das Schicksal geschritten kam, das mit ehernem Tritt Bahnen verschüttet und Bahnen bricht.

Die mehrerwähnte böse Seuche hatte sich von ihrem ursprünglichen Herd auch über andere Theile des Vater=

landes, wo sie ein dichtgedrängtes Volk der genügenden Nahrung entbehrend fand, ausgebreitet. Für die Werbener Gegend war man jedoch außer Sorge; unter den erquicklichen Luftströmen ihres Thales und seinen der Mehrzahl nach wohlhäbigen Bewohnern hatte seit Menschengedenken selbst keine Kinderkrankheit epidemisch Fuß gefaßt. Die Cholera war vor Jahren in den nachbarlichen Auenstädten und Dörfern wie ein Würgengel aufgetreten; an der Werbener Flurmark machte sie Halt. Im frommen Dank für diese Gnade hatte man dazumal in der Pfarre, wie auch in diesem und jenem Bauern= hofe, wo die Blümel'sche Sinnesart allmählich Wiederhall gefunden, für die Heimgesuchten gearbeitet, gesammelt, gespart, das Entbehrliche hingegeben und also geschahe es heuer wieder. Tropfen leider auf einen heißen Stein!

Lydia sandte unter des Kurators Zustimmung den größten Theil der aufgesparten Hälfte ihrer Rente in die bedrängten Gegenden; sie glaubte sich zu diesem Eingriff in ihre eigene Ordnung berechtigt, da binnen Kurzem ja das volle Einkommen auf ihre Cousine über= gehen werde.

Denn das herzstärkende Zwischenspiel am Meer hatte Lydia in ihrem ernsten Zukunftsplane nur ge= festigt; Sidonie war durch Freund Blümel bereits davon benachrichtigt, daß jene unmittelbar nach Philipps Entscheidung über seinen Beruf, also zum Frühling, in die große Diakonissenanstalt am Rhein eintreten werde. Sie lebte zur Zeit auf dem Schlosse wieder ganz allein.

Die Geschwister waren in ihre Heimstätten, die Mutter in Martins Haus zurückgekehrt.

Pastor Blümel bekämpfte ihr Vorhaben nicht; doch bangte ihm vor dessen Ausführung, weniger um ihretwillen als um seiner selber willen. Lydias Verhältniß zu ihm und seinem Hause war seit der Heimkehr von der Insel ein verändertes. Sie besuchte regelmäßig seine Kirche; von Mutter Hannah wurde sie in ihrer Einsamkeit gleich einer Angehörigen gehegt und auch Röschen gewöhnte sich an das „In die Höhe blicken" und „Schweigenhören," wie sie es nannte; der Vater aber liebte sie mehr denn je wie ein eigenes Kind, ja wie ein im Greisenalter erfülltes hehres Traumbild der Seele. In seinem Erinnerungskalender aus jener Zeit steht, offenbar in Bezug auf Lydia, die Bemerkung:

„Wie gewisse stark organisirte Körper sich erst völlig entwickeln nach einem Fieber, das die in der Ruhe stauenden Säfte in Umschwung bringt, so giebt es hochgerichtete Seelen, in denen erst durch einen Irrthum, ja durch ein Fehl ein Gleichmaaß der Wirkungen hergestellt wird. Hier wie dort ringt die unterdrückte Natur sich aus ihrem Bann."

Auch mit Decimus war Lydia in Briefwechsel getreten. Der Austausch der immer zufriedenstellenderen Nachrichten von der Insel gab den Anlaß dafür, wenn auch nicht seinen einzigen Stoff. Da aber neben jenen Nachrichten die Außenwelt ihnen wenig Erfahrungen zutrug, tauschten sie die immer reichlicher strömenden ihres inneren Lebens gegen einander aus und genoß

Decimus die volle Seligkeit, in die Seele einer Freundin zu ergießen „was durch das Paradies der Brust" in seinen Sternennächten gewandelt war. Er hätte schwerlich entscheiden können, welches Couvert er freudiger erbrach, das von einem ernsten Lydiabriefe, oder das von seines Röschens schelmischer Wochenepistel.

Es war am Morgen des letzten Sonntags im Kirchenjahr, welcher dem Gedächtniß der Verstorbenen geweiht ist, als Decimus v o r der erwarteten Familienpost einen Brief von Lydia erhielt; schon ehegestern geschrieben, hatte ein Zufall die Beförderung verzögert; leider verzögert, da er eine zur Eile drängende Kunde enthielt: die Fieberseuche war in Thalwerben ausgebrochen.

Einer von den Aermlingen des Eichsfeldes, welche im Frühling aus ihren Dörfern wandern, um tief in das Land hinein Arbeit zu suchen, hatte in Schlesien größeres Elend gefunden, als er daheim verlassen und statt Winterbrod den bösen Krankheitsstoff zurückgetragen. Bettelnd schleppte er sich mühselig den weiten Weg entlang, bis er endlich vor der Schenke des Thalgutes zusammenbrach und in einer Scheune verschied. Unerfahrenheit in der Behandlung und Bestattung mochte die Schuld getragen haben, daß das Unheil mit der Hast und Vehemenz eines bösen Zaubers sich von Haus zu Haus, von Dorf zu Dorf in der Aue verbreitete. Der zur Leichenschau berufene Gerichtsaktuar, der Küster, ein Paar Knechte und Mägde des Gutshofes waren bereits erlegen. Ein panischer Schrecken hatte das Volk gepackt, man scheute sich der dringendsten

Handreichungen. Lydia durfte autodidaktisch eine tüchtige Vorschule zu dem erwählten Berufe durchmachen. Auch ärztliche Hülfe that noth, da die aus den Nachbarstädten meistentheils erst gesucht wurde, und gebracht werden konnte, wenn Hülfe zu spät kam. Lydia forderte Decimus daher auf, so rasch als möglich einen jungen Mediciner für den Dienst in ihrer Gegend anzuwerben. Sie bot ihm bis zum Erlöschen der Epidemie freie Station im Schloß und neben seinen ärztlichen Gebühren ein Salair aus ihren Mitteln. Noch fügte sie hinzu, daß Hochwerden bis jetzt verschont geblieben sei, der Vater aber seines Amtes im Filial mit Jünglingseifer warte.

Decimus war entschlossen, noch heute zur Unterstützung seines Vaters und seiner Freundin nach Hause zu eilen, sobald er nur des Auftrags der letzteren sich entledigt hätte. Die natürliche Wahl fiel auf Freund Kurzen, nicht blos weil er ein Heimathsinteresse für die Sache hatte, sondern auch, weil er keinen eifrigeren und tüchtigeren jungen Mann seines Faches kannte und sein gutes Zutrauen ihm noch kürzlich von dem ersten klinischen Lehrer der Universität bestätigt worden war, als er mit demselben bei seinem alten Chaldäer zusammentraf. Er fand den Freund indessen weder in seinem unbehaglichen Dachgelaß, noch in den behaglicheren Lokalen, in welchen er seinen gesunden Appetit, zumal auf „flüssiges Brod", zu stillen pflegte. Wo hätte er ihn außerdem suchen sollen? Auf Praxis leider nicht; denn seit netto sechs Monaten hatte Doctor

Peter Kurze in Blättern und Blättchen, zwanzig Meilen in der Runde, seine ärztlichen Dienste ausgeboten wie — sein eigenes Gleichniß, — wie sauer Bier; jedweder rationellen Kur, inclusive Zahnausziehen und Hühneraugenschneiden würde er sich mit Hochgenuß unterzogen haben: dennoch hatte sich, etwelche akademische Kneipcumpane ausgenommen, die honoris causa behandelt werden mußten, noch kein einziges einer rationellen Kur bedürftiges Individuum in seine ausgespannten Netze verfangen.

Als, nach langem, vergeblichen Umherirren, Decimus nach seiner Wohnung zurückging, in der Absicht, seinen Auftrag schriftlich anzubringen, stürmte ihm von dorther der Gesuchte entgegen, indem er schon auf zwanzig Schritt Distance die große Mähr zu verkünden begann, daß heute, an dem jedes medicinische Herz bewegenden Todtenfeste, — obschon für seine eigene ärztliche Person an jeglichem wissenschaftlichen Verbrechen noch unschuldig wie ein neugeborenes Lamm, — der Entschluß in ihm reif geworden sei, aus der Noth eine Tugend zu machen und seine Künste bei den Wasserpolaken an den Mann zu bringen. Er hatte seine akademische Legitimation bereits in der Tasche; morgen in Tagesfrühe wollte er aufbrechen.

Da, in der letzten Stunde stößt er auf den Fortunatus aus der Heimathsaue, der ihm statt der fernen Klientel, die den Bettelsack trägt, in nächster Nähe eine andere mit gefüllten Brodschränken anbietet, dazu freie Station in einem Edelhofe und ein ganz respektables Gehalt!

Wie das Elend einer Menge dem Einzelnen ja häufig zum Segen wird, so wird die ansteckende Hungerseuche Doctor Peter Kurzen zu einem Schmaus. Er thut auf offener Straße einen Freudensprung in die Luft, dann einen zweiten dem hünenhaften Glücksboten an den Hals. Ade, Wasserpolakei! Morgen mit dem Tagesgrauen ist der Retter in der Heimath! Er würde es schon heute Abend sein, wenn er nicht zuvor seinen Pflasterkasten mit Säftchen und Pülverchen für die erste Hülfe zu füllen hätte; zum Zweck welcher Vorsichtsmaßregel auch noch in der Eile ein kleines freundschaftliches Baargeschäft erledigt werden muß. In Peter Kurzes Augen genoß der Stipendiat und Legatar von Werben das Ansehn eines Millionairs.

Während Decimus sein Bündel schnürte, wurde ihm ein zweiter Brief gebracht; nicht der erwartete von Rosens, sondern wiederum von Lydias Hand. Er war mit citissimo bezeichnet und enthielt nichts als die Worte: „Kommen Sie ohne Verzug!" Selbst Datum und Unterschrift fehlten.

Das Herz stockte in seiner Brust. Welches Unheil hatte diesen Ruf der Todesangst eingegeben? Er hätte sich Flügel anheften mögen und mußte warten, warten, warten bis zum Abend.

Endlich brauste der Zug heran. Gegen die eine Stunde, welche die Dampffahrt währte, dünkten ihm die früheren sieben Wanderstunden ein Flug. In dunkler Nacht erreichte er die Haltestelle; keuchend legte er den Rest des Weges zurück; die Schritte stockten in dem vom Regen erweichten Boden. Kein Stern leuchtete am Himmel, und im Herzen, — ach, verhülle dich nicht auch du, Stern aller Bangenden in dunkler Weltennacht!

Des Eilenden Blicke hafteten an dem lieben Hause auf der Höhe, aus dessen Fenstern je näher je mehr ein flackernder Lichtschimmer den Nebel durchdringt, so als ob angstzitternde Menschen von Zimmer zu Zimmer irrten. Wer war da oben krank, wer vielleicht — todt?

Als er um die Friedhofsmauer bog, rollte von der Pfarre her ein Fuhrwerk ihm entgegen. Doctor Brands wohlbekannte Chaise. Mit einem Satz war Decimus am Schlag, das fahle Laternenlicht fiel auf seine qualverzerrten Züge.

„Sie kommen zu spät, armer Freund," rief der alte Familienarzt ihm zu.

„Wer, wer?" stieß Decimus hervor.

Die Pferde zogen an, Decimus, der sich an den Schlag geklammert hatte, wurde zu Boden geschleudert; die Antwort verhallte.

Er raffte sich auf und eilte nach der Pfarre. Die Hausthür stand offen, doch mochte sein Schritt gehört worden sein, denn auf dem Treppenabsatz trat Rose ihm entgegen. Die blühende, fröhliche Rose, fahl wie ein Gespenst, mit gläsernen Augen, von Schauern geschüttelt, auf den Wangen eiskalte Thränen und eiskalte Schweißtropfen auf der Stirn. Ja, krank auch sie, aber Gott sei gelobt, noch lebend. Ohne einen Laut sank sie an seine Brust.

„Der Vater?" flüsterte er.

Sie schüttelte den Kopf.

Die Mutter also, seine Mutter!

An den Bruder geschmiegt, von seinem Arm umfangen, trat Rose in das Krankenzimmer. Der Vater saß auf dem Bettrande, die Hände der sterbenden Gattin in den seinen. Ihre Augen waren geschlossen, die Züge friedvoll wie in der ersten Stunde nach vollbrachter Erdenqual. Doch lebte sie noch und liebte auch noch. Denn als sie das Nahen der Kinder spürte, schlug sie den Blick in die Höhe und ein letztes Lächeln flog über ihr gutes Gesicht.

Sie sanken vor dem Bett auf die Knie. Die Sterbende machte eine unruhige Bewegung, indem sie auf ihren Trauring deutete, richtete dann einen flehenden Blick zu ihrem Konstantin hinüber und senkte mit dem Ausdruck freudiger Erfüllung die Lider, als der Vater die Rechte des Sohnes und die der Tochter ineinander und die halberstarrten Mutterhände auf die Häupter der Verlobten legte.

Und so im Segen that das fröhlichste Mutterherz seinen letzten Schlag. Eine und die nämliche Minute hatte die Liebenden einander zu eigen gegeben und ihnen die älteste Liebe geraubt. Decimus fühlte nicht seinen großen Gewinn, er fühlte nur seinen großen Verlust; den ersten von den Schmerzen, die ein Glücklicher trägt bis in das Grab.

Sein Brautstand.

Eine jähe Bewegung unterbrach die heilige Stille,
in welcher die Verlobten, die kalten Segenshände der
Mutter und die warmen des Vaters auf ihren Häuptern,
dem Entathmen lauschten. Rose war ohnmächtig zu=
sammengesunken. Als Decimus sie in seine Arme nahm,
um sie in ihre Kammer zu tragen, bemerkte er Lydia,
die still zu Füßen des Sterbebettes gestanden hatte.
Sie folgte ihm, um die gebotenen Belebungsmittel an=
zuwenden; tröstend flüsterte sie ihm zu, daß sie keinen
Anfall der herrschenden Krankheit befürchte, da dieselbe
unter anderen Symptomen aufzutreten pflege. „Sterben
sehen ist schwer — und diese Mutter!" sagte sie.

Decimus kehrte in das Todtenzimmer zurück, als
eben der Vater der treuen Gefährtin zum letzten Lebe=
wohl die Hand drückte. Er war so ruhig wie alle
Tage. „Ich komme bald, meine Hannah," sagte er
leise und Decimus las in seinen erschöpften Zügen,
daß diese Zuversicht nicht trügen werde.

„Nimm auch du Abschied," wendete er sich darauf
zu dem Sohn, „du darfst dieses Zimmer nicht wieder
betreten."

Während der Jüngling die todten Lippen und Hände
küßte, öffnete der Greis die Fenster und drängte den
Widerstrebenden dann aus der Thür, die er verschloß
und deren Schlüssel er zu sich steckte.

„Es ist unsere Pflicht," sprach er, „voranzugehen
mit dem Beispiel der strengen Vorsicht, die wir von
Anderen fordern müssen, selbst wenn sie, wie hier
wahrscheinlich, nicht von Nöthen wäre."

Während eines Ganges durch den Garten erzählte
er dem Sohne darauf den leidvollen Vorgang, der erst
in der vorigen Nacht mit einem Schüttelfrost seinen
Anfang genommen und dessen Ende, ohne Schmerz=
gefühl, schon nach zwölf Stunden eine Lähmung auf
die sanfteste Weise vorbereitet hatte. Es war daher
glaublich, daß, durch Sorgen und Mühen der letzten
Tage beschleunigt, es lediglich der Lauf der Natur war,
der sich an der Greisin erfüllt hatte. Wenn es aber
auch der Beginn der Epidemie gewesen wäre, so ge=
bührte Gott zweifach Dank für diese rasche Erlösung
ohne Qual und Angst, in Klarheit und Freudigkeit
bis zum letzten Augenblick. Sie hatte vollbracht! Des
Greises Sorge galt der Tochter, die erst vollbringen
lernen sollte.

„Sie ist dein geworden, mein Sohn, früher als
ich gedacht, wolle Gott nicht zu früh!" sagte er, „führe
sie an fester Hand treu durch das Leben!"

Mit dem Händedruck, der statt des Dankesworts
des Vaters Rede erwiderte, betraten sie Rosens blu=
mengeschmücktes Märchenzimmer. Sie lag auf ihrem

Bett in Lydias Armen. Das Leben schien ihr in Uebermaß zurückgekehrt; das Gesicht flammte, nach Athem ringend wendete sie sich ruhelos hin und wieder. Plötzlich richtete sie mit starrem Blick den Kopf in die Höhe und ein Blutstrom entquoll ihrem Munde. So in Todesschmerz begann und in Todesängsten endete Decimus Freys Verlobungsstunde.

Spät in der Nacht kehrte er mit Doctor Brand, den er zu Hülfe geholt, aus der Stadt zurück. Die Geliebte lag einer Schlafenden gleich, doch mit nur halbgeschlossenen Augen; Gluth und Blutung waren gestillt; die Flammen auf den Wangen erloschen. Sie gab auf keine Frage einen Laut, kein Zeichen des Verstehens, sie regte sich nicht, athmete kaum merklich. Der alte Vater war auf einem Stuhl an der Bettseite eingeschlummert. Lydia hatte die eine Hand auf die Stirn der Kranken gelegt, mit der anderen hielt sie deren beide Hände ineinandergefügt, umspannt. Sie glaubte an das Auflegen der Hände. Man braucht aber nicht so starken Glaubens wie Lydia zu sein, um die wohlthuende Wirkung zu spüren, wenn durch innige Berührung eines kraftvollen Menschen gleichsam ein Strom warmen Lebens in einen Entkräfteten übergeht; oder ein kühlender Hauch in das Blut des Fieberglühenden.

Der Doctor fand keine beunruhigenden Symptome. Er kannte Rosen seit ihrer Geburt; ihre Lungen waren heil; der matte Puls deutete nicht auf Entzündung. Das frohlebige Kind war ekel und krankenscheu; die

schauervollen Schilderungen, die ihr nicht hatten erspart
werden können, die Furcht vor Ansteckung, der Anfall
der Mutter, Angst und Schmerz, das erste Todtenbild
im Leben hatten die Nervengeister überreizt, und einen
abnormen Blutandrang bewirkt, dessen Ergießung natur=
gemäß die Erschöpfung folgte. Unbedingte Ruhe, zweck=
mäßige Kost und einige leichte Tonica würden den
erschlafften Lebensgeist bald wieder aufrichten, meinte
Dotcor Brand.

Er hatte sich noch nicht aus der Pfarre entfernt,
als, wie er verheißen, Doctor Kurze sich in derselben
einstellte. Wenngleich ein Anfänger, konnte ihm als
Verwandten und Freunde des Hauses ein Einblick in
den Zustand der Kranken nicht verweigert werden.
Und so gewährte, — wenn auch als Braut eines
Anderen, wie leider, natur= und vernunftgemäß, seit
Jahren vorauszusehen, — Schönröschen den heißer=
sehnten ersten kritischen Fall, über welchen Doctor Peter
Kurze ein ärztliches Gutachten abzugeben hatte. Da
Doctor Peter Kurze aber mit Leib und Seele zu den
Erstlingsjüngern der neuen Schule zählte, die beim
Abweichen von typischen Lebenserscheinungen das Pünktchen
über dem i zu ergründen trachtete, wollte er von des
alten Kollegen seelisch gestörtem Lebensgeist nichts wissen
und suchte den Sitz des Uebels in Störungen eines
leiblichen Organs und einem äußerlichen Motiv. Seine
erste Frage war nach Quantität und Qualität des
entleerten Bluts und als er von keiner Seite eine
befriedigende Antwort erhielt, da dasselbe ununtersucht

beseitigt worden war, schüttelte er mit energischer Ent=
rüstung sein ärztliches Haupt. Er machte darauf mit
der Neuigkeit des Beklopfens, Behorchens und anderer
exacten Untersuchungen, allerdings nur bei den Laien
in der Krankenstube, einen bedeutenden Effekt. Lächelte
nun der alte Spiritualist über den modernen Hokus=
pokus, mit welchem kein Hund aus dem Ofen gelockt
werde, so lachte der junge Naturalist über die blut=
speiende Seele; und die vor Olims Zeiten ausgeheckten
Arkana, die nur den Apothekerkarren schmieren helfen;
nannte der Alte den Jungen, — selbstverständlich hinter
seinem Rücken, — einen in der Wolle gewaschenen
Charlatan, so nannte der Junge den Alten, — ebenso
selbstverständlich hinter seinem Rücken, — einen mürben
Schlauch, an dem kein neuer Flicken hafte. Und da
mußte es denn um der lieben Rose und derer willen,
die für ihr Leben zitterten, als ein Segen betrachtet
werden, daß der Antagonismus in Diagnose und Prog=
nose sich nicht auch auf die Behandlungsweise erstreckte.
Kühle Temperatur, kuhwarme Milch und Ruhe, anderes
als der spiritualistische Aeskulap wußte der materia=
listische auch nicht anzurathen, und mit der Vorschrift:
„Keine Jammermienen! lachende Gesichter!" — einer
Vorschrift, die doch auch nicht lediglich auf eine Störung
deutet, die man tastet, hört und sieht, verließ Peter
Kurze des geliebten Röschens Lager, um unter Führung
des ungeliebten Schloßfräuleins als Held auf sein erstes
Kampffeld vorzudringen.

Rose lag unverändert, ohne merkbares Leiden, ohne

Regung und Bedürfniß irgend welcher Pflege. Der alte Vater wich nicht aus ihrer Nähe; am Abend übernahm Decimus die Wacht. Der Tag war ihm auch äußerlich ruhelos vergangen: er hatte das Begräbniß anzuordnen, das schon am anderen Nachmittag Statt finden sollte, auch die Trauerbotschaft in die Ferne mitzutheilen. Es war des Vaters ausdrücklicher Wille, und er war überzeugt, darin nach dem seiner Hannah zu handeln, daß keines der Kinder oder Enkel um dieser Feier willen die inficirte Gegend betrete.

„Für die unheilvollen Folgen rechtmäßiger Handlungen giebt es keine Verantwortung," sagte er und machte sich daher auch nicht die geringsten selbstquälerischen Gedanken, den Ansteckungsstoff vielleicht in seine Familie getragen zu haben. Eine Befriedigung des Gemüths und der Sitte, die niemand Hülfe und vielen Gefahr bringen konnte, rechnete er aber nicht zu jenen obligatorischen Handlungen.

Auch die Kranzbinderin der Gemeinde hatte der Mutter nicht den letzten Schmuck reichen können und als in der schweren Stunde ein Sonnenblick, den Herbstnebel durchdringend, auf ihr Lager fiel, und ein flüchtiges Lächeln auf ihre Lippen zauberte, da ahnete sie nicht, daß er das frische Grab ihrer Mutter beschien und daß der wärmste Liebesstrahl aus ihrem Leben gewichen war.

Dem Sarge folgte nur der greise Gatte, gestützt auf den Sohn und hinter beiden Lydia. Die angstzitternden Gemeindeglieder hielten sich in weitem Abstand von der Grube. Keinen der Befallenen hatte der Würgengel ja so hastig abgethan wie die alte Pastorfrau. Doch fehlte es an Thränen, an aufrichtigen Thränen nicht. Hannah Blümel hatte viel früher als ihr Konstantin und fast ohne Ausnahme die Herzen seiner Pfarrkinder zu finden gewußt.

„Vater, ich danke dir für den Segen, den du mir für Zeit und Ewigkeit in diesem Weibe bescheeret hast," sagte Konstantin Blümel mit fester Stimme, sprach dann den Friedensspruch über das Grab und stand, bis dasselbe gefüllt war, in stillem Gebet auf der Stelle, die er sich dicht daneben zur letzten Ruhestatt vorbehalten. Wenige Schritte zur Seite lag der Hügel der armen Hirtenfrau, welche Decimius das Leben gegeben hatte; aber erst heute war ihm eine Mutter versenkt worden.

Das Opfer im Pfarrhause blieb das einzige der Obergemeinde; um so weiter verbreitete sich die Epidemie in der Aue. Doctor Peter Kurze schwamm wie ein Fischchen in seinem Element; er gönnte sich nur wenige Raststunden im Schloß; diese wenigen aber wußte er zu rühmen. Ein Komfort, wie er unter Frau Ottiliens Walten zur häuslichen Regel geworden, war für Doctor Peter Kurzen ein entdecktes Schlaraffenland und daß er in der unnahbaren Schwanenkönigin, die er vor wenig Monaten reif für das Narrenhaus erklärt hatte, über einen so praktischen, unermüdlichen Amanuensis zu verfügen haben werde, das hätte Doctor Peter Kurze sich noch viel weniger träumen lassen.

Lydia schaltete mit angemaßten Herrenrechten in der Untergemeinde Haus bei Haus und Haus bei Haus ließ man in der Noth den angemaßten Herrendienst sich gefallen. Peter Kurze zog aus dem physiologischen Grundsatz von den angewandten Kräften einen ihm neuen psychologischen Beweis:

„Wie charmant diese heilige Jungfrau latente Stoffe aus sich herausarbeitet," sagte er zu seinem Freund, dem Kandidaten.

Lydia dahingegen dachte still bei sich: „Wie die Tüchtigkeit in seinem Beruf doch den gewöhnlichsten Menschen zu adeln vermag!"

So blühten „Ysop und Lilie" friedfertig nebeneinander und wirkten einträchtig Hand in Hand. Bei Peter Kurzen aber datirte seit den Erstlingstagen seiner ärztlichen Praxis die Schwärmerei für eine Sprungfedermatratze und ein weibliches Ideal.

So oft er von seinen Rundgängen nach dem Schlosse zurückkehrte, sprach er in der Pfarre vor, um nach dem „herzigen Dinge", dem Röschen, zu sehen, dessen ausschließliche Behandlung er für sein Leben gern in die Hand genommen hätte, da die andauernde Erschlaffung ihn zu beunruhigen begann. Sämmtliche innere Organe hatte er nach exaktester Untersuchung, — wie sein altmodischer Kollege ohne dieselbe, — als heil erklären müssen; für das Sprengen etwelcher überfüllter Aederchen machte er dagegen statt heimlich empörter Nervengeister den spirituosen Inhalt eines zur Hälfte entleerten Fläschchens verantwortlich, das von dem alten Kollegen als vorbeugendes Mittel in das Haus gestiftet worden war und von welchem das arme Kind im Glauben, daß viel viel helfe, über Gebühr Gebrauch gemacht haben mochte. „Das Blut, so viel dessen noch vorhanden, ist mit Gift versetzt," erklärte er. Indessen nur guten Muths! Doctor Peter Kurze ist bei der Hand und wenn alle Stränge reißen, weiß er ein heroisches Korrektiv, für dessen Wirkung, natur- und vernunftgemäß, gut zu sagen ist. Einstweilen gilt es, mit gelinden Reizmitteln den Grad der Inertie auf Apathie oder Anästhesis zu untersuchen und zunächst mit dem unverfänglichsten aller Reize, dem auf die Lachmuskeln, eine Probe zu machen. Wenn freilich der kleine Schelm über einen Heidenspaß nicht mehr lachte, dann stand es bedenklich um das arme Kind und das heroische Korrektiv mußte ernsthaft in das Auge gefaßt werden.

Auf diese Probe hin betrat Doctor Peter Kurze in der Vesperstunde des Begräbnißtages das Krankenzimmer, nachdem er sich außerhalb desselben wegen seines nothgedrungenen Fehlens bei der Trauerfeier entschuldigt hatte.

„Ich komme direkt von Ihrem großen Feinde Mehlborn, Papa Blümel, und quasie als dessen Friedensgesandter an Sie," hob er mit seinen muntersten Trompetentönen an. „Nämlich und so, wie Vater Walbe sagt: Auf Befehl meiner hohen Prinzipalin bin ich in die sagenhafte Bärenhöhle gedrungen, nach deren Erforschung ich schon längst ein naturwissenschaftliches Lüstchen gehegt. Muhme Timpel, die Wirthschaftsdame, hatte sich am Morgen gelegt, wie ich schwarz auf weiß geben kann, indessen nicht unter den Erscheinungen des Hungertyphus, au contraire, im Gegentheil unter denen einer übervölligen Labung von Wellfleisch und Sauerkraut. Das schmaust und zecht anjetzo im Herrenhause als stünde man vor dem jüngsten Tag."

„Ist der Amtmann denn krank?" fragte Pastor Blümel, indem er den Erzähler in die Nebenstube winkte. Der drastische Erregungsversuch entheiligte ihm seines Kindes Leidensstatt. Zu des Heilkünstlers ärztlichem, wie zärtlichem Bedauern hatte derselbe sich auch als total unwirksam erwiesen.

„Krank! nichts weniger," antwortete der Doctor lachend. „Aber rein aus dem Häuschen, sage ich Ihnen. Der Tod der Tochter mag ihm doch ärger mitgespielt haben, als er sich merken ließ und die unerlebte Seuchennoth macht ihn nun vollends toll und thöricht. Gott weiß, in welcher alten Scharteke er einmal von dem schwarzen Tod, will sagen von der Pest, die vor so und soviel Jahrhunderten auch in der Werben'schen Gegend reinen Tisch gemacht haben soll, gelesen hat; Cholerageschichten neueren Datums kommen dazu, kurzum, der alte Knabe bildet sich steif und fest ein, das schwarze Gespenst sei wieder da und habe ihm, Johann Mehlborn, zur Strafe für seine Sünden den Morbus in den Leib gejagt. Besagten Morbus läßt er sich nun absolut nicht ausreden, wennschon ihm keine Ader weh thut und er lediglich vor Sterbensangst verfällt. Sein Leichnam ist heil wie der eines bemoosten Hechts. Bis auf die Augen versteht sich. Denn die sind futsch, insofern er es nicht auf eine Operation ankommen läßt. Ich habe ihm den Staarstich gratis angeboten. Was thäte es, wenn er mißläng'? Blind ist er so wie so; und wo fände ich eine herrlichere Gelegenheit zu einem ersten Versuch? Aber gegen diesen Mehlwurm ist ein Stier ein Lamm."

„Welches ist denn nun aber der Auftrag, den er dir an mich gegeben hat?" unterbrach mit merklichem Unwillen Pastor Blümel den Vortrag dieses „aufheiternden" Erlebnisses.

„Daß Sie zu ihm kommen und sein Herz entlasten sollen, Papachen," antwortete der Doctor, in seinem natur- und vernunftgemäßen Vorhaben keineswegs irritirt. „Seit die Timpel ihm dummer Weise den Heimgang der guten Mutter hinterbracht hat, ächzt er, ringt die Hände und flennt wie ein geprügelter Bube. „Wenn ich nur hinan könnte!" stöhnt er ein über das andere Mal; „aber kann Einer sich rühren, der den Morbus im Leibe hat?" Ich schlug ihm zur Herzensergießung und eventuellen Abspeisung, — in deren Folge bei derartigen Todeskandidaten regelmäßig die Genesung einzutreten pflegt, — item, ich schlug ihm den werthen Amtsbruder in Bielitz vor. Aber da kam ich schön an, Papachen! Was weiß so ein grüner Junge, — er ist vorige Woche ein Sechziger geworden! — von Werben'schen Zeiten und Mehlborn'scher Noth? Hat der Bielitzer die Brigitte nur mit Augen gesehen? hat er der Röse und dem Hannes den Sermon gehalten? Nein, sein Werben'scher mußte es sein, sein Blümel mußte es sein. Und wenn der 'runter kam und ihm seine Sünden vergab und ihm den Lebenslauf zu halten gelobte, dann mochte es seinethalben mit dem schwarzen Morbus sein Bewenden haben."

Konstantin Blümel, der Greis, bedachte sich keinen Augenblick, wenige Stunden, nachdem er sein Weib bestattet hatte, das Krankenbett seines liebsten Kindes zu verlassen und, erschöpft von Gram und Sorge, wie er war, bei anbrechender Nacht in das Thal hinabzusteigen, um der Einbildung eines alten Thoren genug zu thun, des einzigen Menschen, der ihm im Leben Feind geworden war. Der Sohn mochte warnen, so viel er wollte, Freund Kurze mochte sich, ob seiner übel angebrachten Aufmunterung zehnmal einen Esel schimpfen. — wer aber hätte natur- und vernunftgemäß einem Siebziger auch noch solchen Hitzkopf zutrauen können? — Der Pastor hängte sein Chormäntelchen um und schritt voran.

Indessen schon unter der Thür knickte er zusammen; die jungen Männer mußten ihn zu seinem stillen Kinde zurückführen.

„Geh du an meiner Statt," sagte er zu Decimus; und als dieser zögerte, Vater und Braut, Beide seiner Pflege bedürftig, um eines eingebildeten Kranken und auch seines einzigen Feindes willen zu verlassen, rief der Alte, als ginge es, wie **anno 13**, fort von Weib und Kind in den Kampf: „Tapfer voran, mein Sohn! R e c h t trauern heißt sich selbst überwinden."

So machte der Kandidat sich denn auf den Weg zur ersten Probe in seinem seelsorgerischen Amt. Freund Kurze versprach während seiner Abwesenheit in der Pfarre Wacht zu halten.

Decimus hatte seit seiner großen Erfahrung noch keine Viertelstunde gehabt, in welcher seine Thränen unbeobachtet fließen durften; nun genoß er diese Wohlthat auf dem abendlichen Gange. Im Kahn traf er mit Lydia zusammen, die in das Thal ging, die Nacht bei einem schwerkranken Kinde zu durchwachen. Sie reichten sich schweigend die Hände und gingen dann schweigend nebeneinander hin. In Freude oder Leid, mit Lydia fühlte Decimus sich niemals zu Zweien.

Auf dem Thalgute sah es wüst und öde aus. Dienstboten zur persönlichen Abwartung hatte der Amtmann niemals gehalten; die alte Ausgeberin lag krank im Oberstock; Knechte und Mägde thaten sich gütlich auf Schlenderwegen; keiner kümmerte sich um den blinden Greis. Sie machten sich lustig über ihn und gönnten ihm die Qual, die er sich in den Kopf gesetzt hatte, da der liebe Herrgott nun einmal mit so unverdienter Barmherzigkeit seine Geißel an dem erbarmungslosen Geizkragen und Leuteschinder vorübergehen ließ.

Der alte Mann saß mutterseelenallein in seiner Bärenhöhle; im Ofen qualmte ein halberloschenes Torffeuer, das Docht der zinnernen Oellampe blakte; schwärzliche Dünste von Ruß und Rauch zogen gleich Wolken durch die wochenlang nicht gelüftete Stube. Auf dem vielleicht ebenso lange nicht abgestäubten Tische standen

eine Kanne kalten Kamillenthees und ein Napf gleichfalls kalter Roggensuppe; beides noch gestrige Kranken-
traktamente Muhme Timpels. Daneben lag das Recept,
das Doctor Kurze verschrieben, und für das sich noch
kein Bote gefunden hatte. Es mochte wohl von dem
Kaliber dessen der Muhme Timpel sein, über welches
Doctor Kurze vorhin geäußert hatte: „Wäre sie eine
Dame gewesen, würde ich gesagt haben: Reinen Born
getrunken! da sie eine alte Großmagd war, verschrieb
ich den Born mit Syrup braun gefärbt."

Decimus hatte seit seinen Knabenjahren den Amtmann nicht in der Nähe gesehen. Hätte er nicht gewußt, daß er keinem Anderen als ihm gegenüber stehe,
er würde den behäbigen Mann nicht wieder erkannt
haben in der schier unheimlichen Gestalt mit dem ver-
fallenen Leib, dem eisengrauen, struppigen Haar und
Bart, der weißen Nebeldecke über den eingesunkenen,
schwarzen Augen. Das ist der Mensch!

Der Kandidat hatte von seiner Adoptivfamilie angenommen, das sachsenhöfliche „schön" vor dem „guten
Morgen" oder „guten Abend" fortzulassen; als der
Alte daher einen ungewohnten Tritt und die kurze
„preußische" Begrüßung hörte, kreischte er vor Freude
laut auf und dann schluchzte er vor Rührung wie ein
Kind:

„Sie kommen, Herr Pastor! Ach, Sie guter Herr
Pastor, Sie armer Herr Pastor! Weiß der Herr, ich
habe nicht zum Begängniß 'nauf gekonnt! Sie sehen's
ja, kann ich mich rühren? Und was für eine schöne

Predigt werden Sie ihr gehalten haben! Und nun sind sie alle bei einander, die Frau Pastorin und meine Brigitte und meine Röse und mein Hannes, alle bei einander und ich, ich habe den Tod im Leibe und muß auch fort. Herr Pastor, Herr Pastor, glauben Sie, daß ich, wenn ich fort bin, zu den Meinigen kommen werde?"

„Ich glaube, daß wir im jenseitigen Leben mit denen wiedervereinigt werden, die wir hinieden treuliebend im Herzen getragen haben," versetzte Decimus, durch seine Erinnerungen bewegt. „Im Uebrigen ist es nicht Pastor Blümel, der vor Ihnen steht, Herr Amtmann. Da er selbst für den Weg sich körperlich zu erschöpft fühlte, sendete er mich, um ihm Ihre Wünsche zu hinterbringen. Ich bin Decimus Frey."

„Decimus Frey!" schrie der alte Mann auf, und fuhr von seinem Stuhl in die Höhe, als hätte ihn eine Horniße gestochen. Die Schwäche ließ ihn jedoch allsobald zurücksinken, und so saß er eine lange Weile in sich gekehrt und nickte und murmelte vor sich hin, indem er aufwachende Erinnerungen und Vorstellungen, wie sonstmals die Wagnisse und Treffer einer Spekulation, an den Fingern abzählte. „Decimus Frey, — der Hirtendecem, — dem ich den Inspektor gelobt habe, — der Königspathe, — den, den ich um ein Haar massakrirt, — der, der kommt gerade alleweile, wo ich den Tod im Leibe habe. — Gottes Finger! Gottes Finger! — Röse, meine Röse! — Herrgott, ich schwerer Sünder! — Und er ist am Ende schon ordentlicher Pastor droben — —".

„Noch nicht, Herr Amtmann," unterbrach ihn Decimus. „Und, so Gott will, noch lange Zeit nicht."

„Aber doch Pastors Substitarius, gelt?"

„Auch dazu bedürfte ich erst noch der Ordination. Ich bin erst Kandidat und nur nach Werben gekommen, um meinem Pflegevater bei den jetzt so schweren Obliegenheiten seines Amtes, so weit ich dazu berechtigt bin, beizustehen."

„Aber das ist ja Jacke wie Hose! Substitarius oder Kandidat! Pastors Abgesandter, das ist die Sache! Und er kommt aus gutem Willen herunter und fürchtet sich nicht vor dem Gift in meinem Leib. Und abspeisen wird er mich und mir den Lebenslauf halten wird er. Und ich habe ihn windelweich gebläut, und ich hätte ihn todt geschlagen in meiner Wuth. Aber ich will alles wieder gleich machen, alles wieder gut; verlassen Sie sich auf mich, verehrlicher Herr Kandidat."

„Nennen Sie mich doch du und Decimus, wie sonst, Herr Amtmann," sagte Decimus lächelnd, worauf der Alte jedoch mit Eifer entgegnete:

„Beileibe nicht! Beileibe nicht „höre" sagen zu Einem, der Einem zum geistlichen Troste abgesandt ist und Einem die letzte Ehre erweisen darf. Nur wenn's mir einmal so unversehends herausfährt, da nehmen Sie mir's nicht für ungut um der alten Freundschaft willen, verehrlicher Herr Kandidat."

Wieder saß er eine lange Weile in Gedanken versunken, wiegte den Kopf und zählte an den Fingern. Dann aber schlug er jählings mit beiden Fäusten auf den Tisch, daß Kanne und Napf an einander klirrten und rief mit einer Stimme, die an den alten Kraft=menschen Mehlborn erinnerte:

„Ja, so stimmt's; so soll's sein. So und nicht anders; so wahr ich Johann Mehlborn heiße! Alles soll dir zukommen, alles sollst du haben, Kandidat, alles! Denn warum? Wen habe ich außerdem? Und was wird, wenn ich fort bin, aus dem lieben Gut? Und du hast's um mich verdient. Denn warum? Was gehe ich dich an? Habe ich wie ein Pathe an dir ge=handelt, oder nur wie Königs Prokurist? Wie ein Sakermenter habe ich an dir gehandelt, und du handelst an mir wie ein Christenmensch. Und du bist auch der Mann dazu, Kandidat. Was für ein hübscher Kerl du geworden bist! Komm doch einmal recht dicht an mich heran; mein Gesicht ist bei Abend ein Bischen blöde geworden. Aber das hat nichts auf sich. Was ich sehen will, sehe ich doch. Und schneiden lasse ich mich nicht. Partoutement nicht. Aber eine Brille will ich mir anschaffen, wenn ich wieder gesund geworden bin. Eine grüne, wie die von Beyfußen. Grün stärkt."

Der Kandidat mußte ganz nahe an seinen Stuhl treten, mußte sich bücken, drehen, sich betasten, bestrei=chen, der Länge und Breite nach mit den Fingerknö=cheln ausmessen lassen, genau wie eine Kreatur, die vom Roßkamm erhandelt wird.

„Ja, weiß Gott, ein strammer Bursche bist du ge=worden, wiederholte der Alte nach der Untersuchung.

„Einen Kopf höher wie mein seliger Hannes und noch

einmal so breit. Und schon einen Bart und Haare so
weich wie ein Seidenhase. Wie die Haare, so's Ge=
müth, steht's geschrieben. Und kein Finger thut dir
weh, gelt? Hundert Jahre kannst du werden und was
vor dich bringen in deinem Leben. Denn warum?
Ein Rechenmeister bist du gewesen, wie du noch im
Kittel liefst, und wie man's so nennt, einen Turkel
hast du gehabt vom Mutterleibe an. Und siehst du,
Kandidat, Glück haben ist im Menschenleben Nummero
Eins und Grütze im Oberstübchen Nummero Zwei.
Und wenn dein Vater auch als ein Saufaus bis zum
Schafhirten heruntergekommen ist, ein richtiges Werbe=
ner Kind bist du doch und heißt anjetzo Herr Kandidat
und dürftest Einen abspeisen, und wenn's ein König
wäre; und, wenn Einer keine eigenen Angehörigen hat,
da ist Einem der Pathe doch immer noch der nächste.
Denn, siehst du, Kandidat, meine Brigitte, die ist dir
im Seebade ertrunken. Hätte sie ihre Schuldigkeit an
mir gethan, wäre sie bei mir geblieben, sie lebte heute
noch und kriegte nun alles. Für wen habe ich mich
geschunden und geplackt? Was habe ich nicht alles an
sie gewendet: erst in der Benehmichte und dann bei
der Wirthschaft mit dem Windhund von Baron! Hätte
sie mir gefolgt, — aber Strafe muß sein, so steht's
geschrieben und darum hat sie in ihren jungen Jahren
daran glauben müssen. Und höre, Kandidat, der zweite
Mann, den sie genommen hat, der ist dir noch zehn=
mal ärger als der erste. Denn warum? Der erste,
das war doch blos ein Schwerenöther, dahingegen der

zweite, — na, es wird dir nicht verborgen geblieben
sein auf deiner hohen Schule, — der zweite, das ist
ein Freimaurer, so Einer von der Zunft, die den Herr=
gott im Himmel absetzen will; und meine Brigitte,
sagen die Leute, hat ihm mit ihrer Feder bei dem Ge=
schäfte geholfen. Und nun stelle dir einmal die Wirth=
schaft hienieden vor, Kandidat, wenn den beiden und
ihren Helfershelfern ihr Vorhaben gelungen wäre:
keinen Schöpfer im Himmel, keinen Vater, keinen Rich=
ter und zu guterletzt keinen Erbarmer! Der Erden=
mensch ein Wurm, der auffrißt was er findet, und
am Ende selber von den Würmern gefressen wird!"

Der alte Mann machte eine Pause; er faltete die
Hände, vielleicht betete er zu dem Erbarmer für seine
Brigitte, die an die Würmer geglaubt, und die nun
die Würmer nagten. Der Kandidat machte einen schwa=
chen Versuch, ihn über die freimaurerische Wirksamkeit
Frau Brigittens und ihres zweiten Gatten tröstlich
aufzuklären, da er heute aber durchaus nicht in lehr=
hafter Stimmung war, lenkte er des alten Mannes
Gedanken auf seine Enkelkinder, die jener völlig aus
dem Gedächtniß verloren zu haben schien, schlug jedoch
mit den bloßen Namen wie mit einem Stock in einen
Wespenschwarm. Der alte Mehlborn, wie er vor
zwanzig Jahren leibte und lebte, war jählings wieder
aufgewacht.

„Die, die!" schrie er, die Hände zu drohenden
Fäusten geballt, „die sind erst recht von der giftigen
Kulör! Für die ist das vierte Gebot nun vollends

ein Kinderspott. Meine Brigitte, die hat mir zum Wenigsten doch alle Monate einen Schreibebrief geschickt. Gelesen habe ich sie seit ihrer zweiten Heirath nicht mehr, aber aufgehoben habe ich sie alle, eine ganze Kiste voll, Kandidat. Aber die, die Brut! Fragt eines nur nach mir in meiner schweren Noth? Da lassen sie mich blind werden und sterben und verderben. Und sie, juchhei, oben hinaus! Und wenn ich todt bin, da kommen sie und sacken ein. Aber prosit die Mahlzeit! Nichts sollen sie haben, das blanke Nachsehen sollen sie haben; du sollst alles haben, Kandidat. Grün und gelb sollen sie sich ärgern, bersten vor Bosheit sollen sie, Kandidat!"

Der Kandidat ließ geduldig den aufgebrachten Großvater seinen Ingrimm auspoltern, setzte sich und dachte an seine liebe stille Mutter im Grabe und sein liebes stilles Röschen auf dem Krankenbett. So viel von der menschlichen Naturgeschichte verstand allenfalls auch er, um zu wissen, daß ein deutscher Bauer, so lange er noch einen Blutserben hat, sein Hab und Gut nicht einem Fremden gönnt und wenn der Fremde sein bester Freund und der Blutserbe sein Erzfeind wäre. Der schwarze Tod und die Pathenerbfolge erledigten sich Hand in Hand. Ohne Widerrede rückte er daher auch, wie der Alte es ihm hieß, eine schwere Eisentruhe unter seinem Stuhle hervor, setzte sie vor ihn auf den Tisch, öffnete sie und reichte ihm das Kontobuch, das obenauf lag. Des Blinden zitternde Finger blätterten darin, während er mit einem mißtrauischen Schielen sagte:

„Bei Heller und Pfennig weiß ich, was drinne steht, und was im Kasten drinne liegt, bei Heller und Pfennig weiß ich's auch. Nur über das Mußtheil bin ich nicht ganz helle. Denn siehst du, Kandidat, das Mußtheil kann ich ihnen nicht entziehen, so steht's einmal geschrieben im Gesetz. Aber keine hohle Nuß kriegen sie über das Muß; das Uebrige kriegst du, alles du, Kandidat. Und wenn wir's mit einander ausgerechnet haben, dann lasse ich anspannen und du fährst heute noch in die Stadt und holst die Gerichte. Aber nicht den alten Hecht. Ich hätte es für die Langeweile bei ihm, denn er ist mein Justiz. Ich wende es aber d'ran: Du holst das richtige Amt. Denn siehst du, Kandidat, der Hecht, der ist ein Fuchs. Der hat mir die Suppe mit der alten Excellenz eingebrockt, und du, armer Kerl, hast sie austütschen müssen. Wahrlichen Gott! ich hätte dich todt geschlagen, so war ich in der Wuth. Aber nun kriegst du dafür auch deinen Lohn, und wenn die Sonne aufgeht ist alles baumfest gemacht und der dickschnäuzige Absalon und seine bucklige Schwester sollen daran glauben lernen, einen Muttervater wie Johann Mehlborn über die Achsel anzugucken."

„Sie irren, Herr Amtmann," wendete Decimus ein. „Ihre Enkelin ist eine vortreffliche Dame, sehr gescheut und gar nicht stolz. Sie wird ohne Säumen zu Ihrer Pflege herbeieilen, sobald ich ihr schreibe, daß Sie nach ihr verlangen."

„Ich verlange aber nicht nach ihr, dummer Junge,"

fuhr der Alte auf, „und das Schreiben sollst du unter=
wegs lassen! Das Muß sollst du mir ausrechnen,
und in die Stadt sollst du fahren und mir die Ge=
richte holen."

„Ich verstehe mich auf derartige Berechnungen nicht,
Herr Amtmann," versetzte Decimus, „und für einen
Stadtweg habe ich heute Abend keine Zeit. Ich muß
nach Hause eilen, da Vater und Schwester krank liegen."

Der alte Mehlborn zuckte bei den letzten Worten
zusammen, als sähe er ein Gespenst. Hatte eben noch
der Bär gebrummt, nun krümmte sich der Wurm.

„Die auch! die auch!" ächzte er. „Das Rosen=
pathchen auch! Großer Gott in deine Hände! die
auch den schwarzen Tod!"

„Wir fürchten so Schlimmes nicht, Herr Amtmann.
Nur die starke Erschütterung — —"

„Aber sie liegt doch krank, sie kann doch sterben,
und sie wird auch sterben, schon mir zum Schure wird
sie sterben und vor mir hinaufgehen und mich droben
anklagen bei meiner Röse — und — und — und
das war's ja eben, derhalben ich den Herrn Pastor zu
mir herunter genöthigt habe, und was Sie nun als
sein Abgesandter anhören sollen, verehrlicher Herr Kan=
didat, daß Sie, wenn Sie mir den Lebenslauf halten,
mich nicht vor der lieben Menschheit blamiren."

So hörte denn Pathe Kandidat als ehrwürdiger
Beichtvater das Bekenntniß an, das halb mit Reue und
halb mit Selbstbeschönigung sich der alten Seele in
ihrer vermeintlichen Todesnoth entrang. Habsucht, Geiz,

Hartherzigkeit im Allgemeinen war es nicht, was ihn behelligte und unerwartet Besonderes erfuhr der Sohn Mutter Hannahs auch nicht. Der Mann, der für einen Millionair geschätzt wurde, war, um circa hundert Thaler willen, seiner treuesten Freunde Feind geworden, und ohne daß er es sich eingestand, sein eigener zumeist, denn mit dem Respekt vor sich selbst war es seitdem vorbei, mit dem vor allen andern Leuten aber auch, denn was ich denk' und thu', das trau ich Anderen zu.

Er hatte die Pathenbüchse aus der Hand seiner sterbenden Röse genommen, mit dem Gelöbniß sie der Frau Pastorin zu dem bewußten Zwecke auszuhändigen, und diese Aushändigung nun, „die hatte er in der Rage vergessen." Er hätte sie freilich auch gar nicht nöthig gehabt; denn was in der Wirthschaft erübrigt wird, gehört dem Ehemann und nicht der Frau; so steht es geschrieben im Gesetz; und Schwarz auf Weiß war auch nichts über die Sache dagewesen. Wenn Einer aber Einen in den letzten Zügen liegen sieht, verspricht er manchmal etwas, was ihn nach der Zeit wurmt. Kurz und gut: Der Amtmann hatte die Pathenthaler, — beileibe nicht etwa unterschlagen, — nur auf Hypothek gegeben, jetzt aber wollte er sie ausliefern, obendrein Zins auf Zins; aber freilich nur dritthalb Procent, denn mehr komme bei der Oekonomie nicht heraus, und thue er ein Uebriges mit einem Dokument über hundertfünfzig Thaler. Das aber sollte der Kandidat noch diese Nacht seiner Schwester aushändigen, ehe

sie etwa auch noch daran glauben müsse und Johann
Mehlborn am Ende als ein schwerer Sünder von seiner
Rosine vor Gottes Thron empfangen werde.

Er kramte während dieser Beichte unter den Papie-
ren in seinem Kasten und tastete trotz Blindheit und
schwarzen Todes geschickt genug ein Hypothekendokument
hervor, von welchem der Kandidat nicht mit Unrecht
vermuthete, daß es auf schwachen Füßen stehe, da Johann Mehlborn sich sonst wohl kaum so leichten Herzens
von ihm getrennt haben würde. Er, der Kandidat,
machte zwar den Einwand, daß er die Sache erst mit
seinem Vater bereden und morgen dessen Entscheidung
bringen werde, da er aber sah, wie so gar eilig der
Alte es hatte, zwei Fliegen mit einem Schlage zu klap-
pen, indem er gleichzeitig sein Gewissen entlastete und
sich eines verdrießlichen Werthzeichens begab, steckte er
das Schriftstück ein.

Mit merklich erleichtertem Herzen sagte der reuige
Sünder darauf:

„Und wie ich's mit dir vorgehabt, Kandidat, dabei
bleibt's. Denn warum? wer soll's kriegen? Und weißt
du, was meine Röse in ihrem letzten Stünblein für
mich gesagt hat? „Johann," hat sie gesagt, „so oft du
der armen Hirtenwaise etwas zu Gute thust, wird es
der liebe Heiland dir an Leib und Seele gesegnen."
Und was Einer in seinem letzten Stünblein prophezeiht, das kommt von Oben. Der Herr wird mir's an
meinem Leiblichen gesegnen. Und darum sollst du alles
haben, Kandidat, alles bis auf das Muß."

Der Kandidat rieth ihm, die Angelegenheit zuvörderst zu beschlafen, dann ruhig zu überlegen, bis eines seiner Enkelkinder, mit dem er sie besprechen könne, in seiner Nähe sei. „Nur eine Woche Geduld, Herr Amtmann, und ich bürge Ihnen dafür, daß wenigstens Fräulein Sidonie Ihnen zur Seite steht."

„Wenn sie die Erbschaft wittert, ja warum denn nicht!" versetzte der Alte mit höhnischem Gelächter. „Was ein Rabe ist, fliegt nach Gold."

„Ich wiederhole Ihnen, Sie verkennen Ihre Enkelin, Herr Amtmann. Fräulein Sidonie ist weder hoffärtig noch verschwenderisch. Sie hat diese Jahre her Klavierstunden gegeben, um ihrer seligen Mutter die Haushaltung zu erleichtern."

Das war eine glückliche Wendung. Sie machte dem reichen Mann, der sein einziges Kind hatte darben lassen, sichtbar einen bedeutenden Eindruck. „Stunden? Stunden für Geld?" fragte er.

„Für Geld, Herr Amtmann."

„Aber was kann bei dem Fingeriren denn herauskommen, Kandidat?"

„Fräulein Sidonie ist sehr geschickt in ihrer Kunst; sie schlug ihren jährlichen Erwerb auf tausend Thaler an."

„Wa — wa — was, tausend, tausend Thaler?"

„Sie wird aber keinen Augenblick anstehen, diesen einträglichen Erwerb aufzugeben, um dem Vater ihrer seligen Mutter — —"

„Na, die Spielstunden, die müssen ihr freilich

angerechnet werden im Testament," unterbrach ihn der Alte. „Für dich bleibt dann immer noch genug und satt, Kandidat. Aber mehr als das Muß und die Stunden zu Kapital gemacht, nicht. Denn siehst du, Kandidat, die Sache hat einen Haken. Das Mädchen ist schief. Und wenn Einer schief ist und wenn Einer schielt, da traue ich ihm nicht quer über den Weg. Und Männer kriegt sie, weil sie ausgewachsen ist, wohl zehne, aber Nachkommenschaft keine. Und wenn an Nachkommenschaft nicht zu denken ist, was wird da aus dem schönen Anwesen, das Johann Mehlborn sechzig Jahre lang sich zusammengerackert? Grund und Boden wird um ein Dudeldei verschleudert, alles zu baar gemacht für den Bruder Lust und von dem Bruder Lust außer Landes verjuchheit. Nein und ein Punktum dahinter: Nein! Die Wirthschaft muß bei einander bleiben; der Bruder Lust soll auch auf Umwegen nichts erlangen, keinen Pfifferling über das blanke Muß!"

Decimus wendete ein, daß Fräulein Sidonie besser als er selbst im Stande sein werde, des Großvaters ungünstige Meinung über seinen Enkelsohn zu zerstreuen, und daß sie für ihre eigene Person gar wohl an die Gründung einer Familie denken dürfe, da ihr körperliches Gebrechen durchaus nicht so erheblich sei, als jener es sich in den Jahren der Entfernung vorgestellt. Fräulein Sidonie wäre eine gesunde und sehr hübsche Dame. Das aber waren gute Worte und keineswegs in den Wind geredet. Der Großvater dachte schon gar nicht mehr an das Pathenerbe, und wenn er es auch

nicht eingestand, brannte er vor Verlangen, sein Tochter-
kind zur Stelle zu haben. Als Decimus erklärte, daß
er sie morgenden Tages nach Werben einladen werde,
da hatte der alte Mann nur noch das einzige Bedenken,
daß das Schweizerland erschrecklich weit gelegen sei und
der schwarze Tod raschen Proceß mit einem Menschen
mache. Der Kandidat suchte ihn auch darüber zu beruhigen.

„Doctor Kurze versichert ja aber, daß Sie von der
bösen Krankheit gar nicht befallen seien, Herr Amtmann,
und Sie sehen auch wahrlich nicht danach aus, als ob
Sie dieselbe zu befürchten hätten."

„Nicht, meinst du wirklich nicht, Kandidat? Aber,
siehst du, meine grausamen Schmerzen!"

„Wo thut es Ihnen denn weh, Herr Amtmann?"

„Hier und da, ach du meine Güte, überall. Das
Herzgespanne! das Kreuze — —"

„Aber zum Aushalten ist es doch?"

„Je nun, zum Aushalten wäre es allenfalls. Aber
die Beine, wie die steif sind und eiskalt. Und höre
nur, Kandidat, wie's mir im Bauche knurrt."

„Sie werden Hunger haben, Herr Amtmann."

„Na freilich, Mordhunger! Die Krankheit heißt ja
eben darum die Hungerseuche. Denn wenn Einer, der
sie hat, was zu sich nimmt, drückt es ihm auf der Stelle
das Herz ab. Seit zwei Tagen ist kein Bissen über
meine Lippen gekommen. Nur wie ich's gar nicht mehr
aushalten konnte, hat mir die Timpeln ein bischen von
ihrem Thee und von ihrem Mehlmus geschickt. Ich

konnte aber nicht einen Löffel voll hinunterbringen, so wendete sich mir das Eingeweide um. Und siehst du denn nicht, Kandidat, meine Hände sind schon ganz schwarz."

„Der Lampenschatten fällt darauf, Herr Amtmann. Ei, nicht doch, Sie haben sich beim Torfanlegen geschwärzt. Waschen Sie sich und Sie werden sehen, daß sie roth wie alle Tage sind."

„Waschen, ja waschen!" entgegnete der Alte in ärgerlich weinerlichem Tone. „Wo soll ich denn Wasser hernehmen und Seife und eine Quehle? Kann ich denn aufstehen? Habe ich denn Einen, der nach mir fragt? Ja, wenn meine Röse noch lebte, oder mein Sidonchen wäre schon da. Siehst du, Kandidat, wenn Einer ein Lump ist, da springen die Leute ihm bei und greifen ihm unter die Arme. Wenn Einer aber in Schweiß und Plack etwas vor sich gebracht hat, da beschreien sie ihn, wünschen ihm die schwere Noth an den Hals und ist sie da, lachen sich die Neidhammel in die Faust. Du wirst's schon auch einmal erleben, Kandidat, wenn du erst oben in deiner schönen Pfarre sitzest."

Der geistliche Berather und Beichtiger ging in die Küche, holte warmes Wasser und Waschzeug und reinigte dem reuigen Sünder das Gesicht, das nicht weniger wie die Hände von Ruß und Kohle geschwärzt war, dann aber ließ er den Sünder sich die Hände so lange seifen und reiben, bis wieder eine menschliche Farbe zum Vorschein kam. Von Gram und Sorge bedrückt, wie er war, und wahrlich nicht aufgerichtet durch

die kindische Zerknirschung und selbstsüchtige Großmuth
einer Greisenseele, die sich am Grabesrande wähnt,
mutheten diese Handreichungen ihn nahezu erheiternd
an. Denn, wenn eine rasche, muthige That, für welche
einem Menschen, — und auch nur dem glücklichsten,
— vielleicht ein= oder zweimal im Leben die Heraus=
forderung geboten wird, ihn aus seiner Bedrängniß
über sich selbst erhebt, so sind es die gemeinen Erwei=
sungen des Tageslaufs, welche das gestörte Gleichgewicht
mählich wieder in die Richte bringen. Und ist denn
dieses Gleichgewicht am Ende nicht unser wahrhaftes
Glück?

Die Hände waren rein; auch das Zimmer noth=
dürftig gelüftet, und das qualmende Ofenfeuer zum
Lodern gebracht. Der Kandidat rieth dem armen Hun=
gerleider nunmehr auf seine seelsorgerische Verantwortung
hin, sich etwas Leibliches zu Gute zu thun, erbat sich
die Schlüssel zu Keller und Speisekammer, die der
Hausherr Muhme Timpeln bei ihrer Erkrankung ab=
genommen, holte Brod und einen Schinken, entdeckte
glücklich auch noch eine Flasche alten Rheinweins, die
während der stolzen Magnatenzeiten in das Haus ge=
stiftet und in einem Kellerwinkel vergessen worden sein
mochte. Und der arme Todeskandidat schlürfte den Labe=
trunk wie ein lechzender Storch und verschlang die köst=
lichen Mundbissen wie ein ausgehungerter Wolf.

„Ach, wie das gut thut!" rief er ein über das an=
dere Mal sich auf den Magen klopfend. „Nun erzeige
mir aber auch noch den Gefallen, Kandidat, und stelle

— die Neigen hier unter meinen Stuhl, daß Keiner dazu
kann, und ich sie gleich bei der Hand habe. Oder
möchtest du etwa auch ein Häppchen?"

Decimus dankte.

„Aber doch einen Schluck?"

„Auf Ihr Wohl, Herr Amtmann!" sagte Decimus,
indem er ihm das Glas aus der Hand nahm. Der
Alte bemerkte schmunzelnd, daß es sich nicht leerer an=
fühlte, als es ihm wieder zurückgereicht wurde.

Noch mußte der Kandidat die Eisenlade wieder sorg=
fältig schließen und verbergen, dann entkleidete er den
taumelnden alten Mann, führte ihn an sein Bett und
nachdem er ihm die dicke Federdecke bis an die Ohren
gezogen, dies kaum geschehen auch schon die ersten Laute
eines Mehlborn'schen Schlummers vernommen hatte,
schüttelte er den Staub von seinen Füßen und eilte
freiaufathmend seinem stillen Hause zu. Als er sich der
Fähre näherte, hörte er ein Posthorn schmettern; ein
Wagen bog von der Stadtseite her in die Dorfgasse
ein. „Wiederum ein Kranker, dem ein Arzt zu Hülfe
gerufen worden ist," dachte Decimus seufzend.

In der Pfarre ruhte der Vater bereits und Peter
Kurze sehnte sich laut gähnend, nach des Tages Lasten
auf seiner Sprungfedermatratze einen tiefen Schlaf zu
thun. Auch dem armen Bräutigam fielen vor Er=
schöpfung die Lider zu. Auf die litthauische Lene war
ja Verlaß. Strickstrumpf und Kaffeetrank halten alte
Augen wach; das liebe Röschen war ja auch ihr Hät=
schelkind und leider verlangte es nichts anderes als dann

und wann mit einem matten Blick nach einem Tropfen Wasser. Decimus warf sich in seinen Kleidern auf das Sopha der offenen Nebenstube. Der Tag, der im hehrsten Schmerzgefühl begonnen hatte, in Trübsal und Trivialität verlaufen war, endete mit einem Todtenschlaf. Darf Einer aber ein Glücklicher heißen, der mehr als einen solchen Tag erlebt?

Am anderen Morgen entschied der Vater dafür, das Dokument anzunehmen. Sein Werth erschien auch ihm äußerst fragwürdig, „aber," meinte er, „was kann es uns auf ein Dankeswort ankommen, wenn der kindische alte Mann durch dieses Scheingeschenk mit sich selber ausgesöhnt wird?"

Decimus machte den Versuch sein Röschen durch die Mittheilung von dem Pathenlegat zu erheitern. Sie verblieb unbeweglich mit halb geschlossenen Lidern, und als er die blassen Wangen streichelnd, sie fragte, ob sie sich denn nicht auf das kleine Treibhaus, das sie sich für das Geld bauen wollten, ein wenig freue? wendete sie, als ob sie kein Wort mehr hören möge, den Kopf nach der Wandseite. Das bewegliche junge Herz schien gegen Wunsch wie Gram erschlafft. Decimus zitterte bei der Vorstellung, daß das liebste Leben in solch geheimnißvoller Stille entweichen könne. Er hätte die welken Hände nicht aus den seinen lassen, die Blicke nicht von dem weißen Rosenantlitz verwenden mögen.

Aber der Vater gestattete ihm kein müßiges Weilen.

„Laß den Greis wachen," sagte er, „und wirke du an seiner Statt."

Der Amtsbruder in Bielitz mußte um seine Vertretung bei sakramentalen Handlungen angegangen werden, in manches Kranken= in manches Trauerhaus der Untergemeinde war Ermuthigung und Trost zu tragen. Ja, Vater Blümel ging so weit, an die Vorbereitung zur Sonntagspredigt, des Sohnes erste Predigt, zu mahnen; damit hatte er des Sohnes Kraft und guten Willen aber doch überschätzt.

Der Abend dämmerte, als er das Gut betrat, in welchem er die dankbare Annahme des Vermächtnisses melden sollte. Wie eilig er nun aber auch war, wie tief von Weh und Angst erschüttert, wie bänglich er sich in die stille Leidenskammer der Geliebten sehnte: eine sonderbare Veränderung des verwahrlosten Herren=hauses konnte ihm nicht entgehen. War es doch, als ob kleine dienstfertige Wichtelmännchen über Nacht darin gewaltet hätten. Die blinden Fensterscheiben blinkten hell, die Spinneweben waren fortgefegt, die Steinfließen des Flurs geschwemmt und mit weißem Sand bestreut; aus Kohlenpfannen wirbelten würzige Wachholderdämpfe in die Höhe. Auch die Wohnstube war gescheuert und gelüftet, auf dem sauber gedeckten Tische Wein und ein Vesperimbiß aufgetragen. Der Amtmann gewaschen, ge=kämmt und rasirt mit dem guten Kirchenrock angethan, schien um ein Mandel Jahre verjüngt. um seine breiten Lippen spielte eine neckische Laune, die früherhin keines=wegs zu seinen Temperamentseigenschaften gezählt hatte.

Als Decimus vom Flur her das Zimmer betrat, verließ es jemand durch die Kammerthür. Wer? war im Zwielicht nicht zu unterscheiden. Das Rauschen eines Frauenkleides ließ indessen darauf schließen, daß Muhme Timpel die Anfechtung von Wellfleisch und Sauerkraut so glücklich überwunden habe wie ihr alter Herr den Würgengel der Hungerseuche und daß zum Dank für diese Gnade sie einen neuen, reinlichen Menschen angezogen.

Decimus richtete seinen Auftrag und sprach seine Befriedigung über des Herrn Amtmanns sichtliches Wohlbefinden aus, worauf der Herr Amtmann, indem er das Glas, aus welchem er sich eben gestärkt hatte, aus der Hand setzte, lachend erwiderte:

„Na ja, mein Junge, wie es so den Anschein hat, kannst du es noch zum richtigen Pastor bringen, ehe du mir den Lebenslauf zu halten hast. Aber höre, Kandidat, die Klughänse von Doctores, die sollen mir mit ihrem Mehlmus und Kamillenthee gewogen bleiben. Nicht heraus, hinein treiben sie das schwarze Gespenst. Du bist mein Mann, Pathe, mit deinem Schinken und deinem Wein! Aber freilich, noch ein Drittes muß dazu kommen, wenn dem Morbus der Garaus gemacht werden soll.“

Er blinzelte bei diesen Worten mit den Augen, die nicht mehr ganz scharf sehen, und spannte mit den Ohren, die noch immer sehr scharf hören konnten, nach der Kammerthür, durch welche der Weiberrock verschwunden war. Pathe Kandidat aber lächelte und dachte:

„Ja wohl, das Gemüth befreit von dem Druck eines Handgelöbnisses und eines unsicheren Dokuments."

Der so wunderbar vom Tode Gerettete rieb sich seelenvergnügt die Hände. Plötzlich jedoch schien eine unbehagliche Vorstellung ihm durch den Kopf zu schießen. Er fragte, ob der Kandidat sich mit der Citation des städtischen Gerichts auch nicht übereilt habe, und als die Frage verneint ward, kehrte die joviale Stimmung ihm zurück.

„Siehst du, mein Junge," sagte er, „es wäre blos weggeschmissenes Geld. Wofür brauche ich denn ein Testament? Du wirst's wohl gemerkt haben, es war nächtens in meinem Oberstübchen nicht ganz helle. Die grausame Krankheit hatte mir gar zu schmählich mitgespielt. Und darum hattest du von wegen des Beschlafens wieder einmal ganz recht. Heute bin ich auf dem richtigen Punkte. Wozu brauche ich einen letzten Willen? Ich habe zwei leibliche Tochterkinder, und das mit dem Muß, — Pflichttheil nennens die Gerichte, ich konnte mich nur nächtens nicht auf den gehörigen Titel besinnen, — wäre zuwider Gottes Ordnung in der heiligen Schrift. Meinst du nicht auch, Kandidat?"

„Jedenfalls, Herr Amtmann, zuwider der Natur und einem gütigen Vaterherzen," antwortete Decimus.

Der Amtmann drückte ihm, nach seiner Art gerührt, die Hand. „Eine ehrliche Haut bist du, Kandidat," sagte er, „das muß der Feind dir lassen. Eine grundehrliche Haut. Und helle bist du auch, mordhelle, hast ein Einsehn in jedwede Sache, wie sie schmeckt und riecht. Aber dein Schade soll's nicht sein. Verlaß dich auf den alten Mehlborn, wenn er auch nicht dein Pathe ist. Denn was verschlägt am Ende ein königlicher Prokurist? Der alte Mehlborn hat's gut mit dir im Sinn."

Er machte eine Pause, simulirte ein Weilchen, indem er, wie vorhin, nach der Kammerthür starrte, dann hob er von Neuem an:

„Siehst du, Kandidat, es ist mir über Nacht, wie man zu sagen pflegt, ein Licht aufgesteckt worden. Mein Enkelsohn betreibt in der französischen Hauptstadt die Wissenschaft und schreibt Lesebücher. Er hat die Kunst von seiner Mutter, meiner Brigitte, geerbt; nur daß das, was mein Enkelsohn macht, sich reimt wie die Lieder, die im Gesangbuche stehen. Aber eine Sünde ist das Versemachen nicht und eine Schande auch nicht; und ein ganz hübsches Stück Geld kommt bei dem Bücherschreiben heraus. Meinst du nicht auch, Kandidat?"

„Unter Umständen allerdings."

„Unter Umständen blos, he? Wovon hätten denn meine Brigitte und ihr Professor gelebt und gut gelebt? Geld wie Heu, sage ich dir, wenn auch nicht ganz so viel wie sich bei der Oekonomie herausschlagen läßt. Aber die kann mein Enkelsohn ja auch noch betreiben lernen, er ist ja noch ein junges Blut. Was aber den Professor anbelangt, den Wittmann von meiner Brigitte, kein Gedanke an einen Freimaurer bei ihm! der Beyfuß ist ein Esel, daß er mir den Freimaurer in den Kopf gesetzt. Die Lesebücher, die der

Professor schreibt, kann Einer wie Beyfuß ja gar nicht verstehen. Und den Herrgott hat der Professor in seinen Schriftstücken auch beileibe nicht abgesetzt. Nur einen anderen Mantel hat er ihm umgehängt; grasgrün und himmelblau, statt nach der alten Mode Purpur und Gold. Na, das ist seine Sache. Herrgott bleibt Herrgott. Die Hauptsache ist das Gesetz. Was nun aber vollends mein Sidonchen — —"

Er machte von Neuem eine Pause und Decimus stand vor Staunen starr und stumm. Wer hatte dem blinden Greise dieses Licht aufgesteckt? Ein Traumgeist, der Geist des Weins, oder blos das Frohgefühl der Genesung? Hatte Peter Kurze ihn in die Kur genommen? oder etwa — etwa Lydia? Zuzutrauen wäre die Absicht dem weißen Fräulein sicherlich gewesen; aber die Wirkung, diese Wirkung einer Lydia auf einen Johann Mehlborn? Des Kandidaten Blicke folgten denen des Amtmanns nach der Thür. Er unterschied aber nichts als die blankgeputzte Messingklinke.

„Was aber mein Sidonchen anbelangt," fuhr der Alte fort, „so hast du zum dritten Male wahrgesprochen, Kandidat. Mein Sidonchen ist dir ein ganz charmantes Mädchen; rund und roth wie ein Borsdorferapfel, zum Anbeißen, sag ich dir, und von wegen des Schulterstücks, na, weiß Gott, die Brille müßte Einer aufsetzen, wenn er die Schiefigkeit bemerken sollte!"

Kicherte da nicht jemand hinter der Kammerthür? Thörichte Einbildung! es ist ja alles mäuschenstill und der über Nacht bekehrte Großvater fährt auch ganz ungestört in der Anpreisung seines Fleisches und Blutes fort: „Zehn Männer, Kandidat, kann dir mein Si-donchen kriegen; ein Dutzend Wochenbetten wären nicht zu viel für sie; bis zur goldenen Hochzeit kann sie's bringen. Und höre, Kandidat, gescheut ist dir mein Sidonchen, gescheut wie ein Advokat, und die Worte kann sie dir setzen wie der allerschönste Pastor, und auf die Wirthschaft versteht sie sich, daß meine selige Röse dir nichts, egal gar nichts dagegen gewesen ist. Eine Käserei will sie bei mir anlegen, so wie sie draußen in der Schweiz schon manchen armseligen Hutmann, wie dein Vater Einer war, Kandidat, zum reichen Manne gemacht hat. Nur daß draußen, außer dem Rindvieh, anstatt wie bei uns Schafe, mehrentheils Ziegen ge-halten werden und die Ziegen nicht so viel Fütterung brauchen. Dafür haben wir aber die Wolle."

Der Kandidat faßte sich mit beiden Händen nach der Stirn. Träumte er, oder war hier ein Wunder geschehen? Sollte Sidonie geschrieben haben? Aber der blinde Großvater hätte den Brief ja nicht lesen können. Die Frage nach Lydia brannte auf seinen Lippen, des Alten Redefluß ließ sie aber nicht zum Ausdruck kommen.

„Und siehst du, mein Junge," fuhr er in einem Athemzuge fort, „weil du doch nun einmal halb und halb mein Pathe bist und ich dir den Inspektor versprochen und nicht gehalten habe; — denn warum? Du wolltest ja nun einmal absolut auf den Pastor studiren, — und weil meine selige Röse dich mir, so zu sagen, auf's Herz gebunden hat, und weil ich dir nächtens, wo mich

11 *

die Morbuslaune ein bischen benebelt hatte, mit der Erbschaft einen Floh in's Ohr gesetzt habe; desselbigen gleichen aber auch, weil die Werben'sche Pfarre ein einträglicher Posten ist und Einer ganz bequem die Wirthschaft auf dem Thalgute daneben betreiben kann, und weil die Paar Tausend Legation von dem römischen Fräulein doch auch eine angenehme Zubuße sind, kurz und gut weil alles klappt und stimmt wie gemauft, derhalben will ich dir mein Sidonchen zur Frau geben, und lieber heute als morgen kann die Hochzeit sein."

Decimus, bei aller Betrübniß seiner Seele, hatte Mühe ein Lachgelüst niederzukämpfen und noch war er zu einer schicklichen Gegenrede nicht gelangt, als eine kühle Frauenhand sich in die seine legte und eine wohlbekannte klangfrische Stimme fragte:

„Nun, was sagen Sie zu dem Antrag, Johanniskind?"

Da stand er denn wie eingewurzelt mit stockendem Athem, so, als wäre der liebe Mond gleich einer Bombe zu seinen Füßen niedergeplatzt. Gottlob! daß es halb Nacht in der Stube war, und keiner bemerken konnte, wie der kalte Angstschweiß ihm von der Stirne tropfte.

Der alte Mehlborn hatte nach seiner anstrengenden Werbung sich durch ein Spitzgläschen von seiner bewährten Medicin gestärkt; — Johann Mehlborn stand wahrlich in Gefahr, in alten Tagen zum Bachusjünger auszuarten! — nun kicherte er, sich die Hände reibend, vor sich hin:

„Stockstumm vor Plaisir steht er da, hihihi! wie
der dumme Junge von Meißen steht er da, hihihi!"

„Sie sagen nichts, und das ist genug gesagt,"
flüsterte Sidonie indem sie langsam ihre Hand aus der
seinen zog; Decimus aber, der sich mühsam gefaßt
hatte, erwiderte:

„Ich beklage, gnädiges Fräulein, daß diese Greisen-
schrulle vor Ihren Ohren laut werden mußte, und ich
beschwöre Sie, zu glauben — —"

„Na, was tuschelt Ihr denn so heimlich mit einander?" unterbrach der Großvater die feierliche Be-
schwörung. „Liebeswörtchen schon? hi hi hi!"

„Nicht doch, Großvater," antwortete Sidonie mit
ruhiger Stimme, wennschon Lippen und Glieder leise
zitterten. „Der Schlaukopf hat es gemerkt, daß du
deinen Spaß mit ihm getrieben."

„Ich, einen Spaß? einen Spaß, ich?" rief der
Alte völlig verdutzt.

„Nun was denn sonst, Großvater? Habe ich dir
denn nicht gesagt, daß er schon seit Jahren ein Schätzchen im Herzen trägt? Nicht? Ei was, da habe ich
gedacht, die Sache verstünde sich von selbst. Siehst
du, Großvater, ein Kandidat, der blos mit einer Herz-
allerliebsten von der hohen Schule abgeht, der kann
sagen, daß er noch mit einem blauen Auge davon gekommen ist; gewöhnlich erfreut er sich schon einer verlobten Braut. Habe ich nicht recht, Herr Kandidat?"

„So weit es meine Person betrifft, allerdings,
gnädiges Fräulein," antwortete Decimus bewegt, ich

habe seit Jahren eine Liebe im Herzen getragen und die Geliebte ist meine verlobte Braut geworden. Auf ihrem Sterbebette hat meine Pflegemutter die Hand ihrer Tochter in die meine gelegt für das Leben."

Er athmete nach diesem Geständniß auf wie erlöst. Sidonie war betroffen ein Paar Schritte zurückgewichen; es war minutenlang in dem dunklen Zimmer kein Athemzug zu hören. Jählings jedoch schlug der alte Mehlborn mit beiden Fäusten auf den Tisch und stieß mit der Naturkraft seiner guten Tage einen Fluch aus, vor welchem eine andere nervenschwache Dame als die gegenwärtige bis zur Ohnmacht erschrocken sein würde. „Das ist," schrie er, nachdem das Donnerwetter ihm Luft gemacht, „das ist ja egal wieder so ein hinterrück'scher Streich, wie dazumal der mit der alten Excellenz, das ist ja — —"

„Nicht doch, Großvater," unterbrach ihn Sidonie, die sich gefaßt hatte. „Es ist eine Zuneigung und ein mütterlicher Plan von Kindesbeinen an. Wenn du in letzter Zeit mehr mit unseren guten Freunden in der Pfarre zusammengekommen wärest, würdest du den Braten längst gerochen haben."

Sidonie lachte bei den Worten mit seltsam vibrirendem Klang; der Bär war aber einmal aufgewacht und so brummte er sich unerschütterlich aus.

„Schwatz doch nicht so dummes Zeug, Sidonchen! Das ist ja alles nicht hotte und nicht hü. Wenn zwei miteinander in der Boje gelegen haben, zum Henker, das ist ja egal, als ob Bruder und Schwester Mann und Frau werden wollten. Die Geschichte muß auseinander. Ein Sterbebett ist doch nicht etwa Gottes Altar und Brautstand noch lange kein Ehestand. Der Junge müßte ja des Teufels sein, Sidonchen. Die kleine Röse ist arm wie eine Kirchenmaus und mit dir kriegt er einmal ein Rittergut und eines in der Tasche obendrein."

Sidonie lachte von neuem und natürlicher als vorhin.

„Ja, wenn er nur früher gewußt hätte, wie gut du es mit ihm vorhattest, Großvater," sagte sie, trat an den Tisch, schenkte das Spitzgläschen wieder voll und der Großvater, nachdem er es ausgeschlürft, streichelte ihr zärtlich die Backen und sagte schmunzelnd, von einem lichtvollen Einfall durchzuckt:

„Weißt du was, mein Sidonchen, weil du es bist, will ich ein Uebriges thun. Höre, die kleine Röse, so pauvre wie sie ist, die geben wir deinem Märchen, und er zieht mit ihr hinüber und wirthschaftet als mein Verwalter in Bielitz. Du nimmst den Kandidaten und bleibst hüben bei mir. Und wenn dein Märchen etwa — —"

„Du hast recht," fiel Sidonie ein, „das wäre ein Vorschlag zur Güte, den wir mit einander überlegen wollen, Großvater. Jetzt aber mußt du durchaus ruhen. Das viele Sprechen hat dich angegriffen; du siehst schon ganz blaß aus und bist rauh auf der Brust. Daß um Gotteswillen kein Rückfall kommt! Mit solch einer Krankheit ist nicht zu spaßen, Großvater!"

Der störrische alte Mann gehorchte wie ein Kind.

Er ließ sich von seinem Sidonchen nach dem Kanapee führen, streckte sich, wie sie es vorschrieb, „der Länge lang" aus und drückte die Augen zu. Bald verrieth der schnarchende Athem, daß die ungewohnte Labe auch heute wieder ihre Schuldigkeit gethan. Sidonie legte ihren Arm in den des Kandidaten und sie verließen das Zimmer.

Eine Weile gingen sie nebeneinander her und schwiegen sich aus. Ach, solch ein armseliger Stümper ist ja der stolze Willensheld, Mensch genannt, daß eine unbehagliche Situation die wärmsten Affekte seiner Seele wett zu machen vermag. Wo fänden wir den idealen Helden, welcher die Weihe des Ostermorgens Doctor Fausten unverdrossen nachempfunden hätte, wenn ebenso unverdrossen eine Brummfliege sich auf seine Nase setzte? Decimus Frey hatte gestern seine Mutter begraben, er zitterte für das Leben einer geliebten Braut, rings um ihn her wütheten Tod und Verderben, in diesen Minuten jedoch empfand er nichts, rein gar nichts, als die Verlegenheit des armen Schäfersohnes, der einem reichen Edelfräulein in's Angesicht einen Korb gegeben hat; eine Verlegenheit, die allerdings Märchenhelden öfter empfinden werden als ein Kandidat der Theologie. Die Noth wurde aber immer romantischer, da das verschmähte Edelfräulein sich mit der Unbefangenheit einer glücklichen Braut an des Schäfersohnes Arm hängte und zweiselig mit ihm im Mondenschein spazierte über den Hof, durch den Garten, längs des murmelnden Flusses, bis zu dem friedlich ruhenden

Nachen. Das Fräulein hätte, fürchten wir, bis zur Stadtbrücke mit dem Hirtensohne spazieren können, ohne daß demselben in der Schwüle seines Intellekts ein würdiges Wort, oder auch nur eine unwürdige Redensart zur Aufklärung und Entschuldigung gelungen wäre.

Das Fräulein war es, welches, beherzter als er, endlich den Bann der Stimmung brach und, — ja Laut scheucht Furcht, — und mit dem ersten sonoren Klang ihrer Rede, da wurde auch dem verlegenen Kandidaten wieder ganz frisch und beherzt zumuthe; das aber um so mehr, da er lediglich zuzuhören und nur selten ein Wörtchen darein zu geben hatte.

„Menschen wie Sie, Decimus, und ich," hob Sidonie an, „dürfen sich, denke ich, ohne Verwirrung alles sagen und alles von einander hören. Und so sage ich Ihnen denn, was Sie ohnehin von vornherein durchschaut haben werden, daß Papa Mehlborns Antrag weder ein Scherz, noch die Schrulle eines Greises gewesen ist, sondern mein eigener, zwar rasch gefaßter, aber wohlbedachter Plan. Auf Ihre Ablehnung war ich gefaßt und würde sie Ihnen zu Gute gehalten haben, auch wenn Sie, — worauf ich allerdings nach dem Tone Ihrer Briefe keineswegs gefaßt war, — nicht bereits der hoffnungsvolle Ehestandskandidat einer Anderen gewesen wären. Die Wahrheit zu sagen, ich hatte Ihr Röschen von jeher Freund Kurzen zugedacht. So wenig ich nun aber Ihnen den Ungeschmack in der Lebenskunst zutraue, sich, und wäre es um zehn Rittergüter willen,

zum Mann einer Frau machen zu lassen, die Ihnen miß=
fiel, oder einfach blos nicht gefiel, so wenig werden Sie
meiner Person die Abgeschmacktheit einer verliebten Laune
zutrauen, auch wenn ich Ihnen ehrlich gestehe, daß Sie
der einzige Mann sind, dem ich einen solchen Antrag
hätte stellen lassen, ja eben darum nicht. Ich dachte
mir aber, Decimus, daß zwei gute Freunde, beide frei
und klug, ohne Anlage zu leidenschaftlichen Problemen,
ungeplagt von dämonischen Störefrieden, beide dagegen
anhangend einem tief aus der Seele treibenden Lebens=
zweck, daß diese beiden ihre Hände in einander legen
könnten, vertrauend jenem Gleichgewicht und jener ver=
ständnißvollen Selbstbewußtheit, auf welchen letztlich die
Befriedigung jedes Zusammenlebens doch beruht. Sie,
Decimus, würden durch die Verbindung mit mir Ihrer
beschränkenden Lage entrückt, Ihnen die weiteste Um=
schau am Himmel und auf Erden, die freieste Ent=
wicklung gewährt worden sein, dazu der Antheil, das
völlige Verstehen eines Nächstgestellten. Mir gewährte
sie ein starkes Herz und eine feste Hand. Und sehen
Sie, Freund, die arme kleine Sidi bedarf mehr denn
jemals eines starken Herzens und einer festen Hand, um
ihr eine Gefahr abwenden und ein Schicksal tragen zu
helfen, denen sie ganz allein machtlos gegenübersteht."

„Sie sprechen von Max?" fragte Decimus.

„Nun ja, von wem denn sonst? Ist er nicht mein
Lebenszweck, wie die Chaldäerweisheit der Ihrige ist?
Ihr lebt hier, so scheint es, wie Crusoe auf seiner
Insel, spürt nichts von den Wettern, die über dem

Festlande brauen und von den Dämpfen, die unter demselben brüten. Ich aber komme von solchem Herd und Max steht harsch an dem Krater, von welchem der Ausbruch droht. Nicht Schwarzseherei, Hellblick, Hellblick der Liebe ist es, wenn ich ihn von den speienden Flammen ergriffen und unter der Asche verschüttet schaue. Noch in dieser Nacht werde ich ihm schreiben, und weil die Beredtsamkeit eine Gabe ist, die er vor vielen besseren Gaben schätzt und auf sich wirken läßt, werde ich ihn mit so viel rhetorischem Aufwand als einer Schwester zu Gebote steht, beschwören, vor dem Ausbruch in unseren stillen Hafen zu flüchten. Wenn er sich in Bielitz einrichtete, so viel ihm beliebt als Grandseigneur, es wäre ein ableitender Wechsel. Wenn er sich einen eigenen Herd gründete, es wäre, wie schwach auch immer, eine Bürgschaft der Stetigkeit. Mit den äußeren Mitteln soll nicht gekargt werden; der schwarze Tod hat mir trefflich in die Hände gearbeitet und kein Anderer als Sie, Johanniskind, mich auf den Zaubertrank verwiesen, mit dessen Darreichung die geheimnißvolle Wandlung vollzogen werden wird. Ich traue mir zu, diesen halsstarrigen Greis zu regieren wie eine Gliederpuppe, mit List oder Gewalt ihm den Schlüssel seiner Eisentruhe zu entwinden. Was kommt es mir darauf an, um einen vollebenden Zwanziger zu retten, einem absterbenden Achtziger ein X für ein U zu machen? Die Frage ist nur, wird mein Plan an dem nicht scheitern, den er retten soll? Und wenn der Reiz ritterlicher Seßhaftigkeit den Unsteten heimwärts

lockte, würde er nicht bald wieder zurückgetrieben wer=
den in sein geniales Zigeunerthum? Würde selber die
Liebe zum Weibe im Stande sein, ihn häuslich zu
bannen? Wird, wenn den Rhein herüber die Fanfaren
schmettern, die ihm das, was er Freiheit nennt, ver=
künden, wird er dann, wie ein feuriges Roß, nicht
jeden Zügel sprengen und werden Sie dann, Decimus,
mit Manneswillen und Manneskraft — für ihn ein=
stehen? — Nein, das läge außer ihrer Macht, — aber
zu seiner Rettung für mich eintreten, nicht als ein
Bruder, wie ich Thörin einen Augenblick gewähnt,
aber als — —"

„Sein Freund und Ihrer, Sidonie," sagte Decimus
mit warmem Händedruck.

Sidonie erzählte darauf, daß sie allsobald nach ihrer
Mutter Tode sich bewußt gewesen, wo fortan ihre Heim=
statt und welcher Art ihre Werkstatt sei. Die Neuein=
richtung ihres Stiefvaters und ein Nervenleiden, das
sie hart mitgenommen, hatten die Ausführung verzögert.
Bei ihrem endlichen Aufbruch vor ein Paar Tagen sei
es auf eine Ueberraschung im Blümelhause abgesehen
gewesen. Als sie jedoch beim gestrigen Eintreffen in
der Stadt den Ausbruch der Epidemie, den Tod der
guten Pfarrmutter und Rosens Erkrankung erfahren,
sei sie ohne Verzug nach dem Thalgute aufgebrochen
und daselbst angelangt, als just der Kandidat die
heroische Kur an Papa Mehlborn vollbracht und zum
Lohn dafür das Erbe der unartigen Enkelkinder in Aus=
sicht gestellt erhalten habe. Mit ergötzlicher Laune schil=

derte sie nunmehr, wie sie die günstige Konjunktur benutzt, um sich, in Verbindung mit Traum- und Weingeistern, rasch in des alten, mürbe gewordenen Eisenmannes Gemüth und Hause festzusetzen und mit welchen Engels- und Teufelskünsten sie gesonnen sei, ihre Position zu behaupten.

„Greise sollen wie Kinder behandelt werden," sagte sie. „Mein altes Kind wird sich nicht über sein pflegendes Mütterchen zu beklagen haben; er darf aber niemals aufhören, sich vom Würgengel bedroht zu wähnen und niemals bezweifeln, daß er sieht, was zu sehen er sich und Anderen vorspiegelt."

Sie waren der Fähre nahegekommen, als Sidonie, ihren Arm aus dem des Begleiters ziehend, mit folgender Wendung abschloß:

„So, nun stehen wir. will es Gott, für das Leben klar und fest uns zur Seite; und mir erübrigt nur noch der Glückwunsch zu Ihrer Verlobung, Freund. Ein redlicher Wunsch, aber leider nur ein Wunsch, denn die Zuversicht Ihres Eheglückes habe ich nicht. Brummen Sie doch nicht so unwillig in Ihren kürzlich gesproßten Bart, Kandidat! Als ob ich die Zärtlichkeit ihrer gegenseitigen Gefühle bezweifelte, oder mir anmaßte, irgend etwas von irgend einer erotischen Gefühlsspecies zu verstehen und mich nicht gern belehren ließe, daß eine Gewohnheitsneigung, „aus der Boje" herausgewachsen, sich zu einer dergleichen Spielart entwickeln könne. Das aber weiß ich, daß zum Dauerglück in der Ehe, will sagen einer Ehe, die nicht blos auf die gemeine Plattheit hinausläuft, mehr gehört als irgend eine Spielart der Liebe. Denke ich an den kurzen Wonnetraum von Max und Lydia zurück, wie er, doch wahrlich einer reellen, raschen Herzensgluth entspringend, dennoch beim ersten Anstoß in Groll und Zwietracht zerstob, halte ich dagegen die in Kampf und Noth unerschütterliche Befriedigung der auf keinen lebhafteren Pulsschlag gegründeten zweiten Ehe meiner Mutter, so sage ich: Kontraste reizen; die Harmonie der Treue erwächst aus verwandten Elementen. Auf die gleiche Sehweite kommt es nicht an, aber auf die gleiche Sehlinie kommt es an. Was aber versteht Liebchen Rose von des Chaldäers Sternenziel? Was der lichtsuchende Chaldäer von seines Rosenliebchens Erdenlust? Falter und Rose, Märchen und Röschen, Freund, wären Sie nicht bis über die Ohren vernarrt, Sie nennten den Einfall meines alten, neuen Herrn schlechthin luminös. Sie aber, Sternengucker, trösteten sich, müßten sich trösten, würden sich trösten, nicht etwa mit der kleinen Sibi, die Ihnen außer etwelchen Rittergütern nichts als einen hellen Kopf auf einem ungleichen Schulterstück als Mahlschatz zubringen würde, sondern mit der zum Himmel strebenden, hehren Lilienblüthe, die ohne Sie einsam im Mondschein des Klostergartens verduften würde."

Decimus prallte schier entsetzt einen Schritt zurück; sein ganzes Wesen protestirte gegen diese wenn auch nur scherzhaft gemeinte Weissagung. Ließ der kleine Kobold an seiner Seite ihn aber nur zu Worte kommen?

Lachte er nicht so ausgelassen wie blos Kobolde einem verblüfften Menschenkinde in das Gesicht zu lachen im Stande sind? Und schmetterte er dann nicht mit seiner metallhellen Stimme, sein musikalisches Capriccio unerschütterlich zu Ende?

„Aber so fahren Sie doch nicht gleich aus der Haut, Kandidat, wenn ein alter, ehrlicher Kamerad Sie besser kennt als Sie sich selbst; hören Sie doch ruhig erst den natürlichen Folgesatz: Lieben Sie Ihr Röschen, so zärtlich Sie es fertig bringen, heirathen Sie es meinetwegen auch: das weiße Fräulein war, ist und bleibt bei alledem Ihr Ideal. Indessen nur getrost. Sagte ich Ihnen bei einer anderen Gelegenheit: ein gesunder Magen und ein gesunder Kopf vertragen vielerlei, so sage ich Ihnen bei der heutigen: ein gesundes Herz verträgt noch mehr, ja sogar mehr zu gleicher Zeit. Eine Wiegenliebe wie die zu Ihrer Rose, eine verständige Freundschaft wie die zu der kleinen Sidi und ein hehres Traumbild wie das der Schwanenjungfrau, Sie haben Platz für alle drei und bleiben ungestört und unbeschwert, möglicher Weise sogar als Ehemann, unser mustergültiges Johanniskind.“

Damit schüttelte sie ihm herzhaft die Hand und schlug dann lachend, so rasch sie vermochte, den Rückweg ein. Der ungalante Korbverleiher dachte nicht daran, ihr das Geleit zu geben.

Decimus, du Held des Glücks, sie nennen dich eine redliche Haut und preisen dich ob deines ruhigen Bluts; das große Wort Liebe ist dir niemals allzu geläufig gewesen, sogar nicht gegen deinen besten Freund, und der bist auch du am Ende doch wohl selbst; deine Phantasie hat selten mit Amoretten gegaukelt und zum Heroismus der Leidenschaft zum Weibe hast du bis dato keinen Drang gefühlt; so lange du von deinem Leben weißt, hast du den Zug zu der holden Schwesterblüthe gespürt wie dein natürlichstes Recht, und seit du dich als Mann fühlst, wie deine natürlichste Pflicht; was du von Hangen und Bangen empfunden, das hangte und bangte nach ihr. Und da kommt nun ein Menschenkind, lebenskundig und wahrheitsmuthig, wie du kein zweites kennst, nennt sich deinen braven Kameraden und sagt dir auf den Kopf zu, daß deine Liebe gar nicht die ächte, rechte Liebe sei; daß du, — schäme dich, Decimus! — ein leibhaftiger Don Juan, noch ehe du ein Bräutigam geworden, ein zweites und drittes Verhältniß angebandelt habest, und am Ende kommen noch ein halbes Dutzend hinterdrein, denn wo ist bei solcher Anlage ein Aufhören abzusehen? Zum allerärgsten aber hat dieses kluge Menschenkind sich darauf gesteift, daß du ein Traumbild umkreisest, nicht blos in der Phantasie, wo es hingehört, und, dir wenigstens, nicht schaden kann, sondern als leibhaftiger Mann ein leibhaftiges Weib, als sein prädestinirtes anderes Ich!

Aber so habe dich doch nicht wie ein Narr, Kandidat. Denke doch an deine erste Sonntagspredigt! Du schreist dich ja heiser mit deinem „hol über, hol über!" Hat der alte Veit sich bereits auf das Ohr gelegt, so erweckt ihn nicht die Posaune des jüngsten

Gerichts. Du nimmst dann den Weg über die Brücke und läufst dir den Wirrwarr von Liebesgedanken aus dem Hirn. Welchem Menschen, der sich gesunder fünf Sinne erfreut, fällt es ein, bei Seuchenzeiten, in rauher Novemberluft durch den Fluß zu schwimmen, um nichts und wieder nichts als eine halbe Stunde früher bei d er zu sein, die er wirklich liebt? Und sieh, da kommt ja auch schon der alte Veit, sein gelassen, in deinem eigenen, bedächtigen Hirtenschritt, in welchem ein Mensch sein Ziel am zuverlässigsten erreicht. Und nun bist du jenseit, und wenn du auch wie ein Wetter durch die Dorf= gasse fegst, du hast bis zur Pfarre hinlänglich Weile, dir zu überlegen, ob ein Ideal in Wahrheit ein so gefährliches Wesen sei, wie man dir hat einreden wol= len, ein Wesen, das dich in deiner Herzenstreue beirren könnte?

Und siehst du wohl, ehe du noch den Gottesacker erreichst, da bist du schon wieder der alte Decem aller Tage, ja wahrhaftig, du lachst! Was versteht solch ein armes, verkümmertes Wesen, das keinen Näheren als einen Bruder lieben darf und will, von eines Jüng= lings Rosenwonne? Was versteht die kleine Sidi, mit ihrem altklugen Kopf und vorwitzigen Mund von einem Traumbild der Seele? sind die hohen Himmelslichter dort oben nicht auch deine Traumbilder gewesen und würdest du sie als Ideale gehegt haben, wenn du sie mit deinen Armen umspannen konntest wie die blühende Erde, in welcher dein Dasein wurzelte? Sei und bleibe dein weißes Fräulein dir ein Ideal und eine

Seelenschwester für das Leben; die, nach welcher deine Pulse schlagen, das ist „die liebliche, geliebte Eine, die Jugend dir und Jugenddrang verbunden", das ist dein Blumenkind, deine Rose!

Sie lag noch so still, antheillos und doch ruhelos, wie er sie verlassen hatte. In dieser Nacht aber hätte keiner bei ihr Wache halten dürfen als er allein. Er setzte sich auf den Bettrand, schlang den einen Arm um ihren Hals und umspannte mit der anderen Hand die beiden welken, kühlen Kinderhände. Und wie er so eine Weile gesessen hatte, ihr Köpfchen an seiner Brust, da war es, als ob ein Strom von seinem fluthenden Leben in das ebbende hinüberwogte. Sie schlug einen Augenblick lächelnd wie sonst die Lider zu ihm in die Höhe, dann fielen sie ihr zu und sie schlummerte ein. Die heißersehnte Schlummerruhe, Genesungsruhe! Er neigte die Lippen auf die wirren Locken über ihrer Stirn, — der erste Bräutigamskuß! Er sog ihren Odem ein, den göttlichen Lebenshauch! Er hätte das Klopfen seiner Pulse hemmen mögen, um sie nicht zu erwecken und doch laut jubeln aus voller Brust: „Dich liebe ich, dich ganz allein!"

Doctor Brand fand Rosen am anderen Morgen noch schlummernd; aber es war nicht die erquickende Ruhe der Genesung, es war die betäubende der Erschöpfung. Fast schien es, als ob die Schlummernde, ohne wieder zu erwachen, in den ewigen Schlaf hinüber gleiten werde, so matt schlug der Puls, so kaum hörbar schlichen die Züge des Athems. Wohl oder übel mußte der alte Dogmatiker der Diagnose des jungen Exaktikers zustimmen; der Blutverlust war stärker gewesen als er angenommen und nicht seelische Ueberwältigung hielt den Körper im Bann, sondern körperliche Erschlaffung die Seele. In welcher Weise aber den Verlust ersetzen, da das liebe Kind die geringste Nahrung verschmähte, der Schlaf statt zu stärken abspannte und kein Heilmittel anschlug? Der alte Herr war am Ende mit seinem Latein, und wie in derartigen kritischen Fällen, wo eben kein Rath mehr zu geben ist, auch ein braver Medikus zu der Auskunft gelangen kann, den Patienten aus seinem Gesichtsfelde zu verweisen, z. B. an die Homöopathie, über welche — bei unkritischen Fällen — kein Sarkasmus beißend genug im Sprachschatze einen Ausdruck findet; oder in ein entlegenes Bad, dessen Heilkräfte allerdings innerhalb der eigenen Praxis nicht erprobt worden sind, wo aber, falls sie sich an dem Patienten bewähren, die Genesung dem kundigen Berather zu gute geschrieben wird, falls sie sich dagegen nicht bewähren, ein Kurverstoß, Diätfehler, Erkältung und so weiter, die Schuld zu tragen hat, im allerschlimmsten Falle jedoch der Patient wenigstens nicht unter des Beraters Augen die seinigen schließt, — desselbigen gleichen wollte auch Doctor Brand, obschon er skeptisch die Achseln zuckte, gegen das heroische Korrektiv seines neubacknen Kollegen nicht länger Widerspruch erheben.

Das Korrektiv, in einem Familienrathe, dem auch

Lydia beiwohnte, dargelegt, hieß: Transfusion fremden Bluts. Kein neues Mittel, allein selten angewendet. Peter Kurze selbst hatte die Operation nur ein einziges Mal von dem Meister, „zu dessen Füßen er gesessen," — eine von den wenigen euphemistischen Redensarten, deren Peter Kurze sich bediente, — vollziehen sehen, aber mit glorreichem Erfolg. Er nannte sie, natur- und vernunftgemäß, den direktesten Erneuerungsproceß und würde ihm die weiteste Verbreitung in Aussicht zu stellen gewagt haben, in sofern sich die Schwierigkeit überwinden ließe, für jedes blutarme, oder blutkranke Individuum ein blutreich gesundes aufzufinden, das sich zur Theilung seines werthvollsten Lebensstoffes entschlösse. Denn von dem Lebensstoff als Lebensmittel höchst werthvoller Vierfüßler wollte der materialistische Doctor nichts wissen; der Mensch sei zwar auch eine warmblütige Bestie, aber eine Bestie, die durch Vermittlung ihres specifischen warmen Blutes denkt. Hypothese zwar noch vor der Hand, aber keineswegs eine irrationelle: mit Hülfe frischen Lebenssaftes sei sogar ein Greisenleben wieder jung zu machen!

Der Vortrag mit Begeisterung zu Gehör gebracht, wurde nicht ohne Begeisterung aufgenommen. In Vater Blümel dämmerte die Erwähnung des Verfahrens bei einem seiner alten Heiden, deren Heilverständniß er von den Neueren selten übertroffen achtete; Lydia sah in dem Act ein symbolisches Opfer, das ihrem innersten Sinne entsprach; Decimus aber stimmte voll beseligender Hoffnung zu. Aus wessen Adern als den seinen hätte der lebenspendende Quell in die der Geliebten denn geleitet werden dürfen?

Noch in der Nacht dampfte Peter Kurze nach der Universitätsstadt, um, — des ängstlich schwachen Papa Blümel mehr als überflüssige conditio sine qua non! — von dem Meister, zu dessen Füßen Peter Kurze gesessen, ein Zeugniß einzuholen ad eins: über die Zulässigkeit der seltsamen Spende für die bedürftige kranke Tochter und ihre Ungefährlichkeit für den verleihenden gesunden Sohn. Ad zwei: — Superlativ aller Ueberflüssigkeit! — über Doctor Peter Kurzens Befähigung für die betreffende Operation.

Schon am anderen Mittag kehrte er mit einer Siegermiene zurück. Er brachte schwarz auf weiß die absolute Erledigung aller überflüssigen Bedenken vornehmlich des ad zwei; brachte den erforderlichen Apparat und sogar zwei junge Kollegen, welche des Meisterstücks Zeuge zu werden ein wissenschaftliches Verlangen trugen. Er hätte unverweilt zum Angriff schreiten mögen; da aber in Rosens Zustand verschlimmernde Symptome sich nicht geäußert hatten, und die Hoffnung nicht aufgegeben werden durfte, auch ohne das Wagniß eine Besserung eintreten zu sehen, wurde auf Vater Blümels Verlangen die Operation auf Sonntag Nachmittag verschoben. Es war der des ersten Advent und des Sohnes erste Predigt eine weihevolle Vorbereitung zu der lebenspendenden That.

Das Gotteshaus war am Sonntag Morgen dicht gefüllt, selbst die Untergemeinde durch ihre gesunden

Insassen männiglich vertreten, Noth lehrt ja beten und die quasi Probepredigt eines Pfarramtskandidaten lockt auch in Drangsalszeiten an, zumal wenn der Prediger der Sohn des Gemeindehirten ist. Lydia saß im Herren-stuhl und sogar des Professor Zacharias wahlverwandte Stieftochter hatte ihrem Kameraden zu Ehren die Scheu vor Kirchenluft überwunden. Als während des Morgen-liedes: „Auf, ermuntere dich, mein Geist," der Kan-didat mitten aus den Frauenreihen heraus der kleinen Sidi hohen, hellen Diskant unterschied, hätte der kräf-tige Zuruf seinen Geist wohl ermuntern können, falls er bänglich bedrückt gewesen wäre.

Aber Decimus war zu tief bewegt, um bänglich be-drückt zu sein. Hatten Muße wie Stimmung zur Vor-bereitung ihm auch gefehlt, nach einer Woche wie seiner letzterlebten und über einen Episteltext wie den des dreizehnten Kapitels des Römerbriefes, da läßt sich frei aus dem Herzen heraus am allererwecklichsten reden. War seine ganze Seele doch voll von dem Einen: „Die Liebe ist des Gesetzes Erfüllung," und von dem ande-ren: „Die Stunde ist da, aufzustehen vom Schlaf." Ja, hätte er auch nichts über die Lippen gebracht als das Gebet für seine Mutter, die einzige der Ober-gemeinde, die in dieser Woche heimgegangen war, dies Gebet würde mehr Thränen haben fließen lassen als der kunstfertigste Redebau.

Beide denn auch mit Thränen in den Augen stießen Lydia und Sidonie unter der Kirchpforte aufeinander, zum ersten Male seit ihrem harschen Bruch. Sie reichten

sich schweigend die Hände und lebten fortan nebeneinander, wenn auch nicht wie Schwestern, aber doch als
so gute Basen, wie es einer Tochter Joachim von
Hartensteins und einer Zöglingin der alten Harfenkönigin gegeben sein konnte. Das strittige Erbobjekt
war durch Sidoniens dauernde Uebersiedlung in ihres
Großvaters Haus erledigt und auch Lydia hatte in ihrer
nächsten Umgebung eine Aufgabe gefunden, die sie an
auswärtigen Samariterdienst vor der Hand nicht denken ließ.

Die Sonne stand am Himmel so hoch und so leuchtend wie sie am ersten Advent zu steigen und zu leuchten
vermag, als man sich im Pfarrhause zu der That be-
reitete, vor welcher das Herz des rüstigen Unternehmers
stärker als in seiner bisherigen Praxis, ja als in seinem ganzen bisherigen Leben pochte. Der Wagehals
spielte mit seinem „direkten Erneuerungsproceß" hinsichtlich seines ärztlichen Renommées schlechthin va banque,
für seine Heimath mindestens. Das Verfahren war
unerlebt und unerhört, in siebenfache mystische Dunstschleier gehüllt. Blut ist eben ein ganz besonderer Saft;
es darf, nein, es muß vergossen werden im Kriege,
von der Justiz, auch durch die Chirurgie. Die Zahl
der Werben'schen Gemeindeglieder, zumal weiblichen Geschlechts, war nicht gering, die ohne gelegentliche Ab-
zapfung mittelst Schröpfköpfen oder Lanzette, ihr Leben
bedroht erachtet haben würde; aber den abgezapften
Stoff, anstatt ihn in die Gosse zu schütten, einem
Nebenmenschen in den Leib zu filtriren, das schien ein

Frevel wider die Natur, wenn nicht gar gegen den heiligen Geist, und scheu von der Seite, schier wie ein Schwarzkünstler wurde der allbekannte Lustigmacher des Pfarrhauses angesehen, als er sich vermaß mit der geheimnißvollsten menschlichen Flüssigkeit wie mit einem Apothekersäftchen umzuspringen; dahingegen sein stillvergnügter Kumpan, der Hirtendecem, bis dato immer noch ein bischen über die Achsel angesehen, gleich einem Opferlamm mit weheleidigen Blicken betrachtet ward. Hätte ihn während der Operation etwa der Schlag gerührt, seine braven Werben'schen Landsleute würden einen neuen Märthrer in ihren Kalender aufgenommen haben.

Weder Neugierde noch Theilnahme sind vorherrschende Bauerneigenschaften, da diese außerordentliche Begebenheit aber einmal direkt durch den Emeritus Beyfuß, indirekt durch dessen vertraute Freundin, die litthauische Lene, ruchbar geworden war, zogen Theilnehmende und Neugierige herbei, des verwogenen Bluthandels in der Pfarre Zeuge zu werden, und hatte die alte Lene ihre liebe Noth den Zudrang der Nachbarn und Einwohner im Vorgärtchen festzuhalten, während oben im Flur Freund Beyfuß, die Kantoren beider Gemeinden, der Amtsbruder von Bielitz nebst Sidonien, die ja kein Blut sehen konnte, mit gespanntem Athem nach dem Resultat im Krankenzimmer lauschten.

Dahinein waren dem Doctor Brand zwei wissensdurstige städtische Kollegen gefolgt, im Verein mit den

beiden, welche Doctor Peter Kurze aus der Universi=
tätsstadt herbeigeführt hatte, ein Fünfgericht, und wahr=
lich kein milde gestimmtes, vor welchem ein junger Prak=
tikus sich, sei es als Koriphäe der Zukunft, sei es als
Charlatan zu erweisen hatte. Der junge Praktikus be=
zweifelte nicht entfernt das Natur= und Vernunftgemäße
der Operation an sich; er bezweifelte eben so wenig,
daß ohne dieselbe die Patientin ihrer Erschöpfung er=
legen sein würde. Erlag sie derselben trotz der Ope=
ration, so hieß er ihr Mörder und — Doctor Faust,
suche dir eine Klientel unter den Wasserpolaken oder
den Antipoden!

An eine Stuhllehne geklammert, stand im Hinter=
grunde der alte Vater zitternd und bleich. Sein liebes
Kind, sein jetzt, ach! so weißes Röschen, saß aufge=
richtet, von Lydias Armen umschlungen, im Bett; das
matte Köpfchen an der Freundin Brust gelehnt, ließ
sie antheillos, wenn nicht bewußtlos das Erforderliche
mit sich geschehen. Lydia's Blicke hingen unverwendet
an denen des Freundes, als ob sie dringen wollten in
den innersten Grund, dem der lebenspendende Quell
entsprang. Er hatte ruhig seinen Arm entblößt und
mit einer wollüstigen Empfindung die rothen Tropfen
aus seiner Schlagader strömen sehen. Als nun aber
auch der Geliebten die Pforte, durch die das Leben
einziehen sollte, geöffnet ward, da erblaßte er, erbebte
und minutenlang, daß kein Hauch im Zimmer rege
ward, lag vor seinen Augen ein schwarzer Flor.

Aber der Schleier fiel; ein Schein wie vom Morgen=

roth flog über das weiße Blüthengesicht; die Lider weit geöffnet, schauten die Augen fragend und halb lächelnd im Kreise umher. Der Greis lag mit emporgehobenen Händen auf seinen Knien; Jairi Töchterlein war lebendig geworden! dem Verlobten war es, als hätte sich eine Ehe vollzogen.

Ein Moment heiliger Stille, aber nur ein Moment! Der sieghafte Praktikant winkte mit der Hoheit eines Souverains die gelehrte und bewegte Versammlung aus dem Krankenzimmer, das während der Stunden eines erhofften, herstellenden Schlummers nur von ihm selbst und der unschädlichen litthauischen Lene betreten werden durfte. Kein Laut der Freude, der Frage, nicht einmal ein Lobspruch des genialen Wunderdoctors durfte in dem Gehörfelde der Patientin geäußert werden. Unten aber im geistlichen Gemach, da brach der Jubel aus und war der Kandidat, als er vor drei Monaten im Ahnensaale der Werben das Ei des Kolumbus zum Stehen brachte, ob seines Blicks und seiner Rede wie ein Genie gepriesen worden, so wurde er heute gefeiert, als hätte er ein Heldenopfer vollbracht.

„Edler Freund!" stand in Lydia's strahlenden Augen geschrieben.

„Tapferer Kamerad!" schmetterte die kleine Siti mit einem starken Händedruck.

Der Greis aber zog ihn an sein Herz und stammelte unter Thränen:

„In dieser Stunde, mein Sohn, hast du der fremden Frau die Liebe einer Mutter heimgezahlt!"

Ein Paar Unzen überschüssiges Blut für mehr als zwanzigjährige Muttertreue! Ach, wie oft sind es doch so leicht erkaufte Erfolge, die am höchsten angerechnet und am reichsten gelohnt werden! Die wahren Opfer werden im Verborgenen gebracht und keiner zählt sie und keiner zahlt sie heim.

„Ein Glückspilz bist du und ein Glückspilz bleibst du, alter Decem! Wer sich mit dir einläßt, hat gewonnen Spiel!" sagte mit einem Luftsprung Peter Kurze, und nach des Glückspilzes Dafürhalten hatte Peter Kurze den Nagel wieder einmal auf den Kopf getroffen.

Die geliebte Rose erholte sich wie durch ein Wunder; Leib und Seele wachten auf gleichzeitig zu Lebenslust und Todestrauer. Nun erst ward sie das Fehlen der Mutter gewahr, nun erst flossen ihre Thränen und dämmerte das Ahnen, daß in einer kurzen Spanne sie völlig eine Waise sein werde. Denn der erste Todesschmerz, und wenn der Verlust längst überwunden wäre, die sorglose Zuversicht zu dem Leben hat er für allezeit ausgelöscht. Die Tochter wußte was der hinfällige Greisenleib bedeute und sie hatte von Kind auf dem Vater stärker als der Mutter angehangen. Ihre Züge trugen seitdem ein vertieftes, herzrührendes Gepräge; Decimus fand sie reizender denn je; Vater Blümel aber, der Blumist, sah in ihr nicht mehr die zum Entfalten reife Centifolienknospe, des Gartens köstlichste Zier, und Gottlob! auch nicht mehr die weiße Rose mit dem lichtgelben Kelch, die wir symbolisch auf unsere

Gräber pflanzen, er verglich sie jener lieblichen Gattung, welche „erröthende Jungfrau" genannt wird, weil nur ein verschämtes Glühen aus der Tiefe heraus die zarte Hülle durchschimmert. Da er diesen Wandel aber vornehmlich inne ward, wenn er die Tochter in der Nähe ihres Verlobten sah, erfüllte sie ihn mit inniger Freude.

Der Vater hatte nicht wie seine Gattin auf eine Vereinigung der beiden Kinder gerechnet und sie auch kaum gewünscht. Er hielt geschwisterliche Gewöhnung weder für den Grund, aus welchem bräutliches Verlangen, noch für den, aus welchem die Würde der Ehe erwächst. Wohl war ihm des Sohnes zärtlicheres Bezeigen seit seinen Jünglingsjahren nicht entgangen. Röschen aber, sein Spätling, war über die gewöhnliche Grenze hinaus ein Kind geblieben und ihre unverändert neckende Vertraulichkeit deutete nicht auf einen wärmeren Herzschlag. Er verlängerte daher geflissentlich des Sohnes Entfernung vom Hause, bis die Vernunft, oder vielleicht eine andere Neigung das reine brüderliche Verhältniß zu seiner Tochter hergestellt haben würde. Nun jedoch, da sie unter dem Schatten des Todes seine Braut geworden war, da sie dem Liebenden ein neues Leben zu danken hatte, ahnete er in der erröthenden Mädchenblüthe das heimliche Erwachen des Weibes und seine letzte Erdensorge ward mit dieser Wahrnehmung gescheucht: denn ist der Liebesschutz eines Gatten nicht allemal erfüllender als der der treuesten Brüderlichkeit?

Fast in gleichem Verhältniß wie die Kranke im

Pfarrhause sich erholte, erlosch die Seuche in der Auen=
gegend und da nach solchem Abschluß ein besonders
günstiger Gesundheitszustand einzutreten pflegt, schloß
gegen die Weihnachtszeit hin auch Peter Kurzens erster
Wettlauf in der ärztlichen Arena ab. Er schied nicht
ganz leichten Herzens, aber mit dem Nimbus eines
Doctor Eisenbart. Seine Erfolge hatten in der
Nachbarschaft Aufsehen gemacht und er selber weis=
lich dafür Sorge getragen, daß sein Licht auch für
weitere Kreise nicht unter dem Scheffel leuchte. Weit
über die heimische Provinz hinaus stand in wissenschaft=
lichen Blättern und unterhaltenden Blättchen zu lesen,
von dem plötzlichen Halt der Werbener Epidemie in
Folge des energischen Eingriffs und der rationellen
Behandlungsweise eines freiwillig zur Hülfe geeilten,
jungen Arztes so und so. Auch die wunderartige
Rettung eines halb schon erstorbenen jungen Mädchens
durch die bisher selten gewagte Uebertragung fremden,
kräftigen Blutes, wurde an dieser Stelle in fachgemäß
wissenschaftlicher Beleuchtung, an jener Stelle in herz=
rührend populairer dargestellt. Auf diese wirksamen
Empfehlungen hin fühlte Doctor Peter Kurze sich
befugt, sich in der Universitätsstadt, „dem geistigen
Centrum der Provinz," zunächst zwar nur als Praktiker
niederzulassen, unter günstigen Conjuncturen sich aber
auch als Docent daselbst zu habilitiren. Sattelfest auf
jeglichem ärztlichen Flügelroß oder Gaul, leuchtete ihm
die so glorreich erprobte Blutmethode als demnächst zu
kultivirendes Steckenpferd verheißungsvoll vor. Er

fühlte sich als gemachten Mann, als selbstgemachten
Mann, als den eigenen Schöpfer seines Glücks.

Als gemachten Mann aber auch noch in einem
zarteren Sinne als dem medicinisch chirurgischen. Eigen-
thümlicher Rapport mit seinem zweiten Freund: von
nicht weniger als drei Huldgestalten umschwebt, und
just den nämlichen wie jener skrupulöse Freund, sagte
— aber ohne jeglichen Skrupel, — Doctor Peter Kurze
der Heimathsaue Lebewohl! Nummero Eins: die alte
Flamme, für das Herz; Nummero Zwei: ein weibliches Ideal, für die Phantasie; unschätzbare Schätze
eine jede in ihrer Art. Aber ein gesetzter Mann,
denkt, wenn er liebt, an Hüttenbauen und zum Hüttenbauen eines doch immer noch lediglich von der Hoffnung
zehrenden Doctors der Medicin war, aus Brodschranks-
wie anderen Gründen, weder Flamme noch Ideal leider
angethan. Dahingegen die Dritte, keine Huldgestalt
in rationellem Sinn, aber gescheut, pikant, interessant,
als demnächstige Erbin diverser Rittergüter, zum Hüttenbauen für einen dergleichen Doctor expreß geschaffen
schien. Ueber seinen Erfolg hegte er nicht den geringsten Zweifel. Fräulein Sidonie hatte sich in Gelehrten-
kreisen bewegt, mußte daher eine aufgehende Leuchte
der Wissenschaft von einem Dreierlicht zu unterscheiden.
Fräulein Sidonie trug einen altadeligen Namen, besaß
aber hinlänglich Ingenium, um über verrottete Vorurtheile erhaben zu sein, oder mindestens um Vorurtheil
gegen Vorurtheil mathematisch abzumessen, und einzusehen, daß ein ungleicher Schulterbau am Ende eine

Freiherrnkrone und diverse Rittergüter aufwiegt. „Transfusion und Sidonie von Hartenstein!" mit diesem Feld-
geschrei rückte Doctor Peter Kurze in die Arena des
geistigen Centrums seiner Heimathsprovinz ein.

Im Frühling wurde es ein halbes Jahrhundert,
daß Konstantin Blümel sein erstes theologisches Examen
abgelegt hatte. Bis zu diesem Jubiläum, falls er
dasselbe erlebte, gedachte er sein Amt dem Namen nach
beizubehalten, dann sollte der Sohn an seine Stelle
treten. Den Sohn drängte es nach diesem Abschluß.
Nicht sowohl in seiner Kandidateneigenschaft als in der
des Bräutigams, dem das Amt eine nicht mehr blos
mit Freuden, sondern mit Bangen ersehnte Erfüllung
bringen mußte.

Denn seltsam! die Rosenwandlung, welche dem
Vater so befriedigend erschien, sie erschien dem Verlobten je mehr und mehr befremdlich und wenn der
völlige Besitz die Wandlung nicht rückläufig machte, so
hätte er schier verzweifeln müssen. Die erröthende
Jungfrau, ach! war sein liebes Röschen nicht mehr!
Nicht, daß sie sich unschwesterlich gegen ihn bezeigt hätte;
im Gegentheil, nur allzuschwesterlich, ja im Grunde
erst jetzt schwesterlich, da bisher doch immer mit dem
schelmischen Uebermuthe eines Hätschelkindes zu rechnen
gewesen war. Nun zeigte sie ihm den Antheil einer
mehr Verpflichteten als Berechtigten, sorgte für ihn
mit nahezu dem Eifer ihrer seligen Mutter, ging ernsthaft wie eine Freundin auf seine Bestrebungen ein,

nannte ihn, Thränen in den Augen, ihren Lebensretter; aber sie neckte ihn nicht mehr, widersprach ihm nicht mehr, umtändelte ihn nicht mehr wie sonst, und wo war die Liebende, die hoffende Braut? Hatte sie sich bisher hüpfend an seinen Arm gehängt, sich die Händchen streicheln lassen, Wangen und Stirn ihm zum Kuß gereicht, nun ging sie ehrbarlich an seiner Seite, entzog ihm die Hand, entwand sich den Armen, die sie verlangend umfingen, und ach! von sich küssen lassen durfte gar nicht mehr die Rede sein.

Anfänglich ehrte Decimus diese Zurückhaltung als ein geziemendes Traueropfer, oder er dachte wohl auch: sie hat dem Tode in das Auge gesehen und muß erst wieder leben lernen; bemerkte er aber, wie sie in Gegenwart Dritter zu all ihrer früheren Munterkeit zurückkehrte, hörte er die Scherzreden, die sie mit der kleinen Sidi wechselte, überlas er die je mehr und mehr sich wieder freudig stimmenden Briefe, die sie an die Schwestern, an Philipp, Peter Kurzen und sogar Freund Martin schrieb, dann mußte er sich sagen, daß eine natürliche, wenn auch noch so leidvolle Erfahrung das Grundwesen eines Menschen auf die Dauer nicht umwandele und daß das heitere Blumenkind einzig und allein gegen ihn verändert sei. Sollte das in Wahrheit der Umschlag geschwisterlicher in bräutliche Liebe sein?

Die Cousinen Hartenstein trafen sich allabendlich in der Pfarre und niemals kamen sie, ohne dem Greise irgend eine Erquickung mitzubringen; die eine eine schöne Blume oder Frucht; die andere von dem guten Wein, der sich an Papa Mehlborn dauernd als Specifikum bewährte. Lydia und der Vater unterredeten sich dann erbaulich mit einander, während Sidonie in der Nebenstube auf dem klangvollen Flügel der Harfenkönigin musicirte. Zwar hatte sie ihren eigenen nicht minder klangvollen sich aus der Schweiz nachschicken lassen; was aber ein richtiger Musikant ist, verlangt nach dem Anklang in einem Menschenohr und weder das von Papa Mehlborn noch von Muhme Timpel waren akustisch auf ein Echo angelegt. Auch Decimus leistete seinen kräftigen Baß und Röschen trillerte wie ein junger Pirol, wenn es, der Trauerzeit entsprechend, auch nur seriöse Weisen waren, die zum Vortrag kamen.

Nach dem geistlichen Koncert wurde gelesen. Sidonie, die weitaus am reichsten Gebildete des jugendlichen Kreises und mit allem Trefflichen wohl versehen, hatte das Buch des Tages, den Kosmos, in das Haus gestiftet. Ihr Kamerad trug vor, erläuterte und schwelgte dabei in seinem eigensten Element; der Greis übersetzte, nach seiner Art, die wahrnehmbare Welt symbolisch in die des ahnenden Gemüths; Lydia, die Hände im Schooß, sog mit großen Augen und der Begierde eines dürstenden Kindes ungekannte Lebensstoffe ein; Sidonie nickte verständnißvoll, während die Hände wie auf einer Klaviatur sich dehnten und drückten, Rose aber lächelnd mit den zierlichen Fingern Läppchen und Fädchen zu Blättern und Blumen zusammendrehte, und nur mit halbem Ohr auf die Wunder der Welterscheinung lauschte, von denen sie sogar nur wenige mit ganzen Augen betrachtet haben würde. Wenn Peter Kurze Zeuge dieser abendlichen Unterhaltungen gewesen wäre, was er indessen nicht ward, — möglicher Weise weil ein gewisser Korb ihn beschwerte, wahrscheinlicherer Weise, weil er bereits anderweitigen Spuren folgte, — angenommen aber, daß Peter Kurze den Lektor so inmitten der drei ungleichartigen Hörerinnen, die sich gleicherweise seine Freundinnen nannten, hätte sitzen sehen, würde er ihn dem Hahn im Korbe, oder edler ausgedrückt, der Perle im Golde verglichen, ein Uneingeweihter aber eine Braut unter den Freundinnen schwerlich vermuthet haben.

Zwei von ihnen führte der Freund dann regelmäßig im winterlichen Abenddunkel nach ihren Heimwesen zurück; Lydia bis an das Schloß, Sidonie die Terrassen hinab, zum Gute hinüber; kehrte er aber dann beflügelten Schrittes, sehnsüchtig nach der Pfarre zurück, so hatte die, welche seine Braut hieß, sich bereits zur Ruhe gelegt und dem Vater ihren Gutenachtgruß aufgetragen. Seufzend setzte der Bräutigam, bevor er sich in der Kammer des Vaters auf sein Bett warf, sich an den Arbeitstisch, zerwühlte sich Hirn und Herz, aber die exegetische Abhandlung rückte nicht vor und die über die Sternschnuppen kam ihm gar nicht mehr in den Sinn.

So war es denn ein wunderliches Wesen, das in dem stillen Pfarrhause sich umtrieb; aber froh und reich verlief unter demselben dem Greise der Winter, den er mit ungetrübter Klarheit seinen letzten nannte, ja geflissentlich so nannte, um die Kinder mit seinem Heimgange vertraut zu machen. Seine Köperkräfte schwanden sichtbar, aber die des Geistes und selber die der Sinne blieben rege. Schlummerte er auch oftmals ein, beim Erwachen fühlte er sich aufgefrischt zum Geben und Empfangen. Sein Trachten ging dahin, den friedlichen Zustand, in welchem er schied, ohne Unterbrechung für seine Lieben zu befestigen.

An einem Nachmittage bald nach Neujahr, als er mit dem Sohne zum Zweck von dessen Sonntagspredigt das Evangelium von der Hochzeit von Kanaan mit der herrlichen Epistelperikope des zwölften Römerbriefes erläuternd zusammengestellt hatte, winkte er auch die Tochter an seine Seite, und indem er beider Hände in die seinen nahm, sagte er ohne weitere Einleitung:

„Und warm im Herzen von dieser öffentlich verkündeten apostolischen Vorschrift, die für den priesterlichen Stand wie für den ehelichen eine goldene Regel ist, verlies dann mein Sohn das gesetzliche Aufgebot und erflehe Gottes Segen zu deiner Verbindung mit meinem lieben Kind.“

Beide Verlobte stießen einen Schrei aus. Er der hellen Freude, sie des Erschreckens, ja schier des Entsetzens. Der Vater achtete weder des einen noch des anderen, sondern fuhr in seiner natürlichen Gelassenheit fort:

„Daß es mein Wunsch ist, als letzten Dienst in meinem Amt Eure Hände in einander zu legen, vielleicht noch eine kurze Spanne Eures Glückes Zeuge zu sein, dürfte gegen manche schwer wiegende Bedenken kaum in Betracht kommen. Aber indem ich Eure Vereinigung beschleunige, erleichtere ich Euch die Trennung von mir. Denn das ist ja eben der höchste Segen der Ehe, daß sie die Bürde des Lebens erleichtert, weil sie die Tragkraft verdoppelt. Indessen hat, neben der des Gemüths, noch eine zweite weltliche Erwägung diesen Entschluß in mir gereift. Stürbe ich, bevor Ihr Mann und Frau geworden, würde die friedliche Ordnung Eurer Gegenwart für längere Zeit unterbrochen. Es gäbe ein Rennen und Laufen, das in Trauertagen doppelt störend ist. Entweder müßtest du, Decimus, bis nach deiner Ordination die Pfarre verlassen und das Amt, das du im Wesentlichen verwaltest, einem Anderen anvertrauen; oder Rose müßte im ersten Herzeleid zu einer ihrer Schwestern übersiedeln, da Ihr über meinen Begräbnißtag hinaus nicht unter einem Dache leben dürftet."

„Und warum," rief Rose und schüttelte das Strudelköpfchen so unwirsch wie in ihren fröhlichsten Tagen, „warum, Väterchen, sollen Bruder und Schwester nicht wie bisher unter einem Dache leben dürfen?"

„Weil sie Bruder und Schwester nicht mehr sind, sondern Bräutigam und Braut, mein Kind," versetzte der Vater, „und weil jeder Mensch, aber ein Diener des Amts zumeist, sich den gemeingültigen Gesetzen der Sitte und Schicklichkeit zu fügen hat."

„Aber welchem vernünftigen Menschen fällt denn so

etwas, — so etwas Albernes ein?" eiferte Rose. „Und blos um der dummen Bauern willen sollen wir die Trauerzeit um unsere Mutter mit einem Feste unterbrechen?"

„Wir werden kein Fest feiern, mein Töchterchen. Ich lege in Gegenwart unserer lieben Abendgäste Eure Hände still in einander, und deine verklärte Mutter wird segnend im Geiste unter uns sein."

Der Vater sagte das wohl und sagte es mit Ueberzeugung. Im Herzensgrunde jedoch hatte der Vorwurf der Tochter Einlaß gefunden. Nicht daß er ihn bei sich selbst unerwogen gelassen, aber daß er ihn von ihr nicht erwartet hätte. Er blickte mit bewundernder Liebe auf sein zartsinniges, treues Kind und als er gar Thränen in seinen Augen gewahrte, sagte er, nach einer sinnenden Pause, mit jener Kindesunschuld, die sich bis zum Grabesrand in diesem seltenen Menschen der gereiftesten Weisheit verbunden hat:

„Wer sollte es nicht würdigen, wenn ein feiner weiblicher Sinn vor der höchsten Erfüllung bangt, so lange einem berechtigten Empfinden nicht sein Genügen ward? Kennen wir denn aber nicht unseren Decimus? Er wird in deiner kindlichen Treue eine Bürgschaft mehr für sein eigenes Glück gewahren und sich, auch als dein Gatte, mit der Liebe einer Schwester begnügen, so lange der Trauer um eine Mutter nicht ihr Recht geschehen ist."

Decimus legte schweigend seine Hand in die dargebotene des Greises. Er that es mit niedergeschlagenen

Augen, und wennschon er im Leben nicht selten mit verrätherischen Blutwogen zu schaffen gehabt hat, so über und über in Karmin getaucht wird sein ehrliches Gesicht schwerlich je zuvor oder je nachdem gewesen sein, aber auch sein Herz selten peinvoller geschlagen haben.

Rose hatte während des Vaters letzten Worten wie versteinert gesessen. Jählings überfiel sie ein Zittern; sie sprang auf, und die Hände vor das Gesicht geschlagen, floh sie aus dem Zimmer. Der Vater lächelte still vor sich hin. Dem Bräutigam lag eine Zentnerlast auf dem Herzen.

Zu seiner Erleichterung trat im nämlichen Augenblick der Emeritus Beyfuß ein, behufs einer amtlichen Anfrage, da er der Küsterpflicht nicht gleichzeitig mit der des Schulregenten entsagt hatte. Sein alter Herr theilte ihm die gefaßte Entschließung mit. Es lag ihm daran, seine Gemeinde über die Beweggründe des immerhin auffälligen Schrittes vorbereitend aufzuklären, und für derlei Vorbereitungen war der Ablatus Beyfuß just der rechte Mann. Mutter Hannah hatte ihn allezeit die wandelnde Glocke genannt.

Rose kehrte in das Zimmer erst zurück, nachdem die beiden Freundinnen eingetroffen waren; sie setzte sich in den Ofenwinkel und sprach an dem Abend kein Wort. Der Bräutigam stand ebenso schweigsam im Fensterbogen. Er starrte zum Himmel empor, an dem doch, so dick war der Nebel, kein einziges Sternchen zum Durchbruch kam. Der Vater theilte auch seinen lieben Abendgästen das Vorhaben mit, das seinem Leben einen beruhigenden Abschluß geben sollte. Da Rose ihre Bedenken nicht von Neuem laut werden ließ, blieben sie unerwähnt und befremdete es Decimus einigermaßen, daß Lydia, die für alles Edle und Schickliche doch so feine Organe hatte, jene Bedenken nicht vorauszusetzen, sondern das Verlangen nach der väterlichen Weihe für den Bund der Herzen das natürlichste zu finden schien. Das musikalische, für Mißklänge daher äußerst scharfe Ohr der kleinen Sibi dahingegen spürte die durch diesen Akkord gestörte Harmonie bald genug heraus, war auch über die Urheberschaft der Störung nicht im Zweifel. Dem Vater sagte sie zwar nur in trockenem Ton, daß ihm eine recht lange Frist gegönnt sein werde, sich des Glückes seiner Kinder zu erfreuen, da Todesvorbereitungen gewöhnlich in Lebensverlängerungen umschlügen; während des Heimwegs, der heute zu verfrühter Stunde, weil ohne geistliches Koncert sammt Weltbetrachtung, angetreten ward, da spottete sie jedoch nach Herzenslust über die hochzeitliche Stimmung, die im Schmollwinkel ausgeschwiegen worden sei.

Die kluge Sibi hatte, wenn sie spottete, immer einen Zweck und fast immer einen so guten, daß Lydia ihm zugestimmt haben würde, insofern sie ihn unter solcher Verkappung erkannt hätte. Sie erkannte ihn auch heute nicht. Rosens Widerstreben war ihr wohl nicht entgangen, aber es hob das leichtherzige Kind in ihrer Schätzung, wie es dasselbe in der des Vaters gehoben hatte, und so wendete sie mit vorwurfsvollem Tone ein:

„Muß denn nach dunkler Nacht das Auge sich nicht erst an das Sonnenlicht gewöhnen lernen?"

Decimus drückte ihr für dieses gute Wort die Hand; Sidonie zuckte nur schweigend die Achseln, als sie den Weg aber allein mit dem Freunde fortsetzte, sagte sie unmuthig:

„Wenn diese Idealisten doch nur das Urtheilen bleiben lassen wollten! Alles wird nach dem eigenen Gefühlsmaßstabe bemessen; nichts nach dem der Natur, der Individualität. Zu stark wäre für dieses frohe Auge das Licht des Glücks? Zu schwach ist es ihm. Das Leben ist mächtiger als der Tod. Rose denkt nicht an ihre Mutter!"

Sie merkte zu spät, daß sie die wundeste Stelle im Herzen des Freundes berührt habe und lenkte daher begütigend ein:

„Das liebe Mädchen, mit Staunen haben wir alle es bemerkt, hat sich redlich Mühe gegeben, sich Ihrem Wesen, Freund, anzubilden. Nicht weil sie Ihre Braut geworden, dies Verhältniß dünkte ihr von klein auf das natürliche, aber weil sie Ihnen das Leben zu danken glaubt, und sie das Leben liebt. Nun müssen aber auch Sie sich Mühe geben, sich ihrem Wesen anzupassen; das heißt nicht nur es sich spielerisch gefallen zu lassen, sondern ernsthaft darauf einzugehen. Rose ist durchaus nicht das Kind, für das sie sich giebt, und für das sie genommen wird. Sie ist eine fertige Natur und kann ein Charakter werden. Sie weiß was sie will, weiß warum sie lacht und weint, mit dem Locken- köpfchen nickt und es schüttelt. Und eben in dieser bewußten Ursprünglichkeit, in dieser Wechselwirkung von Kindersinn und Ueberlegung wirkt sie auf jedermann so reizend. Allezeit ein Kind sein macht läppisch, allezeit überlegt sein unausstehlich. Bei alledem ist ihr Grund- wesen die Freude und diesem natürlichen Freudensinn müssen Sie auch bei dem gegenwärtigen Anlaß Rechnung tragen, Decimus. Ihr gegenseitiges Verhältniß ist ja nicht auf eine sich überstürzende Leidenschaft angelegt, so wie etwa mein Max eine „große" Liebe versteht. Wie oft mögt Ihr beide Euch in aller Seelenruhe Euer Verhältniß als Mann und Frau ausgemalt haben, kaum viel anders als das von Bruder und Schwester. Aber die Hochzeit hat die Kleine sich jederzeit als ein besonderes Fest gedacht, in ihrem beschränkten Kreise sie niemals anders als hohes Fest gefeiert. Die Hoch- zeit ist im Frauenleben der trennende goldene Schnitt, der leuchten soll weithinaus in ein nur allzu oft graues, trübseliges Einerlei. Was bedeutet der Braut nicht schon das frohe Schaffen der Aussteuer? die Wahl des Hochzeitskleides, der Gedanke an Schleier und Kranz, in dem auch die Häßlichste einen Schönheitstriumph feiert! Nehmen Sie ihr aber auch noch Sang und Klang des Polterabends und Hochzeitsschmauses und aus dem goldenen Schnitt wird ein bleierner, oder besten- falls einer, der sich von dem abgebleichten Metall der Altargefäße nicht unterscheidet. Ja, wer weiß, hat sich

Ihr bewegliches Bräutchen nicht gar auf eine Hochzeitsreise gespitzt! Es geht nicht, Freund, so ohne Zier
und Lust; ein Sterbebett im Hintergrunde und eines
im Spiegel vorgehalten, die Kinderstube, in der die
Wiege gestanden hat, nunmehr die Hochzeitskammer.
Papa Blümel würde freilich diese unklassische Auffassung
vom goldenen Schnitte nicht gelten lassen. Sie müssen
ihn hinzuhalten suchen; ich will Ihnen treulich darin
beistehen. Ich kenne aus alter wie neuer Erfahrung
die Zähigkeit eines Greisenlebens. Lassen Sie nur
erst die Frühlingssonne scheinen und im Garten die
Blumenkinder sprießen, dann wallen auch im Herzen die
stockenden Säfte wieder auf, der umnebelte Hochzeits-
stern wird golden blinken und die Kranzjungfern Lydia
und Sidi werden mit Peter Kurzen und Held Martin
den lustigen Brautreigen führen."

Hatte das kluge Mädchen recht? War es wirklich
nur das? Und konnte es dem Liebenden ein Trost sein,
wenn es wirklich nur verkümmerte Freude war, welche
den starken Trieb des Weibes also im Banne hielt?
Nein, ach nein! Er ahnete es ja nicht erst seit heute,
daß es ein anderes war; ein größeres oder geringeres;
die Wirkung des unerklärlichen Rosenwandels. Mochte
Lydia den Ernst der Stimmung zu hoch anschlagen,
Sidonie schlug ihn zu niedrig an. Hier klaffte eine
Lücke und welches Geheimniß auch auf ihrem Grunde
brütete, die Stunde drängte, er durfte sein Auge nicht
länger vor dem schneidenden Lichtstrahl verschließen.

Stundenlang nach der Trennung von Sidonien

war er im dicken Nebel, der Himmel und Fluß um=
hüllte, den Uferpfad hin und wieder geschritten, Zweifel
und Fragen auf und ab wälzend wie den Stein des
Aeoliden: „daß der Schweiß seinen Gliedern entfloß,
von schrecklicher Mühe gefoltert." Mitten in der Nacht
kehrte er heim. Der Vater war längst zur Ruhe ge=
gangen und eben das hatte er gewollt. Er hätte heute
kein Wort mehr aus seinem Munde, den Blick seiner
Augen nicht ertragen. Aber im Wohnzimmer brannte
noch die Lampe und schon auf der Treppe kam Rose
ihm entgegen, mit dem Finger auf dem Munde und
einem Wink, bei ihr einzutreten. Sie sah so blaß
aus wie jüngst auf dem Krankenlager; ein Zug fast
von Trotz dehnte die Lippen, die sich sonst so anmuthig
kräuselten, als ob sie in einem gewaltsamen Entschluß
die Zähne auf einander presse. Ueber den Augen
jedoch lag ein feuchter Flor; sie hatte geweint.

„Ich habe dich erwartet, Decimus," sagte sie ruhig,
indem sie auf einen Stuhl dem ihren gegenüber deutete,
„weil ich dir heute noch etwas sagen muß. Es wird
dir wehe thun; aber irre machen wollen darfst du mich
nicht, denn ändern kann ich es nicht, wahrhaftig nicht."

Sie sann ein Weilchen, den Blick am Boden, dann
fuhr sie fort:

„Decimus, wir müssen dem Vater den Willen thun.
Er ist so schwach, und wir wissen jetzt, wie rasch ein
Leben endet. Er muß im Glauben an unser Glück
die Augen schließen, oder ganz allmählich an eine andere
Auffassung gewöhnt werden. Darum verkünde nur das

Aufgebot. Drei Wochen sind eine lange Frist. Es wird sich bis dahin ein Aufschub ersinnen lassen. Im äußersten Falle werde ich wieder krank. Mir ist schon jetzt, als würde ich es ohne Lüge. Es rückt dann die Fastenzeit heran, in der er nicht leicht eine Ehe schließen würde; es kommt der Frühling, der ihn kräftigen wird, — wenn nicht, — nun du verstehst dies „wenn nicht." Wir ersparen ihm die Wahrheit, oder er könnte sie ertragen; die Wahrheit, Decimus, daß, seit ich deine Braut geworden bin, ich weiß, daß ich deine Frau nicht werden kann."

„Hast du mich denn nicht mehr lieb, Rose?" fragte er; nein, er hauchte es, oder vielleicht dachte er die Frage auch nur; aber Rose hatte sie verstanden. Sie mochte die Tiefe seiner Bewegung nicht geahnt, den Grad seiner Wärme nach dem der ihren bemessen haben. Möglich, daß sie bis dahin auch mehr das, was sie selber aufgab als die Entsagung, die sie forderte, in Betracht gezogen hatte. Nun, da sie seine Erschütterung inne ward, sagte sie mit herzlicherem Klang als zuvor:

„Ich habe dich noch lieb, Decimus, mehr denn jemals lieb, ja im Grunde liebe ich dich erst jetzt; denn erst jetzt weiß ich, was du werth bist, und daß es keine bessere Liebe giebt als die deine zu mir. Sieh, seitdem ich mich auf mich selbst besinne, dachte ich nicht anders, als daß wir von Natur zu einander gehörten; ich freute mich auf die Zukunft, die der Vergangenheit glich und fühlte mich als deine Verlobte, lange bevor ich es war. Denn in der Stunde, da ich es ward, fühlte ich nur den eisigen Tod und dann fühlte ich tagelang nichts, gar nichts, bis du mir mit deinem Blute das Leben wiedergegeben hattest, und ich nun plötzlich wußte, wie ich dich liebte, wie tief ich dich liebte, — aber nicht als dein verlobtes Weib. Es war eine Blutesliebe geworden, eine Geschwisterliebe, und nicht wahr, guter Decimus, du würdest mir das Leben erkauft haben, auch wenn du wußtest, welchen Preis du dafür zu zahlen hattest?"

Er sagte nicht ja, obgleich er es hätte sagen dürfen. Nach einer Pause fragte er so leise wie vorhin: „Liebst du einen Anderen, Rose?"

Das schelmische Lächeln ihrer früheren Tage flog über ihre Lippen. „Einen Anderen?" versetzte sie. „Närrischer Decem, ei, wen denn wohl? Peter Kurzen, oder Held Martin? Schäme dich doch, Decimus, du beleidigst dich und mich mit derlei Rivalen! Und dennoch —" setzte sie nach einer nachdenklichen Pause hinzu, „und dennoch könnte ich am Ende mit jedem von ihnen leichter fertig werden als mit dir. Denn über sie lachte ich mich hinweg; aber mit dir ist es mir heiliger Ernst; dir könnte ich nichts Halbes geben, heute mindestens nicht mehr geben."

Sie hielt betroffen inne, da sie ihn mit einem Thränenstrom kämpfen sah; dann aber, immer wärmer und wärmer werdend, fuhr sie mit der ihr eignenden holden Beweglichkeit fort:

„Ich werde nie einen Menschen, wie du bist,

wiederfinden. Ich habe dich lieber als alle anderen Menschen, als meine Schwestern alle zusammengenommen. Nur meinen Vater habe ich ebenso lieb wie dich; aber wie lange werde ich meinen lieben Vater noch haben? Decimus, ich blicke zu dir auf wie — zu meinem Schutzengel würde ich sagen, wenn ich die fromme Lydia und nicht Rose Blümel wäre, die an Schutzengel nicht glaubt, nur an gute Menschen wie du. Sieh, Decimus, ich wüßte mir nichts Schöneres auszudenken, als mein Leben lang um dich zu sein, hier in der Pfarre oder anderwärts, wo es dir gefiele, als dein Kind, als deine Schwester, deine Freundin, deine Versorgerin, als — ach, lächele doch nur ein einziges Mal, Decimus, — als deine demüthige Magd, nur nicht als deine Frau. Erst seit dein Blut in meinen Adern fließt, — oder wäre es, daß der Tod mich reif gemacht? — erst seit ich deine Braut bin, weiß ich, was es heißt, eines Mannes Weib zu sein, und ich weiß auch, was es heißt, eine Sünde begehen wider den heiligen Geist. Ich würde den Himmel auf Erden an deinem Herzen haben, und wenn ich dich von mir weise und habe auch meinen Vater nicht mehr, ach, dann bin ich ja das allerverlassenste arme Kind auf der ganzen Welt. Und dennoch, etwas, etwas Heimliches, das ich nicht nennen kann, — es muß doch wohl mit dem Dämon, an dem des Vaters alte Heiden geglaubt, seine Richtigkeit haben, Decimus! — ja, ein Dämon sträubt sich und bäumt sich gegen meinen Willen wie gegen einen Frevel an der Natur. Du

weinſt, Decimus? Ach, weine doch nicht! Ich bin ja
deine Thränen gar nicht werth. Nein, ſo traurig
darfſt du mich nicht anſehn, Decimus. Haſt du mich
denn wirklich ſo ſehr lieb? Das habe ich mir ja gar
nicht gedacht. Du bildeſt es dir am Ende nur ein.
Du wirſt eine Andere finden, die beſſer iſt als ich;
die wirſt du heirathen und glücklich werden und mir
es noch einmal danken, daß ich dich nicht ſo geliebt
habe, wie ſie dich liebt. Oder höre, Decimus, wer
weiß, ob es bei mir nicht ein Narrenſpuk iſt, den die
Krankheit zurückgelaſſen hat, oder das Todesgeſicht?
Die ſelige Mutter hat mich ja immer einen Querkopf
geſcholten! dein Blut in meinen Adern kann verſickern.
Der Menſch wird alle paar Jahr ein neuer, ſagt Peter
Kurze. Ich glaube es freilich nicht; aber es kann ja
ſein; du mußt nur Geduld mit mir haben, Decimus.
Ich kann dich ja wieder lieb haben lernen wie ſonſt,
wo ich ſo gern deine Frau geworden wäre, ſo lieb,
wie ich dich lieb haben möchte. Aber wahrlich, wahrlich, Decimus, niemals mit einer beſſern Liebe als in
dieſer Stunde, wo ich ohne Neid und Groll eine Stimme
im Innerſten ſagen höre: Es iſt ſein alter Johannis-
ſegen, der ihn vor dir und vor ſich ſelbſt bewahrt."

Decimus reichte ihr ſtumm die Hand und ſchlich
in die Kammer, wo der Vater ſchlief. Und da hat er
in dieſer Nacht wohl einen guten Kampf gekämpft, aber
keinem Menſchen iſt es eingefallen ihn, ob ſeines Sieges
als Helden zu preiſen. Und ob ihm ſein ſchweigendes
Bräutigamsopfer eines Tages heimgezahlt werden wird?

— Ach, was fragt ein Mensch nach dem Glück, das er gewinnen kann, in dem Augenblicke, wo er das, was er besaß, verlor? Decimus hatte seine Rose niemals schöner gesehen, sie niemals so heiß geliebt wie in dieser Nacht.

Der Morgen kam, der Vater erwachte. Dem armen Decimus wurde es plötzlich wieder schwarz vor den Augen. Denn in dem Kampfe, den er auszukämpfen hatte, da schien die Proklamation, welche ihm für den Sonntag aufgegeben worden war, freilich nur ein geringfügiges Hinderniß. Wenn aber Einer eine schwere Last bergan zu tragen hat, da hemmen die Steinbrocken, die auf seinem Wege verstreut liegen, den strauchelnden Schritt mehr als der jache Felsenvorsprung, der sich in weitem Bogen umgehen läßt. Tag und Nacht rang Decimus mit dem Entschluß, dem Vater die Wahrheit zu bekennen. Aber der Greis war in diesen Tagen so sterbensmatt; hätte eine starke Erregung gewagt werden dürfen? oder welche schonende Täuschung wäre zu ergrübeln gewesen?

So legte Decimus sich denn am Sonnabend nieder mit dem Vorsatz, morgen nach der Predigt zu verkünden: „Es sind entschlossen in den heiligen Ehebund zu treten" und so weiter und darauf des Himmels Segen zu seiner Verbindung mit Rose Blümel zu erflehen. Fest jedoch stand es in ihm, nach dieser bewußten, groben Unwahrheit mit dem priesterlichen Amte abzuschließen, sobald er die müden Greisenaugen zugedrückt haben würde.

Einer Nacht ohne Schlaf folgte gegen Morgen ein

Halbschlummer ruhelos wie jene. Die häßlichen Zweifel des Wachens verkehrten sich in Schwindelängste des Traums. „Von der Kanzel fallen," nennt der Volksmund das kirchliche Aufgebot. Bräutigam und Braut stehen auf einem hohen Gerüst. Er sieht sie straucheln, sinken, will sie halten, taumelt und stürzt mit einem gellen Schrei ihr nach in die Tiefe. Ueber dem Schrei wachte er auf. Der Greis stand an seinem Bette.

„Du sollst nicht lügen, mein Sohn," sagte er ruhig, und das kirchliche Aufgebot wurde nicht verkündet.

Wochen vergingen ohne in die Augen springende Veränderung; der Vater schien seinen Plan vergessen zu haben, und wer hätte ihn daran erinnern sollen! In der Gemeinde hatte sich die Sage verbreitet, der Pastor habe, da er sich merklich kräftiger fühle, die Trauung verschoben, bis er sie zum Frühling in seiner Kirche zu vollziehen im Stande sei. Möglich, daß Rose des beflissenen Ablatus Einbläserin gewesen ist; vermuthlicher indessen Fräulein Sidonie.

In der Pfarre wurde die Weltbetrachtung fortgesetzt; Sidonie spielte ihre Fugen. Decimus dankte es Lydia, daß sie, ihre Sangesscheu vor fremden Ohren überwindend, jetzt regelmäßig an seiner Statt den Vater durch ein Beethoven'sches Gellertlied, oder eines von seinem alten Bach erquickte. Nie hatte er einen reineren, edleren Alt gehört. Ohne daß ein aufklärendes Wort gefallen wäre, verstanden beide Freundinnen den Grund von des Bräutigams traurigen Augen. Sidonie,

wenig von der heimlichen Lösung überrascht und sie noch
weniger beklagend, dachte: „Er muß durch!" suchte ihn mit
Ernst und Scherz zu zerstreuen, brachte ihm gute Bücher,
Karten, kleine optische Instrumente, machte ihm Freude,
wo sie konnte. Mehr aber, wahrhaft wohl, that ihm
Lydia, die ahnungslos von seiner Erfahrung betroffen
und in seine Seele betrübt, ihn mit einer leisen,
schwesterlichen Güte umspann, und in deren Blicken geschrieben stand: „Ich weiß, was Sehnsucht heißt, mein
Freund." Zu ihrem von Tage zu Tage wachsenden Verständniß seiner wissenschaftlichen Interessen gesellte sich
nun noch ein herzliches Mitleid, wie seinerseits der gewohnten hohen Verehrung sich eine dankbare Rührung
verband, um ihre gegenseitige Freundschaft zu einer
vollständigen zu machen. Oftmals aber schmerzte es
ihn, daß von all dieser Güte er allein der Empfangende
war und um die arme Rose, die ihre Brautkrone doch
so tapfer der Wahrhaftigkeit geopfert hatte, — die
Billigkeit dieser Einsicht hatte die Kränkung dem Verschmähten, Gott sei Dank, nicht geraubt, — um sie
kümmerte sich keiner als er allein.

Freilich sah Rose nicht danach aus als ob ihr eine
Zukunft verschüttet worden wäre. Ein neuer, seltsamer
Geist schien in ihr aufgewacht. Oder wäre es der ihres
Einst gewesen, der mit dem „reisenden Todesgesichte"
um ein heimlich Werdendes rang? Wallende Unruhe
wechselte mit grübelndem Versinken; manchmal war es,
als fühle sie sich selbst ängstlich den Puls, manchmal,
als dränge es sie, sich einem Menschen an die Brust

zu werfen. Die ernste Lydia nannte ihren Zustand Gewissensbangen, die kluge Sibi dagegen einfach Langeweile ob Fugen und Weltbetrachtung. „Das Rosenkind weiß, was es will, wenn es am wenigsten es zu wissen scheint," war heute wiederum ihr Satz.

Ob die kluge Sibi sich aber heute nicht wiederum täuschte? Ob das Rosenkind wirklich wußte, nach was es verlangte? Und was verlangte es denn? Sich freuen, gefallen, geliebt werden wie einst? Oder was mehr? War die „querköpfige Laune" verflogen? das Blut des Bruders in ihren Adern versickert? Bereute sie den heimlichen Bruch? Hatte die „beste Liebe" der natürlichen Liebe wieder Raum gegeben? Decimus, wenn er ihren lächelnden Blicken begegnete, wenn sie ihm herzlich die Hand reichte, die er freiwillig nicht mehr zu berühren wagte. der arme, thörichte Decimus hoffte wieder nach armer, thörichter Liebhaber Art.

In diese lauernde Stimmung drang nun aber, sonderbar belebend, ein Hauch von dem prickelnden Athem der Zeit, und wie Sidonie es gewesen war, welche die Weltbetrachtung gegen die Todesbetrachtung auf die Tagesordnung gebracht hatte, so war sie es jetzt wieder. welche für die Streitfragen der Herzen in denen der Politik einen Ableiter fand. So zurückgezogen sie gegenwärtig lebte, sie hatte bis vor Kurzem in einem regen Verkehr gestanden, stand noch mehrfältig und zumal mit ihrem Stiefvater Zacharias in einem Briefwechsel, der sich nicht mit Intimitäten befaßte; sie hielt die bedeutendsten Zeitblätter und Publikationen auch des Aus=

landes und, was der Hauptfaktor war, bei starker Er-
haltsamkeit der Gesinnung besaß sie einen scharfen
Sinn für das Schürende und Treibende im Einzel-
leben wie im allgemeinen. Allerorten witterte sie Gäh-
rung und glimmende Gluth, zumeist aber dort, wo das
Herz schlug, in dem das ihre pulste.

Für den Augenblick zwar wußte sie Max fern. Der
Brief, in welchem sie ihn zu dem Herrenleben in Bielitz einlud, hatte sich mit einem gekreuzt, in welchem
er ihr einen Winteraufenthalt in Andalusien meldete.
Lange freilich würde es ihn, dem holdesten Himmel
zum Trotz, unter maurischen Schönheitsresten nicht dulden; seine Zone war die der Aktualität. Die Schwester
war indessen schon froh genug, ihn fern zu wissen in
einer Gegenwart, wo sie nun einmal, mochte es ein
Nebelbild sein, bedrohliche Dämpfe dem Krater ent-
steigen sah.

Die Stoffe, die sie am Tage gesammelt hatte, die
trug sie am Abend nun hinauf in die stille Pfarre,
und der sie am gierigsten verschlang, der sie einsog wie
einen belebenden Wein, das war der friedliche, sterbens-
matte Greis. Er konnte den Moment kaum erwarten,
in welchem seine kundige, junge Freundin das Zimmer
betrat; er lauschte, fragte, las in kräftigeren Stunden
mit der regsten Neubegier; und wie ein erfahrener
Landmann, wenn er in weitem Abstand Blitze züngeln
sieht, am Zuge der Wolken und Wechsel der Winde,
am Fluge der Vögel und manchem anderen thierischen
Instinkt sorglich die Niederschläge berechnet, die seine

Heimathsflur erquicken oder bedrohen können, so spähete und spannte der alte Freiheitskämpfer von 1813 nach der elektrischen Spannung, welche, sich entladend, in seinem Preußenlande eine Saat, die er selbst mit ausgestreut hatte, und deren Reife er nicht mehr erleben sollte, je nachdem befruchten, oder vernichten würde.

Patriotische Erinnerungen und Erwartungen ließen, so schien es, ihn den Zwiespalt zweier junger Herzen vergessen.

Noch war es indessen ja nur die Schwüle vor dem Orkan, welche der Empfängliche spürte; noch ahnete keiner, an welcher Stelle und in welcher Weise der atmosphärische Strom sich entladen werde. Als Sidonie jedoch eines Abends die Neuigkeit von dem Ableben des alten Dänenkönigs brachte, als sie mit apodiktischer Beweisführung darthat, daß sein Nachfolger die strittige Nationalitätenfrage zu Gunsten des Gesammtstaates lösen werde, ja von seinem Standpunkte aus lösen müsse, da steigerte sich in dem Greise das bängliche Vorgefühl zu einem prophetischen Gesicht. Er sah den Funken in seinem Volke niederschießen, nicht wie schon manchmal als einen kalten Schlag; und wie entfernt und beschränkt auch immer der Heerd, große Geschicke sah er sich auf ihm entzünden. Sidonie lächelte über den aufgeregten alten Herrn. Mochte er Recht haben! Der Kampf um einen Fetzen deutschen Landes, um eine Handvoll „deutscher Sklaven" war keiner, für welchen ihr Max weder zum Rebellen, noch eventuel zum

Patrioten ward. Die zündende Idee vertrat ihm auch an dieser Stelle Deutschlands Feind.

In dem Sohne dagegen zitterte des Vaters Erregung nach. Schon während seiner Universitätszeit hatte „der Schmerzensschrei" der Herzogthümer wie in den Herzen der Commilitonen, so auch in dem seinen einen starken Wiederhall gefunden. Er hatte dem alten, redlichen Vater Jahn endlosen Beifall klatschen helfen, als derselbe bei Gelegenheit eines Sängerfestes in der Umgegend die deutsche Jugend im Binnenlande aufrief, sich zu schaaren unter dem Banner der durch einen schmachwürdigen Königsbrief bedrohten deutschen Brüder diesseit und jenseit des Eiderflusses und als darauf in tausendstimmigem Chorus „Schleswig Holstein meerumschlungen" gesungen wurde, da erscholl der Baß des Hünen der Studentenschaft so donnermäßig wie vor der Zeit noch nie und nach der Zeit nicht wieder. Er, der Hüne, hatte sogar es ganz plausibel gefunden, als Vater Jahn darauf öffentlich seine Mißbilligung aussprach, daß jenes herrliche deutsche Lied in Klang gesetzt worden sei zu eitlem Prahl; auf die Weise: „flieg, Käfer, flieg!" müsse das heiligste Anliegen seines Volkes schon dem Kinde an der Mutterbrust durch die Ohren in das Gemüth dringen und ihm das Eingeweide umwenden.

Feuerfangen wie Stroh und wie Strohfeuer verflackern ist aber nicht eines Glücklichen Art. Decimus hatte nach jenem beweglichen Sängerfeste oftmals über die Bruderschaft an der Eider nachgedacht und wenige

Streitfragen der Zeit waren ihm so verständlich geworden wie diese. Zwar schätzte er auch die Inseldänen als deutsche Brüder, aber doch nur als Halbbrüder, und da vollbürtige Geschwister den halbbürtigen im Erbe, auch der Liebe, vorangehen, jene halbbürtigen sich überdies wie recht feindliche Stiefbrüder geberdeten, fühlte er aus dem Herzen der vollbürtigen heraus ein gutes Recht gekränkt. Als er nun aber bei seinem kürzlichen Inselaufenthalt einen Theil dieser rechten Brüder kennen lernte und so kernhafte, tüchtige Menschenbrüder unter ihnen, als er anschaulich in dem Küstenstreifen, um den es sich handelte, die Pforte in das Weltweite erkannte, deren kein zum Leben berufener Staat entrathen kann, da brannte ihn die Schmach, die ein kleines einiges Volk seinem großen uneinigen Volke anzuthun wagte und er ermaß die Gefahr für einen dem letzteren unentbehrlichen Besitz. Mußte dieser Besitz, mußten Recht und Ehre in blutigem Streit erobert werden, diesen Streit hätte er ausfechten helfen mögen; in seiner gegenwärtigen Stimmung aber mehr denn je. Oft, ach, wie oft, sehnte er sich aus seiner Schwüle heraus nach einer erfrischenden That!

Wie es denn nun aber in Fragen um das Allgemeine oftmals ein Persönliches ist, welches den Antheil schärft, ja sogar ihm eine veränderte Richtung giebt, so war es an jenem Abend der Gedanke an Philipp, der sorgenvoll aus Lydias Seele in die ihres Freundes zog. War er es doch, welcher den Jüngling in den Umkreis des glimmenden Heerdes geführt hatte; die

Verantwortung für sein Schicksal fiel auf ihn. Er spürte wie das Hartenstein'sche Blut in dem Jüngsten des Geschlechtes aufschäumte, wie es ihn hinriß zu Thorheit und Uebermuth; er sah ihn ergriffen, verzehrt von den Flammen. Und so spukte der todte Dänenkönig in dem friedlichen binnenländischen Pfarrhause gleich einem drohenden Gespenst.

Zum Glück spuken Gespenster jedoch nicht über Nacht, wenigstens nicht in einem Pfarrhause wie dem Blümel'schen. Am anderen Tage fühlte ein Jeder, daß er mit seinen Befürchtungen weit über das Ziel hinausgeschossen habe und daß nicht mit Feuer und Schwert erledigt zu werden brauche, was mit Feder und Tinte zu erledigen ist. Der alte Dänenkönig war todt, was wußte die kleine Sidi von den Staatsgedanken des neuen?

Um so friedfertiger als man gestern kriegerisch gestimmt gewesen, vertiefte man sich heute statt in die Politik der neuen rheinischen Zeitung in die Physik des greisen Humboldt; und da war es denn eine Anspielung desselben, welche, um der grünblichen Lydia genug zu thun, den Vorleser zu der Verdeutlichung des optischen Grundsatzes, daß jeder Mensch seinen eigenen Regenbogen sehe, veranlaßte. Das führte Vater Blümel nun hinwiederum recht behaglich in sein Lieblingsgebiet, die Gesetze der sichtbaren Natur auf die der unsichtbaren zu übertragen. Sidonie, die während dergleichen „Transfigurationen" nicht immer streng bei der Sache war, summte vor sich hin: „Zart Gebild wie Regenbogen wird auf dunklem Grund gezogen," Rose aber sog den Duft einer Hyacinthe ein, lächelnd mit halboffenem Munde, so als ob auch ihr ein heiteres Gebilde sich auf dunklem Grunde male, und als ob auf ihren Lippen der Ruf schwebe, „sieh', die liebe Sonne ist wieder durchgebrochen!"

Decimus gedachte des Tages, wo ihm der Vater das Wunder der bunten Himmelsbrücke als eine That der göttlichen Versöhnung erklärt hatte, und er, hinaus= laufend, um noch eine Spur aus der himmlischen Werkstatt zu entdecken, sein weißes Fräulein wie einen Engel der Verheißung stehen sah. Und bei diesem Erinnern überkam ihn so völlig wie noch nie das Bewußtsein dessen, was er diesem herrlichen Wesen schuldig geworden war; nicht blos durch die Wirkung, welche es auf ihn geübt, sondern mehr noch für die, welche ihm gestattet worden war, auf dasselbe auszu= üben. Und das ist ja wohl das höchste, was ein Mensch dem anderen danken kann. Seine Blicke hingen an dem edlen Gebilde, das auch ihm sich auf dunklem Grunde erhob; er sah, wie sie die Brücke der Ver= söhnung, die aus dem eigensten Gemüthe heraus in den Himmel führt, dem Greise gedankenvoll nachbaute, wie sie verständnißvoll mit einem innigen Blicke ihm die Hand drückte. Dann aber sah er sie, erbleichend, plötzlich auf ihrem Stuhle zurücksinken: die Thür ihr gegenüber war leise geöffnet worden und in ihrem Rah= men stand, wie von der unerwartetsten Erscheinung gebannt, die Blicke auf sie geheftet, ein schlanker, bleicher Mann, die unerwartetste Erscheinung auch für sie. „Max!" jubelte Sidonie auf, indem sie sich in seine Arme stürzte, „Max!"

Ja, Max! Länger als vier Jahre waren es, daß er den Groll des Titaniden in diesem Raume ausgeströmt; länger als vier Jahre, daß er mit neuen Titanengelüsten gegen den alten Himmel gestürmt, Menschen nach seinem Bilde gedichtet und — wohl mehr denn der ursprüngliche Prometheus — genossen und sich gefreut als geweint und gelitten hatte. Die Büchse der Pandora hatte sich auch über seinem Haupte ergossen; die Jünglingsblüthe, das Erbe eines kampfgestählten Geschlechts, war auf dem Antlitz des Mannes verwelkt; die bleiche Farbe, das erweiterte Auge, die gedehnten Züge sprachen von der Müde, die der Ueberreizung folgt, und dennoch, ja darum erst recht, war er der schönste Mann, welchen alle in dieser Minute auf ihn gerichteten Blicke jemals geschaut hatten, oder schauen würden und darum erst recht war er, wie man es so nennt, ein interessanter Mann.

Menschen aus einem Gusse wie Lydia, oder nach seiner Art auch Held Decimus, werden schwerlich, sogar von schmeichelnden Biographen, als interessante Leute aufgeführt werden. In Max von Hartensteins Anlage und Schicksal, ja bis auf den äußerlichen Habitus hinab, lag jedoch wie selten in Einem, jenes zwiefältige, oder zwiespaltige Etwas, das als Zauber der Interessantheit wirkt. Er war nach Geblüt und Neigung Edelmann und nach Gesinnung Demokrat; er fühlte sich einen

Dichter und lebte wie ein Kind der Welt; er wußte sich und stellte sich dar als den Erben einer Million und darbte wohl manchmal um das tägliche Brod; er betrat den heimischen Boden als ein Fremdling und den Kreis der Gleichgestellten nahezu mit dem Stigma des Ausgewiesenen, aber mit den Ansprüchen und dem Gebahren des Herrn; er trug noch das strenge Trauer= kleid um seine Mutter, aber von einem Schnitt, wie im weiten Umkreis seines künftigen Dominiums noch kein Kleiderschnitt gesehen worden war. Und wie trug er das Kleid! Wie ließen dem blondlockigen Germanen mit dem tiefblauen, treuherzigen Hartenstein'schen Blick und Ton die flüssigen Allüren, die spielenden Aperçüs eines Eingewohnten von Paris; wie verstand er, wenn er wollte, und heute wollte er es, jedem zu sagen was ihm zu hören gefiel, wie kaum merklich zu schmeicheln, wäre es auch nur mit einem Augenaufschlag, einer Bewegung der Hand. Und doch war er zum Komödien= spiel zu gründlich Stimmungsmensch und zur Koketterie zu selbstbewußt und stolz.

Er war seiner Ueberraschung allsobald Herr gewor= den und grüßte nun rund im Kreise mit vollkommener Unbefangenheit. Nachdem er sich vor Vater Blümel ehrerbietig wie vor einem Patriarchen verbeugt, zog er die Hand, die Lydia ihm schweigend gereicht hatte, ebenso schweigend an seine Lippen und hielt sie ein Paar Sekunden an denselben fest. Etwas anders nüancirt, nicht ganz so ernsthaft, oder vielleicht ritter= lich war die Berührung der rosigen Fingerspitzen ihrer

Nachbarin, der erste Handkuß, mit welchem irgend ein Mensch das Pfarröschen ehrte; selber ihr alter Decem war in den Tagen seiner Rosenwonne auf solche Galanterie nicht verfallen; und wer in aller Welt hatte v o r diesem aristokratischen Demokraten das Pfarröschen jemals „gnädiges Fräulein" titulirt, wer sich so ausdrucksvoll gewundert, wie bis zum Nichtwiedererkennen, in den Jahren der Trennung eine freundliche Gönnerin größer und schöner — das letzte Epitheton wurde nur mit den Augen gelächelt, — geworden sei? Auch der Herr Kandidat würde mit dem biderben Handschlag, den er erntete, wohl zufrieden gewesen sein; wenn die nachfolgende Gratulation zu seinem Verlobungsglück ihm nur nicht wie ein Stich durch die Brust gefahren wäre. Endlich aber die kleine Sibi, die ließ der prächtige Mensch gar nicht aus dem Arm, nicht von seiner Hand. Er streichelte ihre blassen Wangen, ihren schlichten Scheitel, blickte und nickte ihr zu wie eine Mutter ihrem kranken Kind, und alles das so einfach, als ob das Gehörige auch immer das Natürliche wäre.

Er erzählte darauf, daß er in die Heimath gekommen sei, um unter den Auspicien seiner Schwester ein tüchtiger Landwirth zu werden, daß er sich auf ihre Ueberraschung gefreut und, als er sie nicht in ihrer Werkstatt, den armen alten Großvater aber bereits schlummernd gefunden, er der Lockung nicht habe widerstehen können, sie im Kreise der Freunde aufzusuchen.

Welche wohlgelungene Ueberraschung nicht blos für die Eine, der sie galt! diese Eine aber strahlte wie eine Selige; kaum daß sie die Augen von ihrem Liebsling verwendete, heute in Wahrheit ihrem Bertrand de Born! Denn auch des Greises Puls schlug in einem lebhafteren Takt und der betrübte Kandidat des Predigtamts sah seinen Jovisstern leuchten wie in der Schülerzeit; die aber, welche als seine Braut von dem Gaste beglückwünscht worden war, die noch vor einer Stunde so träumerisch prüfend zu dem brüderlichen Verslobten hinübergeschielt hatte, die funkelte und sprühte jetzt wie ein gestreicheltes Kätzchen, tändelte zierlich mit dem Theegeschirr und hatte, — wo nahm sie es nur auf einmal her? — für jedes heiter neckende Wort ein heiter neckendes Gegenwort. Das frische Blut, das aus einem fremden Herzen dem ihren eingeimpft worsden, war nach langem Stauen in Fluß gekommen, das kindliche Gesicht bis unter die üppigen Locken mit seinem Purpur übergießend. Die verschämte Mädchenblüthe hatte sich wiederum zur Centifolienknospe umgewandelt, die unter dem ersten Sonnenstrahl die Hülle sprengen wird.

Nur Lydia schien von dem allseitigen Zauber unsberückt, sie, die doch zweifellos die Einzige war, welche der Zauberer des Berückens werth geachtet, und ebenso zweifellos die Einzige, für welche ein Jeder im Kreise die Bezauberung am natürlichsten gefunden haben würde. Ihr greiser Freund lauschte mit einem Ausdruck froher Hoffnung zu ihr hinüber; ihr junger Freund mit einem der scheuen Furcht, über deren Beweggrund er sich keine Rechenschaft hätte geben können; sie aber war wieder das unnahbare Klosterfräulein geworden; wie das Röschen plötzlich zur Rose aufzubrechen schien, so hatte sie den geöffneten Lilienkelch zusammengezogen. Sie blickte ernst vor sich hin, sprach nur wenn sie eine Antwort zu geben hatte, und als die Stunde des gewöhnlichen Aufbruchs gekommen war, erhob sie sich vor den Anderen, um heimzukehren. Decimus wollte sie begleiten; Sidonie aber sagte lachend:

„Für heute, Freund, sind Sie Ihres Ritterdienstes quitt. Unser Weg führt ja am Schlosse vorüber. Verzögern Sie Papa Blümel, der über Gebühr aufgeregt worden ist, den Abendsegen nicht."

Lydia legte ruhig ihren Arm in den, welchen Max ihr bot; Sidonie hing sich an den anderen. Rose flatterte wie ein Schmetterling ihnen bis an die Hausthür voran und kehrte nicht wieder in das Wohnzimmer zurück; Decimus hatte das Nachsehen, ein schmählich ausgestochener Held. Er sang dem Vater das Abendlied, schloß keine Wimper in der Nacht und fühlte am Morgen sich doch, als erwache er aus einem wüsten Traum. Wie gestern die kriegerische Wallung war heute die zauberische Blendung gescheucht. Aber die Augen thaten ihm weh und das Herz wie kaum je.

Rose hatte an diesem Tage zu schaffen wie die Maus in sieben Wochen. War das aber ein Wunder? Rose war ja an die Stelle der Hausfrau gerückt und es Mutter Hannah gleich zu thun sicherlich nichts Kleines. Die alte Lene mußte frische Theekringel backen, obgleich der Vorrath noch nicht aufgezehrt war; ei nun,

er mochte etwas abschmeckend geworden sein; dem Bräu=
tigam fehlte dafür nur das würdigende Organ; ihm
mundete früherhin alles und jetzt leider nichts. Reine
Gardinen wurden aufgesteckt. Zuverlässig waren die
alten bestäubter gewesen als sie dem Bräutigam vor=
gekommen; Sterngucker haben für Mullwolken selten
den richtigen Blick; wem aber hätte es auffallen dürfen,
daß blühende Hyacinthen und Tazetten mit Myrthen
und Geranien zu zierlichen Gruppen geordnet wurden?
Hatte das liebe Röschen ihre Umgebungen nicht alle=
zeit gern geputzt? Die Lust zum Putzen war ihr nur
in den Schattenmonden eingeschlummert. Aber sieh
doch! Hat sie sich selbst heute zum ersten Male nicht
wieder geputzt? Gott behüte; sie trägt ja ihr tägliches
Trauerkleid, und wenn die schwarze Krause den schlan=
ken Hals etwas weniger knapp umschließt, die natür=
lichen schwarzen Löckchen etwas zierlicher sich ringeln,
so ist das zufälliges Gerathen, oder, wenn ja ein bis=
chen Kunst mit unterlief, das allererfreulichste Zeichen.
Sich hübsch machen, heißt bei einem siechenden Kinde
genesen sein und bei einem gesunden doch wahrhaftig
nicht etwa eine Sünde!

Lydia stellte zu gewohnter Stunde sich ein.

„Aber wo bleibt denn Sidi?" fragte Rose und
spähete aus dem Fenster, wenngleich es so rabendunkel
war, daß weder auf dem Thalwege noch irgend einem
anderen ein lebendes Wesen hätte erspäht werden kön=
nen; und nach einer Viertelstunde fragte und spähete
sie von Neuem, obschon der Mond noch immer nicht

aufgegangen war. Sidonie kam nicht; das geistliche Koncert unterblieb; Rose erklärte sich für heiser, dem Kandidaten war die Kehle zugeschnürt. Auch der Kosmos wurde heute nicht aufgeklappt, da Lydia es angemessen fand, der Freundin nicht zuvorzueilen, und auch kein anderer ein lebhaftes Verlangen nach einem Horizont, der über den beider Werben hinausreichte, zu tragen schien. Dagegen sang Lydia ehe sie sich entfernte, zum ersten Male das Novalislied, das sie ihrem Vater jeden Abend vor dem Schlafengehen gesungen hatte:

„Wenn Alle untreu werden, so bleib' ich dir doch treu."

Als Decimus sie nach dem Schlosse zurückführte, fragte sie ihn, welchen Eindruck Max auf ihn gemacht habe? und er bekannte ihr aufrichtig den Zauber, den diese außergewöhnliche Persönlichkeit mehr denn je auf ihn und die Seinen ausgeübt. Sie erwiderte im Augenblick nichts; aber er dankte ihr schon die Frage; es war das erste Mal, daß sie den Namen des einst so tiefgeliebten Mannes vor ihm, oder irgend einem Anderen ausgesprochen hatte. Liebte sie ihn noch, oder liebte sie ihn wieder? Nach einer langen Stille sagte sie:

„Es ist etwas Seltsames um solch ein Wiedersehen. Man merkt an ihm erst das Wirken der Zeit. Mir ist, als ob eine Binde von meinen Augen gefallen wäre."

Sie ahnete wohl nicht, daß sie mit diesen Worten

dem Freunde ein Räthsel aufgegeben hatte. Denn die
Zeit versöhnt und die Zeit verlöscht.

Rose war heute ausnahmsweise noch nicht in ihr
Stübchen gegangen. Sie stand wieder am Fenster und
schaute in das Thal hinab, das jetzt vom Mond be=
leuchtet ward. „Wie langweilig diese Lydia ist," sagte
sie mit krauser Stirn, ein Gähnen unterdrückend.
„Hätte Sidonie nicht ein bischen Leben in die langen
Winterabende gebracht, sie wären nicht zum Aushalten
gewesen."

Als sie Decimus zur guten Nacht die Hand reichte,
fragte sie:

„Glaubst du, Decimus, daß Lydia den Baron noch
liebt?"

Das war ja eben die Frage, die ihm so mächtig
in Kopf und Herzen herumging; aufrichtig aber, wie
er nun einmal war, auch wenn er mit seiner Aufrich=
tigkeit sich selbst ein Leides that, antwortete er, daß
er das allerdings nicht wissen könne, aber ihre Liebe
zu ihm eben so natürlich finden würde, wie die seine
zu ihr.

„Er — sie? Ach warum nicht gar!" rief Rose un=
muthig. „Es ist Thorheit, was man von alter Liebe
sagt. Was im Herzen gestorben ist, wacht nicht wieder
auf. Und wie Viele mag er in der Zwischenzeit an=
gebetet haben! Sie ist ja auch viel zu alt für ihn."

„Sie ist zwei Jahr jünger als er."

„Aber steif wie eine Großmutter."

Das liebe Röschen war keineswegs, wie die kluge

Sidi behauptete, ihrer Stimmungen allezeit Herr, sonst
würde sie die heutige sein für sich behalten haben;
denn wehethun wollte sie ihrem armen Decem gewißlich
nicht.

Am nächsten Sonntag, dem, an welchem das dritte
Aufgebot und nach ihm die Trauung stattgefunden haben
würde, war Max mit seiner Schwester in der Kirche.
Er hatte seinen Platz dem Herrenstuhl gegenüber gewählt, wo er von Lydia bemerkt werden mußte, sobald
sie den Blick der Kanzel zuwendete. Sie wendete, nach
ihrer Gewohnheit, während der Predigt ihn kaum von
der Kanzel ab, der Prediger hätte aber nicht die leiseste
weltliche Störung ihrer Andacht wahrnehmen können.
Wenn die alte Liebe wieder aufgewacht war, mußte der
heilige Ort den gebührenden Bann ausüben.

Unter der Kirchpforte stieß das Geschwisterpaar mit
dem nominellen Brautpaar zusammen und geleitete dasselbe zu einer Staatsvisite in die Pfarre.

Der Herr Baron wunderte sich, daß er das gnädige
Fräulein nicht in der Kirche bemerkt habe, worauf das
gnädige Fräulein mit einem allerliebsten Schelmenblin-
zeln erwiderte, der Herr Baron habe eben mit dem
Rücken gegen den Pfarrstuhl gelehnt gestanden. Das
hätte der Herr Baron sich nun für künftige Kirchbesuche
gesagt sein lassen können. Leider hatte es jedoch bei
diesem ersten Besuche sein Bewenden. Es wäre der
Werben'schen Erbgruft nur ein Erinnerungszoll darge-
bracht worden, äußerte der Herr Baron.

Ueberhaupt drückte in dem Baron der Umschlag aus

einer interessant gemüthlichen in eine interessant ironische Stimmung sich deutlich aus. Er beglückwünschte Pastor Blümel über das Wunder der Toleranz, das sein Beispiel in der Gemeinde gewirkt habe. Wie müsse dem standfesten Onkel Propst im Chore der himmlischen Heerschaaren zu Muthe sein, wenn er seine Tochter mit so seelenruhiger Andacht einem unionistischen Gottesdienste beiwohnen sähe? Schreite die Freisinnigkeit in gleicher Progression fort, könne die einstmalige Seelenfreundin des Professor Hildebrand es noch zur Adeptin von Papa Zacharias bringen.

Pastor Blümel erwiderte ruhig, daß er diese Befürchtung nicht hege und lenkte das Gespräch auf ein Gebiet, wo er seinen Gast mehr als in dem eines gläubigen Herzens zu Hause halten durfte: auf das der Politik; indessen auch auf dieses nur so weit, als es die vaterländische Grenze nicht berührte. Er bat um eine nähere Erklärung der Reformbankette, die in den Zeitblättern ja nahezu als eine Existenzfrage des französischen Staates behandelt würden, war aber, nach erhaltener Aufklärung merklich enttäuscht, da er hinter dem ungestümen Verlangen ein Mahl zu halten und beliebige Toaste auszubringen eine carbonaristische Verschwörung oder andere dergleichen Heimlichkeit, welche die Regierung ausgewittert, vermuthet hatte. Worauf denn Herr von Hartenstein lächelnd erwiderte, es sei in Frankreich nichts Neues, mit Explosivstoffen in der Form von Knallbonbons eine Feuersbrunst zu entzünden. Im theuren Vaterlande walte die entgegengesetzte

Manier ob. Wenn die Mine bis zum Platzen voll geladen sei, leite man sie in Aederchen und Kanälchen ab, und der erste beste Landregen spüle sie in den Strom der Zeit.

Nun, Konstantin Blümel wußte von einer vaterländischen Mine, und er hatte sie selbst mit laden helfen, die gar wuchtig einen Koloß über den Ocean geschleudert hatte! Doch verlautbarte er diese Erinnerung nicht, sondern erkundigte sich nach dem Befinden des Herrn Amtmann Mehlborn. Der Pulsschlag seines Entzückens hatte sich während dieser Sonntagsvisite indessen bedeutend ermäßigt.

Am anderen Tage fand Rose es dringlichst angemessen, daß der amtliche Stellvertreter des Vaters diese Visite erwidere, fühlte sich selbst auch hinlänglich zu einem Spaziergang bei so prachtvollem Winterwetter gekräftigt, begleitete den väterlichen Stellvertreter demnach ein Endchen und bekam bei Wege ein unwiderstehliches Gelüste, zu sehen, wie Freundin Sidi sich in der alten Bärenhöhle ihr Nest eingerichtet habe?

Ei nun, fürwahr traulich genug. Zunächst gab es gar keine Höhle mehr, sondern ein sauberes Wohngelaß und in dem Gelaß keinen brummenden Bären, sondern einen gemüthlichen alten Herrn, der ganz fidel hinter seinem Spitzgläschen sang: „Gestern Abend war Vetter Michel da," und dann seine Augen zuthat und schlief. Die Augen seiner Hüterin aber, die klugen Sidiaugen, die hatten noch nie in einer reineren Freude gestrahlt. Zum ersten Male hatte sie einen Menschen, vor dem sie ihre reichen Gaben unter keinem anderen Zwang als dem der natürlichsten Liebe entfalten durfte, den sie hegen und pflegen durfte, den sie zu halten hoffte für das Leben. Denn auch er war glücklich neben ihr und durch sie.

Wer liebte nicht das Neue? wer bedürfte seiner nicht? Wer aber hätte jemals mehr unter seinem Banne gestanden als der Dichter Hartenstein? Er lebte und webte im Wechsel. Der Wechsel war sein Element, sein tägliches Brod. Der erwünschteste Zustand hätte ihn auf die Dauer bedrückt, der unerwünschteste Umschlag ihn momentan aufgeschnellt. Paris mit seiner unerschöpflichen Mannichfaltigkeit war ihm daher der gedeihlichste Boden und die Ebbe und Fluth seiner äußeren Mittel, die ihn zwischen den verschiedenartigsten Existenzen auf und nieder trieb, für seine Schaffenskraft das vielleicht nothwendige Ferment. Allezeit im Salon würde er aufgehört haben ein Dichter zu sein; allezeit in der Mansarde wäre er es wahrscheinlich niemals geworden. Auch die Einsamkeit wurde dann und wann zu einem ersehnten Wechsel. Auf Alpengipfeln, am Meeresstrand, oder wie diesen Herbst unter einem silbenprächtigen Himmel, ganz allein, da dehnte sich die Brust, schwellte sich die Künstlerseele — drei, vier Wochen lang, dann aber zog es ihn wieder in das Gewühl wie in ein Heim.

Dieser Aufenthalt mitten im Winter, in nüchterner Landschaft, auf Papa Mehlborn's emsigem Wirthschafts-

hof hätte daher, so scheint es, der widerwärtigste sein
müssen, den er erwählen konnte. Aber er war etwas
Neues; er nannte ihn ein Idyll. Die Erwartung des
großväterlichen Ablebens, das, gegen ihren Glauben,
seine Schwester ihm als bevorstehend dargestellt hatte,
eine brüderliche Wallung, vielleicht eine momentane
Geldklemme hatten ihn hergetrieben; nun hielt das Wohl=
gefühl zärtlicher Fürsorge, mit welchem zum ersten Male
seit seiner Kindheit ein Mensch ihn umspann, ihn fest;
die materielle Fülle, das Ansehn der Seßhaftigkeit
machten sich geltend, hohe Kulturbestrebungen, im
nächsten Zusammenhange mit seinen bisherigen littera=
rischen Tendenzen, tauchten auf. Möglich, daß auch
die Wiedereroberung seiner frühesten, einzigen wahrhaft
Schönen, auf welche unerwartet sein erster Blick gefallen
war, ihn lockte, daß nebenbei das deutsche Pfarrtöch=
terchen ihm zu einem kleinen Roman allerliebst genug
dünkte. Einem Dichter ist Frauengunst ja der casta=
lische Quell und hat denn nicht der alte Meister, wel=
chem der junge bescheidentlich nachstrebte, die angenehme
Empfindung einer gleichzeitigen Doppelliebe zu rühmen
gewußt?

So war er denn allen Ernstes gewillt, in dem
stattlichen Grafenschlosse von Bielitz, dessen Erbe zu
werden er jeden Tag erwarten durfte, sich häuslich ein=
zurichten und a priori den Herrn in demselben zu
spielen. An dem nervus rerum gebrach es nicht; Si=
donie war vollständig Meisterin der Lage, der alte bär=
beißige Mehlborn ein stillvergnügter Knabe geworden,

seitdem seine junge Pflegemutter ihm die Milch des Alters nicht ausgehen ließ. Er nippte, zippte und nahm seinen Herrgott für einen frommen Mann. Wiederholt hatte Decimus seinem guten Kameraden diese Behandlungsweise vorgehalten: „Sie schläfern Ihr altes Kind mit Mohnsäftchen ein und erziehen es zum Idioten," hatte er gesagt, sie aber lachend erwidert:

„Zum Idealisten erziehe ich es und die guten Genien der Jugend wecke ich auf. Hätte ich mein Papachen bei seinem Dünnbier belassen, fühlte es sich blind und elend, wäre mißtrauisch und mißvergnügt, keifte am Tage mit widerborstigen Fröhnern und grauelte sich Nachts vor Raubmördern und dem Gespenst des schwarzen Todes. Nun ich ihm stündlich ein Gläschen von dieser braven Liebfrauenmilch einschenke, — selbstverständlich unter der Etikette „Werben'sches Gewächs", — glaubt er, liebt, hofft, vertraut, sieht mit Augen seine Felder sprießen, an seines Sidonchens problematischem Schulterstück zwei goldene Engelsfittiche leuchten und schlummert von vierundzwanzig Stunden netto zwanzig wie der Gerechte in Abrahams Schooß. Wer ein Achtziger werden will, kann sich nichts besseres wünschen."

Indem Sidonie auf diese Weise Genien der Jugend, die in Papa Mehlborn bis dahin geschlummert hatten, zum Leben erweckte, war sie indessen vorsichtig und auch gutmüthig genug, die Dämonen des Alters, die von Kindesbeinen an in ihm rege gewesen waren und selten gründlich einzuschläfern sind, nicht herauf zu beschwören.

Die vielwerthe Eisentruhe blieb unverrückt unter Papachens Bett, ihr Schlüssel Tags in Papachens Rock-
tasche, Nachts unter seinem Pfühl. Sein Sidonchen
hatte noch keinen Blick in die Truhe gethan. Ihr
gnügten die Wirthschaftserträge, nach welchen Papachen
wenig mehr fragte und gewisse Stempelbogen, zu deren
Contrasignatur — unter der Rubrik Rechnungen, Quit-
tungen und so weiter, — sie sonder jeglichen Gewis-
sensskrupel Papachen die Hand führte. Die großjährige
Enkelin und Erbin des unzurechnungsfähigen Greises
erfreute sich eines weittragenden Kredits, bedurfte desselben aber auch nach Ankunft ihres Bruders in täglich
wachsendem Maaße.

Er hatte Bedürfnisse der mannichfaltigsten Art, eine
allezeit offene Hand, auch große philantropische Pro-
jekte, für welche bis zum reellen Erbantritt wenigstens
die Einleitungen getroffen wurden. Sidonie nahm alles
auf ihre Kappe; ihres Bruders Kredit blieb unange-
tastet, sein Name stand unter keinem Wechsel; er war
der Schöpfer, sie der Handlanger. Da sollten die Lasten
der „weißen Sklaven" nicht etwa abgelöst sondern einfach aufgehoben werden, den freiwilligen Arbeitern
Häuser gebaut, gegen welche die der Grabesstraße von
Werben armselige Hütten waren und dergleichen vieles.
„Der Baum eines Volkes treibt von unten herauf,"
sagte er, und wer hätte etwas dagegen sagen können?
„Seine Wurzeln müssen gedüngt und begossen werden."
Wo Max von Hartenstein lebte, mußte menschenwürdig
zu leben sein; war er ein Egoist, so war sein Egoismus

großmüthiger Natur. Ja, er trug sich allen Ernstes mit dem Entwurf eines Phalansteriums auf seinem einstigen Grund und Boden, nachdem er für die Errichtung eines solchen in überseeischen Zonen seit seinen Pariser Tagen geschwärmt und schriftstellerisch gewirkt, sogar gedichtet hatte. In der Neuordnung des Eigenthums sah er die große Frage der Zukunft und in der republikanischen Freiheit, der socialen Gleichheit nur ihre Vorläufer.

Vor der Hand mußte man sich freilich begnügen, das eigene Leben menschenwürdig auszugestalten. Die Einrichtung des Herrensitzes, Anschaffungen, Bestellungen, anzuknüpfende Verbindungen ließen es auch für die unermüdliche Intendantin zu regelmäßigen Pfarrbesuchen nicht mehr kommen. Um so erfreulicher waren die Ueberraschungen, wenigstens für Freundin Rose. Sidonie war beflissen, sie in ihre Nähe zu ziehen, sie zu sich einzuladen, sich auf ihren Fahrten in Stadt und Umgegend von ihr begleiten zu lassen, und der Vater gönnte seinem Liebling diese Erholung, bevor binnen Kurzem sich wiederum ein Trauerschleier über ihren Jugendtag breiten würde. Auch das peinliche Zusammensein der dem Namen nach noch immer Verlobten erhielt dadurch eine für beide Theile wohlthätige Unterbrechung.

Denn, ohne es auszusprechen, hatte der Vater von der ersten Stunde ab nicht nur die Lösung des Verhältnisses, das seine Kinder ein Paar Monate hindurch gequält hatte, klar erkannt, sondern auch ehrend und verstehend deren Grund; und wenn er die Getrennten dennoch vereint in seiner Nähe hielt, so geschah es in der Hoffnung, daß sie sich stillschweigend wieder in jenes geschwisterliche Verhältniß zurückleben würden, das sie mehr als zwei Jahrzehnte beglückt hatte. Er achtete den Sohn für stark genug, diese schwere Probe zu bestehen und gönnte ihm die Befriedigung, seinem väterlichen Wohlthäter bis zu seiner letzten Stunde eine Stütze zu sein. Nach derselben mochte er frei aus seinem Gemüthe heraus die Entscheidung über seine Zukunft treffen. Sein Vögelchen ließ er für ein Weilchen fliegen!

Und da waren es für das Pfarrröschen wohl goldene Stunden, wenn es in seidene Wagenpolster gedrückt, oder im lustigen Schlitten, den der schöne, junge Baron hinter den beiden Damen lenkte, ein zierlicher Jockey zu Pferde vorantrabend, in der Gegend umherschwärmte, Stunden, wie sie das Pfarrröschen wohl für eine Märchenprinzeß geträumt, einen wirklichen Menschen sie aber noch niemals hatte durchkosten sehen. Es mochte der weltlustigen jungen Seele bedünken, als ob das Schicksal sie recht irrthümlich in den Schooß einer still in sich begnügten geistlichen Familie getragen habe.

Indem Sidonie die Freundin auf diese Weise ihrer heimischen Sphäre entfremdete, nahm sie den Bruch des Verlöbnisses als ein fait accompli und als des Bräutigams gutes Glück. Hätte sie sein Glück aber auch in Rosens Besitz gesehen, würde sie schwerlich angestanden haben, es auf diesen Bruch ankommen zu laſſen, inſofern das Wohlbefinden ihres Bruders auch nur auf Momente dadurch gefördert wurde. Es galt, ihn mit ſtarken Reizen an die Heimath zu feſſeln. Lydias Wiedergewinn würde der am ſtärkſten wirkende geweſen ſein. Aber die Kluge zweifelte nicht blos an dem aus ihm erblühenden Segen, ſondern einfach an ſeinem Gelingen und ſo wurde die leicht zu gewinnende liebliche Roſe, coûte que coûte, als Gegenreiz in den Vordergrund geſchoben. Dieſes von Grund aus gütige, recht und billig denkende Mädchen, das einſt ſeine unglückliche Verwandtin „eine Jeſuitin der Familien= pflicht" geſcholten hatte, es fand jetzt jedes Mittel gut und gerecht, für einen Liebeszweck, dem ſie ſich blind wie einem Schickſalszwang unterwarf. Ach, der Aermſte, den ſie ein Johanniskind nannten! Hätte Freund Peter Kurze ihn gegen Ende des Winters geſehen, er würde ihn nicht, wie zu Anfang deſſelben, als Hahn im Korbe beneidet haben. Verlaſſen hatte ihn die Braut, ver= laſſen ſein Kamerad; ohne das Recht des Eingriffs und doch ohne die Freiheit zur Flucht, ſah er, in der be= ſchämendſten Lage, rathlos und thatlos ein Verhängniß herantreiben, dem er ſich mit ſeiner letzten Kraft hätte entgegenſtemmen mögen, und er würde an ſich ſelbſt und an aller Menſchenhoheit und Treue haben ver= zweifeln müſſen, hätte nicht ſein weißes Fräulein feſt und ermuthigend ihm zur Seite geſtanden. Ja, Lydia war ihm geblieben, Lydia und Konſtantin Blümel, der herrliche Greis, der ſich noch niemals ſo väterlich ihm zugeneigt hatte wie jetzt, da es galt, die Wunden zu verbinden, die sein liebstes Kind ihm schlug; die Wunden, welche der Sohn um jeden Preis dem Auge des Vaters, — ach nein, jedem Auge — hätte entziehen mögen.

Der alte Vater erkannte mit Reue seinen Irrthum, als er dem flügellahmen Vögelchen den Käfig öffnete. Er hatte seinem Liebling den kleinen Finger bewilligt und der Liebling herzhaft beide Hände ergriffen. Der alte Vater, so todesgewiß er war, er hätte jetzt leben mögen, leben mit Jugendkräften, um den Flatterling wieder einzufangen, das bethörte Kind zu überwachen, das strauchelnde zu leiten und es, würdig seiner selbst, nicht mehr, wie er eine kurze Zeit gehofft, dem Gatten am Herzen, aber dem Bruder an der Hand zurückzulassen.

Der Greis, so wenig wie der Jüngling, war erfahren in den Vorspiegelungen, unter welchen eine Leidenschaft sich unbewußt in die Herzen schmeichelt, und noch minder waren es beide in den bewußten Kunstgriffen, die jenem natürlichen Ränkespiel in die Hand arbeiten. Aber sie sahen mit Blicken, welche die Liebe schärfte, die einfache Liebe, die sie verstanden. Und da konnte ihnen denn nicht entgehen, daß Max Rosen niemals beflissener entgegen kam, den Zauber seiner Persönlichkeit niemals verführerischer zur Geltung brachte, die Wichtigkeit seiner philanthropischen Pläne, die Vorzüge seiner gesellschaftlichen Stellung niemals geschickter hervorhob, als wenn er Rosen in Lydias Gegenwart sah. Nicht die leichte Eroberung, die schwere war sein Ziel, ohne Zweifel sein ernsthaftes Ziel, und seine gröbliche Täuschung nur die, daß er in tändelnder Laune auf Eigenschaften zu wirken hoffte, welche eine reine Seele nicht einmal begreift, eben darum aber — so widerspruchsvoll geht es in den Phantasien solcher Pseudoidealisten zu, — eben weil sie jede niedrige Regung ausschloß, ihm diese reine Seele zu der begehrenswerthesten machte. Denn hätte Lydia das lockende Spiel verstanden und ihm nicht widerstanden, würde sie ihm der Mühe des Spiels noch werth erschienen sein?

Nicht mehr ungetrübt der Sohn, wohl aber der Vater hoffte noch, daß auch die sonst so scharfsichtige Rose dieses Ränkespiel durchschaue, und daß sie mit unberührtem Herzen sich nur von der glänzenden Neuheit der Weltfreude blenden lasse. Indessen auch dieser dämonischen Blendung mußte gesteuert werden und wenn den Bitten nur wiederum Bitten, der Mahnung Liebkosung, der Warnung ein Schelmenlächeln entgegengesetzt wurden, so blieb endlich nur das Gewicht der väterlichen Autorität, um die Wagschale in die Richte zu bringen.

Die jenseitigen Wiesen, über die im Herbst der Fluß getreten, waren zugefroren, auf weiter Strecke eine Eisbahn bildend, welche Max, ein gewandter Schlittschuhläufer, wie als ächter Hartenstein, der gewandteste Reiter, Schütze und Fechter, täglich benutzte, — vielleicht weil sie aus den Fenstern des Schlosses überschaut werden konnte. Auch die Pfarrkinder waren vom Vater zu dieser Uebung angehalten worden und

Rose hatte sie erst aufgegeben, als ihr Decem auf die Universität zog und sie nun die Schlittschuh sich eigenhändig anschnallen und ohne jeglichen Zeugen ihre Kunststückchen hätte machen müssen. Jetzt aber wachte plötzlich die alte Lust in ihr wieder auf und Tag für Tag wurden ein paar frohe Stunden auf dem glatten Spiegel vergaukelt. Da Freundin Sidoniens Gesundheit ihr nicht gestattete, als Eismutter am Ufer auf und ab zu spaziren, wurde Freund Decimus um seinen Anstandsschutz ersucht, und er, — ja, was bleibt denn solch einem Quasibräutigam übrig, wenn sein Quasibräutchen nach langer Siechenhaft das Bedürfniß kräftigender Luftbewegung fühlt? — was, als erst dem Bräutchen und dann sich selbst die Schlittschuhe anzuschnallen und bescheidentlich nebenher zu schleifen, wenn die beiden Anderen Hand in Hand kunstvolle Kreise und Achten ziehen.

Eines Nachmittags kehrte er mit Rosen von solcher Leistung zurück; er schweigsam und muthlos wie alle Tage, aber auch sie nicht mit den purpurnen Wangen und freudeblitzenden Augen wie bisher; sie fröstelte und ließ das Köpfchen hängen. Der Baron war nicht auf dem Eise gewesen; weder er noch seine Schwester hatten den Tag über etwas von sich sehen oder hören lassen.

Der Vater war im Begriff, mit zitternder Hand die Adresse auf einen Brief zu schreiben; sie lautete an seine Tochter Erika, deren Mann vor Kurzem als Bauinspektor in eine näher gelegene Stadt versetzt worden war. Der Greis sah auffällig bleich aus, doch klang seine Stimme ruhig, als er den Sohn bat, den Brief, den er zu eiliger Bestellung empfohlen hatte, heute noch nach der Post zu tragen.

„Das trifft sich gut, Decimus!" rief Rose plötzlich belebt. „Du gehst mit mir über das Gut und holst mich dort auf dem Rückwege wieder ab. Ich habe Sidonien ein Stickmuster versprochen, das ich ihr heute noch bringen möchte."

Rasch wollte sie auf und davon; der Vater aber äußerte mit Entschiedenheit, daß es zu einem Besuch auf dem Gute zu spät am Tage sei. So legte sie denn Hut und Pelzpelerine ab, indem sie die Lippen ganz allerliebst zu einem Kinderschippchen verzog und sich knapp auf die Kante des Stuhls, nach welchem der Vater, dem seinen gegenüber, deutete, niederließ. Den Sohn, der sich entfernen' wollte, bat er, so lange zu verziehen, bis er seiner Tochter eine Eröffnung gemacht haben werde.

„Du hast dir," so hob er darauf zu Rosen gewendet an, „seit Jahren einen Besuch bei deiner Schwester gewünscht. Heute willfahre ich diesem Wunsche. Ich habe Erika geschrieben, daß sie dich am übernächsten Tage zu erwarten hat. Decimus wird die Freundlichkeit haben, dich zu begleiten und bis zum Sonntag zurückgekehrt sein."

Rose lachte anfänglich über den wunderlichen Einfall; als sie jedoch des Vaters unzerstörbaren Ernst erkannte, wurde sie blaß, streichelte ihm die Wangen und sagte mit ihren schmeichelndsten Tönen: „Wie kannst du nur daran denken, Väterchen, daß ich dich verlassen würde jetzt, wo du deiner kleinen Rose doch ein wenig mehr als in früherer Zeit bedürftig bist?"

„Ich fühle mich entschieden kräftiger als noch vor Kurzem," versetzte der Vater. „Und habe ich denn nicht meinen Decimus? Stieße mir aber während seiner Abwesenheit ein Rückfall zu, würde die gute Lydia mir gewiß nicht fehlen."

„Aber welchen Grund kannst du haben, mich fort= zuschicken und eine Fremde an meine Stelle zu setzen?" fragte Rose gereizt, wie neuerdings immer, wenn Lydias lobend erwähnt wurde.

„Da du den Grund nicht fühlst, würdest du ihn auch nicht verstehen," antwortete der Vater so streng wie er noch nie zu seinem Liebling geredet hatte. „So sage ich denn einfach: ich will!"

„Und wenn ich sage: ich will nicht?" rief Rose mit dem Ton der Schelmerei, aber einem Blick voll Trotz.

Konstantin Blümel war ein milder Vater und gegen sein jüngstes Kind zweifach mild. Aber solch ein dreister Widerspruch war noch aus keines Kindes Munde vor ihm laut geworden. Erst während dieser wenigen Sil= ben wurde ihm völlig der Unsegen klar, der in seinem nächsten Herzen Wurzel geschlagen hatte. Mit den großen, tiefen Augen, welche die Macht seines Gemüths immer noch viel eindringlicher als seine guten Worte ausdrückten, blickte er schweigend in die ihren, bis sie dieselben schamroth niederschlug. Dann aber sagte er mit leise bebender Stimme:

„Widerrufe dieses Wort, mein Kind. Ich möchte dir die Bitterniß ersparen, mit welcher du in naher Stunde dich erinnern würdest, dem letzten Liebeswillen deines Vaters getrotzt zu haben."

Sie brach in einen Thränenstrom aus, glitt zu seinen Füßen nieder und schmiegte sich an seine Knie wie ein Kind. „Ich will ja, Vater," schluchzte sie, „will alles, was du willst. Ach, was kann ich denn aber dafür, daß ich hier so glücklich bin?"

Bei diesen Worten wurde hastig die Thür geöffnet. Sidonie wankte in das Zimmer, schattenbleich, die arme, gebrechliche Gestalt wie geknickt. Sie würde zu Boden gestürzt sein, wenn Decimus sie nicht in seinen Armen aufgefangen hätte.

„In Frankreich — Revolution!" stammelte sie. „Max — fort — ohne Lebewohl!" —

Rosens Kopf war an des Vaters Brust gesunken. Er hielt ihn mit beiden Armen umschlungen. Seines Kindes Hand sollte ihm die Augen schließen.

Nach mehr als dreißigjähriger politischer Windstille über dem Vaterlande schossen mit Sturmesjagd nun Wochen dahin, in welchen jeder Tag, jede Stunde in erschütterte Herzen eine erschütternde Kunde trug. Der Orkan tobte bis in die bescheidenste Hütte. Reiche wankten, Throne und alte Ordnungen stürzten zusammen wie die Luftschlösser im Gesichtsfelde von Werben. Die

Nöthe des Einzelnen werden in solchen Zeiten gering=
schätzig übersehen; aber sie drücken nicht minder als in
stillen Tagen und nur die Freuden der stillen Tage
sind schal geworden.

War es nun die wehende Frühlingsluft, die Freude
über sein in äußerster Stunde ihm zurückgegebenes
Kind, oder war es jener allerorten die Geister bis zum
Ueberschwang reizende Gewitterstrom, der auch den mür=
ben Greisenleib elektrisch belebte? Vater Blümel schüt=
telte wie durch ein Wunder Todesschwäche und Todes=
schwanen ab. Er hatte zum vorbestimmten Termin sein
Entlassungsgesuch und das für des Sohnes Ordination
eingereicht; nach dem Osterfest sollte die letztere statt=
haben. Er dachte aber allen Ernstes daran, die Kanzel
wieder zu besteigen und mit dem ewigen Wort gegen
den Dämon der Empörung zu Felde zu ziehen. Der
Sohn war ihm längst nicht feurig genug; er paktirte
viel zu viel mit den Forderungen des Tages. Sagte
der Jüngling: „Alles Recht muß erstritten werden, und
die Freiheit ist das höchste Recht!“ so sagte der Greis:
„Jedes Recht muß mühsam erarbeitet werden; was im
Taumel gezeugt wird, reift nicht zu dauernder Geburt.
Die Freiheit muß erst als Pflicht erkannt worden sein,
bevor sie als Recht gefordert werden darf.“

Es war ein theoretischer Streit; in der Praxis
würden Vater und Sohn gar nicht weit auseinander
gegangen sein.

Rose hielt sich tapfer. Ihre Wangen glühten und
ihre Augen funkelten nicht mehr; aber nur ein Liebender

hätte ihr anspüren können, daß mit dem Meteor, wel=
ches an ihrem Horizonte für kurze Wochen aufgestiegen,
mehr als ein Freudenrausch verschwunden war. Sie
sprach nie von Max, es sei denn mit Sidonien, die
sie nach wie vor besuchte; aber sie ging sichtlich mit
Ueberwindung; nur weil das Fernbleiben aufgefallen
sein würde. Auch der Vater und Bruder oder Bräu=
tigam schwiegen den gefährlichen Flüchtling geflissentlich
todt; im Herzen des Bräutigams aber leibte und lebte
er als sein einziger Feind, denn er hatte mit einem
Glück, das ihm mehr werth war als sein eigenes ein
schnödes Spiel getrieben. Ja, er haßte sein einstiges
Idol und wenn er mit ihm nicht auch d i e haßte, welche
jenes Spiel abgekartet, ohne Bedenken Freundin und
Freund in dasselbe eingesetzt hatte, so geschah es um
der großen Liebe willen, die sie zu dem Frevel getrieben
und weil sie litt wie eine Mutter leidet um den ver=
lorenen Sohn.

Das muthige Mädchen war ein zitterndes hände=
ringendes Weib geworden; auch körperlich krank. Lydia,
welche das Thalgut überhaupt selten und seit Maxens
Anwesenheit niemals betreten hatte, theilte jetzt ihre
Zeit zwischen ihm und der Pfarre. Sie pflegte Si=
donien, ermuthigte sie, so weit ihr wahrhaftiger Sinn
es zuließ und erleichterte ihr die Sorge für den blin=
den, blöden alten Mann. Peter Kurze würde einen Luft=
sprung gethan haben, hätte er gesehen, wie die „Energien"
dieser Schwanenjungfrau sich in Thaten umsetzten!

Eines Abends sagte sie zu Decimus, der seinen

treulosen Kameraden nicht wiedergesehen hatte, seitdem derselbe so tief aus seinen Himmeln gestürzt worden war: „Versuchen Sie es doch einmal, Freund, Sidonien ein wenig aufzurichten. Sie sind ihr sympathischer als ich. Vielleicht gelingt es Ihnen, sie zur Annahme eines Arztes zu bewegen; wenngleich ihr Zustand mehr zu denen gehören mag, die Doctor Kurzen so unliebsam sind, weil sie sich nur mit Seelenohren aushorchen lassen."

Als Decimus am anderen Morgen Sidoniens Zimmer betrat, fand er sie in fiebernder Erregung, mit glühenden Wangen auf- und niederschreitend. Daß sie ihm Leides zugefügt, schien ihr gar nicht in den Sinn zu kommen. Nach kurzem Zaudern gestand sie ihm, sie habe ihren Bruder in der verwichenen Nacht gesehen, heimlich, flüchtig auf der Durchreise nach Berlin! Und der Schluß, den sie aus dieser heimlichen, eiligen Reise zog, hieß: auch hier, auch bei uns Revolution!

Decimus wollte ihr diese Folgerung ausreden. Sie ließ in ihrer Unrast ihn aber gar nicht zu Worte kommen. Anhebend mit einem Versuch zum Spott steigerten sich ihre Vorstellungen zu den grausamsten Wahngebilden.

„Da bin ich nun," rief sie, „in den Ideen aller menschenmöglichen Freiheit und Neuheit herangewachsen, erst in Rom bei der atheistischen Harfenmuhme, dann in der Schweiz bei der parlamentarischen Mutter, unter dem Konvivium der trikoloren und blutrothen Fahnenschwenker aller Völkersorten; und ich sehe ja auch weit deutlicher als diese Maulhelden sammt und sonders was uns gebricht und was wir brauchen, um fertig zu werden. Und doch sitze ich hier und ringe mir die Hände wund um mein altes Preußen, so wie ich es als Vätererbe überkommen habe, und hassen, ja, schlechthin hassen möchte ich die, welche es in Trümmer schlagen wollen um eines Neubaus willen, der nicht mehr mein altes Preußen ist. Die Kopie eines größeren hüben, eines reicheren drüben, ein Mischmasch von Pfuscherstil, o, ich kenne die Schablonen! Und mitten unter diesen Zerstörern steht der Mensch, den ich liebe, mehr tausendmal mehr als mich selbst. Mein Max ein Verschwörer, ein Rebell! Ein Hartenstein siegend auf der Barrikade oder — oder fallend auf dem Schaffott!"

Sie kreischte die letzten Worte, die Augen stierten, als sähe sie ihres Bruders blutiges Haupt. „Und ich kann ihn nicht retten — nicht retten —" flüsterte sie tonlos, von einem Schauder geschüttelt.

Lydia war während der letzten Reden leise eingetreten; entsetzt von dem Unheil, das sie sah und verkünden hörte, hatte ihr Fuß unter der Thür gestarrt. Das kranke, gebrechliche Geschöpf bemerkte sie und stürzte auf sie zu mit Blicken, in welchen das Rasen des Fiebers und der Todesangst funkelte.

„Du, du hättest ihn retten können," rief sie unter konvulsivischem Schluchzen. „Denn dich hat er geliebt, dich allein. Du kannst es noch heute, denn er liebt dich noch heute. O, liebe ihn, Lydia, liebe ihn, und er ist gerettet."

„Du bist krank, Sidonie," entgegnete Lydia erschüt=
tert. „Du wähnst Gefahren, die nicht sind. Wenn
aber wirklich eines Anderen Liebe einen Menschen retten
könnte vor sich selbst, müßte der, für welchen du zit=
terst, nicht durch deine große Liebe gerettet worden sein?"

Sidonie lachte auf in gellendem Hohn. „Ich, ich?
eine verkrüppelte Schwester? Ja, wenn ich ein Weib
wäre, ein schönes Weib, ein Schwan wie du, Lydia,
wie du! Nur Leidenschaft siegt über Leidenschaft. Rufe
ihn zu dir, sage ihm, ich liebe dich — —"

„Du phantasirst, Sidonie," unterbrach sie Lydia
plötzlich mit eisiger Ruhe, „du weißt — —"

„Ich weiß, du liebst ihn nicht, du liebst ihn nicht
mehr. Aber sage es ihm nur. Halte ihn auf, halte
ihn hin ein Paar Tage, ein Paar Wochen lang, bis
der Krater ausgespieen und er ist gerettet."

Lydia wendete sich schweigend von ihr ab.

„Du hast ihn niemals geliebt!" schrie die Unglück=
liche; indem sie erschöpft zu Boden sank und in einen
Thränenstrom ausbrach.

Lydia richtete sie empor, führte sie nach ihrem Ruhe=
bett, setzte sich an ihre Seite und faßte nach ihrer
Hand. Sidonie entzog sie ihr, um ihr Gesicht zu be=
decken.

„Geht, geht!" rief sie nach einer Pause. „Laßt
mich allein! Ihr beide wißt nicht, was Lieben ist. Geht,
geht! haltet's mit einander nach Eurer Art!"

Sie wollten sich entfernen. Sidonie winkte sie
zurück.

„Schicken Sie mir Rosen, Decimus," schluchzte sie. „Und du, Lydia, du kannst ja beten. Ach bete, bete, daß ein Anderer barmherziger sei als du."

Lydia neigte schweigend ihr Haupt bis zur Brust hinab, drückte dem armen Mädchen die Hand, und dann ließen sie es allein. Im Hofe stießen sie auf Doctor Brand, den Lydia heimlich hatte herbeirufen lassen; nachdem sie ihm das Erforderliche mitgetheilt hatte, verließ sie mit Decimus das Gut. Beide waren bis in den Herzgrund erschüttert. Nachdem sie eine lange Weile schweigend nebeneinander gegangen waren, hob Lydia an:

„Es waren Wahngebilde der Fieberangst! Aber wie vor einem Räthsel stehe ich vor einer Liebe, welche solche Angst gebiert und ist es ein Mangel, oder eine Gnade, daß ich diese Liebe nicht einmal begreife? Auch ich habe meinen Vater über alle Andere geliebt, aber ich habe an ihn geglaubt wie an keinen Anderen. Die elementarste Menschenliebe, die einer Mutter, sagt man, mache blind; diese Schwester aber sieht die Irrungen dessen, welchen sie liebt, schärfer als ein Feind sie sehen könnte und dennoch liebt sie ihn. Großen Sinnes, denkend und handelnd nach einem anderen Gesetz als er, ausgebeutet, versäumt, verlassen von ihm, frevelt sie um seinetwillen lachenden Muthes und stirbt vielleicht an der Qual dieses unüberwindlichen Zwangs. Hätte ich sie täuschen sollen, Decimus, vielleicht vom Tode befreien durch ein erheucheltes Wort?"

„Nein," so beantwortete sie sich die Frage selbst,

bevor er sie gleichfalls mit Nein zu beantworten gewagt
hatte. „Nein; ich halte sie höher als sie den, welchen
sie liebt, und ich halte auch ihn noch zu hoch, um zu
glauben, daß er durch eine Lüge gerettet werden könnte."

Wieder ging sie eine Weile stillsinnend an seiner
Seite, dann hob sie von Neuem an, indem sie ruhig
mit einem großen Blick zu ihm in die Höhe sah:

„Ja, Freund, ich habe diesen Mann geliebt so, wie
seine Schwester verlangt, daß ich ihn heute zu lieben
heucheln soll; geliebt weit über die Stunde hinaus, in
der ich erkannt hatte, daß er nicht mein Leitstern durch
das Leben werden konnte und ich nicht der seine. Jahre
lang hat der warme Puls sich gegen das kalte Erkennen
empört, habe ich lieber an mir selber gezweifelt als an
dem, der sich in einer Wallung vielleicht berechtigten
Zorns von mir getrennt hatte. Die Ferne blendet,
Decimus. Denn als er mir plötzlich wieder gegenüber=
stand, war er ein Anderer für mich geworden, der, —
der er war. Ich wußte, daß ich an diesen Mann
nimmer hätte glauben lernen und daß die Liebe ohne
Glauben eine Täuschung ist. Wenn ich aber Ihnen,
Freund, nach jenem unfreiwilligen halben Geständniß,
dessen Zeuge Sie wurden, dieses ganze freiwillig mache,
so geschieht es, weil ich Sie mit Erfahrungen ringen
sehe, welche den meinigen gleichen. Mögen Sie es nun
als einen Vorwurf nehmen oder als einen Trost: auch
Ihnen ist eine Liebe ohne Glauben wider die Natur,
und Ihr Puls wird eines Tages ruhig schlagen, wenn
Ihr Herz sich vielleicht am höchsten hebt."

Er drückte die Hand, die sie ihm reichte, mit stummem Dank an seine Brust; dann trennten sie sich. Und was hatte er aus jenem Bekenntniß so Ergreifendes herausgehört, daß kein Dankeslaut ihm voll genug erschien? Nichts als das eine Wort: „ich liebe Max nicht mehr." Aber solch ein Wort durchzuckt wie ein Sternenstrahl den Nebel!

Im Uebrigen fand er in seiner Herzensstimmung weder mit Lydias bräutlicher, noch mit Sidoniens schwesterlicher Leidenschaft einen verwandten Zug. Wen das Leben zwischen Güte und Liebe so warm gebettet hat wie ihn, dem wird ein einzelner Mensch nicht zum zwingenden Idol; die Gefühle vertheilen sich; und eine Neigung, die aus der Wiege herauswächst, berückt das Herz nicht mit der Passion für ein Zauberbild. Er hatte seine Rose geliebt so, wie sie eben war, und so wie er selbst eben war, hatte er geglaubt von ihr geliebt zu werden. Erwies sich dieser Glaube als ein Wahn, nun wohlan! Er war kein Max, welchem ein ungetheiltes Verlangen zum Sporn des Verlangens wird. Er forderte ein Herz für ein Herz, ein ganzes Leben für ein ganzes Leben, und wurde es ihm versagt, nun — so wußte er zu entsagen.

Sehr löblich, Freund Decimus, höchst vernünftig! Nur mit Verlaub: dein Biograph würde es heldenhafter gefunden haben, wenn du zu dieser löblichen Vernunft gelangt wärest schon vor der Stunde, wo dein weißes Fräulein dir die Eröffnung machte, es liebe seinen Einstgeliebten nicht mehr.

Als Decimus in die Pfarre zurückkehrte erwartete ihn der nachstehende Brief:

„Lieber Decimus!

Ich habe Ihnen die Hand darauf gegeben, daß ich nichts ohne Ihre Einwilligung unternehmen will, und ein Wort ein Mann! Nun sehen Sie, die See läuft mir nicht davon, aber einen Krieg giebt's nicht alle Tage, und weil die Leute hier alle sagen, es ginge los, darum bitte ich Sie: lassen Sie mich mit in's Feld wider den Dänenkönig. Unser Herr Pastor hat die Sache von der Kanzel herab einen guten Kampf genannt, nur daß er freilich nicht von Blutvergießen dabei gesprochen hat. Was aber ein guter Kampf ist, das ist auch werth, daß ein bischen Blut darin vergossen wird. Nun sehen Sie, lieber Decimus, ich verstehe von den alten Traktaten kein Sterbenswort, und was hat mir der neue Dänenkönig gethan? Und unser preußischer König kriegt die Herzogthümer doch gewiß auch nicht. Ich denke aber so: der dumme Streich, den ich nun einmal gemacht habe, wird immer noch eher durch ein Paar Tropfen Blut als durch ein Meer voll Salzwasser abgewaschen; und nachher kann ich mich mit Ehren vor allen Menschen wieder sehen lassen als ein richtiger Hartenstein, und, wer weiß, am Ende verdiene ich mir noch einen Orden. Denn Courage habe ich, das können Sie mir glauben, Courage wie ein Löwe!"

„Ihr Bruder, der Amerikaner nämlich, will auch mit; das heißt, wenn er das Fieber bis dahin los wird, das ihn ganz erschrecklich schüttelt. Der arme Pechvogel! Zu Schiffe die Seekrankheit, zu Lande das Schüttelfieber, und im Felde am Ende das Kanonen= fieber! Nein, nein! Er ist ja Ihr Bruder, Decimus. Der Witz fuhr mir nur so heraus. Im Gegentheil, ich denke: im Feuer, da glückt's ihm; und weil er ein alter, preußischer Dreijähriger ist, machen sie ihn gewiß bald zum Feldwebel und geben ihm die Litze.. Der Steuermann, der würde wohl gar gleich Officier. Für sein Leben gern möchte er auch mit. Aber seine Frau läßt ihn nicht. Sie denkt, er wird todtgeschossen. Als ob das Wasser Balken hätte! In drei Wochen sticht er in See und holt aus der Havannah, glaube ich, eine Ladung Tabak, und wenn bis dahin kein Krieg wird, nimmt er mich mit. Viel lieber als in die Theer= jacke möchte ich aber erst ein Weilchen in den bunten Rock."

„Und darum, lieber Decimus, bitte, sprechen Sie mit Lydia. Wenn die „Ja" sagt, brauchen wir den Vormund gar nicht erst zu fragen. An meine Mama schreibe ich selbst. Daß die aber nichts dawider hat, weiß ich voraus. Umgekehrt wie Ihre Schwägerin Stina, fürchtet sie die Hayfische zehnmal mehr als die Kanonen. Also, mein guter, lieber Decimus, ich ver= lasse mich wieder einmal ganz auf Sie und bin und bleibe zu Wasser und zu Lande, auf Leben und Tod

Ihr

dankbarer getreuer

Philipp.

Das gab nun wiederum eine neue Gedankenwende. Decimus stimmte seinem jungen Freunde ohne Bedenken zu. Brannte ihm selbst doch der Boden unter den Füßen und hätte er doch kaum einen Kampf gewußt, in dem er sich freudiger aus seiner heimischen Zwitterstellung befreit hätte. Der Vater dahingegen stimmte mit Lydia in dem Zweifel überein, ob der Kampf, falls er entbrannte, eine Revolution zu nennen sei, oder wie die Erhebung von 1813, die Vertheidigung eines unveräußerlichen Rechts und nicht an dem weltfremden Greise und Weibe war es, diese Frage zu entscheiden. Als aber ihr König, im Namen Deutschlands sie entschieden hatte, da hat selbst die Mutter ohne Zagen dem Jüngling zugerufen: „Sühne dein Unrecht in einem Kampfe um das Recht!" Denn Soldatenblut ist ein Erbe auch von Mann auf Weib und eine zärtliche Ottilie, die an einem Masernbette zittert, gürtet ihrem Sohne das Schwert wie die tapferste Römermutter.

Als dieser mütterliche Zuruf geschah, erdröhnte die stille Landschaft noch von dem Donnerschlage des achtzehnten März. Wenn es aber wahr ist, daß ein absterbender Baum, dessen Wurzeln mit Blut begossen werden, junge Triebe zu sprießen beginnt, so glich der Greis, welcher mit seiner Liebe diese Landschaft ein Menschenalter hindurch beschattet hatte, einem solchen Baum. Das Blut, das in der Märznacht geflossen war, hatte seine Wurzeln begossen. In seinem Vaterlande, in Preußen eine Empörung nicht nur versucht, — sondern gelungen!

Eine lange Weile lag er von dem Niedersturz wie zerschmettert: Die Kinder hielten ihn für entseelt. Plötzlich jedoch richtete er sich empor, in Blicken, Worten, Schritten, ein Jüngling. Decimus, vor seinem Stuhl auf den Knien liegend, las in seinen Augen den Vorwurf: „Was zauderst du, Träumer? Eile, wohin in dieser Stunde ein Mann gehört!"

Als nun aber der Sohn, nicht länger bedenklich, die Ordre vorwies, welche, gleichzeitig mit der Schreckensbotschaft eingetroffen, ihn als Reservisten zu seinem Regimente einberief, da hätte er wahrlich nicht daran denken dürfen, als stellvertretender, demnächst zu ordinirender Pfarrer gegen dieselbe zu reklamiren! (Er dachte indessen an nichts weniger als Reklamiren.) Der Vater aber, um ihm zu beweisen, wie entbehrlich fortan seine Aushülfe geworden sei, ordnete für den nächsten Morgen die kirchliche Andacht an, mit welcher der Freund der Blumen und des Sonnenscheins alljährlich Frühlingsanfang zu feiern pflegte. Bei dieser Gelegenheit wollte er sich, — nunmehr er der Stellvertreter des Sohnes, — seiner Gemeinde wieder vorstellen, und unmittelbar nach dem Gottesdienst sollte, ohne erweichenden Abschied, der Sohn aufbrechen unter die Fahne.

„Ein Windstoß hat die erlöschende Flamme wieder angefacht. Wenn du heimkehrst, mein Sohn, wird sie niedergebrannt sein. Sammeln die Flammen der Liebe sich denn aber nicht zu neuvereintem Leben auf dem ewigen Heerd, von dem sie sich ergossen haben?"

Also sprach der Greis am Abend in der Kammer, in welcher er zum letzten Male mit dem Sohne schlafen sollte, legte ihm die Hände auf das Haupt und dann sich zur Ruhe. Bald schlummerte er friedlich wie ein Kind bis in den Morgen hinein.

„Und wie scheiden wir?" fragte Decimus, als er vor dem Kirchgang Rosen zum Abschied die Hand reichte.

Sie kämpfte ihre Thränen nieder und antwortete lächelnd: „Nun, ich denke, du scheidest wie ein guter Bruder, der seiner thörichten kleinen Schwester das Leid, das sie ihm angethan hat, vergiebt, und ihr die Freiheit dankt, die sie ihm wiedergegeben."

„Rose, hast du Max geliebt?"

„Geliebt?" rief sie und schüttelte trotzig das Köpfchen. „Lieben Einen, der uns als Lockvogel für eine Andere am Faden zappeln läßt? Nein, nein, nicht geliebt! Nur froh bin ich gewesen — um hohen Preis — aber ohne Reue!"

Der Vater trat bei diesen Worten ein. Er hatte zum ersten Mal seit seiner friedlichen Amtsführung das eiserne Kreuz an den Talar geheftet und so, als Freiwilligen von 1813 führte der Reservist von 1848 ihn auf die Kanzel, die er nicht wieder zu betreten gemeint hatte. Dort oben aber hielt der Greis über den Paulusruf: „Wachet, stehet im Glauben, seid männlich und seid stark," jene wunderbare Frühlingspredigt von der Treue im Wandel und Gottes Odem im Sturme der Zeit, die eines großsinnigen Königs Herz erweckt haben würde, die jedoch auch in den Herzen seiner einfachen Hörer gezündet hat wie ein Prophetenwort und nicht vergessen worden ist bis zur Stunde der endlichen Erfüllung. Für den Sohn war es das letzte priesterliche Wort aus Vatermunde, und niemals wieder ist ein Priesterwort ihm so tief in die Seele gedrungen.

Zwischen den Gräbern der Mütter stand wie bei seinem ersten Scheiden aus der Heimath Lydia. Sie haben kein Wort gesprochen, aber Auge in Auge haben sie eine lange Weile die Hände ineinander gehalten. Die Treue im Wandel!

Als Decimus sein Bataillon, das zu dem Korps in den Marken gezogen worden war, erreichte, hatte es eben den Befehl erhalten, in die Herzogthümer einzurücken.

Die Mannesstufe.

Beim Sturm auf das Danewerk wurde Decimus durch den Arm geschossen, was nicht leicht von einem Menschen für einen besonders glückhaften Aufschritt zur Mannesstufe erachtet werden wird und von ihm selber am wenigsten dafür erachtet worden ist, während mit den Augen des Historikers, will sagen des Biographen, angesehen, es immerhin eine Schicksalsgunst genannt werden muß, wenn Einer, der als loyaler Waffenträger gute Miene zum bösen Spiel zu machen hat, das klägliche Ende eines braven Anfangs, zu welchem er selber, so viel an ihm war, mitgewirkt, hinter der Bühne erleben darf. Alles, was Politik heißt, gehört indessen nicht zu der Geschichte eines Glücklichen jener Zeit.

Allseitig wird dahingegen es als ein Treffer anerkannt werden, daß zu den akademischen Commilitonen, die mit ihm unter die Fahne gerufen worden waren, auch Peter Kurze als freiwilliger Assistenzarzt seines Bataillons gehörte und daß dieser treue Kumpan es war, welcher den Verwundeten nach einem rückwärts gelegenen Lazareth geleitete und ihn allda der Pflege eines nicht minder treuen und geschickten Kumpans überantwortete, der nämlich Bruder Friedens, des timiden Amerikaners.

Der arme Pechvogel war das Fieber nicht rechtzeitig los geworden, um als „Bursche" zugleich mit dem lieben Junkerchen, an das er sein ganzes gutes Herz gehängt hatte, in das Feld zu rücken. Sobald „die Laune" aber einen Tag über den gewohnten Termin ausgesetzt hatte, rückte er seinem lieben Junkerchen nach.

Schon während der Ueberfahrt stellte der Schüttel-dämon sich indessen wieder ein; mühsam und langsam schleppte er sich voran und da war es denn wieder einmal Bruder Decems Johannisstern, der auch dem armen Pechfriede zu Gute kam. Denn schauernd und klappernd, weiß wie eine Wand, seines Endes gewärtig, hockte er am Chausseegraben, als das Bataillon der Universitätsstadt, den Flügelmann Frey an der Spitze, und mit ihm Hülfe in der Noth, die Straße daher gezogen kam.

Freund Peter Kurze erbarmte sich des armen Teufels mit einer gehörigen Dosis Chinin, steckte ihn auf einem Trainkarren unter und erzielte an dem ersten Patienten seiner militairischen Praxis einen seiner rühmenswerthesten Erfolge auch auf dem bisher wenig kultivirten Gebiete der Psychologie. Natur- und vernunftgemäß würde der vierzigjährige, blöde Friede mit seinem dreitägigen Schüttelfrost zum Sturmlaufen so wenig der rechte Mann gewesen sein, wie mit der obligaten Würgenoth zum Heringsfang; zum geduldigen

Krankenwärter aber war er „wie gemacht"; und da bei dem eiligen Aufbruch nach langjähriger Friedenspause die Sanitätskolonne just nicht ausgiebig bestellt war, erschien Doctor Peter Kurzen, dem die Organisation eines Feldlazareths wesentlich oblag, der blöde Friede als ein erwünschter Lückenbüßer, dem armen Pechfriede aber Doctor Peter Kurze als endlicher Pfadfinder in Fortunas Zauberreich.

Zur Zeit als sein liebes Junkerchen, heil und munter wie jede Kreatur in ihrem Element, überschäumend von Heldenmuth, allerseits wohlangesehen und wohlgelitten, mit der Zastrow'schen Freischaar im Vordrang nach Jütland begriffen war, saß demnach sein projectirter alter Bursche, ebenso heil und munter wie eine Kreatur in ihrem Element, ebenso heldenmüthig in seinem Dienst, ebenso wohlangesehen und wohlgelitten in Doctor Peter Kurzens Lazareth, verband, neben manchen anderen Wunden, seines „lieben" Bruders zerschossenen Arm, legte kühlende Umschläge auf seine Stirn, wachte Nachts an seinem Bett und leistete, nachdem derselbe seiner Pflege entrückt war, einem weit bedeutenderen Blessirten noch weit bedeutendere Dienste. Nach dem Waffenstillstand hat er dann seinen „lieben" Herrn, — dazumal Obersten, — in dessen persönlichen Dienst er getreten war, nach seiner Garnison, der der Werben'schen Heimath zunächst gelegenen Festungsstadt, begleitet, hat alldort unwissentlich in seines „lieben" Bruders Decimus erstem männlichen Stufenjahr eine ziemlich problematische Rolle gespielt und schließlich durch

seines „lieben" Herrn, nunmehro Generals, Verwen-
dung den Posten eines Lazarethinspektors in einer schönen
Stadt am Rhein erlangt, allwo er heute noch lebt;
nach langem Mißgeschick einer der Glücklichsten, deren
in dieser Chronik von glücklichen Leuten Erwähnung
geschah; und, was Doctor Peter Kurzens wissenschaft-
liche Errungenschaft bei dem Falle anbelangt, der
handgreifliche Beleg, daß einem Individuum, dem der
Sauerstoff der Meerluft Würgen und der der Strandluft
Schütteln erweckt, der Stickstoff eines Krankenhauses
die Atmosphäre ist, in der es gedeiht.

Nachdem er des Wundfiebers Herr geworden, hatte
Peter Kurze des Freundes Mißgeschick an Vater Blümel gemeldet und in Jenes Namen angefragt, ob
während der voraussichtlich lange währenden Frist bis
zu erneuter Kriegstüchtigkeit, des Sohnes Assistenz im
friedlichen heimischen Pfarrhause gewünscht werde? Umgehend und so diktatorisch, wie er noch keine aus Vatermunde vernommen, erhielt Decimus die Weisung, daß
solche Assistenz nicht gewünscht werde. Der Vater
wirke so rüstig wie jemals in seinem Amt. Sobald er
sich eines Beistandes bedürftig fühle, verspreche er, den
Sohn zu rufen. Derselbe solle sich gründlich ausheilen,
am rathsamsten in der kräftigenden Seeluft der Insel.
Wenn er nach seiner Herstellung sich arbeitsfähig fühle,
ohne bereits wieder waffenfähig zu sein, hoffe der Vater, daß er, um keinenfalls mit etwas Halbem abzuschließen, die aufgeschobene Ordination nachholen, dann
aber unverweilt seine frühere Lehrerstelle wieder ein-

nehmen, und aller bindenden Verpflichtungen ledig, sich noch einmal auf sein Lieblingsstudium hin einer Selbstprüfung unterziehen werde.

Decimus hatte seit Jahren nicht mehr an einen Wechsel des Berufes gedacht; hätte das Geschick, an das er sich gebunden fühlte, ihm aber auch diese Freiheit gestattet, nicht mit einem Sprunge würde er die Wendung vollzogen haben. Ob er sich auf der Kandidaten- oder Pfarrersstufe noch einmal zu den Füßen eines Katheders niederließ, in der Absicht, es eines Tages zu besteigen; was hätte es im Grunde verschlagen? Nur werthvolle Zeit hätte es ihm erspart. Aber Glücklichen mit seinem Pulsschlag eignet es nun einmal, allerwege reinen Tisch zu machen.

Wenn der Vater nun plötzlich die aufgegebene Perspective wieder eröffnete, wenn er mit solcher Dringlichkeit beflissen war, den Sohn von der Heimath fern zu halten, so hat derselbe die bewegende Ursache wohl geahnet und die liebreiche Schonung tiefgerührt empfunden. Max war in die Heimath zurückgekehrt; die öffentlichen Blätter hatten es gemeldet, Privatnachrichten Freund Kurzens es bestätigt; daß aber weder des Vaters, noch Lydias Briefe es erwähnten, daß Sidonie ihm gar nicht schrieb und Rose, die früher so plauderlustige, nur flüchtige Zettel über des Vaters Ergehen, das bezeichnete deutlich genug die peinvolle Stellung, welche dem Liebenden, oder auch nur dem Bruder erspart werden sollte.

Ob Max von Hartenstein thatsächlich an einem der

revolutionairen Ausbrüche jener Zeit Theil genommen hat, ist für Decimus wenigstens niemals an den Tag gekommen. Zu denen, welche man die intellectuellen Urheber derselben nannte, hat er unbestritten gehört und unbestritten würde die Geschichte der Stufenjahre dieses Glücklichen sehr viel spannender als die seines bescheidenen Nebenbuhlers zu lesen sein; welch ein zwiespältig interessanter, modern romantischer Zauber diesen Helden umwittern! In die Jugendgeschichte des Hirtensohnes von Werben gehört indessen lediglich, daß der gleichzeitige Erbe eines alten ritterlichen Namens und des steinreichen Bauers Johann Mehlborn, nachdem er die äußerste Schattirung republikanischer Freiheit und socialistischer Gleichheit öffentlich vertreten hatte, — wie in dem demokratischen Klub der Hauptstadt, so im Frankfurter Vorparlament, dem er sich zugesellt, — sich nicht abhalten ließ, als Kandidat für das allgemeine Parlament aufzutreten, wennschon er in seinen extremen Bestrebungen von der gemäßigten Mehrheit jener Vorversammlung überstimmt worden war.

Er that es in seiner Heimath, wo der Kavalier mit altem Namensklang und splendider Hand leichteren Erfolg zu haben glaubte als der Volkstribun in der Hauptstadt, nahm zu diesem Zweck seinen Herrensitz von Neuem in dem stattlichen Bielitz und wohl ist es denkbar, daß der Frühling, den er dort verbrachte, dem für erregende Kontraste so Empfänglichen der genußvollste seines Lebens gewesen ist. Wie aber hätte er in irgend welcher Stimmung und in dieser spannentsten zumal, des Reizes galanter Huldigung und weiblicher Hingabe entbehren können? Zwei schöne Frauen, beide begehrenswerth, standen ihm gegenüber. Die eine liebte ihn nicht mehr, die andere — vielleicht! — noch nicht. Reiz und Reizung hier und dort. Und wenn die andere ihn vor kurzem wirklich noch nicht geliebt haben sollte, war das ein Grund, daß sie jetzt ihn nicht dennoch lieben sollte? Jede Lücke der Heimathsbriefe, welche ein ahnender Sinn auszufüllen hatte, deutete auf das Glück zweier Liebenden.

Der Aufenthalt in der reinen Luft und der heuer selbst während der gewöhnlichen Badesaison ländlichen Stille der Insel hatte Decimus körperlich gestärkt, der Verkehr mit dem trefflichen Pfarrherrn ihn geistig gefördert; und wie es in dem Schwebezustand einer körperlichen und geistigen Herstellung häufig eine mechanische Thätigkeit ist, welche das Gleichgewicht der Kräfte am sichersten wieder herstellt, so war es die Geduldsprobe des Schreibenlernens mit der linken Hand, welche gegenwärtig den Genesenen von dem schweren Zwiespalt der Zeit und dem kaum minder schweren seines persönlichen Lebens heilsam ablenkte.

Ehe er im Spätsommer die Insel verließ, um sich zum Zweck der Ordination nach der Hauptstadt seiner Provinz zu begeben, brachte ein Brief Freund Kurzens ihm sehr verspätet die Kunde, daß „der rothe Hartenstein" nicht nur in der Kandidatur für das deutsche Parlament, sondern auch späterhin bei einer Nachwahl für die preußische Nationalversammlung „gründlich durchgeplumpst" sei. Zwei Capacitäten der Gelehrtenrepublik waren aus der Urne hervorgegangen. „Rothe und Schwarzweiße," so schloß der Getreue, „schreien unisono Zeter über den unverbesserlichen deutschen Gusto für den zünftigen Zopf. Die ersteren wollen an dem heimlichen Spukedinge, das sie zur Volksseele aufgeschraubt haben, schier verzweifeln. Als ob man nicht Respect haben müßte vor dem gesunden Augenlicht einer Nation, die bisher nicht einmal der Wahl ihrer Nachtwächter gewürdigt worden ist und nun im Handumdrehen über das Regiment eines, — Notabene erst nolens volens zusammenzukleisternden, — gewaltigen, Reiches entscheiden soll, wenn sie sich an die Einzigen hält, die sie in aller Jämmerlichkeit niemals im Stiche gelassen haben: an die Männer der Wissenschaft, an uns! Auch an dich, alter Decem, wird einmal die Reihe kommen. An Doctor Peter Kurzen ist sie bereits gewesen. Hätte der Bruchtheil jener edlen Volksseele, welcher im Werben'schen Fleisch geworden ist, den Helden des einfarbigen, zwei- oder dreifarbigen deutschen Zukunftsstaates zu stellen gehabt, — beim ewigen Aeskulap! Transfusion ist die Losung auch für Dame Germania! — kein anderer als jener Meister der Bluts-, staatsmännisch ausgedrückt: Stammverschmelzung, würde auf das Schild gehoben worden sein. Auf zwanzig Stimmzetteln hat sein stolzer Name geprangt; der des rothen Junkers nur auf zehn, auf denen obendrein die Handschrift der kleinen Sidi unverkennbar gewesen sein soll. Im Uebrigen ist er, der rothe Junker nämlich), wieder einmal über alle Berge."

Diesem Briefe folgte während des Freundes Inselaufenthalt nur noch einer von Lydia, in welchem sie ihm mittheilte, daß sie am Erntedankfeste zum ersten Male und mit freudiger Ueberzeugung das Abendmahl aus der Hand seines Vaters zu empfangen gedenke. Wäre der Termin für seine Ordination nicht bereits festgesetzt gewesen, würde der Sohn diesen Freudentag des Greises mitgefeiert haben als einen eigenen Freudentag.

Länger als eine Woche blieb er von nun ab ohne Kunde aus der Heimath. Jener Termin war unerwartet einige Tage früher als er ihn dorthin gemeldet hatte, anberaumt worden; spätere Briefe mochten ihn daher noch auf der Insel gesucht und nicht mehr vorgefunden haben.

Er hatte seit Monaten nur Lokalblätter zu Gesicht bekommen; nun erst, im Centrum der Provinz, erfuhr er, wie kindisch aufgeregt es auch in diesem gemüthlichsten aller Landestheile, ja im unmittelbaren Umkreis von Werben zugegangen war. Hatte man es, Gottlob! bis zum Blutvergießen auch nirgendwo kommen lassen, wie viele bethörte Excedenten büßten den Frevel, einen Adler abgerissen, ein Steueramt geplündert, die einberufene Landwehr aufgewiegelt zu haben mit langjähriger Festungshaft, oder im glücklichsten Fall mit der Flucht über das Meer! Und bei der Mehrzahl dieser Ausschreitungen wurde der rothe Hartenstein als heimlicher Anstifter genannt. Decimus sah in seinem einstigen Idol jetzt einen Feind; dennoch sträubte seine ganze Seele sich dagegen, ihn verantwortlich zu machen für den Jammer und das Elend, das in unzählige Familien getragen worden war. Von der Mutter eines seinen Eltern bekannten und werthen Arztes, eines bis dahin unbescholtenen, gebildeten, wohlsituirten Mannes, der einen seinem letzten Zwecke nach durchaus unverständlichen Bauernaufstand angefacht hatte, wurde erzählt, daß sie sich vor Kummer die alten Augen blind geweint habe. Und alles das, was wenigstens den Vater bis auf den Herzgrund erschüttert haben mußte, hatte man dem Sohne verschwiegen. Aus Schonung, — oder warum sonst?

Die bänglichste Ahnung übermannte ihn. Abgesehen von seiner Verwundung, würde er schon durch den geschlossenen Waffenstillstand seiner militairischen Verpflichtung enthoben worden sein. Des Vaters Widerspruch durfte ihn nicht länger bannen. In der Nacht, die seiner Ordination folgte, brach er nach der Heimath auf. Ach, mit welch anderen Empfindungen war er nach seiner vorjährigen Prüfung in das liebe Haus zurückgekehrt! Wie öde war es darin für ihn geworden! Nichts ihm geblieben als noch für etliche Wochen, oder Monde die Vatertreue eines Greises und nichts für alles Verlorene ihm gegeben als, — freilich das Höchste! — der Blick in Lydias hohe, reine Freundesseele.

Früh am Morgen erreichte er die Werben'sche Flur. Die Ernte war eingebracht, das Leben auf den Feldern hatte aufgehört. Sobald er jedoch die Friedhofspforte erreichte, umfing ihn dichtes Drängen und Treiben. Er brauchte nicht zu fragen, was es bedeute. Neben dem Hügel der Mutter, die er geliebt hatte, war eine Grube ausgehöhlt. Er erreichte das Haus nur noch zu rechter Zeit, um die treueste Segenshand zum letzten Male zu küssen, den Deckel auf den Sarg seines Vaters zu heben und dann den Friedensspruch über sein Grab zu sprechen.

Erst durch die Kanzelrede des Pfarrers von Bielitz erfuhr er den wunderherrlichen Ausgang dieses theueren Lebens. Niemand hatte denselben seitdem der Greis die winterliche Abspannung so glücklich überwunden, in dieser Kürze vorausgesehen. Rüstig wartete er seines Amtes, hielt mit der unerschöpflichen Fülle seiner Liebe den schwersten Gemüthsprüfungen Stand. Am Sonnabend Morgen befiel ihn plötzlich eine Ohnmacht; er erholte sich von derselben; doch mag er das nahende Ende vorgefühlt haben, denn er begann einen Brief mit den Worten: „Komm, mein Sohn, den Vater zu vertreten — —." Nach diesem Satze entglitt die Feder seiner Hand; man drang in ihn, sich zu schonen, allein er bestand darauf, wie alljährlich am Erntedankfeste, das Versöhnungsmahl zuerst sich selbst aus des geistlichen Freundes Hand reichen zu lassen, dann es seiner Gemeinde auszutheilen. Und ohne Zeichen von Schwäche schritt er am Morgen zum Gotteshause, nahm erst selbst die weihende Speisung und darauf in seine Hand den Kelch, um ihn der väterlich geliebten

Freundin zu reichen, welche, an der Seite seiner Tochter, sich zum ersten Male in seiner Gemeinde dem Tische des Herrn nahte. Noch sprach er die Spendeformel mit sicherer Stimme, dann sank er zu Füßen des Altars nieder — entseelt.

So in Herrlichkeit mögest auch du einmal heim= gehen, du Glücklicher, wenn deine Stunde gekommen ist!

Decimus hatte bis jetzt Rosen nur flüchtig aus der Ferne gesehen, während der Grablegung unter der Gar= tenpforte; dann während des kirchlichen Actes im vergit= terten Pfarrstuhl; beide Male an Lydias Seite. Nun erst, nachdem alles vollbracht, fiel es ihm auf, keines der anderen Geschwister gegenwärtig zu finden, mit Ausnahme von Erikas Gatten, der aber auch unmittel= bar von der Kirche zum Bahnhof eilte, da seine Frau im Kindbett lag und er nicht über Nacht vom Hause fern sein mochte. Rose hatte in der Ueberwältigung des Schlages die Anzeige zu machen vergessen und als Lydia sie nachträglich erließ, war es für die entfernter lebenden zu spät geworden, der Trauerfeier beizuwohnen.

„Die Kleine ist in einem unzurechnungsfähigen Zu= stande," meinte Schwager Bauinspektor; „wohl begreif= lich bei der Last, die sie sich auf das Herz geladen. Du thust mir leid, armer Bruder! Brauchst du Bei= stand, rechne auf uns." Damit ging er.

Decimus entfloh den lästigen Beileidsbezeigungen, die ihn umschwirrten. Er suchte Rosen. Im geistlichen Gemach, wo vor wenig Stunden der Sarg gestanden hatte, kniete sie vor des Vaters Stuhl, das Gesicht in ihre Hände begraben. Auf dem Schreibtisch unter dem Kruzifix lag lorbeerumkränzt das eiserne Kreuz, das Martin von Hartenstein dem Sarge des Veteranen vorangetragen hatte; daneben das Blatt mit den letzten Zügen einer zitternden Hand:

„Komm, mein Sohn, den Vater zu vertreten."

Lange stand Decimus unbemerkt an Rosens Seite und als sie darauf seine Nähe spürte, starrten ihre Augen in unheimlicher Irre, als ob sie ihn nicht erkennten. Er zog sie in die Höhe; schauernd und zitternd lag sie an seinem Herzen, bis endlich ein Thränenstrom den Krampf der Seele löste. „Er hat mir nicht mehr den Kelch der Versöhnung gereicht, aber lieb hat er mich gehabt bis zum letzten," schluchzte sie, „wird er mich auch lieb haben, dort, dort, wo er nun — alles weiß?"

„Ewig!" sagte Decimus und dann führte er sie hinauf in das einstige Familienzimmer, unter die verdorrten Blumenstöcke und die lange abgewelkten Kränze ihrer Freudenzeit, und Hand in Hand feierten sie das Trauerfest ihrer Verwaisung. Sie sprachen nur von Ihm, oder schwiegen in der Erinnerung an Ihn. Keine Frage über ihr gegenwärtiges Verhältniß, oder das zu einem Anderen wurde laut. In Decimus Herzen aber hallte das letzte Vaterwort wieder und dieses Wort bedeutete: „Bleib', und hilf meinem liebsten Kind!"

Und daß er bleiben werde, wurde als selbstverständlich auch in beiden Gemeinden angenommen. Am Morgen hatten sie ihren alten Pastor hinausgetragen,

am Nachmittag kamen sie, ihren neuen Pastor will=
kommen zu heißen: die Kantoren, die Schulzen, der
Pächter, die großen Hofbesitzer, alle voll Preis des
Abgeschiedenen, aber auch voll guten Zutrauens in den,
welcher ihn ersetzen sollte; alle jedoch nebenbei mit
einem Etwas auf dem Herzen, das sich befremdlich in
Mienen, Achselzucken und halben Redensarten kund that
und immer noch eher zu der Kondolation als zu der
Gratulation zu stimmen schien. Seltsam! während der
Trauerfeier war es Decimus kaum aufgefallen und jetzt
fiel es ihm plötzlich ein: das Augenverdrehen und
Kopfnicken und Schütteln und die Blicke, die nach dem
vergitterten Pfarrstuhl geworfen wurden beim Erwähnen
der schweren innerlichen Anfechtungen in des Greises
letzten Lebenstagen. Waren die Zeitzustände gemeint,
des Sohnes Verwundung — oder — was sonst?

Etwas deutlicher drückte sich der alte Thränhard aus,
der bereits zu Vater Klausens Zeiten die Schulzen=
würde bekleidet hatte. „Sie dauern mich, Herr Pastor;
grausam dauern Sie mich," sagte er seufzend, nachdem
er eben erst schmunzelnd des Herrn Pastors grausames
Glück hervorgehoben hatte, in so jungen Jahren und
obendrein in seinem eignen Orte, in eine so schöne
Stelle gerückt zu sein. „Und daß der ehrwürdige Herr
Pflegevater in seinen alten Tagen das noch erleben
mußte!"

„Was erleben?" hätte Decimus fragen mögen, aber
die Kehle war ihm zugeschnürt.

Der Emeritus Beyfuß, als Respektsperson aus

Bakelzeiten und als wandelnde Glocke der Gemeinde, glaubte noch weniger ein Blatt vor den Mund nehmen zu müssen. „Danken Sie Ihrem Schöpfer, Herr Pastor, daß Sie noch so mit einem blauen Auge davon ge= kommen sind," meinte er. „Die Menschheit wird alle Tage schlechter! aber, hören Sie, sehen Sie, ich habe dem Pudelkopf sein Lebtage nicht getraut. Schon da sie im kurzen Kittelchen und gestickten Höschen, Tag für Tag ein frisches Bouquet im Schürzenbunde wie eine Bachstelze in meine Schulstube gewippt kam, da habe ich zu meiner Frau gesagt: „Julchen," habe ich gesagt, „d i e wird ihrem Manne einmal was zu rathen aufgeben!" Na, bis zum Manne ist es, — Gott sei Dank! — nicht gekommen. Aber, hören Sie, sehen Sie, Herr Pastor, wenn Zweie miteinandergehen, und es geht nachhero wieder auseinander, na, das kann Einer alle Tage passiren sehen. Liebesstand ist nicht Ehestand. Wenn der Liebste aber für seine Liebste sein Blut vergossen hat und es um ein Haar bis zum Aufgebote gelangt ist und nur die Gesundheit kommt dazwischen und nachhero die Fasten und nachhero der Krieg: mir nichts, dir nichts, blos, weil er sich Herr Baron titulirt, sich mit einem so nichtswürdigen Re= bellen einzulassen, dem der heilige Ehestand ein Kinder= spott ist, dem alten ehrwürdigen Papachen ein Schnippchen zu schlagen, mit dem buckligen Fräulein, das seinen leiblichen Großvater, um ihn nach Herzenslust bemopsen zu können, in alten Tagen zum Saufaus macht, unter einer Decke zu spielen, alle Abende, — na, ich will nichts weiter verrathen, aber hören Sie, sehen Sie, Herr Pastor, nehmen Sie mir's nicht übel, aber da steht einem der Verstand stille."

Die Pein der Gegenrede wurde dem armen Decimus durch den eintretenden Martin und den Rückzug des Emeritus erspart. Seit dem Frühling in die unferne Festungsstadt versetzt, von welcher aus er mit blanker Klinge, aber Gottlob! ohne Blutvergießen, die kleinen Unruhen der Umgegend hatte zerstreuen helfen, war der brave Lieutenant eilend herbeigekommen, dem Veteranen die letzte Ehre zu erweisen und hatte schon am Grabe geweint wie ein rechter Held, der sich seiner Thränen nicht zu schämen braucht. Weinend stürzte er sich auch jetzt dem Freunde in die Arme.

„Das war ein guter Mann," schluchzte er. „Auf Ehre! der Tod meines Vaters ist mir nicht so nahe gegangen wie der seine; schon um des lieben Mädchens, deiner Rose willen. Aber sie soll gerächt werden, als ob sie meine leibliche Schwester wäre. Du darfst es nicht, weil du ein Geistlicher bist und dir nimmt es am Ende auch kein Mensch übel, wenn du ihn nicht forderst. Du bist ja kein Officier, nicht einmal bei der Land= wehr. Aber ich, ich! Verlaß dich auf mich! Wie lange dürstet mich schon nach dieses Hallunken Blut! Du denkst gewiß wegen Lydias. Aber nein, Decimus, nein. Lydias wegen thut er mir·eher leid. Es ist gewiß nicht leicht mit ihr auszukommen; sie will zu hoch mit allen Menschen hinaus, und am Ende ist sie es doch gewesen, die ihm den Laufpaß gegeben hat. Ich habe in der

Geschichte niemals ganz klar gesehen. Aber unseren alten Namen so schmählich in den Koth zu treten! „Der rothe Hartenstein" wird er in den nobelen Zeitungen geschimpft, und die Lumpenblättchen heben den rothen Hartenstein in den Himmel."

„Wo ist Max?" unterbrach ihn Decimus, dem wahrlich die Geduld, zuzuhören in dieser Stunde, herzlich schwer ankam.

„Ja, wenn ich's wüßte, Freund! Seitdem der Cavaignac mit dem Pariser Plebs reinen Tisch gemacht hat, scheint es ihm in Bielitz nicht mehr recht geheuer vorgekommen zu sein. Wo es aber einberufene Landwehren aufzuhetzen, ein Zeughaus zu plündern giebt und dergleichen, da wird der rothe Hartenstein gewiß nicht weit um die Ecke stehen. Es heißt sie fahnden auf ihn. Und wenn sie ihn faßten! Es wäre schauderhaft! Ein Hartenstein im Zuchthaus Wolle haspelnd wegen Hochverraths! Eher schieße ich ihn nieder. Einmal dachte ich schon ganz gewiß ich hätte ihn am Kragen. Es war bei dem sogenannten Doctorputsch; du wirst wohl von ihm gehört haben. So ein Pflasterkasten! Was meinst du, Decimus, wenn am Ende Peter Kurze auch noch anfinge, die Republik auszurufen! Aber dieses Hartenstein'sche Genie muß Doctor Faustens Zaubermantel in Pacht genommen haben; der Blondkopf, den ich statt seiner erwischte, war ein armer Hungerleider von Schneider."

„Deine Voraussetzung ist eben eine irrige gewesen, Freund," entgegnete Decimus. „Ein so gescheidter Mensch wie dein Vetter läßt sich nicht auf derlei kindische Versuche ein."

„Nicht, etwa nicht?" eiferte der Lieutenant. „Denke doch nur an den Napoleon in Straßburg und dann noch einmal mit dem Adler in Boulogne! War der etwa auf den Kopf gefallen? Sie sagen ja, er setzt es am Ende doch noch durch! Und bedenke doch nur Maxens Wuth! Von der Officiersliste gestrichen zu werden! Ein Hartenstein! Und warum? Um ein Paar lumpiger Verse willen, die kein Mensch gelesen hätte, wenn man nicht solches Wesen darum gemacht. Da kann Einer freilich zum Mordbrenner werden. Ich selber, wenn ich an die Schande denke, die dadurch auf die Familie geworfen worden ist, da wendet sich mir das Eingeweide um. Ich habe seitdem auch von keinem Menschen wieder ein Gedicht gelesen und ich danke meinem Schöpfer, daß ich kein Dichter bin. Weil Max aber einmal einer ist, hat er mir aus dem Grunde am Ende immer leid gethan. Und zweitens, Decimus, daß er sich in Röschen verliebt hat, das kann ich ihm, auf Ehre! auch nicht so übel nehmen. Sie ist dir gar zu reizend! Freilich war sie deine Braut. Aber, siehst du, dein Freund, wie ich, war Max am Ende nicht, und solche Geschichten sind schon unter leiblichen Brüdern passirt. Und wenn er ihr, sei nicht böse, lieber Junge, wenn er ihr, ich meine nur so, ein bischen besser gefallen hat als du, das solltest du dem armen Dingelchen auch nicht so sehr zur Last legen, Freund. Ich finde dich schöner, schon weil du einen halben Kopf größer bist als Max, aber — de gustibus non est disputandum, so sagen ja wohl wir Lateiner."

Decimus machte einen schwachen Versuch zu lächeln; der unwiderlegliche Wortführer schöpfte Athem und gerieth darauf allmählich in die blutdürstige Stimmung, von der er ausgegangen war, zurück. „Aber siehst du, Decimus," fuhr er fort, „ein schlechter Kerl ist der Max doch. Warum heirathet er Röschen nicht? Und wenn er zehnmal den Namen Hartenstein trägt, seine Mutter war eine Mehlborn und wer mit blutrothen Demokraten auf Dutzbrüderschaft steht, der kann sich's doch wahrhaftig nur zur Ehre anrechnen, wenn eine Pastorstochter ihn nimmt. Und denke ich daran, da werde ich fuchswild. Aber ich finde ihn schon noch und wo ich ihn finde, — na, verlaß dich auf mich! Es ist wahrhaftig auch an der Zeit, daß Einer von uns etwas für dich thut. Was sind wir dir nicht alles schuldig geworden! Erst beim Magister, wie ich noch ein recht dummer Junge war und du mir so geduldig nachgeholfen hast und dann wegen Philipps, den du so klug und nobel aus der Patsche gezogen hast. Denke doch nur, im Militairwochenblatte hat er mit Ruhm erwähnt gestanden! Der Erste ist er oben auf der Schanze gewesen, zum Lieutenant haben sie ihn schon gemacht! Und Unsereiner muß während der Zeit in dem verdammten Festungsneste auf Wache ziehen und allerhöchstens einen verrückten Pflasterkasten mit seinem Raubgesindel, ohne einen Schuß Pulver zu thun, zu Paaren treiben. Zum Haarausraufen, sag' ich dir, ist es, zum Kopfeinrennen! Könnte man am Ende aber nicht an aller Naturphilosophie zum Narren werden, wenn man erlebt, daß das größte Genie in einer Familie ihren guten Namen dermaßen an den Pranger stellt und der verlorene Sohn der Familie bringt ihn wieder zu Ehren wie ein Held!"

Nach dieser Bemerkung drückte er dem Freunde zum Abschied die Hand, da das verdammte Festungsnest nicht über Nacht einem republikanischen Handstreich ausgesetzt werden durfte, ohne daß ein Hartenstein zur Stelle gewesen wäre, um ihn abzuschlagen.

In Decimus Freys Hirn sah es so wüst aus wie in seinem Herzen dunkel. Er hätte heute kein Wort mehr hören, keinen Menschen mehr sehen können, Rosen am wenigsten. Und wie dankte er Lydia ihr schonendes Zurückhalten! Ihm war, als müsse er vor der Reinen selbst in Gedanken sein Angesicht verbergen.

Und dann kam die Nacht; und wie der Strahl eines Springquells, der so hoch steigt, wie er tief gefallen ist und wiederum so tief fällt, als er hoch gestiegen, so rastlos trieben Gram und Grimm in seiner Seele auf und ab.

Früh am Morgen ging er hinunter zu Sidonien. Bei seinem unerwarteten Eintritt flog eine Blutwelle über ihre abgezehrten Wangen. Sie reichten sich nicht wie sonst die Hand, sondern standen sich eine Weile schweigend wie Feinde, die sich messen, Aug' in Auge gegenüber.

„Wo ist Ihr Bruder?" fragte Decimus endlich.

„Da, wo Helden wie Sie und Ihr Freund Martin

ihn nicht finden werden, falls sie Lust haben sollten, sich von ihm das Lebenslicht ausblasen zu lassen," antwortete sie mit einem Ausdruck hämischen Zorns, der ihre klaren Züge widrig verzerrte.

In der nächsten Minute hatten sie indessen schon den gewohnten Ausdruck wiedergewonnen. Die Lippen lachten, aber die Augen blickten ernst unter einem Trauerflor. „Verzeihen Sie mir," sagte sie ruhig. „Sie können sich nicht denken, wie es mich seit Monaten aufbringt, in jedes Tropfes und in jedes Heuchlers Mienen die Frage zu lesen: Wo ist Ihr Bruder, der rothe Hartenstein? Ich weiß, Sie spielen keine Rolle; ich wüßte aber auch wahrlich keine, welche zu spielen Sie ein Recht hätten."

„Ich habe das Recht im Namen eines Vaters, der seine Tochter unter meinem Schutze zurückgelassen hat, zu fragen, ob es lediglich ein Spiel war, welches mit dem Frieden eines Herzens und der Ehre eines Hauses getrieben worden ist, oder ob — —"

„Ist es Ihre Schutzbefohlene, die diese Frage Ihnen auf die Lippen gelegt hat?" unterbrach ihn Sidonie mit dem vorigen höhnischen Klang.

„Würde ich dieselbe an Sie richten, wenn ich sie ihr nicht hätte ersparen wollen?"

„Vortrefflich! Hätten Sie ihr die Frage indessen nicht erspart, würden Sie wissen, daß sie das Spiel lediglich mit sich selbst getrieben hat."

„Will das sagen, daß sie Ihren Bruder nicht geliebt?"

„Geliebt? Natürlich hat sie ihn geliebt."

„Und er sie?"

„Natürlich auch das."

„Und mit dem Vorsatz der Treue?"

Sidonie lachte. „Das ist mehr, Verehrtester, als ich anzugeben, oder auch nur anzunehmen im Stande bin. Entscheiden Sie daher nach eigenem Ermessen. Ist die Zeit, in die wir gerathen sind, eine, in welcher ein Max an Hüttenbauen denken könnte?"

„Also ein Spiel! Hat mein Vater es geahnt?"

„Er muß doch wohl, weil er dem Amoroso schlecht= hin sein Haus verboten hat. Allerdings wäre es weiser gewesen, das nicht zu thun; da er es aber einmal ge= than, hätte sein sonst so kluges Töchterchen klüger ge= handelt, wenn es nicht heimlich — —"

Decimus ließ sie den Satz nicht vollenden. „So habe ich nichts weiter zu hören," sagte er und wendete sich zum Gehen.

Sidonie aber schritt ihm nach, legte ihre Hand auf seine Schulter und sprach: „Bleiben Sie, Decimus! Ich habe Ihre Freundschaft verloren, vielleicht ver= scherzt. Indessen eine Viertelstunde könnten Sie für den Kameraden, der Ihnen einmal etwelche Rittergüter in den Schooß werfen wollte, doch füglich übrig haben, wenn nicht zu seiner Rechtfertigung, so doch Ihnen selbst vielleicht zu Rath und Hülfe. Setzen Sie sich, Deci= mus. Sie sehen übernächtig aus. So. Glauben Sie mir, ich erkenne die ganze Mißlichkeit Ihrer Lage. Lassen Sie uns bedenken, wie sie zu erleichtern wäre. Ihnen

die abgeschmackte und abgestandene Partie eines Freund=
Gemahls im Hintergrunde des ungetreuen Liebhabers
zuzumuthen, oder zuzutrauen, fällt mir nicht ein. Aber
zu Ihrer Schutzbefohlenen in ein geschwisterliches Ver=
hältniß, wie Sie es zwanzig Jahre lang gewohnt ge=
wesen sind, zurückzutreten, das brächten Sie fertig und
würde es Ihren fernerweitigen gemüthlichen Bedürfnissen
auf die Dauer auch kaum hinderlich sein, da über kurz
oder lang, ich meine aber über kurz, sich zuverlässig
Einer finden würde, der das just nicht bequeme Hüter=
amt aus Ihren Händen nähme. Und wer weiß ob
dieser Eine nicht schließlich dennoch d e r wäre, dem Sie
es heute, — nun dreist heraus! — voreilig aufnö=
thigen möchten."

„Bei Gott im Himmel nicht!" rief Decimus auf=
springend. „Sein Opfer ihm entwinden will ich und
werde ich; ihn wissen lassen, daß, wenn die bukolische
Laune ihn gelegentlich wieder anfliegen sollte, heute
ein Anderer sein Hausrecht wahrt als der vertrauende,
edle Greis, dem es so schnöde mit Füßen getreten
worden ist."

„Ich glaube Ihnen," sagte Sidonie mit einem
warmen Blick.

„So ist es in Ihrer Natur, so verstehe ich Sie.
Und nun geben Sie mir einmal die Hand und zwingen
sich, auch den zu verstehen, dem Sie Feind geworden
sind. Ich meine sein Ideal. Denn auch er hegt ein
Ideal, und zwar eines, das dem Ihrigen durchaus nicht
schnurstracks entgegenläuft. Nur daß Sie ein Ganzer

im Kleinen sind und er ist ein Halber im Großen. Er hat einmal gesagt, in jedem Menschen stecke ein Faust-schicksal. Das sage ich nicht. In Menschen Ihres Schlags steckt es keineswegs. Aber in dem meines Bruders, da steckt es. Die Idee fließt aus Gott, zur Verwirklichung bietet Satanas die Hand. Meines Max Ideal ist: Freiheit für sich selbst und für alle Anderen Gleichheit. Er fühlt den Widerspruch nicht einmal. Ohne Zweifel würde es ihm wie eine höchst sträfliche Beschränkung seines Freiheitsrechtes vorkommen, wenn die Tagelöhner von Bielitz und Werben, deren men-schenunwürdiges Dasein ihn empört, eines Tages in seinen menschenwürdigen Salon rückten und sagten: „Herr Bruder, nimm du einmal zur Ausgleichung unter unseren Schindeldächern fürlieb und wir wollen uns zwischen deinen Götterbildern gütlich thun." Oder: „das Versemachen und Redenhalten wollen wir uns bis auf Weiteres selbst besorgen; greife du einmal freundlichst zu Hacke und Kelle und hilf uns aus den Steinen dieses Schlosses, das wir niederzureißen beabsichtigen, die Häuserchen bauen, von welchen, zum Dank für deine guten Lehren, dir eines, nicht besser und nicht schlechter als die anderen, überlassen werden soll." Derlei prak-tische Konsequenzen zieht aber ein Schwärmer nicht; oder, wenn Sie so wollen, er macht mit der Praxis den Anfang nach seiner Manier, indem er sein Geld zum Fenster hinauswirft. Immer noch besser, als wenn es in Papa Mehlborns Eisentruhe verrostete. Lassen wir also sein sacré feu auslodern! Weisheit oder

Thorheit, jeder Mensch bedarf eines Glaubens, um dessentwillen ihm das Leben, lebenswerth und das Sterben, sterbenswerth erscheint. Die Zeit ist nicht fern, wo er nicht mehr an seine Artikel glauben und einsehen wird, daß jedes Philosophem, welches so flach ist, daß die große Menge es zu fassen vermag, dem Funken gleicht, den eine Katze aus der Heerdasche auf den Heuboden trägt und daß — — Aber Sie werden ungeduldig. Zur Sache denn. Held Martin, der mit seinem gezückten Pistol bis sin meinen stillen Winkel gedrungen ist, ist ein Narr, wenn er Max zutraut, an den albernen Aufwieglungen dieser Gegend Theil genommen zu haben. Er betreibt das Geschäft en gros, hat aber nichts anderes gesagt und gethan als hundert Andere, auf welche zu fahnden zur Zeit noch keiner Regierung eingefallen ist, lebt unangefochten in Wien, Berlin oder Frankfurt, wo der elektrische Strom sich just am anziehendsten entladet. Der Sinn steht ihm so hoch wie je; er glaubt noch hartnäckig an den Aufschwung der Bewegung und ist blind dafür, daß sie mit Riesenschritten niederwärts steigt. Wie still wird es bald geworden sein nach dem wüsten Getös! Wie still dann zeitweise auch in ihm! Alle meine Hoffnung beruht darauf, daß nach der unnatürlichen Ueberreizung die natürlichen Reize in ihm zur Geltung kommen; zu oberst das Idyll, das er so jählings abgebrochen hat. Sparen Sie ihm Ihre Rose bis zu diesem Wendepunkte auf. Mit ihrem rücksichtslosen Realismus, mit ihren wohlbewußt verführerischen Impulsen ist sie das Naturchen,

das wie kein zweites für ihn paßt. Sie haben mir
diese Taxirung schon wiederholentlich übel genommen.
Es hilft aber alles nichts: eine Frau, die nicht reizen
will, reizt auch nicht, und Rose hat bisher jeden Mann
gereizt, und außerdem — liebt sie Max; ja, täuschen
Sie sich nicht, sie liebt ihn heute noch. Die Frage ist
nur, wo und wie Sie Ihren anvertrauten Schatz bis
auf Weiteres bergen sollen? Wären Sie nicht ihr
Bräutigam gewesen, oder wären Sie wenigstens nicht
ein Landpastor, sagte ich einfach: leben Sie zu Zweien
weiter wie bisher zu Dreien. Für den Idealisten wie
für die Realistin steht ja doch ein heimlicher Socius
als Schutzwehr zwischen inne. Aber Sie sind nun einmal, leider Gottes! dem Namen nach ihr Bräutigam
gewesen, sind nun einmal, leider Gottes! der Hirt
einer Bauernherde geworden und wer wirken will, muß
— traurig aber unerläßlich! — sich der Bornirtheit
anbequemen. Keiner sähe in Rosen wieder wie einstmals Ihre Schwester; sie würde unter Achselzucken und
Naserümpfen bestenfalls zu Ihrer Haushälterin herabge-
zogen werden und Sie selbst ständen auf einem verlorenen Posten. Nun sagte ich am liebsten: Schicken Sie
das Kind zu mir. Es wäre mir ein Trost für Auge und
Herz, das kluge, holde Geschöpf um mich zu haben und
an einem Nektar, welcher die kopfhängende Seelenblume
auffrischt, wie die Liebfrauenmilch mein altes Väterchen,
sollte es ihr nicht fehlen. Ich bin zum Schwestersein ge-
boren und Musik und ein voller Beutel sind für eine
Rose gar sympathetische Medien. Aber da ist nun wieder

einmal der liebe Bruderstolz, richtiger ausgedrückt die moralische Ranküne. Das Haus der kleinen Sidi ist dem ehrenfesten Hirtensohn zur Höhle geworden, in welcher das Drachengift ausgebrütet worden ist. Und da weiß ich denn freilich keinen besseren Rath als: bringen Sie Rosen zu der von ihren Schwestern, die materiell am behaglichsten lebt. Lange aushalten wird sie es als Einschiebsel in dieser häuslichen Beschränkung nicht, dafür·ist sie zu selbstherrlich gewöhnt und nicht zum geringsten verwöhnt durch den, welchen sie ihren alten Decem nannte. Aber es handelt sich ja auch nur um ein Interim. Der Eine oder der Andere wird sie in die Freiheit locken und von dem Einen oder dem Anderen wird sie sich locken lassen — wiederum zu einem selbstherrlichen Regiment."

Decimus entfloh ohne Gegenwort. Sidonie hatte Oel in die Flammen gegossen, die sie beschwichtigen wollte. Was sie mit klaren Worten ausgesprochen, mit halben ihn hatte ahnen lassen, ihre Voraussetzungen und Voraussagungen, das Ziel, nach dem sie deutete, den Weg, auf den sie ihn wies, eines wie das andere widerstand seinem innerlichsten Sinn. Nein, die Tochter Hannah und Konstantin Blümels war nicht die berechnete Buhlerin, als welche die Schwester Maxens von Hartenstein sie sah und mit eigennütziger Vorliebe sehen wollte. Mochte die Leidenschaft sie verirrt haben, bis an den Rand eines Abgrundes verirrt, sie war fähig und werth, durch die ernste Treue eines Mannes erheben zu werden, gerettet vor sich selbst, vor den Umstrickungen eines Schwelgers und dem Geifer der Welt. Der aber, welcher, seitdem er von seinem Leben wußte, ihr als seinem nächsten Menschen angehangen hatte, war gewillt in einem anderen Sinne als vor einem Jahr sein Herzblut mit ihr zu theilen.

Im Wirbelkampf auf- und abwogender Gedanken ging er mit heftigen Schritten den Thalweg auf und ab. Oftmals hob er halb in Sehnsucht, halb in Schmerz den Blick zu Lydias Fenstern empor; er hätte ihr sagen mögen: „Entscheide du!" Aber nein! Nur er allein hatte aus innerstem Gemüth in diesem Widerstreit zu entscheiden und bevor er den Spruch über seine Zukunft ihr zur Billigung vortrug, hatte er ein Wort aus einem anderen Munde als dem ihren zu vernehmen. Ihn graute vor diesem Wort, sein Fuß starrte, so oft er ihn hob, um in das Haus zurückzukehren, das jetzt das seine hieß.

Endlich entschlossen, war er bereits die ersten Weinbergsstufen hinaufgestiegen, als ihm mit raschen Sätzen von oben herab Einer, den er am wenigsten erwartet hatte, sein Freund Kurze, entgegenkam. Dem Armen mußte die Kehle wohl jämmerlich trocken geworden sein, denn er biß erst in eine Traube, die er sich im Vorüberrennen vom Stocke riß, ehe er, die Hülsen vor sich hin blasend, dem Bergansteigenden zurief, daß er ihn aus den Pfarrfenstern habe kommen sehen, und weil er nur noch zehn Minuten verziehen dürfe, ihm entgegengesprungen sei. Er habe ihm eine Welt von Mittheilungen zu machen. Decimus solle ihn daher auf

dem Dorfwege bis zur Schenke, wo sein Pferd unter=
gestellt sei, begleiten.

Nach einem kraftvollen, Beileid und Glückwunsch
zum Amtsantritt vereinigenden Händedruck, erzählte er
dann, daß sein Bataillon, auf dem Rückmarsch vom
Kriegsschauplatz, gestern in der Nachbarstadt einquartiert
worden sei, um heute zur Verstärkung der Festungs=
garnison weiterzurücken.

„Mit den Donnerwettern über unsere Retirade,"
meinte er, „wollen wir den Zeitungshelden nicht in's
Handwerk pfuschen. Die Ohren gellen mir davon und
die Zeit ist edel; das Schlimmste vom Schlimmen
aber, daß wir wohl in den Friedensstand zurückgekehrt,
aber nicht demobil gemacht worden sind. Wenn nur
wenigstens nicht die Feldzulage aufhört! Na, wer weiß,
ob in der Festung nicht — en passant — ein Coup
zu machen ist? In unserem Gelehrtennest ist der Ge=
sundheitszustand zur Zeit von kläglicher Erfreulichkeit.
Man munkelte davon, daß in der Festung etwelche an=
genehme Cholerafälle eingeschleppt worden seien. Ist
dir etwas davon zu Ohren gekommen, Alterchen?"

Decimus verneinte und Peter Kurze seufzte:
„Schade!" fuhr aber darauf mit natur= und vernunft=
gemäßer Munterkeit in seiner Welt von Mittheilun=
gen fort.

Gleich nach dem Einmarsch sich zu einem Pfarr=
besuch aufmachend, hatte er zuerst vom Schenkwirth, bei
dem er abgestiegen, dann ergänzend von Freund Mar=
tin, dem er auf dem Wege nach der Pfarre begegnete,

den Tod des prächtigen alten Herrn, sammt „allem, was drum und dran hing" haarklein erfahren und sich darum gern von Martin bereden lassen, die Nacht, statt in dem Hause der Trübsal, auf der erprobten Sprungfedermatratze des Schlosses zuzubringen; heute Morgen hatte er nun aber bereits länger als eine Stunde in Gesellschaft des armen Röschens auf den sein Filial inspicirenden, neubackenen Herrn Pfarrer gewartet.

„Das herzige Dingelchen, deine Rose!" rief er aus. „Und wie ihr die Trauer steht! Nicht einmal das Weinen entstellt sie! Mag Einer in der Welt herumkommen, so weit er will, solch ein Schätzchen findet er nicht wieder. Und siehst du, alter Freund, wie ich so den verweinten, schwarzen Blitzäugelchen gegenüber gesessen habe und den abgehärmten Grübchenbäckchen, die vorig Jahr noch weißer aussahen wie heute und durch Peter Kurzens Kunst doch wieder zu Rosenknöspchen aufgeblüht sind, da ist es mir wie eine Rakete durch das Hirn geschossen, oder meinetwegen durch das urkräftige Pumpwerk Herz genannt: Transfusion! probatum est! Peter Kurze wird zum zweiten Mal ihr Doctor werden, will sagen, unter heutigen hygieinischen Umständen — ihr Gemahl! — Na, so reiße doch deine Augen nicht wie Scheunthore auf, als spräche ich chaldäisch, Pastor von einem Tag! Du nimmst sie doch nicht; denn warum; du hast sie schon einmal gehabt und es steht geschrieben: du sollst auf ein neues Kleid nicht einen alten Lappen setzen, oder meinetwegen auch umgekehrt,

keinen neuen Lappen auf ein altes Kleid. Und sie
paßt zu einer Pfarrersfrau auf dem Lande auch ganz
und gar nicht; dahingegen für einen Doctor mit tüchtiger Praxis, in einer munteren Stadt ist sie wie ge-
mauzt. Und ich brauche sobald als möglich eine Frau;
denn da der Feldchirurgie so schnöde der Garaus gemacht worden ist, gehe ich damit um, meine Kunst
vorzugsweise dem schönen Geschlechte zuzuwenden. Ein
rentables Geschäft und ein angenehmes; aber einem
Junggesellen fehlt der Credit: heirathen thue ich so
wie so, warum also nicht die, die mir von jeher am
besten gefallen hat und heute noch am besten gefällt?
Weil sie eine Liebschaft gehabt hat? Na, habe ich etwa
keine Liebschaften gehabt? Ich sage dir, so eine Heilige,
der das Herz nicht einmal mit dem Kopfe davongelaufen
ist, so eine Vernunftsbille, kann mir gestohlen werden.
Weil ein dicknäsiger Junker sie im Stiche gelassen? Nun
just darum ist es an Peter Kurzen, zu zeigen, wo
heute die wahre Humanität zu suchen ist. Einen Strich
durch den Handel gemacht und fortan reinen Tisch gehalten. Romane müssen sein. Weit besser gelebt als
gelesen. Das kurze lustige Endchen grüner Jugend
um Gottes willen nicht vor der Zeit auslaufen lassen
in eine altersgraue Chaussee! Im biederen deutschen
Vaterlande aber spielt das Schlußkapitel am Altar. Oder
etwa, weil Hinz und Kunz und Marthe und Mieke
die Köpfe zusammenstecken und sich Schelmenworte in
die Ohren flüstern? Was fragt Peter Kurze nach Hinz
und Kunz und Marthen und Mieken, außer wenn sie

auf der Nase liegen und er sie wieder auf den Strumpf bringen muß. Freilich, sie ist arm wie eine Kirchmaus und das ist allerdings ein Grund und ein sehr stichhaltiger Grund. Aber bin ich nicht im Handumdrehen und — just durch diese meine erste Kur zum Doctor Eisenbart geworden? Verstehe ich etwa keine Liquidation zu schreiben? Habe ich mir nicht bereits ein rundes Sümmchen zurückgelegt? Siehst du, Alterchen, ich hab's mit diesem und jenem Goldfisch probirt; zuletzt sogar mit der kleinen, schiefen Kröte, deinem guten Kameraden. Aber, weiß der Six! keiner biß an. Na, ich habe mich an den Körben nicht lahm getragen und heute danke ich meinem Herrgott, daß er sie mir aufgebürdet; ich mag keine Reiche, als deren unterthäniger Diener ich ersterben müßte. Mich verlangt nach einem drallen, blitzäugigen Weibchen, das zu mir sagt: „Peter Kurze, ich habe ein bischen an Schwindel und Herzweh laborirt, aber du hast mich wieder gesund gemacht, Peter Kurze, ich danke dir!"

Decimus lächelte, so wenig lächerlich ihm zu Muthe war. „Und glaubst du im Ernst, guter Junge," fragte er, „daß Rose Blümel dieses Habbank dir sagen kann und wird?"

„In Dreiteufels Namen, ich meine, in Gott Hymens Namen, warum sollte sie nicht?" versetzte Kurze, laut lachend zwar, aber mit dem Selbstbewußtsein, das dem Meister gestattet ist. „An der Partie, wie ich dir eben weitläufig demonstrirt, ist doch vernunftgemäß nichts auszusetzen, und an der Person, na, was könnte sie an der wohl auszusetzen haben? Sieh mich doch an, altes Haus! Steht mir die Uniform nicht wie dem schmucksten Lieutenant von der Garde? Und wenn ich erst hoch zu Rosse unter ihrem Fenster Parade machen werde —: Zu Pferd, zu Pferd, da ist der Mann erst was werth! Nur ein bischen Geduld; mit der Zeit pflückt man Rosen. Heute freilich, heute, — na, gerade zu abgewiesen hat sie mich auch heute nicht."

„Wie — was — du hättest heute — einen Tag nachdem ihr Vater — —"

„Just darum heute schon. Was der Tod niedergeworfen hat, muß rasch durch das Leben wieder aufgerichtet werden."

„Und — und.— was hat sie dir geantwortet?"

„Sprich mit meinem Bruder, dem ich fortan Gehorsam schuldig bin; Peter," hat sie gelispelt und die Augen dabei niedergeschlagen und ich, na, ich hätte um ein Haar laut auf ihr in's Gesicht gelacht. Gehorchen ihrem alten Decem, den sie seit zwanzig Jahren wie ein Kind seinen Hampelmann am Fädchen regiert! Da sie ihn indessen einmal abwechslungshalber zu ihrem Vormund erhoben hat, halte ich hiermit bei dieser Respectsperson kurz und bündig um ihrer Mündel zierliches Händchen an und hoffe sie sagt eben so kurz und bündig — —"

„Nein!" antwortete Decimus kurz und bündig.

Peter Kurze prallte drei Schritte zurück. „Wie, — was — nein?" schrie er auf, verblüfft, wie er es vielleicht zum ersten Mal im Leben war. „Nein! Nein! Höre, Decimus, nimm mir's nicht übel, aber, beim Aeskulap!

du bist nicht bei Trost. Meine ich doch Wunder, aus welcher Patsche ich dich ziehe! An wen hab' ich denn bei der Geschichte gedacht? Na, natur- und vernunftgemäß, in erster Hand freilich an mich selbst; und in zweiter, ebenso natur- und vernunftgemäß, an das herzige Röschen, aber zu dritt, als guter Freund, doch an dich! Mein' ich doch, daß du mir vor lauter Dankbarkeit an den Hals springen wirst! Und nun rundweg: Nein! Oder — solltest du etwa selber —? Na, freilich in dem Falle trete ich zurück. Das muß ich jedoch sagen, Freund: Peter Kurze ist kein Zimperling, aber eine derartige Retourkutsche wäre mehr als Peter Kurze fertig brächte."

„Den Grund werde ich dir ein ander Mal sagen, wenn er dir bis dahin nicht von selbst klar geworden sein sollte," versetzte Decimus. „Sieh, da hält der Wirth schon dein Pferd bereit. Es ist hohe Zeit. Gehab dich wohl!"

Damit schlug er stracks den Pfarrweg ein.

Freund Kurze schaute ihm kopfschüttelnd nach. Dieser gelassene, mustervernünftige Kumpan! Ob er ihm nicht hätte eine Eisblase auf den Gehirnkasten verordnen sollen! Erst nachdem jener hinter der Friedhofspforte verschwunden war, schwang er, noch immer kopfschüttelnd, sich hoch zu Roß, um — ohne Fensterparade — seiner Truppe nachzusprengen.

Decimus fand Rosen wie gestern im geistlichen Gemach, dem rechten Ort für das, was er auszusprechen hatte. Sie saß in des Vaters Stuhl, den Blick auf das lorbeerumkränzte Kreuz gerichtet, das sie wieder unter dem Rahmen befestigt hatte. „Wenn ich ein Bild von ihm hätte aus der Zeit, da wir Kinder waren, Decimus!" sagte sie mit dem weichsten Klang, in dem er sie jemals hatte reden hören. „Nun sehe ich über dem Gekreuzigten immer nur sein liebes Haupt so, wie ich es im Sarge gesehen habe und Tag und Nacht höre ich eine Stimme klagen: Mein Kind, mein Kind, warum hast du mir das gethan?"

Decimus setzte sich an ihre Seite und ergriff ihre Hand. „Rose," fragte er nach einer Pause, „hat der Vater um deine — deine Liebe gewußt?"

Sie neigte schweigend den Kopf.

„Und im Glauben an die — Zukunft sie, — an= fänglich wenigstens, — gebilligt?"

„Nein!" antwortete sie mit fester Stimme. „Er hat, weil ich nicht fort von hier wollte, Sidonien und — Ihm den Verkehr mit unserem Hause und noch ent= schiedener mir den mit dem ihren untersagt, ich aber, ich — —"

„Ich weiß das, still davon!" unterbrach sie Decimus und saß dann, eben so wie sie, eine lange Weile in Ge= danken versunken. Ja, dieses Kind, das die Reue so tief wie nur der Tod sie aufwühlt, hegte, das so ernsthaft Leid trug, das Kind des Mannes, dessen ganzes Leben auf Versöhnung gerichtet gewesen, es war es werth, dem Leben versöhnt zu werden mit dem höchsten Opfer, welches der Sohn dieses Mannes zu bringen im Stande war.

„Rose," hob er von Neuem an, „einmal, ein einziges Mal laß mich einen Blick bis in den Grund deines Herzens thun, und was er mir enthüllt, soll dann zwischen uns unberührt bleiben für das Leben."

„Frage!" sagte sie mit einem Augenaufschlag so groß und entschlossen, daß auch ein Zweifelmüthigerer als Decimus an der Wahrhaftigkeit ihres Willens nicht gezweifelt haben würde.

„Nun denn," fragte er, „du hast Max geliebt, aber hast du auch an seine Liebe geglaubt?"

„Ja, Decimus, so fest wie er an die meine."

„Und an seine Treue?"

„Nein. Er hat sie mir niemals versprochen und ich habe niemals gefordert, was ich wußte, das er nicht halten würde."

„Und hast ihn dennoch geliebt?"

„Dennoch!" rief sie und ein Strahl entzückter Erinnerung flog über ihr blasses Gesicht. „Ich liebte ihn schon damals, als ich zu stolz war, es dir und mir selber einzugestehen. Ich hatte ihn geliebt auf den ersten Blick, das heißt, seit jenem Winterabend; denn vor Jahren, da war ich noch ein Kind. Und als ich ihn wiedersah, liebte ich ihn wieder. Und sähe ich ihn von Neuem, ich glaube, — nein, ich weiß es, ich liebte ihn von Neuem. Decimus, Decimus!" setzte sie mit einem Anflug schwermüthiger Schelmerei hinzu, „es ist etwas an dem, was unsere litthauische Lene von den Liebestränken der alten Heiden erzählt. Aber — es sind nicht die besten Menschen, die diesem Zauber

verfallen, und darum wirst du, Decimus, ihn nicht ein=
mal begreifen."

Er wußte genug. Er hätte ihr wie vorhin zu=
rufen mögen: Höre auf! Sie aber fuhr unerschrocken in
ihrer Beichte fort:

„Ja, Decimus, sähe ich ihn wieder, ich liebte ihn wie=
der. Allein ich will ihn nicht wiedersehen, niemals wieder=
sehen. Ich möchte vor ihm fliehen bis an das Ende der
Welt; ich möchte, daß es auch für uns Klöster gebe. Er
hat mich zu viel gekostet. Zuerst dich, Decimus und
deinen treuen Bruderglauben, und dann meinen Vater.
Ach, wie viele Kinder haben denn solch einen Vater?
Und er ist betrogen von mir, vielleicht voll Jammer
um mich in den Himmel gegangen! Decimus, es ist zu
schön einmal ganz glücklich gewesen zu sein! Aber alles
was ich von Freuden genossen habe, gäbe ich darum,
wenn ich um meinen Vater trauern könnte reinen
Herzens wie du."

„Er war ein Friedenbringer auf Erden, und hat
nicht aufgehört es zu sein," sagte Decimus innig be=
wegt. „Du wirst in Frieden um ihn trauern lernen,
meine Schwester."

„Glaubst du?" rief sie sichtbar belebt. „Ja vielleicht,
wenn ich eine so rechtschaffene Frau würde wie unsere
Mutter es war und so viel Gutes thäte wie sie. Und
darum," setzte sie mit niedergeschlagenen Augen hinzu,
„hat Peter mit dir gesprochen, Decimus?"

„Ja."

„Und was hast du ihm geantwortet?"

„Nein!"

„Nein, Decimus? Ihm genügt, was ich ihm zu geben habe."

„Vielleicht; aber es genügt mir nicht für dich. Auch in der Liebe macht Geben seliger denn Nehmen. Du würdest ihn niemals lieben lernen und dein Herz hat noch nicht ausgelebt, Rose."

Er stand auf und machte ein Paar Gänge durch das Zimmer. Sie blickte betreten bald zu ihm hinüber, bald in ihren Schooß. Vor ihr stehen bleibend fragte er darauf: „Würdest du jetzt noch wie einst gern und zufrieden neben mir leben können, Rose, die Schwester neben dem Bruder und die theueren Eltern im Geiste zwischen uns?"

„Neben dir," rief sie, „bei dir, mit dir, allezeit um dich! Und so glücklich, wie ich es auf Erden noch werden könnte; vielleicht wieder ganz so glücklich wie einst!"

„So gieb mir deine Hand, die Schwester dem Bruder. Wir wollen miteinander leben als die, für welche die reinste Erdenliebe uns gebildet hat."

Sie reichte ihm die Hand, sagte jedoch dabei, anfänglich zaghaft, dann je mehr und mehr entschlossen: „Aber wir dürfen ja nicht, Decimus, du weißt ja, der selige Vater hat es verboten, um der dummen Bauern willen verboten, damals schon, als ich noch sein schuldloses Kind war. Und dann — dann, Decimus, wenn er nun wiederkäme, der, den ich niemals wiedersehen will? Nein, Decimus, hier darf ich nicht bleiben! Bringe mich fort von hier, wohin du willst, und wenn es zu einer der Schwestern wäre, die alle das Haus voll Kinder haben und alle bitterböse auf mich sind, weil ich mich so schmählich an dir vergangen habe, und mich alle wegen meines Leichtsinns scheel ansehen würden und nicht ein bischen Geduld mit mir haben, wie du so viel. Und erst ihre Männer und deren Sippschaft! Schrecklich, schrecklich! Tausendmal lieber unter Stock- fremde, die nichts von mir wissen. Wenn du es aber willst, Decimus, gehe ich auch zu den Geschwistern."

„Weder unter Fremde, noch zu den Geschwistern, wir bleiben bei einander, Rose, aber — nicht hier."

„Wo du willst, Decimus; auf einer wüsten Insel meinetwegen, nur bei einander und nur nicht hier. Denkst du etwa noch auf die Sterne zu studiren und mich zu deiner Schwester Studentin zu machen, wie wir es uns ausgemalt haben, als — ach! als ich noch dein liebes Röschen war und du mein alter De- cem warst?"

„Nein, mein Röschen, das denke ich nicht," entgeg- nete Decimus lächelnd. „Es wäre ein weitaussehendes Brod. Ich bleibe, was ich bin, aber nicht hier. Was meinst du zu einem Tausch mit Schwester Luisens Mann? Er hat sich längst ein einträglicheres Amt ersehnt und bei dem großen Hausstand thut es ihm noth. Wir sind nur zwei, für uns reicht es zu. Ganz so freund- lich wie in unserem Thal wird es freilich in der preußi- schen Haide nicht sein; aber es ist weit entlegen. Nie- mand hat uns dort gekannt; niemand wird etwas anderes

in uns sehen als das, was wir von heute ab einzig
wieder sind, die Geschwister des bisherigen Pfarrer=
paares. Dort, in unserer lieben Eltern Heimath, wirst
auch du, mein Röschen, um deinen Vater in Frieden
trauern lernen."

Sie war bei den letzten Worten zu seinen Füßen
niedergeglitten und bedeckte seine Hände mit Küssen
und Thränen. „Decimus, Decimus!" schluchzte sie,
„Dich konnte ich aufgeben, von dir mich abwenden, um
Eines willen, Eines — —"

„Still, still!" unterbrach er sie. „Nie wieder zwischen
uns ein Wort von — dem!"

Er zog sie in die Höhe, setzte sich an ihre Seite und
ihre Hand ergreifend, fuhr er fort: „Glück auf also
im Haidedorf, mein Röschen! Aber der Winter kann
über diesem Wechsel vergehen und kaum wiedergefunden,
möchte ich dich ungern aus den Augen verlieren. Da
weiß ich denn keinen besseren Rath, als daß du die
Zwischenzeit auf dem Schlosse verbrächtest, bei — Lydia."

Er sprach den Namen sehr leise. Alles, was in
seinem Entschlusse Opfer hieß, wurde mit dem Namen
ja angedeutet.

Auch Rose zuckte zusammen. „Bei Lydia!" rief sie
mit gerunzelter Stirn. Und nach einer Pause: „Muß
es sein, Decimus?"

„Wenn du Vertrauen zu mir hast: ja!"

„Nun denn so will ich. Aber — aber, wird auch
sie wollen, Decimus?"

„Sie wird es," sagte er mit Zuversicht.

Er ging zu Lydia gehobenen Hauptes, aber mit bebendem Schritt. Sie allein in dem Wandel, der sich um ihn vollzogen, hatte zu ihm gestanden in wandelloser Treue; von dieser Einzigen sich zu lösen, dünkte ihm sich lösen von seinem Stern. Auch sie erbleichte, als er ihr seinen Entschluß mittheilte; ihre Augen füllten sich mit Thränen und lange nachdem er ausgeredet hatte, schwieg sie noch still. Dann aber sagte sie mit schöner Freude: „Ich wäre dieser Wahl für Sie vielleicht nicht fähig gewesen, Freund. Aber sie ist die würdigste, die Sie treffen konnten, und fern oder nah, wir bleiben, was wir uns geworden."

Und als er darauf sie bat, seine Schwester in ihre Obhut zu nehmen, da stutzte sie zwar einen Augenblick, sagte aber auch dann, indem sie ihm die Hand reichte, mit Freudigkeit: „Ich werde sie zu lieben suchen so, wie Sie meinen Bruder geliebt."

***

Noch von keinem Menschen war der Hirtendecem so dankbar als glückbringendes Johanniskind verehrt worden wie von Schwester Luischen und ihrem Manne bei dem Vorschlage des Aemtertausches; auch machte derselbe, da Lydia als Patronin von Werben mit ihm einverstanden war, nur bei dem jenseitigen Consistorium einige Weitläufigkeiten und hatte man sich bis zu deren Erledigung, etwa zu Anfang des nächsten Jahres, zu allseitiger strenger Heimlichhaltung verpflichtet. War doch des ärgerlichen Geträtsches in Gemeinde und Umgegend übergenug laut geworden.

Ein Liebling der Pfarreingesessenen, wie ihre älteren Schwestern, war das neckische Röschen von jeher nur bei den besonderen Gelegenheiten gewesen, wo sie kam, einer Mieke und Marthe den kunstvoll gewundenen Brautkranz um den Zopf zu legen, oder einem Hinz und Kunz den Todtenkranz auf den Sarg. Bauern lieben gesetzte Leute. Ihre rücksichtslose Leidenschaft hatte die Abneigung dann zu einem Aergerniß gemacht und der jähe Tod des Vaters das Aergerniß nahezu zu einem Mord. „Die Schande hat ihm das Herz abgedrückt," hieß es. Nun jedoch, da man die heillose Kreatur, anstatt sich in den hintersten Weltwinkel zu verkriechen, als Gesellschafterin der unantastbaren Schloß= dame unter den Augen der Gemeinde weiter leben sah, dämpften die schwarzen Gesichte sich in ein zweifel= haftes Nebelgrau ab; bald vielleicht würden sie sich vollständig verzogen haben. Hatte im Jahre der Demo= kratie die ablige Herrschaft auch viel von ihrem Nimbus eingebüßt, so war durch Lydias aufopfernde Wirksam= keit während der kürzlichen Elendszeit nahezu ein Heili= genschein um die unsere gewoben worden; und wahre Güte wirkt ja allerwärts wie ein reinigender Quell.

Rose bezeigte sich tapfer und Lydia milde wie ein Engel. Wohl mit einander werden konnte es indessen den beiden ungleichartigen Naturen, deren Geschick sich so eigenartig in den Herzen der nächsten Menschen ver= schlang, keineswegs und wohl zu Muthe war auch keineswegs dem Freunde, der ihnen diese Prüfungs= zeit auferlegt hatte; wohl nicht einmal wenn er außer ihrer Nähe war. Denn das soll keiner glauben, daß das Bewußtsein, recht zu thun um schweren Preis, uns von vornherein wie ein Johannissegen erquicke. Erst wenn die Wolken sich gelichtet haben, baut der Friedensbogen sich auf. Es waren die ersten Monate unüberwindlichen Mißmuths, die Decimus durchlebte. Bei dem bewußten kurzen Interim konnte ihm ein Frohgefühl heimathlichen Wirkens nicht kommen; es lohnte sich kaum Beziehungen anzuknüpfen, die sich nicht befestigen sollten, ein Samenkorn auszustreuen, dessen Aufgehen nicht einmal er gewahren durfte und von dem er nicht wußte, ob sein Nachfolger es in seinem Sinne pflegen werde. Zum ersten Male seit Jahren und stärker denn jemals wachte der alte Sternengenius in ihm auf und in mancher schlummerlosen Nacht rang er mit dem Versucher, der ihn von der Kanzel im nordischen Haidewinkel auf die Warte des Chaldäers lockte.

Dazu der Zwiespalt im Weltwesen. In ruhigen Zeiten nimmt man Exaltationen gleich denen, welche in diesem Sommerhalbjahr von Land zu Land aufloderten, nahezu für Krankheiten, über welche der Irrenarzt zu befinden hat; und diese Erinnerungen werden in beruhigten Zeiten aufgezeichnet. Gesagt sei darum nur, daß für den jungen Pfarrer von Werben dieses Halbjahr der That eine reifende Schule gewesen war. Er blickte jetzt nicht mehr von fern auf ein unverständliches, oder gleichgültiges Treiben, er sah die Wetter über ihm brauen und unter ihm sich entladen. Nach Anlage, Erziehung und Schicksal stand er auf einer

mittleren Höhe, auf der er jedoch mit aller ihm eignenden
Standhaftigkeit sich behauptet haben würde. Er bedurfte,
um sich frei zu fühlen, nur eines bescheidenen Raumes,
aber innerhalb desselben reiner Luft und eines klaren
Lichtes. Hatte nun bisher der Orkan heiß von Südwe-
sten getobt, so erhob sich von Tage zu Tage frostiger
von Nordosten her der Gegenstrom. Schweres, graues
Novembergewölk trübte die kurze Tageshelle; wer mochte
sagen, ob der Niederschlag noch einmal als zündendes
Gewitter, oder als dämpfendes Schneegestöber erfol-
gen werde?

Wenn nun aber schon er, der fest und mäßig Ge-
richtete, an einer befreienden Klärung verzweifelte, wie
tief mußte Sidonie, deren Neigung und Ueberzeugung
so weit auseinanderstrebten, unter diesen wechselnden
Strömungen leiden? Er hatte sie nicht wiedergesehen,
war aber zu lange ihr Freund gewesen, um nicht zu
spüren, unter welchen Kämpfen sie die Skala der
Widersprüche eines starken Geistes, welchen die Liebe
schwach macht, durchzitterte; und bei aller innerlichen Entfremdung fehlte ihr anregendes Wesen ihm
wie ein Gewürz, an welches der Gaumen sich gewöhnt hat. Sie siechte auch körperlich und verließ ihr
Haus nicht mehr. Dem alten Kinde, zu dessen Wär-
terin sie sich aufgeworfen hatte, wirkte der Göttertrank
nur noch als Opiat; bei jeder Augenwende konnte der
Halbschlummer in den ewigen hinübergeglitten sein;
von den Menschen, mit denen die Mittheilsame im
vorigen Winter so anmuthend verkehrt hatte, war

auch ihr nur Lydia treu geblieben, aber Lydias Gegenwart zog ihr das Herz zusammen, während die der Einzigen, die es ihr flott gemacht haben würde, weil auch sie liebte, trotz Allem und Allem liebte, Rosens Gegenwart, ihr versagt war. Wohin Decimus blicken mochte, in sich wie außer sich, sah er Unruhe und Mißbehagen.

Und der lange drohende, lange ersehnte Niederschlag erfolgte denn endlich auch so, wie des jungen Mädchens feinspürender Sinn ihn schon vor Monden verkündet hatte — ohne Blitzeszünden. Fast scheint es, als ob auch in der geistigen Natur die elektrische Spannung beim Nahen der winterlichen Sonnenwende nicht so mächtig ist, als wenn im Frühling Tag und Nacht sich gleichen. Die furchtbleichen Häupter richteten sich trotzig empor, die siegflammenden Wangen entfärbten sich. Viele, die wild gewesen waren, wurden zahm, Manche, die zahm gewesen waren, wild; nur Wenige blieben sich unerschütterlich treu; daß aber Max von Hartenstein, der Dichter und Rhetor der Revolution, zu den Getreuen seines Glaubens jetzt um so ritterlicher stehen werde, hat keiner seiner Freunde oder Feinde bezweifelt. Auch Sidonie sah in ihm jetzt einen seiner Heimath Verlorenen; sie grübelte Tag und Nacht über eine gesicherte Neugestaltung seines Lebens, hätte unverweilt sich mit ihm in der Ferne vereinigen mögen und war doch an den Schlummerstuhl des blöden Greises gefesselt. Im Schlosse von Werben glaubte man, daß Max sich in das Ausland gerettet habe.

Der Schlag, der in der Hauptstadt gefallen war, zitterte in den Provinzen nur mäßig nach; in unserer Gegend war es überhaupt fast ausschließlich die Festungsstadt, als Enclave rings von erregten Kleinstaaten umgeben, in welchen die Schürungen von vornherein einen lebhafteren Anklang gefunden. Hatten doch schwarzsehende Kannegießer schon im Sommer dem sogenannten Doctorputsch eine gefährliche Wichtigkeit zugemessen, indem sie, als sein Ziel, einen Handstreich auf diesen festen Platz ausgewittert. Unbestritten gährte in der niederen Bürgerschaft ein gewisses, unruhiges Treiben, gedämpft allein durch das geschickte und energische Auftreten des kommandirenden Generals.

Da ein Theil der Besatzung der Armee in den Marken zugetheilt worden war, hatte man neuerdings zur Verstärkung der Garnison die Reservisten und jüngsten Landwehrklassen der umliegenden Bezirke einberufen und gehörte, wie es bei solchem schematischen Verfahren wohl zu geschehen pflegt, der Reservist Frey zu diesen Einberufenen, obgleich er als ordinirter Pfarrer von allen Mordgeschäften entbunden gewesen wäre, selbst wenn er den zum Regieren der Mordwaffen erforderlichen Arm nicht in der Binde getragen hätte. Er hatte sich seit Wochen einen Ausflug nach der Festungsstadt vorgenommen, bevor er in sein neues Amt übersiedelte; er glaubte dem redlichen Freund Kurze die Mittheilung dieser geplanten Lebenswendung schuldig zu sein, gedachte, von seinen kriegerischen Kameraden Abschied zu nehmen. Martin und seine gütige Mutter noch

einmal wiederzusehen, da er ja Einen wie den Anderen
vielleicht für immer aus den Augen verlor; vor allem
aber verlangte ihn, seinem Bruder, der in der Kürze
seinen „lieben Herrn", anjetzo General, in dessen neue
Garnison begleiten würde, noch einmal die Hand zu
drücken. Die Einberufung beschleunigte nun die Aus=
führung dieses Plans. Es muthete Held Decimus
plötzlich an, den Schematismus zu übergipfeln und an=
statt sich schriftlich abzumelden, es persönlich an Ort
und Stelle zu thun. Möglich daß sogar eine Art von
loyaler Demonstration, — um ihrer Wohlfeilheit wil=
len verschämt! — im Hintergrunde schimmerte. Die
Einberufung war nirgendwo mit patriotischem Hochge=
fühl begrüßt worden, die gehorsame Folgeleistung des
verwundeten Pfarrherrn dürfte etwa murrenden Wehr=
kameraden daher immerhin ein wackeres Beispiel geben.
Kurz und gut, Held Decimus war gewillt, für ein
Paar Tage seine Mißlaune gemüthlich und patriotisch
zu zerstreuen.

Als er am Nachmittag aus der Stadt, wo er die
Vorkehrungen für seinen Ausflug getroffen hatte, zu=
rückkehrte, stürzte ihm die litthauische Lene, die seine
Haushälterin geworden war, mit verstörten Mienen
entgegen. Der „schandbare Junker" war wieder da! Ja,
er hatte die Schandbarkeit so weit getrieben, um frank
und frei auch auf dem diesseitigen Ufer spazieren zu
gehen, am Hünengrabe vorbei, die Gartenmauer ent=
lang, über den Gottesacker, wo er eine lange Weile
vor dem frischen Hügel des alten Pfarrers still gestanden,

durch das Dorf und unterhalb der Schloßterrassen bis zum Fährboot, in welchem er auf Mehlborn'schen Grund zurückgekehrt war.

Die alte Lene hatte dem dazumal „charmanten" Junker mehr als erlaubt goldene Brücken gebaut, so lange sie an ihn als ihres Herzblättchens Zukünftigen geglaubt; nun er das Herzblättchen so schandbarer Weise in Verruf gebracht hatte, war die Hölle nicht heiß genug für den Teufelsbraten geheizt. Auch hatte, ihrer Darstellung zufolge, der Höllenkandidat sich bereits zu einem richtigen Räuberhauptmann umgemodelt, trug statt der zierlichen Locken von ehedem einen wilden Haarwuchs, statt des blonden Schnurrbärtchens auf der Oberlippe einen fuchsrothen, struppigen Vollbart und was er auf dem Leibe hatte, war der Wüstigkeit des Hauptschmuckes entsprechend. Aber die alte Lene litt an blöden Augen und nicht blos im Traume mit= unter an feindlichen Erscheinungen. Ihrem jungen Herrn wollte diese neueste Erscheinung nicht recht ein= leuchten. Selbst Sidonie hatte, da sie keine Kunde von ihm oder über ihn erhalten, ihren Bruder außer Landes in Sicherheit geglaubt. Sollte sie die Gefahr für ihn so wesentlich überschätzt haben? Indessen ging Decimus die Sache doch im Kopfe herum und so be= gab er sich nach dem Schlosse, sie mit den Freundinnen zu berathen.

Rose kam ihm nicht wie sonst, wenn sie seinen Schritt auf der Treppe erlauscht hatte, entgegengesprun= gen. Auch im Wohnzimmer saß Lydia ruhig lesend

allein. Doch bestätigte sie die feindliche Erscheinung.
Max war gesehen worden, zwar nicht von ihr selbst,
aber von dem alten Wagner und, am entscheidendsten,
von Rosen, als er eine lange Weile am Ufer auf und
ab schlendernd, sich mit etlichen begegnenden Landleuten,
und auch mit dem alten Fährmann unterhalten hatte;
durchaus gegen seine bisherige höflich ablehnende Gewohnheit. Denn der volksfreundliche Dichter besaß die
feinen, empfindlichen Sinnesnerven geistreicher Köpfe;
er konnte den gemeinen Mann, — selbstverständlich
nur buchstäblich genommen, — nicht riechen. Wo aber
eine reale Antipathie der idealen Sympathie in das
Gehege kommt, behält leider gewöhnlich, und nicht blos
bei für Gleichheit schwärmenden Aristokraten, die Antipathie die Oberhand.

Kein Zweifel demnach: Max wollte bemerkt sein,
wollte zeigen, daß er nicht so kompromittirt sei, als
selbst seine Schwester angenommen, daß er sich voll-
kommen sicher fühle und vielleicht sogar die Absicht hege,
das ländliche Herrenleben fortzuführen. Lydia konnte
nicht verhehlen, daß Rosen, trotz der Herrschaft, die
ihr über das bewegliche Temperament gelinge, eine
starke Erregung anzuspüren gewesen sei; sie rieth, das
arme Kind aus der beunruhigenden Nähe zu entfernen,
bis der Grund jenes geflissentlichen Gebahrens sich
aufgeklärt haben werde. _

„Denn," so sagte sie, in seltener Uebereinstimmung
mit Sidonien, „warum sollte für diesen unsteten Geist
ein endliches Bedürfniß der Treue undenkbar sein?

Warum sollte er nach der alle Kräfte überspannenden Aufregung in häuslicher Herzlichkeit nicht Frieden suchen und finden? Rose liebt ihn, so wie er ist, und so wie sie ist, das heißt viel charaktervoller als ich das anmuthsvolle Kind bisher beurtheilt hatte, wüßte ich kein geeigneteres weibliches Wesen, um ihn nicht nur zu reizen, sondern auch dauernd zu fesseln. Für sie selbst und auch für Sie, Freund, wäre dieser Abschluß aber jedenfalls weit natürlicher als der, welchen Sie hochherzig in das Auge gefaßt haben."

Sie schlug nun vor, daß Rose ihren Bruder auf seiner kleinen Reise begleiten und einige Zeit bei Frau von Hartenstein, die sie wiederholt freundlich zu sich eingeladen hatte, verweilen solle.

Decimus ging in Rosens Zimmer; der Abend dämmerte. Sie lag auf dem Sopha, die Augen halb geschlossen, die Lippen halb geöffnet, die Wangen flammend wie im Fieber. „Du weißt es?" rief sie ihm entgegen und — aufgewachte Erinnerungen, aufgewachtes Verlangen, aufgewachte Hoffnung. — nur nicht aufgewachte Furcht klang aus dem Vibriren ihrer Stimme. Hatte er Lydias Vorschlag ihrer Wahl anheim geben wollen, so sprach er ihn jetzt aus als unumstößlichen Entschluß.

Sie machte jach eine abwehrende Bewegung, sann aber dann eine Weile nach und sagte endlich: „Ja, ja! bringe mich fort!" Freiwillig versprach sie auch, da die Reise erst am übernächsten Tage angetreten werden konnte, sich nicht aus dem Schlosse und Lydias Nähe zu entfernen.

Hätte Sidonie ihr Gebahren zu deuten gehabt, sie würde gesagt haben: „Es heißt hoffen, nicht verzichten. Der kleine Schlaukopf hat gelernt, wie ein Mar zu fesseln ist."

Lydia und Decimus dahingegen sagten: „Sie kämpft gegen einen natürlichen Zauber, aber mit dem Willen, ihn zu besiegen."

Beide hatten vielleicht recht. Im Wogen der Leidenschaft tauchen Dämonen und Genien nebeneinander in die Höh' und wieder unter. In den Krisen, die sie aufwirbelt, entscheidet aber ohne Wahl ihr Erstgeborener, der Affekt.

Der folgende Tag verging ohne Behelligung und ohne Spur von dem feindlichen Zauberer. Hielt er sich zurück? Hatte er die Gegend wieder verlassen? War er, — eine Phantasmagorie des Hasses und der Sehnsucht, — vielleicht gar nicht da gewesen? Um nicht schlechthin in das Blaue hinein zu handeln, war Decimus nahe daran, geraden Weges Sidonien zu befragen, ob ihr Bruder die Absicht hege, sich in der Heimath niederzulassen? Nach besserem Besinnen verschob er indeß die Frage bis nach seiner Rückkehr. Er gönnte unter allen Umständen der armen Rose einen zerstreuenden Wechsel und hatte die Gefahr sich verzogen, war eine Heimholung ja leicht bewerkstelligt.

Sie fuhren ab. Rose lachte und Decimus lachte selbst über die Figur, welche er in seinem Reisecostüm spielte. Weil eine scharfe Luft wehte und der verbundene Arm sich nicht bequemlich in den wärmenden

Paletot fügen wollte, hatte er über den langen schwarzen Pfarrerrock den kurzen, bunten Soldatenmantel gehängt und dem entsprechend im Coupé den hohen, steifen, schwarzen Hut mit der handlichen Feldmütze vertauscht, die er zufällig in der Tasche des Mantels fand. Zahlreiche Wehrleute füllten von Station zu Station den Zug, da der morgende Tag der der Gestellung war. Der Nachmittag war vorgerückt, bevor das Ziel erreicht ward.

Als man das dunkle Festungsthor passirt hatte, fand man den Bahnhof militairisch besetzt, der umgebende Wall war mit Kanonen bepflanzt, aus dem Inneren der Stadt hörte man Schüsse fallen.

Auf dem Perron wirres Treiben und Drängen; Angst und Entsetzen krächzten wie Raben in der Luft! Eine Revolte, so hieß es, sei ausgebrochen, mit Hülfe der renitenten Landwehr die schwache Besatzung überrumpelt worden. Barrikaden, lange Zeit heimlich vorbereitet, ragten im Handumdrehen häuserhoch aufgethürmt; das Blut flösse in Strömen; der Belagerungszustand sei erklärt. Die Reisenden, welche in der Stadt hatten einkehren wollen, eilten ohne Aufenthalt weiter nach der nächsten Station; die Fremden, die in der Stadt geherbergt hatten, drängten fliehend nach den abgehenden Zügen. Sie wurden streng gemustert und wenn sie der Legitimation entbehrten, polizeilich zurückgehalten. Der Pfarrer von Werben und seine Schwester waren die einzigen zurückbleibenden Passagiere und da er sich weislich mit einem Paß für sich und sie versehen hatte, durften sie ungehindert sich in den Wartesaal, dem einzig gestatteten Ein- und Ausgang, verfügen, von dort aus aber ihre Schritte lenken, wohin ihnen beliebte.

Zu den ungeheuerlichen Gerüchten, welche auf dem Bahnhofe gespukt hatten, stimmte indessen verwunderlich wenig die Oede der Straße, welche die Geschwister jetzt betraten. Nur aus der Ferne fiel dann und wann noch ein Schuß. Ortsfremd, wie er war, hielt Decimus es für gerathen, Rose in einem dem Bahnhofe zunächst gelegenen Gasthause unterzubringen, während er selbst über die Lage der Dinge Erkundigung einzog.

Der Wirth stand vor der Thorfahrt, wie er lachend sagte, als einziger häuslicher Insasse, mit Ausnahme seiner Frau, die vor Schrecken krank zu Bett liege. Die Gäste seien entflohen, für Kellner und Mägde sei kein Halten gewesen. Die liebe Neugier habe sie sammt und sonders auf den Tummelplatz des Skandals im Inneren der Stadt getrieben.

Während er die Herrschaften in das erste beste Zimmer zu ebener Erde führte, erklärte er indeß zu ihrer Beruhigung die sogenannte Revolte für einen erbärmlichen Krawall und auch diesen für so gut wie unterdrückt. Nur aus Uebermuth werde noch hier und dort ein Gewehr abgefeuert. Die Zahl der Gefallenen auf Seiten der Truppen sei kaum nennenswerth, auf Seiten des Pöbels leider Gottes! weit geringer als, um des guten Exempels willen, zu wünschen wäre.

Die militairische Thätigkeit beschränke sich lediglich noch darauf, die Häuser nach dem Gesindel, das sich in sie geflüchtet habe, zu durchstöbern; vor Allem nach den wohlbekannten Rädelsführern. „Ist es nicht wie ausgestorben?" fragte er lachend, da er „die Herrschaften" an das Fenster treten sah. „Die Vorsichtigen haben sich in ihren Wohnungen abgesperrt, die Vorwitzigen sind ausgeflogen dorthin, wo sie etwas Schreckliches zu hören und zu sehen vermuthen. Im Mittelpunkte der Stadt, der in seiner Bauart an und für sich schon einem Gekröse gleicht, mag es ein schönes Schieben und Drängen geben! Nichts geht dem Plebs über das Todtgedrücktwerden!"

Decimus unterbrach den mittheilsamen Herrn mit der Frage nach dem Bataillonsbureau, in dem er sich zu melden hatte. Die Straße lag, nahe erreichbar, abseiten des Gewühls. Auf die weitere Frage nach der Wohnung der Frau von Hartenstein prallte der leichtherzige Herr Wirth erschrocken zurück. Er hatte ein argloses Zutrauen zu seinem geistlich gekleideten Gaste gehegt, da Pfarrer und Hôteliers gemeinhin conservative Gesinnungsgenossen sind, — nun musterte er ihn mit den bedenklichsten Mienen.

„Von Hartenstein!" rief er, nachdem er sich physiognomisch beruhigt hatte. „Von Hartenstein, sagen der Herr? Aber das ist gerade ja der, auf welchen man, als den Urheber des Unternehmens, fahndet! Und klug und verwogen wäre der Patron schon dazu! So ein fester Stützpunkt, halben Weg's zwischen Frankfurt und Berlin, der Plan war, weiß der Deixel nicht ohne! Wenn der Streich morgen, am Stellungstage, mit geschulten Leuten unternommen worden wäre, kein Zweifel, daß man mit Kanonen darein hätte fegen müssen und die halbe Stadt wäre zu einem Trümmerhaufen zusammengeschossen worden. Unser Herr Kommandant läßt, Gott sei Dank! nicht mit sich spaßen. Heute ist er in Dienstgeschäften auswärts, und weil man ihn morgen wieder auf seinem Posten wußte hat man, — ein Heidenglück diese Dummheit! — die Ladung vorzeitig zum Platzen gebracht. Denn mit unserer Gassenbande allein brauchte freilich nicht viel Federlesens gemacht zu werden. Die Hauptsache ist nur, dem rothen Hartenstein endlich den Garaus zu machen!"

Decimus erklärte, daß nicht dieser Hartenstein es sei, nach dessen Wohnung er gefragt, sondern ein junger Officier vom *sten Regiment, der erst vor Kurzem hierher versetzt worden sei, und da Herr Goldmann noch nicht die Ehre hatte, den Betreffenden zu kennen, entfernte er sich, das Adreßbuch herbeizuholen.

Rose hatte sich während des Wirthes Rede an eine Stuhllehne geklammert; ihre Glieder flogen, das Gesicht, das sie dem Fenster zugekehrt hielt, war schattenbleich, die Zähne schlugen wie im Fieberfrost an einander. Decimus suchte sie zu beruhigen, wennschon ihm selbst nichts weniger als ruhig zu Muthe war.

„So glaube doch solcher Wirthshauskannegießerei nicht, Kind," sagte er. „Wie wäre diesem vermeintlichen Urheber solch ein Tollmannsstreich zuzutrauen? und wissen wir denn nicht am besten, an welchem Orte derselbe zu suchen ist?"

Der Wirth trat wieder ein. Er brachte Licht, denn es war in der Zwischenzeit dämmerig geworden, und den Wohnungsanzeiger. Der Lieutenant von Hartenstein war noch nicht darin aufgenommen. Decimus meinte, daß er sich im Bataillonsbüreau nach ihm erkundigen werde und legte, nachdem der Wirth, um nach seiner kranken Frau zu sehen, sich entschuldigend zurückgezogen hatte, sein Soldatenzeug ab. Er gedachte seine dienstliche Angelegenheit so rasch als möglich abzuthun und mit Rosen heute noch heimzukehren; wenn auch leider wahrscheinlich erst mit dem Abendzuge, da der nachmittägige binnen einer halben Stunde abging. Wie verwünschte er seine loyale Demonstration!

„Nimm mich mit, Decimus!" preßte Rose hervor, indem sie sich an seinen Arm klammerte.

„In ein Militairbureau?" entgegnete er lächelnd. „In kurzem bin ich zurück und bleibe dann bei dir, oder führe dich, wenn du es wünschest, zu Frau von Hartenstein. Soll ich dir ein Zimmer im oberen Stock, wo es ruhiger ist, geben lassen?"

„Es ist ja auch hier ruhig," versetzte sie, plötzlich gefaßt. „Ich schließe die Thür. Geh nur, geh!"

Decimus ging. Rose öffnete das Fenster und sah ihm nach bis er in einer Seitengasse verschwand. Es war noch Zwielicht, aber die Straßenlaternen wurden bereits angezündet. Ringsum Seelenstille. Rose zitterte noch immer. Fürchtete sie sich? O, gewiß nicht.

Die kleine Rose war nicht furchtsamer Art, und was hätte sie auch für sich selbst zu fürchten gehabt? Sie zitterte für einen Anderen, sie spähete nach ihm, hätte — vor ihm fliehen? — nein, hätte mit ihm fliehen, ihn retten mögen um jeden Preis. Sie dachte nur an ihn; es war, als ob sie seine Gegenwart wittere. Und doch rings umher kein Mensch.

Plötzlich hörte sie Tritte. In der Ferne kam eine Patrouille die Straße entlang. An ihrer Spitze ein Officier, dessen gezogenen Säbel sie im Lampenlicht blitzen sah. Sonst niemand.

Aber da — da — aus einem Quergäßchen einbiegend, eine Gestalt, — der, nach dem sie gespäht! Nicht der visionaire Räuberhauptmann mit rothem, struppigem Haar und Bart, ein elegant gekleideter Tourist, geht er raschen, aber sicheren Schrittes dicht unter ihrem Fenster hin dem Bahnhofe zu. Wenige Schritte und das Kommando muß ihn überholen. „Max!" rief sie, „Max!"

Er blickte in die Höhe; bei der doppelten Beleuchtung von Außen und Innen, wurde auch sie augenblicks erkannt. In der nächsten Minute stand er ihr im Zimmer gegenüber.

„Ist hier ein Ausgang nach der entgegengesetzten Seite?" fragte er ohne merkliche Aufregung, während sie besonnen die Kerzen auf dem Tische ausblies und das Fenster schloß.

Das Zimmer hatte nur die Thür, durch die er eingetreten war; Rose flog, sie zu sperren. Der Riegel war eingerostet, der Schlüssel steckte von außen. Indem sie, um ihn abzuziehen, die Thür leise öffnete, prallte sie gegen den einbringenden Officier. Martin, Gottlob, Martin!

Sie war im jachen Anstoß auf der äußeren Schwelle zu Boden gestürzt; er wie ein Rasender an ihr vorüber in das Zimmer gerannt, deren Thür er hinter sich in die Angel schlug. Von draußen herein hallten die Tritte des Kommandos. Athemlos lauschte sie, auf ihren Knien liegend. Es marschirte vorüber dem Bahnhofe zu. Wie erlöst sprang sie auf, wollte in das Zimmer zurück, — da trat der Wirth aus der gegenüberliegenden Thür.

„Der Officier der Patrouille ist in das Haus getreten;" rief er lachend, „vermuthet wohl gar bei mir den rothen Hartenstein? Ein dicker Irrthum, mein Herr Lieutenant; im Hôtel Goldmann sucht kein Verschwörer Unterkommen."

„Es ist ein Kriegskamerad, der meinen am Fenster stehenden Bruder erkannt hat, und für einen Moment bei ihm eingetreten ist," versetzte Rose mit vollkommener Ruhe. „Ihren rothen Hartenstein sollen sie übrigens, hörte ich recht, entdeckt haben. Ich kam, Sie um ein Paar Streichhölzer zu bitten, Herr Wirth. Der Windzug hat uns die Lichter ausgeblasen. Und dann: ein Beefsteak für meinen Bruder. Aber, bitte, recht bald. Er hat Eile."

Damit folgte sie dem Wirth in die jenseitige Schenkstube.

Drüben im Fremdenzimmer standen während dessen Martin und Max sich auf Armeslänge gegenüber, der eine mit gezücktem Degen, der andere mit gespanntem Terzerol. Ein rascher Degenhieb schlug es ihm aus der Hand.

„Kanaille!" schrie Martin und drang in sinnloser Wuth auf seinen Verwandten ein, der ruhig wie eine Säule stand, ein zweites Terzerol ihm entgegenstreckend.

Eine Minute lang ging kein Athemzug durch den Raum und in dieser Minute war Martin seiner Vernunft wieder so weit mächtig geworden, um zu sagen: „Spare dir den Mord, du hast genug auf dem Gewissen. Entkommen kannst du nicht; draußen steht meine Mannschaft. Aber siehst du, du heißt einmal von Hartenstein und ich möchte doch nicht, daß ein Hartenstein als Zuchthäusler endigt. Darum warte, bis ich sie abgeführt und dann — flieh!"

„Sobald Sie mir Genugthuung gegeben haben, werde ich thun was mir beliebt," entgegnete Max mit eisiger Kälte. „Dort am Boden liegt mein Pistol; die Straßenlaterne giebt hinlänglich Licht. Wählen Sie Ihren Platz. Schießen Sie."

„Hier im Zimmer? du bist verrückt!" sagte Martin. „Mach', daß du fortkommst, mit der Person oder ohne sie. Ich habe die Wache am Bahnhof. Ich drücke meine Augen zu." Damit wendete er sich nach der Thür.

„Nun denn," rief der Andere mit erhobener Stimme, „auf die Kanaille eine Memme! Ein Hasenfuß der sich nicht schießt!"

Martin zitterte vor Zorn; aber der Zorn, der Andere blind macht, ihn machte er klar. „Ich bin im Dienst," sagte er, als ob er mit sich selbst überlege, doch mit lauter Stimme. „Nicht jetzt und nicht hier! Morgen in Werben — nein, nicht in Werben, der Skandal soll der Familie erspart werden. Halben Weg's zwischen dort und hier. In H. Ein stilleres Nest giebt's im Winter nicht. Punkto zwölf im Mordthal jenseit der Ruine. Sekundanten brauchen wir nicht. Ich fände keinen gegen Einen wie — du, und Einen, den du fändest könnte ich nicht acceptiren. Schießest du mich nieder, nun, so hast du deine Rolle würdig ausgespielt. Fällst du — —"

„Ich bitte, sich über diese Eventualität nicht zu beunruhigen," unterbrach ihn Max mit einem Wink nach der Thür. „Auf Wiedersehen morgen um die Mittagsstunde im Mordthal jenseit der Ruine."

Martin ging. Unter der Thür rief er noch zurück: „Höre, Max, verliere keine Zeit. Das Hôtel kann jede Minute durchsucht werden. Kommt's heraus, werde ich infam kassirt. Aber — du bist einmal ein Hartenstein."

Kaum fünf Minuten waren seit der verhängnißvollen Begegnung hingegangen. Als Martin hastig die Thorfahrt durchschritt, trat Rose aus dem Schenkzimmer. Er schleuderte auf „die Person" einen verächtlichen Blick; den Zeigefinger auf den lächelnden Lippen nickte sie ihm zu wie ihrem allerzärtlichsten Freund.

„Gott sei Dank, daß sie ihn haben, Herr Lieutenant!" rief der Wirth, der Rosen gefolgt war.

„Wen?" fragte der Lieutenant barſch.

„Den rothen Hartenſtein, wen denn ſonſt?"

Der Lieutenant ſtürzte mit einer grimmigen Geberde aus dem Thor.

„Unſer Beefſteak, Herr Wirth, ſo raſch als möglich," drängte Roſe und Herr Goldmann rannte die Treppe hinan, um ſeine Frau, mit der Freudenpoſt, daß ſie den rothen Hartenſtein hätten, wieder flott und, in Abweſenheit der Köchin, für die Bereitung des Beef=ſteaks fähig zu machen.

Roſe zog den Schlüſſel von ihrer Zimmerthür, trat ein und ſchloß hinter ſich ab. Weder ſie noch Max ſprach ein Wort. Sie ſchlang aus ihrem Trauerſhawl eine Binde, in welche ſie ſeinen Arm legte, ſtülpte ihm ihres Bruders Feldmütze auf, hängte ihm ſeinen Militairmantel um; dem Himmel Dank! die Päſſe ſteckten in der Taſche. Und daß der verrätheriſche Voll=bart, den ein Pfarrer nicht zu tragen pflegt, abraſirt worden, auch das war ein Glück. Sie gab ihm ſeinen Hut in die Hand, ſo wie ihr Bruder den ſeinigen vor=hin getragen hatte; ſie dachte an jede Kleinigkeit, — nur an ihren alten Decimus dachte ſie nicht. Sie zündete ſogar vor dem Fortgehen die Kerzen wieder an, damit der Wirth das Zimmer noch für beſetzt halte. Das erſte Signal wurde eben gegeben, als ſie an Maxens Arm den Bahnhof betrat. Während ſie die Billete löſte, zeigte er die Päſſe dem nämlichen Poli=ziſten, welchem Decimus ſie vor noch nicht einer Stunde gezeigt hatte.

„Kurios, wie das Lampenlicht täuscht, dieser Pastor ist mir vorhin einen halben Kopf größer vorgekommen!" dachte der Polizist, während die Beiden eben noch Zeit hatten, ein unbesetztes Coupé aufzufinden und zu besteigen. Der wachthabende Officier stand, ihnen den Rücken zuwendend, am entgegengesetzten Ende des Zugs.

In der Stadt hat man noch Tage lang nach dem rothen Hartenstein geforscht. Niemand hat je bezweifelt, daß er der Urheber der Emeute gewesen ist, aber niemand hat auch je ergründet, wie er aus den geschlossenen Thoren hat entkommen können.

***

Des Reservisten Frey dienstliche Meldung war so rasch als er vorausgesetzt, erledigt worden. „Wenn Sie jemals wieder unter die Fahne berufen werden, Herr Pfarrer," hatte sein Kommandeur lächelnd gesagt, „wird es als Feldgeistlicher zu einem ernsthafteren Kampfe als dem heutigen sein."

Er dachte nicht mehr an Bruder und Freunde, sondern nur, Rosen womöglich noch mit dem Nachmittagszuge heimzugeleiten. Als er mit Sturmesschritten das Hôtel erreichte, hörte er ihn von der entgegengesetzten Seite heranbrausen; es war also noch Zeit zum Fortkommen. Hastig betrat er sein Zimmer; Rose war nicht darin, auch sein Soldatenzeug fehlte. So hatte sie sich dennoch in das obere Stock geflüchtet. Er ging in die Gaststube. Vom Perron schallte das erste Signalläuten.

„Die junge Dame hat etwas liegen lassen?" fragte

der Wirth. „Warum haben Sie sie nicht ruhig hier gelassen? Ich sah oben aus dem Fenster meiner Frau, wie Sie sie nach dem Bahnhofe führten und bemühte mich vergeblich Ihnen zuzurufen, daß Sie es nicht nöthig hätten. Der Spuk ist zu Ende, der rothe Hartenstein eingefangen. Die junge Dame, — sie sprach von Ihnen als von einem Bruder, ich würde sie weit eher für Ihre Fräulein Braut gehalten haben, so zärtlich schmiegte sie sich ja an Ihren Arm, — hat mir den glücklichen Fang selbst mitgetheilt, auch schien sie nicht im entferntesten besorgt zu sein. Holen Sie sie zurück; noch ist es Zeit, oder wenn nicht, so hoffe ich, daß Sie zum wenigsten über Nacht mein Haus beehren."

Ein grausamer Blitz der Hellsicht hatte während dieser Rede des armen Decimus Hirn durchzuckt. Was er dem Wirth geantwortet hat, ist ihm nicht bewußt geblieben. In solchen Momenten spricht und handelt im Menschen die Maschine. Athemlos erreichte er die Rampe, die zu dem Bahnhof führte, halb besinnungslos rüttelte er an der geschlossenen Gitterthür; der Zug hatte sich in Bewegung gesetzt, in der nächsten Minute pfiff er durch das dunkle Festungsthor. Er war zu spät gekommen, zu spät! Aber würde die Erinnerung an seine Mannesjahre die eines Glücklichen gewesen sein, wenn er in der Wuth des Wahnsinns den Verfolgten fünf Minuten früher unter die Augen getreten wäre?

„Du suchst deine Rose. Armer Junge, sie ist auf

und davon — mit ihm!" So flüsterte Martin, der ihn bemerkt hatte und zu ihm heraus auf die Rampe getreten war, in sein Ohr.

Er zog darauf des Freundes Arm in den seinen und während er ihn in dem rückwärts liegenden stillen Hofe auf- und niederführte, ergoß er sein aufgeregtes, übervolles Herz gewohnterweise in behaglichen Strömen.

„Siehst du, Decimus," sagte er, seinen Vortrag noch einmal zusammenfassend, „siehst du, du kannst dir von meiner Wuth gar keine Vorstellung machen. So muß es in Spanien einem Stier zu Muthe sein, vor dessen Augen sie in einem fort mit einem rothen Lappen wedeln. Wo ich hinhörte, schimpften sie auf den rothen Hartenstein, wo ich hinsah, stöberten sie nach dem rothen Hartenstein; die Kerle von meiner Kompagnie glotzten oder schielten mich auf den rothen Vetter Hartenstein an und wie ich die beiden braven Jungen dicht hinter mir fallen sah, — ja, wär's auf dem Felde der Ehre gewesen, gegen einen Feind, vor dem man Respect hat, was kann Einem am Ende Schöneres passiren? aber in einem Straßenkrawall gegen solch verruchtes republikanisches Gesindel, — da hab' ich mir's geschworen, daß ich ihr junges Blut an dem rothen Hartenstein rächen wollte. Und wie ich ihn nun auf einmal aus dem Fleischergäßchen biegen sehe, es war beinahe schon dunkel, aber in solcher Bosheit erkennt Einer Einen, den er sucht, in pechrabenschwarzer Nacht, siehst du, Freund, da hätte ich ihn niederstechen mögen wie einen tollen Hund, würde Schande halber am

Ende ihn aber doch haben entwischen lassen, wenn ich nicht unter der Thür auf dein Röschen gestoßen wäre. Das liebe, herzige Ding entführt, verführt, zu Grunde gerichtet durch den nichtswürdigen Patron, siehst du, Decimus, da fuhr mir die Kanaille so heraus, die ein Hartenstein freilich nicht auf sich sitzen lassen kann, und wenn er zehnmal eine ist."

Decimus war während der langathmigen Auseinandersetzung seiner selbst so weit Herr geworden, um dem Aufgebrachten den Irrthum in Betreff Rosens aufzuklären, worauf der gute Junge, plötzlich besänftigt, mit einem Seufzer sagte: „Ja, hätte ich das vorher gewußt, um so lieber hätte ich ihn entwischen lassen und ihm die Kanaille ganz gewiß erspart."

Aber geschehen war nun einmal geschehen; einem Hartenstein durfte Satisfaktion nicht verweigert und der Hasenfuß von einem Lieutenant nicht eingesteckt werden. „Und darum, alter Freund," fuhr er fort, „es thut mir leid um dich und es schickt sich eigentlich für einen Geistlichen auch nicht, aber Einer, ein Einziger muß am Ende um die Affaire doch wissen und wenigstens von Weitem dabei zugegen sein. Einer von uns beiden bleibt ganz gewiß, wer weiß, am Ende bleiben wir alle Zwei und wir können in dem einödigen Walde doch nicht wie die Cadaver von angeschossenem Wild verenden und liegen bleiben? Weil aber so manches darum und daran hängt, womit Du, als Vertrauensmann der Hartenstein'schen Familie, dich allein befassen kannst, darf dieser Eine kein Anderer sein als du."

Decimus reichte ihm zusagend die Hand. Es würde ihm nicht beigekommen sein, diesem Harten= stein sein blutiges Vorhaben auszureden, auch wenn er selbst in dieser Stunde es für einen Frevel erachtet hätte. Er schärfte ihm nur ein, auch für einen ärzt= lichen Zeugen Sorge zu tragen und verwies ihn an den zuverlässigen beiderseitigen Freund Kurze. Dann aber stürmte er fort, um allein zu sein. Allein mit den tobenden Geistern der Hölle in seiner Brust, mit seinem Haß, seiner Rache, seiner Wuth.

Die Thore waren gesperrt; er durfte mit seiner bösen Genossenschaft nicht hinaus in das einsame Freie. Aber auch auf den Straßen war es ja still und am stillsten da, wo es den Tag über am geräuschvollsten getost hatte. Er rannte sie auf und ab, kreuz und quer, stundenlang unter dem sternenlosen, nebelnden Novemberhimmel, über dem mit Blut besprißten Bo= den. Er dachte nicht daran, daß in manchem Hause, an dem er vorüberstrich, bittere Thränen flossen, Herzen in Todesängsten schlugen. Wenn aber das Merkmal der Männlichkeit das sein sollte, daß es dem Jüngling gelingt, die Sturmgeister des Blutes wie Feinde vor sich niederzuwerfen, so ist Decimus Frey erst in diesen näch= tigen Stunden ein Mann geworden. Und ob man den Mann zum Glücklichen erkläre, weil er über jene Gei= ster ein Sieger ward, oder zum Sieger, weil er ein Glücklicher war, sein Mannesglück wurzelte in diesen nächtigen Stunden.

Als er vor Abgang des Abendzuges nach dem

Bahnhofe zurückkehrte, war der Sicherheitswächter des Tages abgelöst worden von einem, der sich über die mangelnde Legitimation nicht zufrieden geben wollte. Die blauen Augen, das blonde Haar, wenn es sich just auch nicht lockte, stimmten zu dem Signalement des rothen Hartenstein; die Bürgschaft, welche der wachthabende Lieutenant von Hartenstein für den ihm befreundeten Pfarrer eines Hartenstein'schen Gutes über= nahm, verdoppelte das Mißtrauen; der in der Binde ruhende Arm, die Todtenblässe, der Angstschweiß auf seiner Stirn steigerten das Mißtrauen zum gegrün= deten Verdacht und so würde der friedliche Pfarrherr von Werben, zum Lohn für seine loyale Demonstration, die Nacht als rother Hartenstein in den Kasematten verbracht haben, hätte sein guter Stern nicht, zum Empfang des mit dem erwarteten Zuge zurückkehren= den Generals, seinen Kommandeur auf den Bahnhof geführt, dessen Zeugniß sich denn der bürgerliche Wäch= ter der Sicherheit wohl oder übel beugen mußte.

Hatte auf seinem Abendgange Decimus sich nun mit den innerlichen Sturmgeistern nothdürftig ausein= andergesetzt, so galt es nunmehr, während der nächt= lichen Heimfahrt mit dem nüchternen Hausgeist Ver= nunft zu einem Ziel zu gelangen. Was sollte und wollte er zunächst? Die Flüchtigen suchen. Aber wo sie finden v o r dem unseligen Geschehniß des morgen= den Tages? Bei Sidonien, bei Lydia? Gewiß nicht. Die Gefahr des Entdeckt= und Aufgehaltenwerdens war in der Heimath größer als anderwärts, abgesehen

von der Schwierigkeit, morgen bei hellem Tage unbe=
merkt den Ort des Stelldicheins zu erreichen. In
dessen Nähe würden sie ohne Zweifel weilen.

Und da war denn der Zug, mit dem er fuhr, ein
Eilzug, der, gegen sein Erwarten, Winters in dem
stillen Badedorfe nicht anhielt. Hatte die Fahrt dem
Ungeduldigen bereits eine Ewigkeit gedünkt, so mußte
er nun noch bis zu der nächsten Stadt dampfen und
von da aus nahezu eine Meile zu Fuß rückwärts
wandern. Er kannte und liebte die Gegend, sie war
ja sein Heimaththal. Wie so manchesmal hatte er
singend und pfeifend die maifrischen Buchenwälder durch=
streift, wenn nach einer lustigen Fahrt die Commilitonen
der nachbarlichen Universitäten auf der Ruine Pfingsten
feierten; wie so manchesmal als stillvergnügter Gesell
inmitten der lautvergnügten, an der Tafel des einzigen
Wirthshauses im Badedorfe kommersirt! Heute ist es
nebeldicke Novembernacht, der Wald, dessen Saum ent=
lang er schreitet, streckt die entlaubten Aeste wie dürre
Gerippenarme ihm entgegen; in diesem Walde aber soll,
wenn es Mittag geworden, ein blutiges Werk vollbracht
werden, an welchem er Theil hat wie an einem eigensten
Geschick, und wenn er an das Thor des Gasthauses
klopft, geschieht es, um ein verzweifelndes Weib zu
finden, das nach einer muthigen Liebesthat unter To=
desschauern ringt.

Aber wahrlich, selbst bis zum Verzweifeln mußte
er klopfen und rütteln, bevor der Hausknecht das
Thor endlich öffnete und den seltenen Wintergast mit

schlaftrunkenen Augen anstarrte. Derselbe forderte ein Zimmer, — das er nicht betrat, einen Imbiß, — den er nicht berührte. Wie verloren warf er die Frage hin, ob das Haus von Gästen stark besetzt sei? Leider war es seit Wochen nur von den Eingesessenen besetzt, eine Auskunft, die kurz darauf Herr Strobel, der Scheffelwirth, bestätigte.

Herr Strobel begrüßte den Ankömmling wie einen alten Bekannten; er hatte den Hünen der Studenten=schaft in gutem Gedächtniß behalten, obschon derselbe niemals mit Säbel und Sporen geklirrt, auch weniger Seidel ausgestochen hatte als der bescheidenste Knirps. Auch von seinem kriegerischen Mißgeschick und dem so früh errungenen geistlichen Amte erwies sich Herr Strobel durch das Kreisblättchen unterrichtet.

Diesem wackeren Manne band der junge geistliche Herr nunmehr das Märlein auf, welches er bei Wege sich mühsam ausgebiftelt hatte. Denn welche Kunst ist so schwer, daß in der Noth nicht auch ein Stümper sie betreiben lernte? Aus Zufall war ihm zu Ohren gekommmen, daß ein alter Schulfreund mit seiner jungen Frau auf der Hochzeitsreise in dem freundlichen Badeorte zu übernachten beabsichtigte. Der Wunsch des Wiedersehens war natürlich erwacht, aber durch Amts=geschäfte gestern Nachmittag abgehalten, hatte der Pfarrer erst den Nachtzug benutzen können, um das junge Paar wenigstens noch am Frühstückstische zu begrüßen.

Leider, wie schon gesagt, war er falsch berichtet; seit Wochen weder ein junges noch altes Paar, noch selbst ein einzelnes Individuum männlichen, oder weiblichen Geschlechts im goldenen Scheffel eingekehrt, auch, wie Herr Strobel wahrheitsgemäß versichern durfte, kein zweites Logirhaus, in welches die Herrschaften sich verirrt haben konnten, im Orte vorhanden. Daß aber ein so außerordentlicher Fall, wie zur Winterszeit die Einkehr in einer Privatwohnung, nicht ohne das größte Aufsehen zu erregen, hätte vor sich gehen können, brauchte Herr Strobel kaum zu erwähnen, erwähnte es aber doch.

Sein Gast bedauerte die zwecklose nächtliche Beunruhigung. Die Freunde waren nicht im Ort: sehr natürlich! Er hatte sich plötzlich besonnen, — ein tröstliches Merkmal, wie weit ein Novellist durch Uebung es in der Erfindungskunst zu bringen vermag, — daß in einem unfernen Pfarrhause ein zweiter, allerdings älterer Schulfreund heimse, dem der erste ohne Zweifel sein Frauchen präsentirt haben werde; ihn alldort aufzusuchen war der dritte nun um so lieber bereit, da er sich der Hoffnung nicht entschlagen mochte, das junge Paar zu einem Abstecher in sein eignes freundliches Pfarrhaus zu bewegen. Weil aber nach dem Frühzug bis zum Abendzug kein anderer hier im Orte anhalte, das Wetter mild sei und wenn nur der Nebel sich senke, die Gegend sogar im Winter einen angenehmen Reiseeindruck biete, beabsichtige er eine Wagenfahrt in Vorschlag zu bringen und bäte daher Herrn Strobel, ihm für den Nachmittag seine Equipage zur Verfügung zu stellen, der zweifelhaften Witterung halber den Wagen geschlossen. Bei näherer Prüfung empfahl es sich auch, den Umweg durch das Dorf zu vermeiden. Die Fußwanderung konnte die junge Frau ermüdet haben. Das Gefährt solle daher in der Mittagsstunde, aber ja recht pünktlich! auf der Landstraße bereit halten an der Stelle, wo das Mordthal, durch welches der nächste Weg nach dem Pfarrdorfe ja führe, auf jene Straße münde. Den Fahrpreis war der Miether selbstverständlich bereit, auch wenn das Geschirr unbenutzt bliebe, zu entrichten; Weitläufigkeiten zu ersparen, sogar im Voraus. Das letztere wäre nun durchaus überflüssig gewesen, der Herr Pastor hatte Kredit; es wurde schließlich aber doch mit dem Versprechen der Geduld im Fall eines Wartestündchens angenommen.

Wie der Wind jagte nunmehr der fabulirende Held von dannen auf die Suche nach seinem glücklichen jungen Paar; zunächst allerdings nicht in das Mordthal, das zum Pfarrdorfe führte, sondern stracks nach dem Bahnhofe. Er blickte durch die trüben Scheiben in das einzige Wartezimmer; der Docht einer Hängelampe kohlte, ein Kellner schlief auf zwei Stühlen ausgestreckt. Thor, der er gewesen! In diesem öffentlichen Raume ein unglückliches Paar auf der Flucht vorauszusetzen oder in diesem unheimlich öden nach einem glücklichen auf der Hochzeitsreise Kundschaft einziehen zu wollen! jedes weitere Auskunftsuchen war überdies verdächtigend.

So machte er denn einen Gang durch die berganstcigende einzige Dorfgasse; die kleinen Häuser, vor welchen im Sommer geputzte Kindergäste sich tummelten, lagen schlummerstill; nur ein Hahn krähte hier, eine Kuh brummte dort, dann und wann brannte eine Morgenlampe; eine schwache Rauchsäule wirbelte aus dem Schornstein in den Nebel. Alles so friedlich wie daheim und wie unfriedlich mochten daheim die Herzen schlagen, wenn vielleicht schon in der Nacht die Häscher auf den feindlichen Mann gefahndet hatten, nach welchem er selbst wie bethört in der Irre umherspähte.

Ja, in der Irre! Denn Schritt um Schritt war es ihm wie Schuppen von den Augen gefallen. Würde der Verfolgte hier, im nächsten Bereich der Verfolger, eine Zuflucht gesucht haben, da er von der rückwärts liegenden Station aus auf fremdem Gebiet mit weit geringerer Entdeckungsgefahr den Platz der Entscheidung erreichen konnte? Schieben sich doch in diesem Thalwinkel gar mancher Herren Länderchen in einander, deren Grenzen ein preußischer Gensdarm nicht so ohne Weiteres zu überschreiten wagt. Auf dem jenseitigen Ufer war er mindestens einen Tag lang geborgen, — aber die letzte Hoffnung erloschen, ihn dort vor der verhängnißvollen Stunde aufzufinden.

In dieser beklemmenden Erkenntniß hatte Decimus die Berglehne erreicht, von welcher er manchesmal einen erquickenden Blick in das grüne Thal gethan hatte. Heute lag es im ersten schwachen Morgendämmer weiß in grau. Der Nebel verdunstete in phantastischen Gebilden, die oberen Regionen klärten sich; ein leiser

Reiffrost überzog die entlaubten Aeste mit glitzernden
Krystallen. Jenseit warf die schmale Mondsichel einen
fahlen Schimmer über das schwärzliche Gemäuer der
Ruine; ostwärts, da wo die Heimath lag, leuchtete
noch der Morgenstern. Ein erquickendes Landschafts=
bild auch heute für ein Auge, das hoffnungsfroh darauf
geschaut hätte.

Und warum zuckte des Beschauers Auge, warum
schlug sein Herz jählings hoffnungsfroh? Was bedeutete
das Lichtchen drüben zwischen dem schwarzen Gemäuer,
als daß der alte Burgschenke, der Sommers so manches
Faß in seinem „Verließ" verzapfte, auch nicht aus dem=
selben gewichen wäre, und wenn ein Gletscherwall sich
rings um dasselbe gezogen hätte! Wie manchen aka=
demischen Witz über des alten Kilian Kellertreue und
die romantischen Abenteuer seiner beiden einzigen Win=
terkumpane, Mops und Mietz, hatte Decimus belachen
hören und mit belacht. Der alte Kilian kochte seinen
Morgenkaffee, weiter nichts! Und dennoch erleuchtete
das Flämmchen auf dunklem Grund den Beschauer
plötzlich wie eine Vision, wie ein Blinken seines treuen
Johannissterns. „Dort oben, dort oben!" rief er
laut auf.

Er nahm sich nicht Zeit zu dem Umwege durch das
Dorf, setzte, als wäre er selbst ein Verfolgter auf der
Flucht, den steilen Abhang hinunter, quer durch die
Wiesen bis zum Ufer, von wo ein Kahn an den Fuß
des Burgfelsens trug. Beim Uebersetzen fragte er den
Fährmann, ob dann und wann wohl noch ein Fremder

den alten Kilian besuche? Der Fährmann hatte seit diesem Monat keinen mehr hinüber gerudert.

Auf dem jenseitigen Ufer schlug Decimus statt des sich windenden Fahrweges den steilen Fußpfad ein mit Siebenmeilenschritten und keuchender Brust. Es war licht geworden, ein leiser Lufthauch, die Nebel scheuchend, verhieß einen klaren Sonnenaufgang, einen blauen Himmel über der düsteren That.

Schon der Ringmauer nahe, stockte der eilende Schritt. Vom Fuß zum Gipfel war der Pfad von der Ruine aus zu übersehen; Einer, der nicht entdeckt sein wollte, konnte sich längst zwischen den weitläufigen Trümmern verborgen, oder von der entgegengesetzten Seite entfernt haben. Decimus seufzte laut auf, als ob es sein Schutzgeist wäre und nicht sein Feind, der vor ihm geflüchtet.

Und wirklich war er von oben bemerkt und erkannt worden, denn der alte Burgwirth stand schon auf der Lauer vor dem halbzerfallenen Thor, schwenkte seine Pudelmütze und schrie ihm das „Salve" entgegen, das er seinen Lieblingsgästen abgelauscht hatte. Dann aber schüttelte er dem Ankömmling herzhaft die Hand und rief: „Das nenne ich Glück!" (Er drückte den schönen Begriff mit einer durchaus nicht schön zu nennenden akademischen Hyperbel aus.) „Seit dem Reformations-feste kein Gesicht und an Sankt Kathrinen ihrer zwei!"

„Ihr habt schon Gäste, Freund?" fragte Decimus mit klopfenden Pulsen.

„Nur einen!" antwortete der Alte. „So was vergleichen wie ein Maler kommt er mir vor. Er stellte sich ein wie Nikodemus in der Nacht; von jener Seite. Aus dem Reiche, denk' ich mir, denn ein Landeskind ist er nicht. „Herr Wirth" und „Hören Sie" hat er mich titulirt; das erste Mannsen, das wie ein geziertes Berlin'sches Mamsellchen den alten Kilian per Herr und Hören Sie traktirt. Und Wein hat er sich bestellt. Bier ist für so Einen zu kommun. Na, der alte Kilian kann auch mit Wein aufwarten und an Sankt Kathrinen mit schmackhafterem Wein als Bier. Er hat sich gestern Abend auf einer Fußtour im Nebel verirrt und will nun den Sonnenaufgang hier oben genießen. Und dazu kann's allenfalls Rath werden, denn der Nebel ist weg. Aber gestiegen und ohne Nieselwetter geht's heute nicht ab. Wie er Sie den Berg 'ran steigen sah, sagte er: „Noch Einer, der die Sonne hier oben aufgehen sehen will. Nöthigen Sie ihn herein, Herr Wirth und bringen Sie uns ein Frühbrod und Wein."

Auf des Alten Erkundigung wärmte Decimus nun die Fabel, — leider war es im Wesentlichen ja keine, — aus dem goldenen Scheffel wieder auf, nur daß er das zweifelige Pärchen in einen ledigen Freund verwandelte; worauf der Alte schmunzelnd erwiderte: „Na, warten Sie ihn nur getrost hier oben ab. Ist's ein alter Bruder Studio, geht er der Ruine nicht vorbei und der alte Kilian schreibt in seinen Kalender: An Sankt Kathrinen drei Mann hoch oben auf der Burg!"

„Sie werden sich mit zweien begnügen müssen, Herr Wirth, der Gesuchte ist gefunden," sagte hinter ihnen eine Stimme mit wohlbekanntem musikalischem Klang.

Max von Hartenstein war unbemerkt in den Thorrahmen getreten, Decimus Frey folgte ihm in das Verließ. Er zitterte; jener war ruhig wie ein Bild von Stein. Der alte Kilian wunderte sich, daß zwei alte Freunde, die sich suchen und finden, zum Salve sich nicht einmal die Hände schütteln. Aber Einer aus dem Reich, der „Hören Sie" zum alten Kilian sagt und ein weiland Kameel, das den Pastorrock auf dem Leibe trägt, die haben eben ihre absonderlichen Mucken.

„Sie suchen Ihre Schwester?" fragte Max.

„Zunächst allerdings sie," antwortete Decimus.

„Nun, sie wird, hoffe ich, gestern Abend wohlbehalten im Schlosse von Werben eingetroffen sein. Wir haben uns auf der vorletzten Station getrennt."

Es kam Decimus nicht in den Sinn, diesem stolzen Menschen in irgend einer Lage eine Unwahrheit zuzutrauen. Max hatte Rose berechenbar heimlich verlassen. Sie ahnete sein blutiges Vorhaben nicht. Die ganze Konstellation war verrückt.

Der Wirth hatte das Frühstück gebracht. Max entkorkte die Flasche, kostete, forderte eine zweite, bot Decimus ein Glas, das dieser ablehnte und trank dann selbst in durstigen Zügen, ohne daß es ihn zu erregen schien. Darauf sagte er:

„Sie würden mich verbinden, Herr Pfarrer, wenn

Sie dieses Blatt bis auf Weiteres an sich nähmen. Es ist nicht wahrscheinlich, daß ich Werben in der Kürze wiedersehe und das Leben kann wohlfeil werden in dieser Zeit. Für den Fall meines Todes geben Sie diese Zeilen meiner Schwester."

Er nahm bei den Worten von dem Tische im Fenster ein Blatt Papier, faltete es und schrieb mit Bleistift „an Sidonie" darauf. „Mir fehlt eine Oblate, setzte er hinzu. „Aber auch unverschlossen weiß ich, daß Sie vor dem genannten Termin keinen Einblick nehmen werden. Nach jenem Termin steht er Ihnen frei."

Decimus barg das Blatt in seiner Brieftasche. In einer späteren Zeit ist ihm der Inhalt mitgetheilt worden. Er lautete:

„Ich erwarte von meiner gütigen Schwester, daß sie ihre Freundin Rose Blümel in jedem Sinne als die rechtmäßige Wittwe ihrers Bruders betrachten wird.

. Max."

„Und nun wären wir wohl fertig mit einander, Herr Pfarrer," sagte Max.

Seine frostige Ruhe, die Ironie in Miene und Klang hatten in Decimus das Feuer der Verfolgung unter den Zweifelgrad hinabgedämpft; die Gleichgültigkeit, mit welcher er des Mädchens erwähnte, das so großmüthig, die tiefste Kränkung vergessend, mit Hintenansetzung von allem, was es hochzuhalten hatte, ihn der dringendsten Gefahr entrissen, empörte ihn. Aber er dachte an dieses Mädchen und an die beiden anderen, die mit ihm um diesen Mann leiden würden und so zwang

er sich zu dem Worte, das, er mußte es, in den Ohren
dieses Mannes wie eine Narrenrede verhallen würde.

„Nein, Herr von Hartenstein," sagte er, „der Zweck,
um dessentwillen ich auch Sie gesucht, ist noch nicht
einmal berührt."

„Eh bien! Was möchten Sie?"

„Sie beschwören, bei Allem, was Sie werth und
heilig achten, von der That dieses Tages abzustehen."

„Sie wissen darum?" fuhr Hartenstein auf. „Und wer
noch außer Ihnen?"

„Keiner, mindestens durch mich; und, bei Gott! in
keinem anderen Auftrag als dem meines Herzens habe
ich — —"

„Ich weiß die Ehre zu schätzen," unterbrach ihn
Max mit einem schnöden Lächeln, „und ich sage Dank
dafür, daß der eifrige Levit von mir, dem Heiden,
voraussetzt, er werde eher als der gläubige Bekenner
die linke Wange bieten, wenn die rechte den Streich
empfangen hat."

„Sie irren, Herr von Hartenstein. Es war nicht
priesterlicher Eifer, es war einfach die Freundschaft für
die Ihnen nächststehenden Menschen, die mich zu Ihnen
trieb, statt zu dem Anderen, den ich im Bann unüber=
windlicher Vorurtheile befangen wußte."

„Und was berechtigte Sie," rief Max, indem eine
Blutwoge sein marmorbleiches Gesicht überflog, „was
berechtigte Sie zu der Annahme, daß ich, ich diese
Vorurtheile, wie Sie es nennen, nicht hege? Meinen
Sie, daß ich die Sache der misera plebs, für die ich

meine Existenz in die Schanze geschlagen, so verstanden
habe, um im Sinne des Plebs ein Schimpfwort für
ein Scherzwort zu nehmen und nicht vielmehr des Volkes Schranken so weit hinauszurücken, daß es wie
wir für sein Recht und seine Ehre den Einsatz des
Lebens nicht zu hoch erachte?"

Decimus blickte eine Weile betreten zu Boden;
dann erwiderte er, aber kleinlauter als vorhin: „Ein
ungemeines Streben in ungemeiner Zeit zieht keine
Alltagskonsequenzen. Ihre Freunde, Herr von Hartenstein, werden es schwerlich verstehen und sicherlich es
Ihnen nicht vergeben, wenn der Tribun sich dem Kavalier zum Opfer stellt. Retten Sie sich für die Sache,
um derentwillen Sie, wie Sie sagen, Ihre Existenz
in die Schanze geschlagen haben."

„Ich habe keine Freunde, an deren Verständniß mir
gelegen wäre," entgegnete Max mit einem gering-
schätzigen Achselzucken, „und die Sache, die ich die meine
nannte, ist über meine Lebenszeit hinaus eine verlorene. Das Volk — es bleibt bei dem Weibethier."

„Will's Gott, nicht!" rief Decimus. „So lange die
Menschheit währt, wird der Kampf für die Menschlich-
keit geführt werden, wenn auch mit anderen Waffen als
den heutigen. Wollen Sie die Flinte in das Korn
werfen, weil, — lassen Sie mich Sie an die Stunde
erinnern, in der ich den frühesten Blick in Ihre Seele
gethan, — weil Ihre ersten Blüthenträume nicht reiften?
Sie haben auf unberechenbare Jahre hinaus mit Ihrem
Vaterlande gebrochen, wollen Sie mit einem Mord von

demselben scheiden? Suchen Sie ein neues, ein nach freieren Satzungen bereits geordnetes, mit dem Bewußtsein einer selbstüberwindenden, einer hochherzigen That. Fliehen Sie, Herr von Hartenstein! Die Stunde drängt, nein die Minute; gelüstet es Sie, in Handschellen mit Ihrer Jugend abzuschließen?"

„Seien Sie ruhig, Freund," versetzte Max lächelnd. „Ich werde keine Handschellen tragen."

„Sie wollen sterben, Max! Warum nicht leben? Nicht lebend sühnen was Sie vielleicht noch nicht einmal einen Irrthum nennen; was aber, nachdem der Irrthum zu einem Verhängniß geworden ist, nicht für Sie allein, Sie, wie Sie sich auch stellen mögen, als ein Frevel gemahnen wird. Der Tod scheint nur unreifen Geistern eine sühnende That. Leben Sie, eilen Sie. Sie haben meinen Paß; tauschen wir die Kleider; fliehen Sie nach der Insel; berufen Sie sich bei meinem Bruder auf mich. Er rudert Sie nach Helgoland. Ihre Schwester, die jede Stunde von ihrem traurigen Posten erlösen kann, wird Ihnen folgen und — —"

„Und — Rose?" fragte Max mit einem lauernden Seitenblick.

„So weit die Macht eines Bruders über die Schwester reicht, bei Gott im Himmel! niemals!" antwortete Decimus und sein Ton mochte den Ernst seines Willens nicht bezweifeln lassen, denn Max reichte ihm die Hand und über seinen Augen lag ein feuchter Nebel.

„Sie sind ein seltener Mensch, Decimus, in Wahrheit ein Glücklicher," sagte er mit weichem Klang. „Ich

danke Ihnen, Sie haben mir den Glauben wieder=
gegeben, dessen letzten Rest ich gestern verloren hatte."

„Den Glauben an die natürliche Gutheit der misera
plebs?" versetzte Decimus, und diesmal war er es,
welcher lächelte. „Wahren Sie sich diesen Glauben,
Herr von Hartenstein, auch wenn er in Bezug auf mich
sich nicht völlig zutreffend erweisen sollte. So wenig
wie es der Priester war, der sich bekehrend in Ihre
Nähe drängte, so wenig ist es der Sohn des armen
Hutmanns Ihrer Heimath, der aus natürlichem Drang
an die Kraft Ihres Gemüthes appellirt. Es ist der
Zögling des Mannes, dessen liebstes Kind Sie höher
gehalten hat als Ehre und Herzensfrieden, obgleich es
wußte, daß Ihre Neigung nur eine Wallung war.
Und es ist der Freund einer Anderen, welcher mit dem
Leben eines Bruders das des Mannes auf dem Spiele
steht, dem sie einst ihr reines Herz geöffnet hatte."

„Lydia!" rief Max. Er machte einen Gang durch
das Zimmer.

Decimus trat an das Fenster. Die Sonne war,
ohne daß sie es bemerkt hatten, klar aufgestiegen, schon
jedoch wieder von auf= und abwallenden Dünsten um=
schleiert. Der Tag würde in Regen enden, in Thränen
ahnete Decimus.

Max war an seiner Seite stehen geblieben. „Es
kann nicht sein, Freund," sagte er. „Das Blut ist
stärker als die Logik Ihrer Großmuth. Schon das
gestrige Unternehmen, dessen unzeitige, kindische Aus=
führung Sie wenigstens nicht auf meine Rechnung

setzen sollen, hat meinen Namen zum Spott gemacht. Soll ich nun noch unter dem Gelächter meiner Zeit= genossen aus der Arena flüchten, in die ich mit vollen Backen zum Kampf geladen habe? Ich würde vor dem gestrigen Begegniß versucht haben, nach Süd= deutschland zu entkommen, wo eine nochmalige Erhe= bung für eine wenn auch nicht sociale, doch politische Neuerung Deutschlands nicht völlig undenkbar ist. Nach jenem Begegniß habe ich von der Hand eines beherz= ten Weibes, welches, wäre mir die Frist gegönnt, das meine werden würde, mich entführen lassen, nicht zu schmählicher Flucht, sondern zu einer Rettung der Ehre, dem einzig geziemenden Abschluß, der mir übrig blieb. Es muß geschehen. Aber, Freund, Lydia wird um keinen Bruder Leid zu tragen haben und falle ich, — so oder so — mögen Sie ihr sagen, daß das Leben wenig Werth mehr für mich hatte, seit sie ihr reines Herz vor mir verschließen mußte."

Lydia! warum hatte Decimus diesen theuersten Namen aufgerufen, warum die schwerste Versuchung für sich selbst heraufbeschworen? Sprach sie: „Nimm die Schmach auf dich, Max, ich theile sie mit dir," er würde sich gerettet haben für sie, um ihretwillen, viel= leicht — nein gewiß.

„Schieben Sie die That auf, bis Lydia über sie entschieden haben wird, erwarten Sie ihre Weisung auf der Insel." Sein Herz krampfte, während er diese Worte sprach und seine Blicke wurzelten am Boden, während er die Antwort erwartete.

„Nein!" lautete sie nach kurzem Zögern. „Sie liebt mich nicht mehr, und ihr Mitleid ließe mich nur noch tiefer sinken, als ich mich gesunken fühle. Ist es aber möglich, so lassen Sie ihr das Schicksal dieses Tages verborgen bleiben."

Der letzte, schwerste Versöhnungsklang war machtlos verhallt. Lydias hehres Bild vor der Seele schieden sie.

Am Bahnhofe traf Decimus mit Martin und dem getreuen Doctor Kurze zusammen. Nachdem er bei dem beleidigten Feinde gescheitert war, machte er noch einen Versuch, den beleidigenden Freund umzustimmen; er erinnerte daran, wie dieser mit dem unantastbaren Ehrenruf, nachdem er noch gestern die Feuerprobe auf das tapferste bestanden, so viel leichter als sein allseitig und auch von ihm geschmähter Gegner die Hand zur Versöhnung bieten, ja sogar dem Zusammentreffen aus dem Wege gehen könne. Er erinnerte auch, — wennschon er über diese Eventualität im Innersten beruhigt war, — bei einer traurigen Möglichkeit an den Jammer seiner Mutter, an die Verwaisung seines Töchterchens und gewiß blieb das zärtliche Vater- und Sohnesherz bei diesem Mahnen nicht ungerührt.

„Ich habe mein Testament gemacht und dich zum Vormund meiner kleinen Tili ernannt, Decimus," sagte er mit Thränen in den Augen. Aber es giebt nun einmal einen Punkt, auf welchem auch der Schwache unbeugsam ist, und je schwächer, häufig desto mehr.

So brachen sie denn nach dem Mordthale auf, das

Freund Kurze „wie seine Tasche" zu kennen versicherte. Er hatte auf einer Lichtung desselben während der pfingst= lichen Burgkommerse an mancher kameradschaftlichen Pau= kerei mit Nadel und Heftpflaster theilgenommen, hin und wieder wohl auch mit Schläger und Rappier. Er war beileibe kein Feind von derlei Entladungen eines überschüssigen Bluts; weder im Spaß, noch sogar im Ernst. Das gegenwärtige bitterernsthafte Vorhaben er= klärte er jedoch, natur= und vernunftgemäß, für einen Raptus der Absurdität.

„Denn," so sagte er bei Wege zu Freund Decimus, während der sonst so mittheilsame Martin stillschweigend voranschritt, „denn Nummero Eins: Blut wäscht einen Flecken von der Ehre ab, aber Blut wehrt ihn auch ab. Giebt mir mein Bruder einen Knuff, gebe ich ihm wieder einen und er und ich sind so gut wie vorher. Demgemäß können Brudersöhne sich schon einmal einen dummen Jungen anbrummen, ohne gleich loszuknallen. Der dumme Junge erstickt im natürlichen Blut. Num= mero Zwei: bei jeglichem Aergerniß entscheidet die Präsenz. Müssen Kanaille und Hasenfuß gewärtig sein, Tag für Tag, oder allenfalls auch nur dann und wann mit den Köpfen gegeneinander zu rennen, na, so schießen sie sich wieder zu Ehrenmännern zurecht, oder meinetwegen auch todt. Wissen sie aber von vorn= herein, daß so wie so, selbigen Tags Einer von ihnen auf Nimmerwiedersehen in's Zuchthaus transportirt wird, oder bestenfalls über das Weltmeer echappirt, item, daß Kanaille und Hasenfuß quasi nicht mehr für einander vorhandene Individuen sind, warum soll Einer dem Anderen zuvor mit Teufelsgewalt das Lebenslicht ausblasen, oder, was noch weniger angenehm sein würde, es sich von ihm ausblasen lassen? Narren sind sie alle beide, diese Hartensteine, der rothe wie der blaue. Indessen, ich habe die Hoffnung, sie zu kuriren noch nicht aufgegeben. Woran die Weisheit zu Schanden geworden ist, das hat schon manchmal ein Jokus zu Stande gebracht. Laß mich nur machen, alter Decem."

Trotz dieser tröstlichen Versicherung entwarf er indessen mit der ihm eignen praktischen Umsicht das Programm für jeglichen mehr oder minder schwierigen Fall und fühlte sich, der redlichsten Theilnahme unbeschadet, durchaus con amore bei dem verzwickten Handel.

In der Waldlichtung wartete Max bereits. Er hatte als Beleidigter keine weitere Bedingung als die des gleichzeitigen Feuergebens zu stellen, eine Bedingung, welcher Martin mit einem Kopfneigen zustimmte. Decimus drückte erst dem Freunde, dann dem Feinde die Hand; nur dem letzteren mit einem Abschiedsgefühl und wahrlich! mit einem wehe thuenden. Dann nahm er seinen Platz außerhalb des erwählten freien Raums.

Peter Kurze dahingegen stellte sich in dessen Mitte. Er reckte sich, räusperte sich und begann darauf in seiner kommentwidrigen vierfältigen Eigenschaft als Medikus, Unparteiischer und Sekundant beider Parteien, — denn der priesterliche Hüne, der sich mit mäusefahlem Angesicht dort an die alte Hagebuche lehnte, zählte lediglich für eine „geistige Natur," — recht weidlich die

Narrenkappe zu schütteln und die Narrengeißel über das natur- und vernunftwidrige, wie auch nebenbei brudermörderische Vorhaben zu schwingen.

Der Wahrheit die Ehre! Peter Kurzens Rede war ein satyrisches Musterstück, wie er kein zweites geleistet hat. Auch blickte er, nachdem er geendet mit siegesstolzer Zuversicht von einem der feindlichen Hartensteine auf den anderen. Der Dichter lächelte; um so grimmiger schaute der Lieutenant drein. Das war nicht der Mann, der sich eine bitter ernsthafte Sache von einem Bajazzo verpfuschen ließ! Da jedoch zu einer Rückwärtsbewegung, wie der Mittelsmann sie empfohlen, denn auf eine Handreichnung hatte er von vornherein bescheidentlich verzichtet, weder der Lächelnde, noch der Grimmige Anstalt machte, da auch von Außen her kein willkommnes Hinderniß in die Scene sprang, keine Feuerkugel vom Himmel fiel, kein Spaziergänger des Weges kam, kein Forsthüter, nicht einmal ein Gensdarm, raunte er dem Freunde unter der Hagebuche zu: „Vor derartigem Blödsinn erbleicht sogar dein Johannisstern!"

Dann aber setzte er sich in Positur, maaß die Schritte ab, reichte mit einer Verbeugung einem Jeden seine Waffe, führte ihn an seinen Platz und zählte ohne Zagen: „Eins — zwei — drei!"

Die Schüsse fielen. Max, der in die Luft gefeuert hatte, brach leblos zusammen.

„Ist er todt!" schrie Martin auf. Er sah so sterbensfahl aus wie der, welcher am Boden lag. Der Doctor zuckte schweigend die Achseln.

Die Kugel war nahe der Schulter in die Brust=
höhle gedrungen. Kurze legte den blutstillenden Ver=
band an und entfernte sich darauf, um, wie verabredet,
die diplomatischen Maßnahmen zu treffen, die kaum
weniger als der ärztliche Dienst, eines Meisters Kunst
erheischten.

Er eilte nach dem Ausgang des Thales, wo der
Wagen pünktlich eingetroffen war, präsentirte sich dem
Kutscher als der vom Miether erwartete Freund, der
vorangegangen sei, um für einen plötzlich erkrankten
Begleiter einiges Erforderliche im Dorfe einzuholen.
Als Ortsunkundiger bat er den Kutscher, indem er ihm
ein Trinkgeld in die Hand drückte, diese Besorgungen
für ihn abzuthun: Wein und einen Imbiß aus dem
Wirthshause, Hofmannsche Magentropfen aus der Apo=
theke, vom Kaufmann eine Flasche kölnisches Wasser;
kurzum er schickte ihn von Pontius zu Pilatus, indem
er versprach, in der Zwischenzeit die Leinen gewissen=
haft festzuhalten. Kaum aber, daß der Mann aus der
Gehörweite war, schwang Peter Kurze sich auf den
Bock, um über Stock und Stein nach der Lichtung
zu jagen.

Hier hatte während dessen der Verwundete ohne
Zeichen des Lebens am Boden gelegen, den Kopf an
Decimus Brust, dessen Hand gepreßt auf den Verband
der Wunde. Martin an seiner Seite kniend, küßte
seine Hände, weinte wie ein Kind. „Bei Gott im Him=
mel!" schluchzte er, „ich habe es nicht gewollt. Ich
hatte auf den Oberarm gezielt und ich treffe das Haus

in der Karte. Warum hat er auch in die Luft ge=
feuert und dabei gezuckt, daß ich die Brust treffen mußte.
In meinem Leben kann ich dem armen Röschen nicht
wieder in die Augen sehen.

Als der Doctor mit dem Wagen zurückkehrte und
den Verband erneuert hatte, wurde der Kopf des Ver=
wundeten mit verschiedentlichen Taschentüchern umwun=
den, das Gesicht obendrein durch ein breites schwarzes
Pflaster unkenntlich gemacht, des Pastors Feldmütze ihm
über die Ohren gezogen, der Soldatenmantel ihm über=
gehängt, und auf diese Weise umgewandelt in Bruder
Frieden, den blöden Amerikaner, der beim gestrigen
Straßenkampfe in der Festung zufällig einen Schuß
wegbekommen hatte, der rothe Hartenstein in den Wa=
gen gehoben.

„Und nun machen Sie sich aus dem Staube!“ sagte
der Doctor zu Martin. „Sie haben Ihre Heldenthat
gethan. Das Weitere ist unsere Sache!“

Martin ging. Wie einst sein Vater hatte er die
Ehre der Hartenstein mit blutiger Hand gerächt. Daß
er aber, wie sein Vater, deshalb ein krankes Herz
durch das Leben tragen werde, wird für den Sohn nicht
zu befürchten sein.

Der Verwundete ruhte in Decimus Armen. Freund
Kurze, nachdem er sorgfältig die Gardinen geschlossen
hatte, führte den Wagen Schritt für Schritt nach der
Haltestelle, versprach dem Kutscher, als derselbe zurück=
kehrte, ein doppeltes Trinkgeld, wenn er zur Schonung
seines kopfleidenden guten Freunds ein gleich langsames

Tempo beibehalte und nahm dann, seinem Pflegling gegenüber auf dem Rücksitze Platz.

Wie der alte Kilian prophezeiht hatte, war das Wetter in einen Landregen umgeschlagen; die Dämmerung daher noch früher als sonst im Spätherbst hereingebrochen; die Straße menschenleer. Wohin nun aber mit dem vielleicht sterbenden Mann? Wo Rast für ihn suchen, selbst im günstigsten Falle langewährende, heimliche Rast? Wo die sorgsame Pflege für ihn finden, deren er unumgänglich bedurfte? Eine weite Fahrt würde er nicht überstanden haben. Selbst Werben war im Grunde zu weit. Welche Wahl blieb aber außer Werben? Auch hatten beide Freunde von Haus aus an keine andere Zuflucht als die des Thalgutes gedacht. Bei näherer Ueberlegung mußten sie sich jedoch sagen, daß dort, bei den Seinen, der Verfolgte zuerst gesucht und unvermeidlich entdeckt werden würde. Wohin aber sonst?

„Auf's Schloß mit ihm!" rief plötzlich der Doctor mit dem Trompetenton der Unwiderleglichkeit. „Bei seiner feindlichen Exbraut vermuthet den rothen Hartenstein nicht die feinste Schnüffelnase. Still wie in einem Kloster! Matratzen und Verpflegung ideal! Dort oder nirgend ist er geborgen! Dort oder nirgend leistet Peter Kurze sein ärztliches Meisterstück! Auf's Schloß mit ihm!"

Wie Dolchspitzen hatte des armen Decimus Brust ein jeder dieser natur- und vernunftgemäßen Sätze, mit den Erinnerungen, die sie weckten und nur allzu naheliegenden Folgerungen durchzuckt. Er schwieg eine lange Weile, kämpfte schwere Seufzer nieder und sagte dann, auch seiner Natur und Vernunft gemäß: „Ja, auf das Schloß!"

Vor der Station, von welcher aus er gestern Abend seine Fußwanderung angetreten hatte, verließ er den Wagen, da er, wenn er den Nachmittagszug benutzte, einen mehrstündigen Vorsprung gewann, um in der Heimath Rath und Hülfe vorzubereiten. Und von allen Martern, die er seit vierundzwanzig Stunden zu bestehen hatte, ist die Unheilsbotschaft an die beiden Frauen wahrlich nicht die am wenigsten martervolle gewesen.

Rose hatte, als sie am verwichenen Abend allein, aufgelöst in Schmerz und Angst auf das Schloß zurückkehrte, die Geschehnisse dieses Tages und ihren Antheil an denselben ohne Hehl der Freundin mitgetheilt, und war von dieser um ihrer großmüthigen That willen aufrichtig bewundert worden. Sie selbst wäre des gleichen Entschlusses ja fähig gewesen, allein schwerlich der gleichen praktischen Durchführung. Von dem bevorstehenden Zweikampf hatte Rose keine Ahnung. Sie wie Lydia, schwankte, ob es Absicht, oder unfreiwillige Verspätung, wenn nicht gar eine verhängnißvolle Begegnung gewesen war, daß Max, als er auf der letzten außerpreußischen Station das Coupé ohne Vorwand verlassen hatte, nicht in dasselbe zurückkehrte. Mit Zittern und Zagen hatten sie im Geiste ihn umherirren sehen, verfolgt, erkannt, verhaftet, gefangen; aber dann auch wieder hoffnungsvoll, ihn geborgen und unentdeckt den Hafen erreichen, von welchem das nächste Schiff ihn in die Freiheit trug.

Und nun zu hören, daß er, von allen Seiten bedroht, als ein zum Tode Verwundeter in seine Heimath geführt werde! Rose stand vernichtet, starr und stumm. Seit gestern fühlte sie sich nicht mehr als die verlassene Geliebte, die muthvoll gegen ihr Begehren und die Schmach der Mißdeutung kämpft. Sie hatte gehandelt wie ein zur Treue verpflichtetes Weib, bekannte ihre Liebe ohne Scheu, war froh gewillt, Gefahr und Verbannung mit dem Geächteten zu theilen. Höher denn jemals vor sich selbst gestellt, stürzte eine Minute sie in den Abgrund alles Entsetzens.

Aber auch Lydia stand erschüttert wie eine Liebende. Selbst wenn sie nicht die That eines Bruders zu sühnen, nicht der Großmuth dieses Mannes das Leben eines Bruders zu danken gehabt hätte, würde es kaum einen Preis gegeben haben, der ihr für seine Rettung zu hoch erschienen wäre. Denn wenn die Sehnsucht der Liebe in einem Herzen auch erlischt, das Mitleid der Liebe bleibt lebendig bis zum letzten Athemzuge. Decimus hatte ja nicht daran gezweifelt, daß sie ohne Besinnen ihn bergen und pflegen werde; sie hätte nicht Lydia sein müssen, wenn das unbedingt Menschliche ihr nicht höher gestanden hätte als die bedingte Natur, die gemeinhin dem Weibe eignet. Und dennoch, als er sie jetzt so freudig, ohne jegliches Bedenken dessen, was sie für sich selbst auf das Spiel setzte, in seinen Vorschlag

willigen sah, krampfte in seinem Herzen eine Empfin=
dung, der er sich schämte einen Namen zu geben. Er
fühlte den Puls des Weibes für den Einstgeliebten
schlagen.

Man hatte allerdings schon am Morgen auch auf
dem Schlosse nach Max geforscht; eine Haussuchung,
wie sie auf dem Thalgute und auch in Bielitz stattge=
funden, war, auf Lydias Wort hin, jedoch unterblieben.
Sie hoffte, daß es bei dieser Nachfrage sein Bewen=
den haben, oder daß sie einer späteren zu begegnen
wissen werde.

Rose jedoch widersprach ihr mit plötzlich aufgewach=
ter Energie.

„Nein!" rief sie. „Es wird bei dieser ersten nicht
sein Bewenden haben, und je eifriger du dich einer
Haussuchung widersetzest, um so mehr wirst du dich
verdächtig machen. Er ist hier so wenig wie auf dem
Thalgute zu verbergen. Schon daß er bei der Ankunft,
wenn auch im Dunkeln, durch das Dorf und über den
Hof gefahren werden muß, da er in seinem Zustande
nicht die Terrassen hinan getragen werden könnte: daß
die Schenke dem Gute gegenüber liegt und von ihr
aus jeder ungewohnte Ein= und Ausgang beobachtet
werden kann; daß die Fenster des Schlosses von allen
Seiten zu übersehen sind, und es in ihm wohl eine
zusammenhängende Zimmerflucht, aber keinen einzigen
Schlupfwinkel giebt, keine Seitentreppe oder Hinterthür!
Und was machte wohl Bruder Frey auf dem Schlosse
der Hartenstein? Was brauchte der unschuldige Hirten=

friede mit soviel Heimlichkeit darin gepflegt zu werden? So dumm wäre nicht der dümmste Bauer, wie viel weniger ein geschulter Polizist, um nicht am ersten Tage hinter dem versteckten Hutmannssohn den verfolgten Herrensohn auszuwittern."

Alle diese Einwendungen hatten auch für Decimus einen einleuchtenden Grund. Aber der Seitenblick, mit welchem Rose während derselben die sinnende Schloß= besitzerin streifte, bekundete noch einen heimlichen Vor= behalt, und — keineswegs edel, aber leider wahr! — daß dieser Vorbehalt in seinem Herzen einen lauten Wiederhall fand.

„Nein, Decimus!" fuhr Rose fort, mit schmeicheln= den Tönen die Rücksichtslosigkeit umhüllend, deren nur der Egoismus weiblicher Liebe fähig ist, „nein! du hast um meinetwillen, um seinetwillen, Großes gethan und geduldet: aber du hast nichts gethan, weil alles um= sonst, wenn du nicht auch das Letzte thust; wenn du ihn nicht dorthin bringst, dort birgst, wo er allein ge= borgen ist, wo keiner ihn sucht, wo dein Bruder mit Recht hingehört, — wenn du ihn nicht aufnimmst in deine stille, ablegene Pfarre!"

In die Pfarre! Ein preußischer Hochverräther ver= borgen in einer preußischen Pfarre! Minutenlang herrschte athemloses Verstummen. Des weißen Fräuleins Blicke hingen mit nicht minderer Spannung als die des glühen= den Weibes an des jungen Pfarrherrn Lippen.

„Ein Samariterdienst, der Ihnen das priesterliche Amt kosten würde, Freund," sagte Lydia endlich mit leise zitternder Stimme. Als er aber dennoch das Haupt zustimmend neigte, da drückte sie ihm die Hand mit einem Freudenblick, der allen Zweifel und Vorbehalt aus seiner Seele scheuchte und ihm alle Qualen seines qualvollsten Lebenstags lohnte.

Eine Stunde später trug der Pfarrer den Hochverräther in das Haus, dessen höchster Schmuck seit einem Menschenalter das schwarzweiße Kreuz über dem des Erlösers gewesen, und bettete ihn zur Pflege in dem stillen Gartenzimmer, wo einstmals der mutterlose Hirtenknabe in die Wiege des eigenen Kindes gebettet worden war. Dazumal hatte die Junisonne hoch am Himmel gestanden; heute stürmte und ergoß sich der Novemberstrom. Aber, von Nacht und Nebel verhüllt, war es doch die nämliche Leuchte, welche das Samenkorn, in jener Stunde ausgestreut, zur Reise brachte.

Und in diesem stillen Gartenzimmer haben die drei liebenden Frauen den Verwundeten gepflegt, zwar nicht heil, aber doch allmählich zum Leben. Nie hat ein Mensch geahnet, daß es der Feind des Hauses war, der unter einem Brudernamen in Todesqualen rang. Selbst die litthauische Lene nicht. Denn, wenn auf ihre blöden Augen auch guter Verlaß war, und auf ihre treue Seele der beste, die Zunge lief ihr dann und wann davon, wenn sie mit ihrer guten Freundin Beyfuß vertraulich Zwiesprach hielt und ganz unversehens würde die Sturmglocke im Dorfe geläutet haben. Es

war daher klüglich gehandelt, daß ihr Hätschelkind sie
von vornherein in ihr eigenstes Revier, die Küche, verwies und Lydia ihren alten Wagner, der an und für
sich schweigsamer Natur war und auf seines Fräuleins
Verlangen stumm wie ein Fisch, in die Krankenstube versetzte, um die Dienste zu erweisen, für welche Frauen-
hände nicht ausreichten und dem Pfarrer die Zeit gebrach.

Doctor Peter Kurzen gelang eine schwierige Operation, indem er die Kugel aus der Brust löste, und
eine treffliche Kur, indem er die verletzten Gewebe aus-
heilte. Beider Darstellung hat, — wenn der interessante Fall auch in eine andere Zeit und Zone verlegt
werden mußte, — dem ärztlichen Rufe, welcher just
vor einem Jahre in dem nämlichen Raume begründet
worden war, wesentlichen Vorschub geleistet. Unter den
friedlicheren politischen Auspicien wurde Doctor Peter
Kurze just um diese Zeit seiner militairischen Pflichten
quitt. Zu seiner höchsten Befriedigung, da in der
Festungsstadt die erhoffte Cholera morbus sich als Illu-
sion erwiesen hatte und die wenigen Opfer der Emeute
seinem Thatendurst auch nicht annähernd zu gnügen
vermochten. Bevor er in „das geistige Centrum der
Provinz" zurückkehrte, machte er daher in dem befreundeten Pfarrhause von Werben Station, „um den Ansprüchen seiner bedeutenden Klientel in jener Gegend
gerecht zu werden." Diese Klientel beschränkte allerdings
zur Zeit sich auf einen einzigen Fall; zählte materiell
jedoch für zehn, ja für hundert. Sidonie würde, wenn
verlangt, die Rettung ihres Max mit dem demnächstigen

Erbe eines Rittergutes gelohnt haben. Aber Doctor
Peter Kurze war ein bescheidener Mann.

Ueber die ärztliche Behandlung hinaus hatte nebenbei zwischen der schwächlichen Korbverleiherin und dem
rüstigen Korbträger sich ein litterarisches Verhältniß ein-
gefädelt, das zunächst zwar nur den Zweck hatte, ver-
dächtigende Spuren von dem Krankenzimmer im Werben-
schen Pfarrhause abzulenken, beiden Praktikanten aber
zu einem Quell erheiterndster Laune wurde. Schon in
den nächsten Tagen bekam man in der einen Zeitung
zu lesen:

„Zuverlässigen Nachrichten zu Folge ist der bekannte
Max von Hartenstein am 25. huj. in Lausanne gesehen worden. Wem es daher, schon aus Gründen der
Vernunft, nicht einleuchten sollte, daß ein Mann, sagen
wir ein Agitator, von seinem Kaliber an dem kindischen
Putsch in X. keinen Theil gehabt haben kann, dem
würde es doch schon aus räumlichen Gründen unbe-
zweifelbar werden."

Einige Zeit später stand in dem Blatte einer anderen Farbe:

„Einsender hat in einem lauschig stillen Winkel am
herrlichen Lemansee die Bekanntschaft des berühmten
Dichters Max von Hartenstein gemacht, und das Glück
gehabt, eines Blicks in seine jüngste Schöpfung „Pandora" gewürdigt zu werden, welches großartige Epos,
in ottave rime abgefaßt, an Schwung und Farbengluth
sich dreist mit den höchsten Leistungen der Byron'schen
Muse messen darf und eigenthümliche Streiflichter auf

eine Zeit fallen läßt, über welcher Pandorens Büchse wieder einmal die Fülle ihres Unsegens ausgegossen hat."

Wenn diese und ähnliche Artikel im Werben'schen verbreitet wurden, dann lachte Sidonie wie in alten glücklichen Sibitagen, und die übrigen Wächter im Krankenzimmer lächelten, denn sie wußten, wessen Phantasie die Dichtung entsprungen war und welche Hand sie unter die Druckerpresse befördert hatte.

Peter Kurze war bei derlei „Fickfackereien" so wohl zu Muthe wie einem Schmerlchen im klar'sten Bachwasser. Er verhöhnte seinen Freund Decimus, der über den Rudimenten der diplomatischen Kunst wie ein Abc-Schütze stockerte und unter den Praktiken, zu denen sie den Diplomaten nöthigt, sich krümmte „wie die Bauern wenn sie in den Thurm kriechen sollen." Und doch war im Grunde Peter Kurze keine weniger ehrliche Haut als sein geistlicher Freund. Erzählt man denn aber nicht, daß einzelne Individuen einen Giftstoff, von welchem ein Partikelchen der großen Mehrzahl den Tod bringen würde, in zehnfältiger Dosis als Arznei, ja als Leckerbissen und sogar als Schönheitsmittel zu sich nehmen und bei dieser Diät gesund und kräftig ein Patriarchenalter erreichen?

Der junge Pfarrer von Werben war leider jedoch ein solcher Arsenikschlecker nicht. Leib und Seele siechten an den Konsequenzen seiner Samariterthat wie an vergiftetem täglichem Brod.

Wenn er von der Kanzel herab das Grundgebot vom „Ja, ja, nein, nein," verkündet hatte, oder das

von der Obrigkeit, die Gewalt über einen Jeden haben
soll, und auf dem Heimwege erkundigte sich ein wiß=
begieriger Familienvater nach den näheren Umständen
von seines Bruders verwunderlicher Blessurgeschichte, —
Peter Kurze hatte dieselbige in Cours gesetzt, — oder
eine theilnehmende Gemeindemutter fragte nach dem
Befinden des armen, guten Friede, dem sie ein selbst=
bereitetes Pflaster gar zu gern eigenhändig mit einem
die Heilung bedingenden heimlichen Spruch auf seine
Wunden gelegt hätte, dann trat kalter Angstschweiß auf
des Pfarrers Stirn und der Bescheid würgte wie Wurm=
samen in seiner Kehle. Wohlwollende Amtsbrüder
warnten ihn ob seines bedenklichen Aussehens. Sie
meinten, er habe sich nach seiner Verwundung nicht
hinlänglich geschont und riethen zu einer ernsthaften Er=
holungskur. Erwiderte er nun auf solchen Rath, daß er
sich eine Luftveränderung vorgesetzt habe, indem er seinen
Bruder nach dessen Genesung auf die Insel zurückgeleite,
so sagte ihm der heimliche Störefried im Herzen, daß diese
Antwort wiederum nichts als ein diplomatischer Kunst=
griff sei. Und ach! wie ernsthaft war sie doch gemeint;
wie aus tiefster Seele schmachtete er nach den reinigenden
Elementen und ach! wie sehnsüchtig nach den hohen,
stillen Sternen, deren Priesteramt kein Samariterdienst
entweiht!

Auch Lydia leistete ja verstohlen Samariterdienst,
auch sie pflegte dem Namen nach den armen Hirten=
friede, der sich fern am Rhein in der Abwartung sei=
nes lieben Herrn, nunmehro Generals, so behaglich

fühlte, wie im Leben noch nie. Aber Lydia war nicht falsch gestellt, indem sie es that; sie übte des Weibes natürliche Pflicht, nicht eine Ausnahmspflicht, welche der Alltagspflicht widersprach. Selber Lydias Beispiel konnte dem armen Pfarrherrn das Herz nicht erleichtern.

Noch weniger jedoch als der Samariter schien der, welcher verwundet am Wege gelegen hatte, der That der Barmherzigkeit froh zu sein. Nachdem Max Fieberwahn und Lethargie so weit überwunden hatte, um seine Erinnerungen mit dem Bewußtsein der Gegenwart verknüpfen zu können, da las Decimus oftmals in seinem düsteren Blick und den zusammengezogenen Brauen den Vorwurf: „Warum hast du mir nicht den Abschluß, der mir ziemte, gegönnt?"

Seine Pläne waren gescheitert, sein Rausch ernüchtert; er war ein Geächteter, sein Name gebrandmarkt bei denen, die aller Theorie zum Trotz, er allein für seines Gleichen hielt, über die sich zu erheben, über die eines Tages zu herrschen er geträumt hatte. Und dann: er war ein Siechling geworden; er, dem niemals eine Ader weh gethan, der das was Schonung heißt, in keiner Weise gekannt hatte, ein hinfälliger Mann, — wie er ahnete, für kurze Lebensfrist.

„Als standfester Philister können Sie es wie Papa Mehlborn zum Achtziger bringen, als rother Hartenstein, oder meinetwegen auch nur als blauer, gebe ich Ihnen keine zwei Jahr," hatte Doctor Peter Kurze erklärt; Max von Hartenstein aber war Einer, dem viel leben mehr gilt als lange leben. Er hatte wie ein Künstler sich an dem Anblick seiner eigenen Schönheit geweidet, nun zeigte der erste Blick in den Spiegel, den Rose ihm vorhielt, eine verfallene Gestalt, hohle Augen und abgezehrte Züge, die er kaum für die seinigen halten mochte; ihn graute vor der Zukunft dieses wandelnden Gerippes. Auch die Großmuth, deren Gegenstand er sich fühlte, drückte ihn. Er war eine Natur zum Geben, nicht zum Empfangen. An die Aushülfe seiner Schwester hatte er sich von Kind ab als an etwas Selbstverständliches gewöhnt; er schenkte ihr, indem er von ihr nahm; sie dankte ihm, nicht er ihr, wenn er sie für sich sorgen ließ. Und nun diese Hingebung dulden zu müssen von Lydia, die ihn verschmäht hatte, deren Wimper nicht zuckte, deren Hand nicht zitterte, wenn sie den Verband auf seine Wunden legte, eine barmherzige Schwester und — weiter nichts! von dem Sohn der misera plebs, dem der reiche Mann sein einziges Lamm geraubt hatte und der als Entgelt seine Existenz auf das Spiel setzte und sein Gewissen belastete! Wahrlich, es war eine grausame Rache, die sie genommen, indem sie dieses Dasein der Schmach gefristet hatten.

So war denn keiner froh als Sidonie und mit ihr natürlich Rose, denn Lydia war nur ruhig, voll frommen Dankes für eine gelingende gute That. Rose aber, Rose war selig, denn Rose liebte und wenn sie sich auch schwerlich darüber täuschte, daß ihr nicht die höchste Empfindung zum Lohne ward, wenn ihr holdes Getändel dem Genesenden auch nur ein flüchtiges

Lächeln erweckte, schon dieses Lächeln war ein Gewinn, denn sie allein zauberte es auf die bleichen Lippen. Und giebt es denn nicht auch weibliche Naturen, denen ein erobertes Glück schwerer wiegt als eines, das ohne Kampf in unsere Arme läuft? Sie war des Sieges über ihre Nebenbuhlerin in seinem Herzen gewiß. Liebte er Lydia noch, sie liebte ihn nicht mehr und eine Geliebte, die nicht liebt, wird zum Schemen. Sie aber, Rose, sie liebte und darum fühlte sie sich liebenswerth. Sie war es ein paar Wochen lang für den Flatterling gewesen und sie würde es wieder sein, unentwegt sein, wenn sie ganz die Seine geworden und treu zu dem Unglücklichen stand, nachdem der Glückliche ihr entflohen war. So rechnete die kleine Rose und die kleine Rose war allezeit eine geschickte Rechnerin gewesen, wo es just nicht auf ideale Ziffern ankam. Die kluge Sidi aber sagte:

„Mein Märchen hat seine Meisterin gefunden und ist, Gottlob! auf dem besten Wege aus einem Frei= heitshelden ein Pantoffelheld zu werden. Gut Heil dem armen Jungen zu der Chance! Ihnen aber, Ka= merad, seinem moralischen Gegenfüßler, zweimal gut Heil! Muß man doch wahrlich ein Johanniskind sein, wenn sogar unsere Missethaten uns zum Segen ge= reichen sollen. Als Tugendheld wären Sie Lebtags ein Sklave geblieben; als Hehler und Helfershelfer eines Verschwörers kommen Sie zur Freiheit und zu Ihrem Ideal. Aber so werden Sie doch nicht roth, junger geistlicher Herr. Ich meine ja nur die lieben Sterne!“

So drängten denn Alle und Alles fort aus diesem Zwitterzustand, fort in reine Luft; das aber um so mehr, da die Zeit sich näherte, in welcher der Wechsel der Aemter verabredet worden war und ein Aufschub kaum ermöglicht werden konnte, ohne neue Menschen in das Geheimniß zu ziehen. Wie eine Heilsbotschaft wurde es daher aufgenommen, als in der Weihnachtszeit Meister Kurze den Ausspruch that, daß er nunmehr eine Translokation gestatten dürfe, wenn auch natur- und vernunftgemäß nicht in einem Athemzug, sondern mit einer Kunstpause in der Mitte, zu welcher aus diplomatischen wie ärztlichen Motiven Mutter Stinas Inselhaus sich empfehle. Man rüstete sich demnach zur Reise.

Sidonie hatte nicht anders angenommen, als daß sie ihren Bruder begleiten werde, um sich im Leben nie wieder von ihm zu trennen: so zuversichtlich rechnete sie auf den Befreier Tod; und kein Tag, keine Stunde verging, wo sie ihn nicht hinter des Greises Schlummerstuhle lauern sah, wo sie das Ohr nicht an des Greises Brust lehnte, nach dem letzten Athemzuge lauschend. Immer aber regte sich wieder das wunderbare Geheimniß Leben genannt und die Maschine taktirte weiter, lange nachdem der rastlose Arbeitsgeist, der sie achtzig Jahre regiert, sich abgenutzt hatte.

Am Sylvestermorgen ging Decimus Frey zum letztenmale in die Stadt seiner Ephorie, und wenn es in diesen Aufzeichnungen gelungen ist, das Wesen seiner ersten Lebensstufen deutlich zu machen, bedarf es keiner

Schilderung des Kampfes, den dieser mit allem Heimathlichen abschließende Gang ihm kostete. Der altbefreundete Superintendent war längst vertraulich in den Aemtertausch eingeweiht; nun erbat sein junger Amtsbruder, zum Zweck einer Erholungsreise, sich eine geistliche Stellvertretung bis zur Ankunft des neuen Pfarrers und löste darauf einen Paß nach der Insel ausgestellt auf seinen Namen, den seiner Pflegeschwester und seines kranken Bruders. Und das war Decimus Freys letzte bewußte Lüge.

Heimgekehrt empfing ihn Sidonie mit der Kunde, daß ihr Großvater eingeschlummert sei für immer. Lachende Erben beim Augenschluß eines Mammonsnarren sind keine Seltenheit; diese Erben lachten nicht; erlösender aber ist kein Augenschluß empfunden worden als der dieses alten bethörten Kindes von seiner jungen Hüterin. Noch eine mahnende Besprechung mit seiner Schwester unter vier Augen, eine zweite mit dem Genesenden, aus beider Munde ein entschlossenes: „Ich will!" dann fügte Decimus Frey in Konstantin Blümels geistlichem Gemach Maxens und Rosens Hände ineinander und sprach des Priesters Segen über ihren Bund.

Ein wunderliches Dreiblatt von Verschmähten und Verschmähenden, Lydia, Sidonie und Peter Kurze, war des Bundes Zeuge und unterzeichnete ein Dokument über den geistlichen Act, das im Schloßarchiv niedergelegt wurde, da das Kirchenregister an dem geächteten Hartenstein und seinen Hehlern und Helfershelfern nicht zum Verräther werden durfte. Solches aber geschehen, entkleidete Decimus Frey sich des priesterlichen Ornats und richtete an seine vorgesetzte Behörde seinen Verzicht auf das geistliche Amt. Als Beweggrund nannte er mit voller Wahrheit das Verlangen, sich dem Studium der Astronomie zu widmen.

Sobald es Abend geworden war, der letzte Abend dieses schweren Kampfesjahres, bestieg er mit der, welche seine Schwester und dem, welcher sein Bruder hieß, den Wagen, welcher sie nach der nördlichen Bahnstation führte. Dort im Coupé stieß — seinerseits unter einem Schrei der Ueberraschung, — Doctor Peter Kurze mit den Geschwistern zusammen, setzte die Reise auch in ihrer Gesellschaft fort, da er, — wie mit weitschallendem Posaunenton verkündet ward, — den Ruf in ein holsteinisches Lazareth, behufs einer eine Meisterhand heischenden Amputation, erhalten hatte.

Es mußte mit dieser Operation indessen nicht allzudrängende Eile haben, denn der Operateur dampfte wohlgemuth an der Lazarethstadt vorbei, segelte auch ebenso wohlgemuth mit den Freunden nach der Insel hinüber, der er erst acht Tage darauf, nachdem er seinem Patienten ein zuversichtliches „Gut Heil!" zugerufen hatte, den Rücken kehrte. Er schwelgte in dem Plane, sich in der Universitätsstadt zu habilitiren, und mittelst seiner auf Mehlborn'schem Acker erwachsenen goldenen Ernte eine Privatklinik zu gründen, die sich gewaschen haben sollte. Was, das Gewaschensein nämlich, nach seiner unmaßgeblichen Meinung, nicht von jeder Klinik zu rühmen sei. Seinem zweitbesten Freunde vertraute er außerdem, daß er sich kürzlich in ein allerliebstes Wittweibchen verschossen habe, auf geneigtes Gehör rechne, unter allen Umständen aber entschlossen sei, fortan nur noch auf Wittwen, — natur= und vernunftgemäß der handlichsten Species des schönen Geschlechts, — zu reflektiren.

Max erholte sich sichtbar unter dem Wehen der Meerluft und dem Gefühle der Freiheit. Rose triumphirte. Er war weich und bewegt, oftmals mit Thränen in den Augen. Leise begann er wieder sich des Lebens zu freuen, und dieses Leben dankte er ihr.

Nach Ablauf einer Woche kam Sidonie und Lydia begleitete sie zum letzten Lebewohl.

Lydia und Decimus standen am Strande allein, als das Boot abstieß, in welchem Bruder Klaus die Freunde nach Helgoland ruderte. Der erste Sonnenschein des Jahres rang sich durch den Inselnebel, den Fliehenden und denen, welche ihnen nachblickten, das Symbol eines neuen Lebens.

Als der letzte Schimmer des weißen Segels verschwunden war, da stand die treue Weltenmutter glorreich leuchtend über ihren Häuptern und Decimus Frey hielt an seinem Herzen das Weib, welches seinen Jugendträumen als Leitstern vorgeschwebt hatte und seinen Mannesjahren die Erfüllung bringen sollte.

***

Bis zu diesem Abschluß, mein Konstantin, bin ich gelangt während der Wochen, die wir auf dem unwirthlichen Eiland hinbrachten in Erwartung des Phänomens, an welchem wir die Entfernung unserer Erde von der alten, guten Sonnenmutter zu ermessen hoffen. Morgen ist die entscheidende Stunde; es regnet, am Horizonte brauen dichte Nebel, die Gefährten blicken beklommen, noch vertraue ich aber meinem bewährten Johannis= glück.

Und nun lege ich die Feder aus der Hand, mit welcher ich die Erinnerungen an dieses Glück als ein Vatererbe für dich niedergeschrieben habe. Die That= sachen sind treu. Wie aber eine Landschaft, die sich uns im Morgengold eingeprägt hat, verwandelt scheint, wenn wir im Nachmittagsschatten auf sie niederschauen, so mag auch die Farbe, über Menschen und Dingen von dazumal, sich im Gedächtniß nachmittägig verwan= delt haben, und wenn es dich etwa bedünken sollte, daß das Licht mit ungebührlichem Glanze auf die Ge= stalt des Helden gefallen sei, — ei nun, mein Kon= stantin, es sind nur die besten Autoren, die heller als ihre Helden leuchten, und wem wird ein Fünkchen Eitel= keit wohl so gern verziehen werden als dem Vater, der seinem Sohne ein Erinnerungsbild hinterlassen möchte?

Es sind nur die Stufenjahre der Jugend, die ich vollenden konnte; nicht mit Unrecht aber hat man ge= sagt, daß die ersten beiden Jahrzehnte, „die süßen zwei= undzwanzig," wie der Dichter sie nennt, die Hälfte eines Manneslebens umfassen, und wenn es Methusalems Alter erreichen sollte. Die andere Hälfte, die mit Lydia beginnt und den Sternen, mag, so weit du sie nicht miterlebt, deine Mutter dir ergänzen. Drücke auch aus meiner Seele heraus die Segenshand an dein Herz, die so warm in der meinen gelegen und dich so treu bis heute geleitet hat.

Aber es war nicht gemüthlicher Zeitvertreib, nicht die erquickende Rückschau in blaue Fernen allein, die mich trieben deinen Blick auf das gute Heimland zu lenken, dem du Korn auf Korn entsprossen bist. Wie es einem Geschichten erzählenden Vater ziemt, lag mir eine Lehre im Sinn, die ich dir zurufen wollte just aus der antipodischen Zone, in die ich seit Monden und auf Monde hinaus mich gebannt, um eines Licht= momentes willen, den ein Wolkenschatten verdunkeln kann.

Es ist nahezu ein Postulat geworden, daß die Zeit, in der du zu reifen berufen bist, den idealen Lebens= gehalt verkümmern läßt. In dir erfahren wirst du es nicht. Einem Sohne Lydias verkümmert nicht sein Ideal. Glaube es aber auch nicht, wenn du es hörst oder liest. Die Ideale wandeln und wechseln, erhellen und verdunkeln sich wie die Ideen, das Ideale währt und webt ewig wie die Idee. Du kennst nunmehr den Mann, den diese Zuversicht bis in seine Todesstunde beseligt hat. Und wenn es dir nicht gegeben sein sollte, die unlöschbare Flamme in Ausnahmsgeistern leuchten zu sehen und glimmen selber da, wo ihr geflissentlich Hohn gesprochen zu werden scheint, so wirst du ihren warmen Strom doch spüren in jedem guten Menschen= herzen. Die Güte, deren Namen selbst unsere Sprache von Gott entnommen hat, ist das reinste Ideal.

Es sind Feiglinge, mein Sohn, und sie waren es seit Jahrtausenden, die da sagten und sagen: Nichts lieben und nichts glauben, nichts erstreben noch ersehnen als die Ruhe des Nichts heiße weise sein und einzig Erdenglück. Schwächlinge und Aermlinge! Die Aermsten unter uns! Sie kennen unseren Reichthum nicht einmal, unseren Reichthum selbst in der Traurigkeit, die kein Menschenglück und keine Menschenweisheit löst, weil sie das ewige Erbtheil ist, das den Menschen erst zum Menschen macht.

Kämpfe darum muthig, mein Sohn und scheue der Wunden nicht, um das, was du in dir trägst, zu behaupten im Gestritt der Welt. Denn nur dieses Eigenste ist dein Glück. Das holde Gestirn, an dem wir die Sonnenkraft ermessen, es hat auch über deiner Wiege gestanden und wird dich leiten durch das Leben, bis es als Abendstern dir leuchten wird dort hinüber, wo wir mit reiferen Sinnen das Wandelbare zu erfassen und mit tieferem Sinn das Unwandelbare zu ergründen hoffen.

Berichtigungen.

Seite 16 Zeile 12 lies „Gentleman" statt „Gentlemen".
„ 82 „ 10 „ „dieselben" statt „dieselbe".
„ 117 „ 14 „ „geschah" statt „geschahe".
„ 179 „ 2 „ „Symptomiker" statt „Dogmatiker".
„ 207 „ 10 „ „Nervenspuk" statt „Narrenspuk".
„ 355 „ 9 „ „Peter Kurzen" statt „Kurze".